她的双目紧闭

　长睫似蝴蝶飞落

面容与他记忆深处的

　那张脸，一模一样

按卒知我

误我原著

扶桑知我
FU SANG ZHI WO
| 著 |

完结篇

长江出版社
CHANGJIANGPRESS

图书在版编目（CIP）数据

原著误我. 完结篇 / 扶桑知我著.—武汉：长江出版社，2023.5

ISBN 978-7-5492-8753-6

Ⅰ.①原… Ⅱ.①扶… Ⅲ.①长篇小说－中国－当代 Ⅳ.①I247.5

中国国家版本馆CIP数据核字（2023）第055733号

原著误我. 完结篇 / 扶桑知我 著

出　　版	长江出版社	
	（武汉市解放大道1863号）	
选题策划	麦田时光文化	
市场发行	长江出版社发行部	
网　　址	http://www.cjpress.com.cn	
责任编辑	向丽晖	
印　　刷	天津丰富彩艺印刷有限公司	
版　　次	2023年5月第1版	
印　　次	2023年5月第1次印刷	
开　　本	880mm × 1230mm　1/32	
印　　张	9	
字　　数	259千字	
书　　号	ISBN 978-7-5492-8753-6	
定　　价	45.00元	

目录

目 录

玄微朝丹元真人礼貌地点了点头道："我此去不知多久能回来，真人随意在我太玄境中游玩便是。"

他摇着轮椅，往太玄岛的岸边而去。丹元真人看着玄微离开的背影，连忙放下了茶杯，跟了上去，说道："玄微真人，可是有什么大事？"

玄微摇了摇头道："小事罢了，不用惊扰其余七皇，我一人前去便可。"

他的语气虽然温柔和善，却有着不容抗拒的坚定。丹元真人熟知玄微为人，知道他并不会做冲动的事情，便叹了口气道："既然玄微真人有事在身，那我便先行离开了。若有情况，再通知吾等便是。"

玄微向丹元真人礼貌地道了谢，苍青色的光芒一闪，丹元真人便消失在原地。这太玄境之中，只留下了玄微一人。他摇着轮椅，往幽冥深海而去，准备离开这里。

古旧的轮椅在水面上碾着，带出了串串涟漪，亦惊醒了水下之人。那惊涛骇浪自海上席卷而起，巨大蛇尾从海中扬起，拍起高约十丈的大浪。海浪溅起了千万朵水花，散而为雨，淅淅沥沥地洒下。这些水花却没能近得了玄微的身，他身边有无形的屏障，为他挡下了所有的水花。

海上金色的光芒盛放，华贵的金色纹路在幽蓝的海面上延展开来，似一幅绝美的画。一节藕臂从海中伸出，卷发在海里飘着，勾勒出妖娆的弧度。

"呀——"星瞳发出一声极酥软的叹息，"是玄微真人哪，您双腿行动不便，还要出远门？"

星瞳的长长蛇尾在深海里划出一个优美的弧度，她朝玄微笑了起来。玄微依旧是慈眉善目的，露出惯常的如春风般的微笑："去杀妖，不远，就在睢洲。"

星瞳惊讶地掩嘴，一双妖娆勾人的桃花眼看着玄微，笑了起来："您要杀妖？除却睢洲，其他洲域的妖恐怕都被您杀绝了吧？"

玄微扭过头，瞥了一眼星瞳，目光柔和："这不是还有你。"

星瞳轻笑了一声，笑声如铃一般勾魂夺魄："我嘛——被囚禁于此，如同困兽，又怎算得上是一只妖呢？"

"活着便好好活着，妖类为恶，被诛杀是天经地义，除了你主鲲鹏，我从未主动杀过人或妖。"玄微的唇角勾起一个完美的弧度，看着星瞳说道。

"你有恨便恨吧。"玄微柔声说道，"左右，你奈何不了我。"

星瞳原本娇媚的脸庞上染上了些许恨意，她死死盯着玄微，金色蛇瞳之中露出怨毒的光芒："你杀尽天下的妖，又与我何干？可你杀伏伽，我便恨你入骨，在幽冥深海不见天日的日日夜夜里，我无时无刻不在诅咒你不得好死，想将你挫骨扬灰。"

"我死了，有玄山的人给我收尸，倒不至于沦落到被挫骨扬灰的地步。"玄微的声音还是如此温柔。

他扭过头去，看了一眼星瞳说道："还有，那些闲书少看。你看你，脑子里都在想着什么。"

星瞳挑眉，目光之中依旧是满满的恨意。玄微云淡风轻地看了她一眼，摇着轮椅自顾自地往前行。这时，星瞳又从水下游了过去，妖娆的身子扭动着在水下行进。她拦在了玄微面前，金色蛇瞳紧盯着玄微的双眸问道："你要去杀谁？"

"杀一个妖。"玄微眉目低垂,神色慈悲。

"杀谁?"星瞳不依不饶,"杀哪只妖?现在还有哪只妖能——"

她就这么喊着,玄微却没有再回答,因为他的身影已经消失在了幽冥深海的上方,只留下海面上的串串涟漪。

而此时,睢洲的西侧,有一道如同雷电一般的光芒闪过。傅绾驱使着十方灵书,一路往西而行,速度极快。脚下睢洲的风景如同长卷一般,从她眼前掠过。傅绾看着眼前飞逝而过的风景,纵然从高空俯瞰睢洲,睢洲的风景也算得上好看,但她觉得有些乏味无聊。

宁蘅正安静地躺在她的怀中,双目紧闭,身体依旧散发着令人心悸的寒气与热气。傅绾扭过头,看了一眼身后的睢洲,希望赶紧离开这里。此时,她听到了隐隐约约的水声。这水声是奔涌的大江大河在流淌之时,拍击岸边与礁石发出的沉闷声响,顺着疾风传来,为傅绾指引了方向。

睦洲虽说与睢洲相邻,却不是完全接壤。两大洲域之间,隔了一条百丈宽的大河,名曰断龙河。此河极宽,直接将睦洲与睢洲完全切割开。睦洲一直以来都是天枢君所辖洲域,也曾经是妖皇伏伽的领地。伏伽既然敢自称妖皇,其原因自然是他率领着整个修仙界所有的妖。

修仙界的妖,皆从睦洲而出。通俗来讲,所有非人之物,经日月精华浸润,历经时光轮转,开化灵智之后便称为妖。历经鲲鹏之乱后,除睦洲外,其余洲域幸存的妖都是后天修炼的,只有睦洲才有真正的妖。真正的妖皆出自睦洲,他们从上古时期便与天地同生,与人类一般,不需要修炼便天生具有灵智。

这些所谓"真正的妖"就算在睦洲也是凤毛麟角,因为他们在上古之时,很多就随着妖皇伏伽"干事业"去了,最终不得善终。睦洲自鲲鹏之乱后,一直处于与其他洲域隔绝的状态。桃洲已经被伏伽毁灭,所以睦洲自然而然地与爻山接壤,以一座白日崖为界。

而睦洲的另一边,则与睢洲相交,一条断龙河直接将睦洲与睢洲交流的可能切开。白日崖由北斗神君守护,断龙河宽约百丈,本就不好跨越,睦洲的妖也不怎么乐意离开睦洲,所以睦洲便孤立了起来。

傅绾看着眼前奔涌呼啸的断龙河，垂眸看了一眼宁蘅。她不知道为何宁蘅执意要往睦洲而来，睢洲就算再危险，也没有睦洲危险吧？傅绾有十方灵书在手，若想跨过断龙河，自然是不难，只是真的要过去吗？不过宁蘅已经两次强调了要去睦洲，话本中之后的剧情也是在睦洲展开的，那便去吧。

"越过断龙河，去睦洲。"傅绾对着十方灵书下命令。

于是，十方灵书便载着两人，悠悠朝着断龙河上飞了过去。一过断龙河，傅绾眼前便出现了一片郁郁葱葱的森林，连绵无际，望不到头，这里便是睦洲了。由于睦洲之中根本没有人类修士，所以这里也极大地保持了自然风貌。傅绾知道睦洲危险，妖兽横行，所以没敢往前方的森林之中深入，只在断龙河岸边寻了一处僻静之所停了下来。

傅绾发现宁蘅依旧在受着极阴魔气与地心火毒的困扰，所以只能想办法给她疗伤。她抱着宁蘅来到一棵树下坐着，开始仔细查看宁蘅的伤势。傅绾先是伸出手，轻轻拍了一下宁蘅漂亮的脸颊，轻声问道："还睡着吗？"

宁蘅的长睫纹丝不动，根本没有回应，应当是昏迷着。傅绾又伸出了手，她手腕上那株漂亮的小小菩提正迎风招展着枝叶。这小菩提由于傅绾近日来的努力修炼，倒是成长了好几分。傅绾指尖一点，那抹淡绿色的光芒便顺着她的手指在宁蘅的身上游走。这绿色的光芒治愈能力极强，在傅绾的引导下，一点点地修复着宁蘅被极阴寒气与地心火毒摧毁的经脉与五脏六腑。

傅绾很是认真，额头上沁出了薄汗，一边疗伤，她还一边喃喃念叨着："我可不是心疼你，想要给你疗伤啊，我只是怕待会儿打架没人打……"

傅绾一边碎碎念着，一边将宁蘅身上的内伤一一治好。有些伤口太过严重，她现在只能暂时控制伤势，防止伤口再被极阴寒气与地心火毒影响而恶化。至于这两股在宁蘅体内一直挥之不去的极阴寒气与地心火毒，傅绾也暂时没有办法。虽然她的治疗法术算不上登峰造极，但宁蘅现在的状况也比之前好了。

傅绾又仔细瞧着宁蘅，看看她身体上是否还有其他的伤口。她不由自主地看向了宁蘅那张清绝出尘的脸，只见宁蘅紧闭着双眸，长睫静止，薄唇紧抿，显得有些苍白。傅绾的目光忍不住在宁蘅的脸上流连，从高挺的鼻梁，再到那双略显苍白的唇瓣，傅绾的眼中露出了些许惊讶的表情。她发现了宁蘅身上一个很……耐人寻味的伤口，这……怎么看都像是被咬出来的。她盯着那伤口看了许久，终于忍不住伸出手，指尖一点，淡绿色的光芒一闪，想要为宁蘅治疗这道伤口。

就在傅绾的指尖触到宁蘅的唇，绿色光芒闪动的时候，宁蘅忽然睁开了双眼。他漂亮的长睫一颤，深邃的黑瞳之中映出傅绾慌张的脸，傅绾指尖那抹淡绿色的光芒一闪，化为细碎的光点慢慢消失。

宁蘅不知道自己昏迷了多久，但体内那两股截然不同的气息，到目前为止已经散得差不多了，只是体内受损的经脉还未修复完全。他感觉到自己昏迷的时候，一直有人在为他疗伤。这些治疗的法术虽然算不上多精妙，甚至显得有些笨拙，但这治疗法术的本源力量实在太强了，所以也慢慢帮助他将体内受损的经脉修复。

他睁开眼，就看到傅绾正伸出手来，轻轻触碰着他的唇，指尖一点淡淡柔和的光芒闪烁，而后慢慢消失。傅绾本人的表情是极为惊慌的，她连忙往后退了两步，支支吾吾地开口说道："你……你醒啦？"

傅绾看着宁蘅，只看到宁蘅正定定地瞧着自己，眼中看不出什么特殊的情绪来，她觉得自己不能让女主角误会自己趁她昏迷的时候有意轻薄她，于是解释道："我……我看到你唇上有伤口，就忍不住……忍不住研究了一下。"

有伤口？宁蘅伸出舌来，轻轻舔了一下唇角的伤口，一点腥甜的味道传来。

"这伤口怎么来的？"傅绾看到宁蘅舔了一下唇角的伤口，忍不住咽了下口水。

宁蘅沉默了，这伤口怎么来的，她当真不知道吗？他的脑海中又浮现起在魔殿寒室之中的那幅画面。

满室淡淡的红光，傅绾尖尖的犬齿还一不小心在他唇角划了一道伤口。宁蘅靠在树上，偏过头，轻轻瞥了一眼傅绾。

傅绾觉得宁蘅看自己的目光非常耐人寻味，这似乎在看渣男的目光是怎么回事？她连忙凑上去问道："阿蘅师姐，是不是……厉鸿光那个禽兽干的……"

宁蘅紧紧盯着傅绾，一言不发，懒得解释。傅绾马上将宁蘅的神情脑补成了委屈的意思，觉得自己猜对了。虽然看到女主角倒霉，她应该觉得开心，但厉鸿光还是要骂的，傅绾握住拳头说道："这厉鸿光简直就是一个禽兽。"

她开始骂骂咧咧："早知道走的时候就趁他还昏迷着，多踹几脚了。"

傅绾又盯着宁蘅唇角那道伤口，一想到是厉鸿光做的，便越想越气，于是她拿出能想到的恶毒词汇来"问候"厉鸿光。

"不对，说他是禽兽，简直就是侮辱禽兽。"

"对你做出这种事来，他简直禽兽不如。"

傅绾骂着骂着，恨不得现在就跑回魔殿去，再踹厉鸿光两脚。

她滔滔不绝地骂着那个在宁蘅唇角上咬了一口的人。

直到宁蘅出声，制止了她："别骂了。"看你一直骂自己骂得那么恶毒，怪心疼的。

傅绾一听，觉得宁蘅果然善良无比，连这样的事也能原谅。

"阿蘅师姐，骂骂怎么了，他又不会少块肉。"傅绾哼了一声，"你就是太善良了，做人不能那么大度，这种事绝对不能原谅，对吧？"

宁蘅点了点头，似笑非笑地看着她，轻声说道："对。"

傅绾一听就高兴了，她站起身来，拍拍宁蘅的肩膀说道："没错，绝对不能原谅这种人。"

傅绾看到宁蘅又点了点头，这才想起了正事。现在虽然宁蘅的伤势算是好一些了，但也需要长期静养才能痊愈。幽冥血池之中孕育的两块幽冥血玉，吸收了千万年地脉的两股极阴极阳之气，岂是那么简单便能够对付的？

"为什么来睦洲？"傅绾摸着下巴，问道，"回爻山不好吗？"

"回爻山没用。"宁蘅长眉一挑，开口说道，"爻山没有能疗伤的地方。"

傅绾大惊，她没想到宁蘅的伤势居然那么重。爻山不是还有玄微在吗? 她这学了没多久的《太一宝录》没用, 但若是玄微亲自来, 难道还治不好吗?

"难道睦洲就有了?"傅绾好奇地问道。

宁蘅点了点头, 解释道: "睦洲有名医。"

他勉强站起身来, 环顾四周, 大致看了一下附近的情况: "我们在断龙河边?"

傅绾点头道: "从睢洲到睦洲, 从断龙河走最近。"

"那么便往东侧走, 往睦洲中心而去。"宁蘅粗略地看了一眼四周的情况, 便给傅绾指了一个方向。

傅绾抬眼, 有些踌躇: "睦洲是妖兽聚集之地, 越往中心走, 便有越多强大的妖兽, 我们打得过来吗?"

"无事。"宁蘅闻言, 忽然轻笑出声, "一路往中心走, 不会有事的。"

傅绾无奈, 既然宁蘅如此说, 再加上话本子里的剧情确实是这么发展的, 她也只能答应下来。她跟着宁蘅, 一路往断龙河边的森林走了进去。傅绾原以为, 宁蘅说"不会有事"是在骗她的, 都是女主角的过分自信, 没想到这一路上顺畅得让人难以置信。傅绾眼睁睁地看到前面那棵数百丈高的树上, 掉下了一颗晶莹剔透的灵果。宁蘅挑眉, 径直往前走, 仿佛没有看到那颗灵果一般。

反倒是傅绾如同没有见过世面一般, 冲上去将那颗晶莹剔透的灵果捡了起来。仔细观察, 这竟然是生长了至少两千年的离火树上结出的离火果。这离火树上, 只能结出一颗离火果, 不仅能够增进修为, 还有强化肉身等诸多妙用, 这在灭山都是罕见的天材地宝。

傅绾大为震惊, 连忙回头看了一眼身后那棵大树, 只见这株高约百丈的千年离火树朝她的方向摇晃了一下枝叶, 似乎在打招呼。

"阿蘅师姐, 这天上掉的灵果, 你不要吗?"傅绾跟上宁蘅, 问道。

宁蘅看了一眼傅绾手中的离火果, 轻声笑道: "你想要便要吧。"

傅绾惊了, 走在路上都能天上掉宝, 这是何等的运气啊。一路上沾了宁蘅的光, 傅绾竟然收集了许多奇奇怪怪但价值连城的天材地宝,

7

这些东西，无一例外都是自己送上门来的。

就在傅绾喜滋滋地默数着自己一路上捡到了什么东西的时候，她眼前忽然出现了一道快得如同闪电的白色光芒，然后他扑哧停留在了宁蘅的脚边，四脚朝天，仿佛是被宁蘅踢倒了一般。

傅绾连忙探出头，去看这到底是个什么东西。躺在宁蘅脚下一直在扒拉着的，是一只圆滚滚、毛茸茸的小妖兽。看起来小巧可爱，约莫有巴掌大小，浑身都是细软蓬松的白毛，从白毛毛里露出一双黝黑可爱的眼睛，水汪汪的，头上顶着两个突出的尖角。

傅绾盯着那小妖兽从蓬松的白毛之中伸出来，并且在不断扒拉着的小爪子，忍不住开口问道："阿蘅师姐，你是不是踢到了他？"

宁蘅一脚直接跨过那只小妖兽，径直走了过去，看都没有看这只小妖兽。

"不是，是他自己跑过来的。"宁蘅一本正经地说道，避之不及，跟他没有关系，不要缠上他。

傅绾见那小妖兽非常可爱，忍不住伸出手，将地上这只小东西抱了起来。

"路上捡些小玩意儿就罢了，这些来路不明的妖兽你最好还是不要碰，万一被黏上就甩不掉了——"但他回过头去看傅绾的时候，就发现傅绾已经提着那小妖兽的爪子，开始给他拍去白毛上面沾着的草叶。

"阿蘅师姐，你看他多可爱啊！"傅绾抱着小妖兽走了过来，把他举到宁蘅面前，"名字我都取好了。"

"就叫旺财如何？"傅绾兴高采烈地问。

一听到这个名字，她手上那只小妖兽便开始不断挣扎，似乎想要从傅绾手里挣脱出来。不不不，他拒绝这个名字，太土了！宁蘅挑眉，瞥了一眼傅绾手中正在不断扒拉着挣扎着的白泽幼崽。

"好，可以，就叫旺财。"宁蘅唇角轻轻翘起，回答道。

一听到宁蘅如此说，旺财一双豆豆眼中露出了难以置信的表情，似乎马上就要有泪水从他的眼中落下。傅绾看到他水汪汪的黑豆眼，连忙给他顺了顺毛说道："看来他非常喜欢这个名字。"

"嗯。"宁蘅又看了一眼旺财脸上欲哭无泪的表情。

8

他抛给旺财一个"明明是你自己送上门来，你这是自作自受"的表情。傅绾专注地撸着手上这只毛茸茸的幼崽，丝毫没有注意到宁蘅与旺财这一人一兽之间的交流。

她一边顺着旺财的毛，一边问宁蘅道："阿蘅师姐，这妖兽我没见过，是什么品种啊？"

宁蘅脚步一顿，没有想到傅绾会问这个问题，他看了一眼傅绾手上拥有上古神兽血脉的白泽幼崽，斩钉截铁地说道："是狗。"

傅绾一听，也觉得是狗，她低头摸了一下旺财的头说道："没关系，就算是狗，我也不嫌弃他只是一只普普通通的下品灵兽。"

旺财垂头丧气地待在傅绾的怀里，很是落寞。他是一只刚刚从窝里爬出来的白泽幼崽。自他能够独立生活起，他那两位修炼为人的父母就"抛弃"了他，到睦洲其他地方修炼去了。作为一只刚刚开始自力更生，独自修炼的白泽幼崽，他在睦洲过得非常幸福。因为这里妖兽横行，很少有人类修士，所以他没有被人类修士抓去当契约灵兽的困扰。总的来说，睦洲的妖对同类都是非常友好的，特别是像他这种拥有上古神兽血脉的妖兽幼崽，更是许多成年妖兽呵护的对象。

所以，这只白泽幼崽开始变得肆无忌惮起来。今天，他在这处森林里闲逛，忽然嗅到了强者的气息！无知的白泽幼崽冲了过去，想要一探究竟，然后他就看到了宁蘅。即使此人现在受了伤，但还是能看出来他的高深修为，而且他身上有一股很奇特的力量，就是那种……说不清道不明的……很想自己冲过去，然后被他抓到怀里撸的那种感觉。

白泽幼崽觉得如果能够被他收服，将是一件非常快乐的事情，他自己无法解释这种感觉。反正等到他反应过来的时候，自己已经飞奔过去，然后装作被这个人踹倒的样子，躺在宁蘅面前碰瓷。白泽幼崽抬头看着宁蘅，黑豆眼中满是期待："快来收服我吧，让我当你的契约妖兽，快来吧快来吧快来吧！"

没想到宁蘅理都没有理他，径直走了过去，反倒是他身后的那个女修士将他抱了起来，给他取了一个非常难听的名字，还误认为他是一只狗。旺财很难受，但是他没有办法，自己只能暂时装作对这个女修士臣服的样子，然后偷偷地，爬到宁蘅的怀里……

傅绾当然猜不到自己怀里这只小小的灵兽怀着怎样的心思，她一手抓着这只灵兽手感极佳的白毛，揉了揉，心想跟着女主角就是好，还能天上掉灵兽。

旺财的肚子被傅绾挠着，觉得非常舒服，嗯……就算这个女修士取名字的水平不怎么样，但是她的按摩手法还是不错的。旺财心安理得地享受着傅绾的抚摸，还发出了嘤嘤的哼唧声，直到宁蘅实在看不下去了。

他停了下来，回眸看着傅绾说道："别摸了。"

傅绾一脸疑惑，不知道宁蘅为什么阻止自己撸狗，她一手将旺财提了起来，递到宁蘅面前，迟疑问道："你……你也想摸吗？"

"看在你受伤的分儿上，我可以勉为其难地把旺财借给你摸一下。"傅绾表示自己可以忍痛割爱。

宁蘅连忙往后退了两步，生怕这只白泽幼崽黏上自己："不用。"他轻瞥一眼旺财，眼中的警告意味很浓厚。

旺财被他一瞪，有些害怕，连忙往傅绾的怀里缩，似乎极为害怕的样子。傅绾觉得女主角这就不对了，她怎么能凶一只可爱的小狗？于是傅绾又伸出手，顺了一把旺财的毛，从脑门摸到了脊背，还拍了一下旺财的后颈，让他不要害怕。

"阿蘅师姐，你凶一只狗干吗？"傅绾哼了一声，终于恢复了自己的本性，"没有想到，你竟然是一个这么冷漠的人。"

宁蘅感觉到自己掌心那颗幽冥血玉忽然轻轻一动，这两块幽冥血玉不知为何，似乎相互有感应。宁蘅有时候能够感知到傅绾的些许情绪，所以，他能清楚地感知到，傅绾现在竟然是带了几分真心在说这句话的。

宁蘅侧过头，又看了一眼在傅绾怀里哼唧的白泽幼崽，眸光冰冷，宁蘅清楚地知道这只白泽幼崽是他招过来的，但还是觉得他有些不顺眼。都是活了几百年的妖兽了，马上就要成年了，还摆出这副模样欺骗女修士。

他扭过头，看了傅绾一眼，忽然开口唤道："绾绾。"

傅绾马上停了下来，紧张地问道："怎么？有危险吗？"

宁蘅看着傅绾，思考片刻便开口说道："先歇一会儿。"

"为什么？不是要去找地方疗伤吗？"傅绾有些好奇，不知道为何宁蘅忽然说要歇会儿。

傅绾紧盯着宁蘅，目光将她上上下下扫了一遍。

她看见宁蘅的脸色还是有些苍白，一张清绝出尘的脸上染了病气，竟显得有些惹人怜爱起来。这个"惹人怜爱"当然只是傅绾的主观感受，她丝毫没有注意到自己这个莫名其妙的主观感受变化。傅绾连忙将旺财往旁边一放，凑了过来，来到宁蘅的身边。旺财惨被狠心"渣男"傅绾抛弃，勉强伸出爪子才拽住了傅绾的衣服，然后噌噌噌往上爬，蹲在傅绾的肩头。

"要不我将十方灵书召唤出来，我们快些赶路去睦洲的中心？"傅绾提出建议。

"不用。"宁蘅马上应道，"不用十方灵书。"

全睦洲都知道十方灵书是他的法宝，若十方灵书的气息外泄，引过来的恐怕就不只是这只白泽幼崽了。他受了伤，虽然体内极阴魔气与地心火毒已经散了大半，但疗伤之时难免有些许气息没能掩藏住。即便他后来已经极力收敛，但受伤之时散出的气息还是被附近的妖兽注意到，所以一路上才引得那些睦洲的妖兽又是送天材又是给地宝的。

宁蘅伸出手来，揉了一下太阳穴，一想到睦洲这群宛如追星一般的妖兽，他就头痛。傅绾还以为他又是受体内的极阴魔气与地心火毒所伤，所以头疼了起来，她只觉自己的心一揪，连忙走上前去问道："阿蘅师姐，可是幽冥血玉的那毒又犯了？"

宁蘅体内的两道气息其实已经散得差不多了，只是体内受损的经脉上还缠绕着些许。但他一抬头，看到傅绾关心的神色，心一动，竟然鬼使神差地点了点头。傅绾伸出手来，轻轻碰了一下宁蘅的额头说道："那多喝热水。"

宁蘅：我为什么要装柔弱给不解风情的傅绾看？

他抬起头，淡淡地瞥了一眼傅绾，开口问道："我方才昏迷的时候，一直觉得有人在给我疗伤……"

傅绾坐在他身边，一边拿出了随身锦囊里的吃食，一边装作没听到："什么，阿蘅师姐你在说什么？我没听见。"

"你在给我疗伤？"宁蘅开门见山地问道。

傅绾哪能让宁蘅发现自己早就能按照《太一宝录》上的修行之道修行，连忙把手背到身后，似乎在隐藏着什么："没……没有，我怎么可能给你疗伤呢，哈哈……"

"就算我想，我也不会啊，对不对？"傅绾强行解释，"肯定是阿蘅师姐你的自愈能力强大，所以才恢复得那么快……"

宁蘅轻笑一声，又看了傅绾一眼，竟然没有再追问下去，他掌心的那块幽冥血玉又开始微微发光，传递着傅绾此时的真正心情。宁蘅合掌，轻轻抚摸掌心血肉下的那块幽冥血玉，他第一次觉得，有这么一块东西，竟然也不是什么坏事。

傅绾见宁蘅没再追问，便松了一口气，开始左顾右盼，装作什么事都没有发生的样子。什么疗伤啊，才不是她做的，傅绾望天，露出一脸云淡风轻的表情。就在她神游四方的时候，傅绾忽然听到自己的耳边传来了一声破空之声，她大惊，不知道发生了什么。

宁蘅的动作很快，直接往她身边一闪，揽着傅绾的腰往侧旁躲去。一道箭矢从傅绾原本坐着的地方飞射而过，插在地上，箭尾还在颤动着。他紧紧揽着傅绾的腰，护在她的身前，抬起头去看到底是谁射出了这一箭。

傅绾惊魂未定，回过神之后，也顺着宁蘅的目光看了过去。只见在前方丛林的深处，有一个深灰色的笔挺的身影，那人手中正拿着一把长弓，身上的气息极为危险。

第 二 章

　　那灰袍的修士收了弓，看着宁蘅与傅绾冷哼了一声说道："哪里来的人类？"

　　他的目光又转向了正在傅绾肩头趴着的那只小小的白泽幼崽，瞳孔骤然放大。

　　"还拐走白泽幼崽！"他提高了音量，"竟敢在睦洲做出这种事，你们不想活了吗？"

　　他又将长弓举起，箭矢的末端直指傅绾。傅绾没听清楚这个人在说什么，但是他看起来好像是对自己肩膀上这只狗狗很感兴趣的样子，她连忙把手一伸，准备将肩膀上的旺财给扒拉下来："不就是一只狗吗，给你！"

　　傅绾本想把旺财给抓下来的，没想到他四只爪子抓得特别牢，根本拽不下来。旺财使劲扒着傅绾的肩膀，一副"我不走我不走我不走"的样子。

　　"你为何虐待他？"那灰袍修士的声音更加冰冷了，怒火更盛。

　　一个人类的修士，竟然如此对待白泽幼崽，不可理喻，不能原谅。

　　傅绾连忙把手缩回来说道："我不是，我没有，我看你很想要这只狗狗，你要的话给你不就好了。"

　　"你这分明是在诱拐白泽幼崽！"灰袍修士根本不愿意听傅绾的解

释，继续怒声说道。

他手中的弓已经拉满了，锋利的箭矢随时准备射出，但是他不敢。灰袍修士的目光转向了在傅绾身边那个人，白衣墨发，清绝出尘，气质卓然，给人的感觉就如同那无尽海边生长着的亭亭圣莲，此人周身气息尽敛，无法探知他的修为，所以灰袍修士不敢出手。

傅绾还在解释这只白泽幼崽只是他们在路上捡的，根本不是诱拐来的，并且试图将他从肩头取下来。

"这位高人我跟你讲，这真的不是我诱拐来的，是他自己冲过来碰瓷的！"傅绾无力地解释。

灰袍修士撇了撇嘴，根本没有理会她的说辞，还是面色不善地看着两人。

"哎呀，你倒是解释一下啊！"傅绾见自己一个人解释没有用，开始求助站在自己肩头的旺财，"你汪汪叫两声同意一下我的说法。"

旺财蹲在傅绾的肩头，使劲扒拉着她的衣服不肯走。

"你再不解释，这位高人可就要把我们给杀了！"傅绾吓唬他，"解释一下，你是自愿跟着我们的。"

小小的白泽在心里重重地叹了一口气，他现在还是幼兽形态，口不能言，若要出声可就真的只能汪汪叫，对于自己被当成狗这个误会，他还是非常介意的。所以白泽幼崽看了一眼站在傅绾身侧的宁蘅，再看了一眼正举着弓箭，气势汹汹的灰袍修士。

他心不甘情不愿地哼唧了两声，然后抬起圆乎乎的小脑袋，侧过头，伸出粉色的小舌头，踮起脚在傅绾的脸颊上轻轻舔了一口，以示友好，三个人眼睁睁地看着旺财就这么在傅绾脸颊上亲了一口。

傅绾："这……"

宁蘅："什么？"

灰袍修士："什么？"

宁蘅站起了身，朝傅绾走了过来。灰袍修士放下了弓箭，竟然真的相信了傅绾的话。宁蘅走上前去，表情平静，但目光一直锁定傅绾肩头的旺财，他伸出手，直接揪住旺财的后颈皮，把他提了起来。旺财不敢反抗，只能被宁蘅提了起来，他还伸出脑袋在宁蘅的手上蹭了蹭，看起来很是享受的样子。然后下一刻，宁蘅就直接把他丢到了灰袍修士的怀里。

"看好你们地界里的小崽子，别弄丢了。"他冷声说道。

灰袍修士马上接住了正在哼唧哼唧叫着的白泽幼崽，大惊。他抬起头来，直视着宁蘅的眼睛说道："这是睦洲，不是你们这些人类修士撒野的地方……"

宁蘅抬起眼睑，美丽深邃的双眸如同幽深的湖。此时，这深邃的湖上泛起了淡淡的金色光芒，似一朵莲花的光芒。灰袍修士看着宁蘅的双眸，大为震惊，面上露出惊恐与尊敬的神色，他的双膝一软，正打算做些别的动作的时候，宁蘅却制止了他。

"不用。"他开口出声，声音冰冷。

"那……要如何？"灰袍修士马上领会了宁蘅的意思，压低了声音，小心翼翼问道。

"要疗伤。"宁蘅的唇色依旧有些苍白，即使已经过去这么多天了，他体内的经脉还是没有修复完全。

灰袍修士更震惊了，又低声问宁蘅道："是谁，能把您……"

能让宁蘅受重伤的人，这找遍整个修仙界，也找不出来啊！宁蘅垂眸，看了一眼在灰袍修士怀里挣扎着的白泽幼崽，没有回头看傅绾，只低声说了句："我自己。"

"哦——"灰袍修士拉长了音回答道，虽然他没有明白这是什么意思，但是他的直觉告诉自己不要再问下去了。

而此时的傅绾则是一头雾水，她就看到宁蘅把旺财抱走了，然后把旺财丢给灰袍修士，跟这个人嘀嘀咕咕说了半天话。

傅绾思考了一会儿，便准备走过去偷听，没想到宁蘅已经说完话了。他转身走了回来，唤了傅绾一声道："绾绾，过来。"

此时的宁蘅有些头疼，他没想到在这里居然能遇到灰袍修士，不得已亮出了自己的身份，现在该如何向傅绾解释？

但傅绾凑到宁蘅身边，小声对宁蘅说道："阿蘅师姐，你是不是把旺财卖给他，他才态度大变的？"

宁蘅听到这句话，愣了一下，他扭过头，看了傅绾一眼，眸光深

15

沉。这辈子，除了傅绾，当真是没有见过其余像她这样把自己安排得明明白白的人。送上门来的借口，岂有不用的道理？所以宁蘅若无其事、云淡风轻地点了点头，坚定地说道："对。"

而站在一旁的灰袍修士此时已经走了过来，他摘下了自己灰色长袍上的兜帽，露出一张极为年轻的脸庞。傅绾打量着他的外貌，他的双眸是金色的，与星瞳的金色蛇瞳不一样，这位灰袍修士双眸的金色光芒极为纯净，仿佛夏季湖面上阳光洒落泛起的金色碎芒，藏在灰色兜帽下的面庞清新俊朗，望之令人感到亲切。

那灰袍修士走了过来，他开口，准备叫宁蘅："尊——"上……

似乎又意识到了什么，灰袍修士马上改口说道："尊——尊敬的客人，请随我来。"

一路上，这温琅对他们说明了自己的身份。他的原形是一只白蛟，平时都是居住在睦洲中心的无尽海之中。这只白蛟不是那种残暴嗜食人肉的恶龙，反而一门心思想着治病救人。据说他最崇拜的偶像除了睦洲的管辖者天枢君，就是爻山的玄微。因为温琅一直觉得玄微医术高超，所修功法《太一宝录》更是令人向往。

温琅是现任的诸天七皇之一天枢君座下最忠诚也最得力的追随者，但是那位天枢君总是神龙见首不见尾。

不知走了多久，傅绾听到一声低沉的呼唤："绾绾。"

傅绾马上回过神来，一抬头就看到宁蘅正与温琅并肩而立，站在了温琅的洞府门口，回眸看着自己，一男一女，仿佛神仙眷侣。她内心十分酸楚，不情不愿地应了一声，凶巴巴地问宁蘅："干吗？"

温琅一听到傅绾这凶巴巴的两个字，非常惊讶。这个人类的修士修为不高，竟然敢用这种态度对尊上……谁都知道尊上的脾气……温琅不禁打了个冷战，连忙扭过头去看宁蘅的反应。

宁蘅早就对傅绾这种态度习以为常了，他在温琅的洞府山门之前站定，挑眉看了傅绾一眼，目光淡然："我们暂且去温琅真人的洞府里歇几天。"

温琅一听到宁蘅唤自己"温琅真人"，还是用这种莫名带着温柔的语气，忍不住又打了个冷战。完了……他好怕事后被杀人灭口。

傅绾轻轻哼了一声，又面带不善地看了一眼温琅，这才朝宁蘅走了过去。她小声在宁蘅耳边说话，拿出了必杀技——挑拨离间。

　　"阿蘅师姐，我觉得这个温琅肯定别有用心。"傅绾纠结了一会儿，便开口说道，"那只小白狗只是一只下品灵兽，他就算收了也得不到什么好处，他有什么理由对我们这么好？"

　　宁蘅闻言，沉默了半晌，他一时没有听出来傅绾语气之中带着酸味，女儿家的心思，又岂是如此好猜的？他说道："那只小白狗应当是白泽幼崽，身份比较尊贵……"

　　傅绾一听大惊，马上把挑拨离间的事情抛到了脑后，那只傻狗狗居然是白泽幼崽吗？早知道是这样，说什么也不能把这种神兽丢给温琅啊！

　　"要不我们去要回来吧？"傅绾斟酌语句，开始向宁蘅提建议。

　　宁蘅脚步一顿，停了下来，他扭过头看着傅绾，平静地说出了一句话，语气却带上了一丝咬牙切齿的意味："他是公的。"

　　傅绾挠头，非常疑惑："公的怎么了？"

　　"他已经修炼了上百年，虽然现在还是幼兽形态，但过不久应当就要化形了。"宁蘅冷声说道，这只小白泽化形之后应当也是一位俊朗的小少年。

　　傅绾闻言，立马双眼放光，更加兴奋了："那……那不是更可爱了……"

　　宁蘅放在身侧的手上肉眼可见地冒出了几根青筋，他深吸了一口气，让自己的语气还是保持波澜不惊："男女授受不亲，你是爻山弟子，又岂能豢养睦洲的妖兽？"

　　"怎么不行！"傅绾马上伸手，拽住了宁蘅的袖子问道，"阿蘅师姐，你看旺财一看就喜欢我，他刚刚还亲我了，你说是不是！"

　　宁蘅沉默了，他扭过头，看到傅绾一脸的理直气壮。他的目光扫过傅绾带着淡淡粉色的漂亮脸颊，还有她因为说话而略有些鼓起的脸蛋。宁蘅伸出手去，轻轻戳了一下傅绾鼓鼓的脸颊，斩钉截铁地说道："不行，不可以。"

　　傅绾被他略带些凉意的手指一戳，立马泄了气，而站在宁蘅与傅绾身后不远处的温琅，面无表情地揪着自己怀里的白泽幼崽，他低头看了一眼躺在怀里瑟瑟发抖的旺财，低声问道："你害怕吗？"

白泽幼崽吓得一把抓住了温琅的衣服，四只爪子抱得紧紧的。

"幼崽就该有幼崽的样子，整天瞎闲逛些什么呢？"温琅冷哼一声，心想自己要不是与白泽一族交好，也懒得去救这只小白泽。

温琅跟上了宁蘅，问道："尊——尊敬的客人，我看您好像受了伤，需要我为您疗伤吗？"

宁蘅正打算摇头，表明自己并不需要，但他又想到自己还有些话想要吩咐温琅，便点了点头，算是应了下来："好。"

傅绾在一旁，看似在漫不经心地左顾右盼，实际上一直在注意两人的对话。温琅说要给宁蘅治伤，哼！宁蘅居然答应了，哼！傅绾脑海中闪过好几个"哼"字。然后她就看到宁蘅与温琅两人就这么并肩离开了，而且看起来相谈甚欢的样子。

她一个人孤零零地站在一边，只听到温琅轻飘飘地留下一句话："傅道友尽可自便，这洞府之中除却我那药圃不能接近，其余地方皆可随意游玩。"

说完，温琅便跟着宁蘅离开了，消失在了自己的视线里。傅绾越想越气，气到浓时心想自己还不如修炼去算了，反正宁蘅跟那个温琅卿卿我我去了，一时半会儿也回不来。她找个地方躲起来，让宁蘅找不到自己。傅绾思及此，便在温琅的洞府之中御风飞了起来。

温琅喜静，所以洞府之中除了他自己，便没有旁余的人或妖了，傅绾四下寻找，也没有见到什么活物。唯一见到的活物，就是一看到她就如同白色闪电一般溜之大吉的旺财。傅绾再次感慨这白泽幼崽竟然如同宁蘅一般渣，之前还抱着自己的肩膀不撒手，现在看到自己躲都来不及。

落寞的傅绾看到前方一处清幽的小院，紫藤花缠绕在院墙上，微风吹来，带起了阵阵花香。小院之中有许多木质的架子，上面晾着许多灵草，傅绾挠了挠头，发现类似的小院还有很多个，想来这里就是温琅招待客人的地方。于是她随便找了一个院子，猫了进去，开始修炼。

之前她在幽冥血池，脑海深处那股神秘的力量差点摧毁心脉，所幸被自己内府的小菩提上的那片菩提叶挡了下来。当时那片菩提叶挡下那股神秘力量之后，也一并被摧毁，化为千百道破碎的光芒，散到了自己的四肢百骸之中。但她能够清楚地感觉到这些光芒并未完全消失，反而是附着在自己的关键经脉之上等着自己去炼化它们。

她如此想着，便闭上了眼，陷入了深层宁静之中，专心致志地开始炼化自己体内的菩提叶碎片。而在另一边的宁蘅，领着温琅，来到了他的洞府的最北端。温琅的洞府就在睢洲中心无尽海的不远处。曾经叱咤风云，造下无尽杀业的妖皇鲲鹏伏伽，其妖身便是从无尽海之中孕育而出的。睢洲之外的人对无尽海的认知只是一个概念而已，但对于睢洲的妖来说，无尽海是一处圣地，因为睢洲的主人都是从无尽海之中走出来的。

温琅恭敬地站在宁蘅身后，跟他一起登上了一座孤峰，两人沿着孤峰一路往上，总算是来到了顶端。宁蘅站在孤峰的至高处，放眼望去，在他的视线里，出现了一望无际的海，海的中心有一株莲，正亭亭立着，圣洁且神秘。

"尊上在看什么？"温琅站在宁蘅身后，好奇地问道，"尊上修为已臻化境，早已脱去妖身，想必也不用留恋原形吧？"

宁蘅看着无尽海之中静静伫立着的一株红莲，沉默了片刻。他摇摇头说道："我中了毒，体内有睢洲幽冥血池之下的极阴魔气与地心火毒，需要将体内的这两股气息传到本体之上。"

"您中毒了？这就是您受伤的原因？"温琅的目光中透露出难以置信，"是什么毒？"

宁蘅轻咳了一声，没有说话。温琅好奇地看向宁蘅，觉得他们睢洲这位尊上的状态不怎么对。他见多识广，自然听说过睢洲魔殿之中的那两块幽冥血玉制成的情毒。在睢洲，能够伤到宁蘅的恐怕只有这一样东西了吧。温琅大为震惊，看了一眼宁蘅，又看了一眼伫立在无尽海中央的红莲。

"尊上，您中的……不会是睢洲魔殿之中的血玉产生的情毒吧？"温琅哆嗦着问道。

宁蘅沉默着，点了点头。

"睢洲制成情毒的那对幽冥血玉，应当是有两块，您身上有一块……那么另一块，在谁身上？"温琅大着胆子，查探了一下宁蘅的身体情况。

宁蘅身上竟有极阴魔气与地心火毒两股气息，难怪难以消除，这一种就够人受得了。

宁蘅沉默了，没有告诉温琅答案。

他往前走了两步，思考了片刻才说道："过段时间，我便去无尽海中央疗伤。"

"没有其他的办法了吗？"温琅有些好奇地回答，"去无尽海，那可太危险了。"

"毕竟伏伽遗骨就沉没在了无尽海之中……"温琅劝道。

宁蘅挑眉，轻笑一声说道："他已经死了。"

他只看了无尽海之中的那朵红莲一眼，便准备离开："我回睦洲一事，不用声张出去。"

温琅跟着宁蘅从那座孤峰之上慢慢走下，在路上，他问了自己一见到宁蘅就产生的疑问："尊上，您为何扮作一个金丹后期修为的女子模样？"

宁蘅长眉一挑，开口说道："这不是你该问的事。"

"尊上，那跟着您的那位小姑娘是谁？"温琅挑了自己第二好奇的问题。

"是爻山的弟子，玄微的亲传弟子。"宁蘅启唇，竟然回答了温琅的这个问题。

"玄……玄玄微首徒？"温琅瞪大了眼睛，非常惊讶，"玄微真人他……他竟然也会收徒弟？"

"他太老了，太一神君的传承总归是要有人继承的。"宁蘅冷静地说道。

"玄微真人……他就只收了这一位徒弟吗？"温琅试探性发问，"他没有收其他的弟子？"

"嗯。"宁蘅简短地应了一声。

"那……玄微真人还收徒弟吗？您看我怎么样？我觉得我非常合适。"温琅拍了拍胸脯说道。

宁蘅瞥了温琅一眼，看见他金色眼瞳之中存着无尽的崇敬与向往，这就是玄微的魅力。他摇了摇头，直接掐灭了温琅的期望："他应当不会再收了。"

温琅非常失望，垂着头跟在宁蘅的身后。

"那么尊上，另外一块幽冥血玉，在她身上？"温琅沉默了许久，方才抬起头来，问出了这个问题。

宁蘅向来坦荡，不会将这种事瞒着，于是他点了点头道："是她。"

温琅本来以为宁蘅会否认或是沉默，没有想到他竟然如此干脆地承认了。

他脸上立马露出些许八卦的神色，凑到宁蘅身边飞速问道："所以……你们……了吗？"问到这个问题的时候，温琅忍不住用手捂住了嘴巴，用来掩饰唇边的笑意。

虽然他很尊敬天枢君，但是一想到宁蘅这样的人居然也能中情毒……想想就觉得刺激。

宁蘅只抬起眼，冷冷地扫了一眼温琅，目光仿佛能杀人。温琅捂嘴，内心在疯狂呐喊：他害羞了他害羞了他害羞了！

宁蘅离开了，温琅憋着一肚子的秘密，又没有办法说出去，所以他只能自己跑到药圃之中，拿出了一个小铲子来，在药圃之中疯狂锄草，来缓解自己内心的激动。

宁蘅抬眼，瞥了一眼往药圃的方向飞的温琅，便自顾自离开了，他要去找傅绾。温琅自己一个人居住的洞府极大，除了他自己的药圃不让旁余的人靠近，其他地方都能随意走动。所以宁蘅一时半会儿若不动用法术，很难找到傅绾。就在这个时候，宁蘅的眼前忽然闪过一道如同白色闪电的身影。

他眼疾手快，伸出手将眼前闪过的那道白色闪电给抓住了，宁蘅拎着小白泽的后颈皮，长睫微动，紧盯着白泽的黑豆眼看。

"旺财，去找她。"宁蘅简短地说了一句。

虽然宁蘅没有说明这个"她"是谁，但旺财聪明啊，这位大人物要找的肯定就是那个小姑娘了！他抖了抖身子，圆滚滚的身子在地上抖了起来，远看像一个软乎乎的白球球。白球球在地上嗅来嗅去，马上找到了傅绾的踪迹。

"嗷——"旺财冲宁蘅叫了一声，示意他跟着自己过来。

小小的一只妖兽，跑起来竟然还很快，看来旺财想要表现自己的欲望非常强烈。来到一处小院之前，旺财便停了下来，小声地哼唧了两声，示意宁蘅人就在这里。

"好。"宁蘅感应到了这小院中那熟悉的气息，便应了一声。

然后他一个人走进了小院之中，回身将门关上，把旺财一只孤零零的妖兽留在了外面。旺财伸出小爪子，扒了一下门，没能将门打开，于是他屈辱地在旁边找了一个小小的狗洞，扭着屁股才挤了进去。他一蹦一跳地到了窗户附近的一个小木箱上，用小木箱垫着自己的小小身体，往窗户里瞅。

宁蘅在傅绾修炼的门口敲了敲门，见无人应答，便知道傅绾此时应当是修炼着便睡着了。他思考片刻，心想傅绾体内还有小部分的地心火毒尚未消去，便想着趁她睡着了，将她体内的地心火毒传出，于是宁蘅直接打开了门。

傅绾此时确实是睡着了，她靠在床榻上，紧闭着双眼，呼吸均匀。宁蘅来到床边，垂眸看着陷入了梦乡的傅绾。他看到了傅绾安静乖巧的长睫正随着她的一呼一吸轻轻颤动。宁蘅忍不住伸出手，轻轻碰了碰傅绾的额头，带着些温热，碎发柔软。这个时候，傅绾却翻了个身，伸出手臂抱住了被子，在梦里轻声唤道："阿蘅师姐……"

宁蘅的手一顿，以为傅绾醒过来了，许久之后见她都没有动静，想必是在说梦话。宁蘅伸出手去，触碰到了傅绾的锁骨中心，在她的皮肉之下，埋着一块幽冥血玉，只是傅绾自己不知道而已。宁蘅指尖暗红色的光芒流淌，将傅绾体内又堆积起来的地心火毒吸了出来。只要幽冥血玉还在，这地心火毒便会源源不断地产生，除非……

宁蘅思及此，便看向了傅绾的脸颊，今日白天，那只小小的白泽似乎是亲了这里？他伸出手去，触碰了一下傅绾精致的淡粉色脸颊，摇晃的烛火下，光与影都有些模糊。宁蘅长睫下的黑瞳幽深，他垂眸，鬼使神差般地慢慢低下了头去，反正她睡着了，就亲一下，也不知道。

漂亮的双唇停在了傅绾的脸颊上，如蜻蜓点水一般，一触即分，这个时候窗外忽然传来了当啷的声响。小白泽两只爪子趴在窗户上，两只后脚一空，他看得激动，一不小心将自己垫脚的箱子踹了下去，发出巨大的声响，傅绾的眼睫轻轻动了动。

在傅绾即将睁开眼，看清楚眼前一切的那一瞬间，宁蘅的脑海中闪过了许多念头，其中最强烈的一个意愿就是——绝对不能被傅绾发现。所以宁蘅的身侧暗红色的光芒一闪，他的身形急剧缩小，他消失了，一只与白泽幼崽长得一模一样的白团子趴在了傅绾的面前。

傅绾在即将醒过来，处于懵懂混沌的状态的时候，感觉到自己的脸颊似乎有温热的东西在贴着，一触即分，如同蜻蜓点水一般。傅绾迷茫地睁开了眼睛，扭头去看到底是谁，然后她对上了一双水汪汪湿漉漉的黑豆眼，毛茸茸、圆滚滚的身躯，看起来软乎乎的，是旺财。

所以方才是旺财在舔她脸颊吗？傅绾吸了一下鼻子，嗅到了空气之中的淡淡莲香，也不知从何而来。傅绾揉了一下眼睛，仔细打量面前的软乎乎的小白泽，他的眼神似乎非常严肃。傅绾不知为何，看到旺财总感觉特别熟悉。

她两手抱着旺财前腿，唤了一声道："旺财？"

这只"旺财"没有出声，爪子异常僵硬地垂着，他抬头看着傅绾，无辜的大眼睛之中倒映着她的身影。傅绾觉得面前这只旺财今天晚上很不一般，很可爱。所以她手一伸，直接将旺财抱到了怀里，然后傅绾低头，结结实实地亲了旺财一口，发出了响亮的吧唧声。

"你今天晚上怎么这么可爱呀？"傅绾揉着旺财的头，自言自语道。

宁蘅情急之下变成了旺财的样子，以防被傅绾发现自己深夜来寻她，但是他没有想到，傅绾居然会做这种事。于是，圆滚滚、毛茸茸的整个白球瞬间僵硬成了一只不会动的毛绒玩具。

"睡吧。"傅绾嘟哝着，将这只小白泽抱进了怀里，拿下巴蹭了一下"旺财"毛茸茸的脑袋。

在黑暗中，她轻声说道："我觉得你今天晚上特别像一个人。"宁蘅马上警觉，竖起了耳朵听。

"我怎么觉得你的眼神特别像我师姐？"傅绾在黑暗中，捏了一下"旺财"的小爪子。

傅绾："她平常老是欺负我。"

宁蘅：我有吗？

傅绾："但是她人很好。"

宁蘅：实话。

傅绡："旺财你今天晚上的眼神特别深沉，特别像她。"

宁蘅：本人。

傅绡："我平常没有什么可以欺负师姐的机会。"

"所以勉为其难欺负一下你，就当欺负宁蘅了。"傅绡又伸出手来，使劲揉了一下"旺财"的脑袋。傅绡觉得只要把眼前这只白泽幼崽当成宁蘅，使劲揉他头，四舍五入就等于自己在欺负宁蘅，这也太爽了。

不过，这一直在房间之中萦绕不散的淡淡莲香是怎么回事？她知道这个味道是宁蘅身上的味道。但是，宁蘅根本没有来过，为什么房间里会一直有挥之不散的淡淡莲香呢？她坐起身来，将怀里的"旺财"抱起来，凑近了在他头顶轻轻嗅了嗅，总算是找到了莲香的来源。

"你身上有别的女人的香味。"傅绡秀气的鼻尖动了动，非常笃定地说，"你说，阿蘅师姐是不是抱过你？"

宁蘅心想自己只用两根手指揪过白泽幼崽的后颈皮，真要追究起来，也算是抱过的，所以他心安理得地点了点头。傅绡泄气了，马上将"旺财"放在自己的腿上。

她伸出一根手指，对旺财义正词严说道："你脏了。"

宁蘅：这之间有什么关系？

他仗着自己变成了一只白泽幼崽，所以直接代入了这个角色，宁蘅伸出一只爪子，按住了傅绡的手。她低头，好奇地看着趴在自己腿上的"旺财"，只见"旺财"瞪大了一双湿漉漉的漂亮大眼睛，眼中还带着些许说不清道不明的高傲与淡然。但是他的尾巴出卖了他，白泽幼崽可爱的、短短的、毛茸茸的尾巴朝着傅绡轻轻摇了摇，摆过来，再摆过去，傲娇得只有三下。

傅绡吸了吸鼻子，非常感动。她鬼使神差一般伸出手，抱起了"旺财"，在他脑门上重重地吧唧了一口。

就在她准备继续撸"旺财"的时候，窗外忽然传来了一声巨响，傅绡与变成白泽幼崽的宁蘅都警觉地朝外看了过去，只见窗外一道流光划过，带着滔天的妖气，苍白的色泽如同流星一般。是盘古骨剑，当啷掉在了傅绡的窗外。

24

第三章

　　傅绾看到窗外划过的那道苍白色的光芒，似乎感应到了什么，连忙抱起"旺财"走了出去。在她走出门之后，她怀里的那个白球球马上从她怀中挤了出去，以极快的速度跑开了。傅绾一时半会儿没来得及去将"旺财"抓回来，只能走上前去，仔细查看掉落在窗外的那把剑。

　　她定睛一看，发现剑躺在地上，苍白的色泽，在黑夜之中闪着微光，这把剑周身带着挥之不去的邪气。傅绾知道，这把剑是妖皇伏伽曾经拿着的那把盘古骨剑。之前他们从幽冥血池的魔殿之中逃出来的时候，昭骨现身了，然后前去拦下了幽冥血池的长老。

　　但是现在，昭骨怎么自己回来了？傅绾瑟瑟发抖，左顾右盼了一下，发现没有人，这才走上前去，她蹲下来，伸出一根手指戳了一下盘古骨剑的剑柄，轻声唤道："昭骨？"

　　盘古骨剑一动不动，闪烁着淡淡的微光，根本没有丝毫想要搭理傅绾的意思，昭骨明明已经修炼成妖，定然没有不回应她的道理。傅绾眉头微皱，伸出手去，正准备将躺在地上的昭骨捡起来。这个时候，小院外传来了有节奏的脚步声。

　　宁蘅变作白泽幼崽之后，被傅绾抓住，没有办法离开，直到盘古骨剑到来，傅绾走出门，他才寻了个机会从她怀里逃脱。宁蘅跑到了院外，这才变回了人身，直接往傅绾的小院走了过来。方才从窗外划过的那道气息极强，带着难以言喻的邪恶力量，他必须前去查看。

宁蘅推开门的时候，看见傅绾正俯身准备去将盘古骨剑捡起来。这把剑苍白的剑身上带着昭然的邪气，却并未排斥傅绾。傅绾听到推门的声音，一惊，手又缩了回来。她抬头，就看见宁蘅正站在小院的门外，白衣素容，甚是好看。

"绾绾。"宁蘅启唇，唤了一声，"方才我看见有一道光芒从你窗外划过。"

傅绾瞅了一眼地上的盘古骨剑，又抬头瞅了一眼宁蘅。不行，绝对不能被宁蘅发现自己和这把盘古骨剑的关系。傅绾连忙站起身来，似无意地踢了一脚盘古骨剑，将他踢得远了些。

"这……这玩意儿……"傅绾两手背在身后，支支吾吾地说道，"我也不——"不知道是从哪儿来的。

她想要撇清自己和这把盘古骨剑的关系，但是她话还没有说完，原本一直躺在地上安安静静的盘古骨剑不知着了什么魔，就这么飞了起来，直接飞到了傅绾的手中。

宁蘅长眉一挑，看着傅绾冷冷说道："看来他很喜欢你。"

傅绾被他这么一说，更慌了，她试图把手中的盘古骨剑扔了，但那剑仿佛黏在了她的手上，傅绾有些紧张："这……"

好在宁蘅直接跳过了这个话题："这是盘古骨剑，伏伽所持的那一把？"

傅绾无奈，只能点了点头，将自己在伏伽小空间中的经历娓娓道来，她将自己看到玄微塑像，还有伏伽塑像的经历都说了出来："就这样，这把剑被我带了出来，我们能够从幽冥血池之中逃出来，也是因为他出手相助。"

"盘古骨剑成妖？"宁蘅双眼微微眯起，总算是正眼瞧了傅绾手中的盘古骨剑一眼。

他走上前来，朝傅绾伸出手，修长的手指在暗夜里显得格外好看："让我看看。"

傅绾本来就不想让盘古骨剑一直黏在自己手上，现在宁蘅出手，准备看看这把骨剑，所以她就乖乖地将盘古骨剑交了出去。她原本以为盘古骨剑还会一直黏在自己手上，不肯离开，但没想到，盘古骨剑极轻松地就被交到了宁蘅手上。

宁蘅垂眸，打量着手上的这把盘古骨剑，他感应到盘古骨剑的灵魂正在沉睡着，似乎是受到了重创。

"他……如何了？"傅绾试探性地发问，"我见到他的时候，他不是这样的。"

宁蘅确实没有见到过昭骨的人类形态，所以挑眉问道："是怎样的？"

傅绾没有感觉到宁蘅语气之中的那一丝危险的气息，所以照实回答："是很帅的。"

虽然昭骨这只剑妖，傻了点，还有些神经质，但傅绾不得不承认，昭骨的人类形态非常帅。

宁蘅握住剑柄，低声重复了一句："很帅？"

"对对对，看起来比伏伽还帅点，不知道是不是因为伏伽那个雕像没有上色的原因，反正昭骨看起来是比伏伽更帅点。"傅绾心想你要是唠这个，那我可就不困了。

宁蘅垂眸打量了一下躺在他手中的盘古骨剑，冷着声开口说道："他的妖灵还在沉睡。"

傅绾心想昭骨毕竟是跟自己结了契约的，虽然双方都没把这当回事，但毕竟也有这个形式在，所以她搓搓手问道："能让他醒过来吗？"

宁蘅的手一紧，握住了盘古骨剑，他确实有办法让昭骨醒过来，诸天七皇天枢君不仅主管睦洲，且由于天枢君传承的缘故，天下众妖皆听命于天枢君，就算是这个盘古骨剑成妖的昭骨也不例外。只要他一声令下，昭骨就算只吊着一口气，即将死去，也要挣扎着说句人话。

宁蘅轻哼一声，瞥了傅绾一眼，傅绾歪着头看他，很是不解。

"他……是不是死了啊？"傅绾试探性地发问，"这不是还在发光吗？他这修为也不应该会被魔殿的长老打死啊！"

毕竟是跟自己结过契约的法宝，所以傅绾的语气带上了一丝关心。

宁蘅低头，查看了一下昭骨身上的状态，剑身上确实有几道伤口，这些裂痕上遗留的气息纯正浩大，坦坦荡荡，是中了世间最正直无邪的法术——《太一宝录》中的法术。

宁蘅只一眼，便看出了造成昭骨昏迷的法术来自何处，修习《太一宝录》法术并且练到登峰造极之境的，可就只有一人，太一神君玄微。昭骨应当是被玄微重伤，失去意识之后化为盘古骨剑本体，循着傅绾的气息飞到这里来的。宁蘅抬眸，不知道要不要对傅绾说出这个事实。

"没死，暂时昏迷了而已。"宁蘅启唇，冷静地说道。

以玄微的性格，是绝对不会伤人性命的，他生平只杀过一人，便是伏伽。

"谁……伤的？"傅绾有些好奇地问道，她实在是想不明白，整个修仙界之中，除了诸天七皇，还有谁有能力能将昭骨打到昏迷。

"说了你也不信。"宁蘅并不打算将玄微的事情告诉傅绾。

宁蘅将盘古骨剑祭到半空之中，指尖一点光芒闪现，即使嘴上说着不愿意救治昭骨，但他还是做了。

"这把剑邪气太过，你压不住。"宁蘅扭过头，瞥了一眼傅绾，开口说道。

傅绾当然没有想过自己可以真的驾驭这把盘古骨剑，一切只是为了逃出伏伽小空间的权宜之计而已。

"但若不拿出这把剑，我没办法离开伏伽的小空间。"傅绾啜嚅了一下，开口轻声说道。

他的语气放缓了些，柔声说道："无事。"

"只是这把剑，你当真不能拿。"宁蘅抬起头来，凝视着在半空之中散发着昭然邪气的盘古骨剑。

宁蘅的双手之中放出源源不断的灵气，修补着昭骨剑身上的裂痕，他手中的力量强大且连绵不绝，丝丝缕缕的暗红色光芒缠绕在昭骨的剑身上。傅绾看着这一幕，眯起了眼睛，宁蘅之前使用的一向是爻山的法术。爻山天泽仙堂的法术，一向是以亲近自然、平和纯正为主，所以法术光芒多是白色，但宁蘅这次修补盘古骨剑剑身的法术光芒，是暗红色的，仿佛地狱中那妖冶的业火与红莲，令人心悸。

28

但是下一刻，傅绾便没空思考这个问题了，因为昭骨在宁蘅的治疗下，确确实实醒过来了。苍白色的光芒盛放，在暗夜之中的邪剑忽然变换了一下形状，一道惨白色的光芒闪过。傅绾感觉到自己面前扑过来了令人无法呼吸的强大气息，如同海潮一般，她忍不住后退两步。

昭骨抬起了苍白的下颌，眸中妖异的金光闪烁，他所受的伤已经好了，在他眼前有两个人。一位不认识，是扮作女子的男子，很强大；一位是傅绾，那个身上有着鲲鹏气息的臭丫头。

昭骨暂时与傅绾结了契，所以对着傅绾直接朗声说道："喂，臭丫头！"

"你让我当你后宫里的第十一位贵妃娘娘也就罢了，你亲师父想要杀我，你也不管管？"

傅绾："什么！"

宁蘅："什么？"

傅绾万万没想到昭骨一醒过来开口说的居然就是这句话，她哪来的十一位贵妃？

"你胡说！"傅绾冲着昭骨大声说道，"我哪来的十一位贵妃，你现在给我变出前面十个来！"

宁蘅挑眉，看了一眼站在面前的昭骨，确实是很帅，是那种特别能讨无知的小女孩欢心的帅。纵然强大如昭骨，此时也感知到了一股不一般的气息，那是杀气。他抬头，看了一眼宁蘅，只见此人正站在他面前，目光寒凉。昭骨是盘古骨剑成妖，又继承了些许伏伽的脾性，所以他觉得自己是受不了这样的挑衅的，但是面对宁蘅，他竟然一点傲气也生不出来。

在昭骨的记忆之中，自己还是一把剑的时候，只对伏伽有过这种感觉。昭骨万万没想到，自己在千万年之后，还能对除了伏伽之外的人臣服。他想要反抗，却没有办法升起一丝一毫的忤逆之心。

昭骨以为宁蘅要问些"你从哪儿来""你要到哪儿去""你为什么会受伤"之类严肃的问题，但没想到，宁蘅竟然问出了和傅绾一样的问题。

"第十一位，还有十位是谁？"宁蘅开口问昭骨，声音冷得出奇。

昭骨有充分的理由怀疑，只要自己说出了答案，然后就会被杀剑灭口。傅绾看着两个人莫名其妙的对峙，丝毫没有感觉到在宁蘅与昭骨之间流淌的敌意，因为她的注意力完全放在了"另外十位贵妃是谁"这个问题上，她什么时候这么出息了？

"还有十位……"昭骨舔了一下嘴唇，缓声开口说道，"不是她的另外一件法宝吗？"

傅绾听到这句话，一愣，这才反应过来，自己……似乎……确实说过类似的话。在伏伽的小空间之中，昭骨与她结契，成为自己的法宝之后，发现自己还混不到一个本命灵宝的位置，才问出了"我凭啥不能当正宫"的灵魂拷问。傅绾当时就表示昭骨只能往后排，连贵妃都混不上，这当然是傅绾瞎说的。

傅绾心虚地祭出十方灵书说道："阿蘅师姐，另外十位在这里……"

宁蘅：我把十方灵书给你图个啥？

傅绾试图将十方灵书里的器灵召唤出来，让宁蘅看看，但她死活没有办法做到。待在十方灵书之中的器灵是拒绝的，他们在书里一起疯狂摇头："不不不不，我们真的不想出去，呜呜呜。"

"他们不会出来了。"宁蘅平静地说道，这句话却似乎是隐隐咬着牙说的。

她这才感觉到了气氛有点不对，面对宁蘅，她自然是不虚的，于是傅绾凶巴巴地瞪了一眼宁蘅说道："你凶他们干什么？"

宁蘅：我凶了吗？

昭骨成功祸水东引，于是蹲在屋顶上看戏，他眯起金色的眼瞳，看着屋檐下一真一假两位女子"吵架"。宁蘅当然不会跟傅绾较真儿，于是只扭过头轻飘飘地瞥了她一眼，没有说话。傅绾看到宁蘅不说话，就觉得女主角在瞧不起自己。

"就许人家男修士追着你，不许我有十个器灵吗？"傅绾仰头，看着宁蘅说道。

宁蘅一时之间没有反应过来，何时有……男修士追着他了？他怎么不知道？他是男子，怎么会有男修士追着他？

"是谁……"宁蘅成功被傅绾带跑了话题的方向，"哪来的男修士？”

傅绾率先说出同门师兄："郁珏师兄！"

宁蘅挑眉，愣了一下："只是同门关系。"还有纯洁的金钱交易关系。

傅绾又说出了还在爻山修炼的那位小师弟："尹朔师弟！"

宁蘅花了很久的工夫，才想起来这是何许人也："若不是你提起，他的名字我都要忘了。"

傅绾心想自己还有好多位宁蘅的"蓝颜知己"没有说出来："颜鳞！"

宁蘅眉头微皱，轻声说道："他为美色所惑。"

傅绾叉腰，又走上前一步说道："还有厉鸿光！"

说出"厉鸿光"这三个字的时候，傅绾带上了一丝咬牙切齿的意味。

宁蘅此时倒是沉默了，他又想到了还在掌心之中躺着的那枚幽冥血玉，宁蘅抬头，凝视着傅绾，目光深沉，没有说话。

傅绾见他不说话，还以为宁蘅是承认了："你看，是不是还有厉鸿光……"

"所以我有十一位贵妃是正常的。"傅绾理直气壮地说道。

昭骨坐在屋顶上，朝傅绾招了招手说道："我可没答应真的当。"

若是之前，他倒不介意产生这种"误会"，反正不痛不痒，他本人根本不会在意。但是现在宁蘅在旁边，他自然是要撇清关系的。

"人家小丫头开玩笑说的话，你怎么就当真了？"昭骨坐在屋顶上，以一副看戏的姿态说道。

他在伏伽的小空间之中，憋了几万年，也没见到什么活人，现在他有机会出来，觉得还是这种"姐妹花"吵架的戏码最好看。宁蘅轻哼一声，又看向了昭骨，只见昭骨的眼神坦坦荡荡，似乎没有作假的样子。看来"十一位贵妃"之事，只是傅绾的玩笑之语。

"下来。"他对昭骨说道。

昭骨的金色眼眸一眯。这种略带命令的语气，他本不想遵从，但自己的身体不由自主地从屋顶上跳了下来。昭骨的目光锁定宁蘅，眼神之中带上了敬意与敌意糅合的光芒，此人到底是何身份？

傅绾在一旁，马上注意到了昭骨与宁蘅之间的火花，她忍不住捂起嘴，转过头去，一脸的震惊。天哪，这女主角的魅力当真是太强了，就连昭骨，在见到宁蘅的第一眼，都忍不住沉沦。傅绾脑补了许多画面，然后瞬间将昭骨划分到了"喜欢宁蘅"这一阵营当中。

"绾绾，你在想什么？"宁蘅在她耳边轻声说道。

傅绾扭过头去，看着宁蘅，笃定地说道："阿蘅师姐，你没有发现吗，昭骨喜欢你啊。"

昭骨："什么？"

"我……我怎么可能！"昭骨指着宁蘅，指尖直接指着宁蘅那平坦的胸口，"我再怎么堕落，也不可能去喜欢一个男——"人。

这句话还没说完，昭骨便觉得自己周身的温度冷了好几度。昭骨本来就是盘古骨剑成妖，自然不会畏惧寒冷，但这个时候他开始觉得冷了，立马接收到了宁蘅冷飕飕的目光。

傅绾扭过头去，一脸狐疑地看着昭骨和宁蘅："男什么……"

"男——难以拯救自己平胸还声音粗的女人！"昭骨舌头一打结，话锋一转，竟然圆了回来。

傅绾马上将昭骨引为知己："对对对，你说得对，我也这么觉得！"

昭骨周身的空气终于暖了几分，他一甩白色的袖袍，觉得自己似乎是在鬼门关走了一遭，还不如回去被玄微殴打呢……

昭骨走上前来，抬起头高傲地看着傅绾说道："臭丫头……"

"你们爻山的祖师，你亲师父，要杀我。"昭骨看着傅绾，一字一顿地说道。

他身为一个剑妖，在伏伽的小空间之中被禁锢了那么久，好不容易出来，还没来得及作恶，就被太一神君盯上了，他怎么会这么倒霉？

傅绾"嘻"了一声："就这？"

"我还以为什么大事呢……"傅绾轻松说道，"你是盘古骨剑，是伏伽手中的兵器，师尊定然是要杀你的啊，这我也拦不住啊……"

昭骨摸着下巴，竟然觉得傅绾说得很有道理："话是如此说……"

"吾主伏伽当年杀人，我的意识还未觉醒，一个人拿着一把剑杀了

32

人，难道要怪那把剑吗？"昭骨求生欲望极其强烈，开启自己的"逻辑带师"模式，"更何况我与你傅绾结了契约，便是你的法宝了，玄微他再怎么样，也不能把自己亲传弟子的法宝毁了。"

傅绾皱眉，仔细思考，竟然觉得昭骨说得有道理。对啊，昭骨当年还没有自主意识，再怎么样也不能将伏伽的罪加到昭骨身上啊。就在她思考的时候，宁蘅却对着昭骨开口了。他的声音如同冰雪一般冷，但很平静："玄微不会杀你。"

"但是你与她结的契，现在要解。"宁蘅抬起头来，目光放在了傅绾的身上。

与此同时，在睦洲的与睢洲的交界处，就是断龙河的西侧，有一个人的身影慢慢从薄雾之中出现。伴随着轮椅碾过土地的声响，玄微慢慢靠近了断龙河。他抬起头，白色的发丝被风吹起了几缕，飘扬在空中，昭骨就是往这个方向逃离的。

他一路追踪着昭骨的踪迹，好不容易快要追上的时候，就发现苍白色的光芒在断龙河之上一闪，直接飞进了睦洲之中。玄微若想要渡过断龙河，可以说是轻而易举，但是他却在断龙河前停了下来。

"玄微真人。"有人的声音在玄微的身后响起，朦胧且温柔。

玄微一惊，扭过头，去看站在他身后的人。一个戴着白色帷帽的女子站在了他身后，也不知是何时出现的。她伸出手，将头上的白色帷帽摘了下来，露出一张冰雪女神般清冷的面庞。主管睢洲的玄冥神君在感应到玄微的气息之后便追了过来，毕竟玄微本人亲临睢洲，也算得上是一件大事了。

"盘古骨剑往这个方向逃跑了。"那女子轻声说道，"玄微真人，为何不追？"

玄微笑了起来，他看着一河之隔的睦洲，朗声说道："这断龙河，我如何能过？"

"以玄微真人的实力，若要渡河，岂不是轻而易举？"玄冥神君好奇，不知道为什么玄微追杀了盘古骨剑那么久，却在断龙河之前停了下来。

"我愧对睦洲众妖。"玄微抬起头来，朝玄冥神君露出一个抱歉的笑容，"对于其他洲域而言，伏伽是灾厄；但对于睦洲众妖而言，伏伽是他们唯一的主人。"

"十万年之前，我将伏伽诛杀，便发誓从此不再踏入睦洲半步。"玄微解释道，"既然盘古骨剑逃进了睦洲，我也没有穷追不舍的道理。"

玄冥神君握紧手中的白色帷帽，看着彼岸的睦洲，还是没有明白玄微的意思："天枢君不在吗？若是让他出手……"

"天枢君？"玄微闻言，竟然笑出了声，"你这时候倒想起他来了。"

"他怎么可能会对盘古骨剑出手，自代替伏伽之位之后，他一向不插手妖族与人类之间的新仇旧怨。"玄微靠在轮椅上，优哉游哉地对玄冥神君说道，"连诸天七皇会晤他都不来，你还指望他出手？"

玄冥神君轻哼了一声说道："睦洲与外界隔绝，他这天枢君当得倒是轻松，不像我，这睚洲我都要控制不住了。"

"无事。"玄微忍不住出声安慰她，"厉鸿光现在已经离开了幽冥血池，他手下五位长老只剩下四位，难成气候。"

玄冥神君挑起秀气的眉毛，非常惊讶："厉鸿光？他怎么就舍得离开我睚洲了？"

"我之前去幽冥血池的时候，他就不在了，据他手下长老说，厉鸿光去了西边的佛宗，好像说是要皈依了……"玄微点了点头，对玄冥神君露出了一个温柔的笑容。

玄冥神君："真的？"

她皱起眉头，心想怎么会有这等好事，赖在睚洲好几千年的厉鸿光，居然自动离开了睚洲，这说出去谁能相信？

"他走了倒是好事。"玄冥神君轻轻哼了一声。

她站在玄微的身侧，忽然低下头卷起了自己的袖子："玄微真人，你若不方便亲身前往睦洲，我可以替你前往，去诛杀妖剑。"

"罢了……罢了。"玄微朝玄冥神君摇了摇头，"他既然已经去了睦洲，我也没有穷追不舍的道理。"

"你一开始就不想杀他。"玄冥神君点出了此事的关键之处。

玄微本来也没有任何想要隐瞒的意思，他朝玄冥神君摊了摊手说道："妖剑狂傲，我不过是为了挫挫他的锐气。"

他一手撑在轮椅上，手指托腮，看着对岸的睡洲陷入了沉思，与其说是沉思，倒不如说他已经沉入了梦乡之中。玄冥神君站在玄微身边，看到他又慢慢闭上了双眼，就连眉间的金光也暗淡了几分。无奈，她只能轻叹了一口气，走上前去，推着玄微的轮椅，带他离开了断龙河的河边。

玄冥神君垂眸，定睛看着靠在轮椅上，似乎已经沉沉睡去的玄微，目光之中充满了探究。此次玄微一入睡洲，她便感觉到了玄微那一往无前的气势。他来睡洲是真的要杀人的，但他只是追着盘古骨剑，到了断龙河之畔，便没有再继续追下去。

玄冥神君可以清楚地感觉到，在盘古骨剑飞入了睡洲的那一瞬间，玄微的杀气便收敛了。在睡洲究竟发生了什么，让玄微没有选择继续追杀盘古骨剑？他想要诛杀的真的只是盘古骨剑而已吗？玄冥神君回眸，又望了一眼断龙河对岸的睡洲，眼神中似有疑惑。

而在断龙河的另一端，睡洲的中心，无尽海边，却有另外一番对话在上演。

"要我与她解契？"昭骨重复了一遍宁蘅说的话。

"嘻，就这？"昭骨朝傅绾伸出手去。

他的指尖忽然泛起了苍白色的光芒，然后那点光芒忽然之间暗淡了下去，昭骨白色袖袍上被染红的古老纹样变回了白色。傅绾只感觉到自己与昭骨冥冥之间的那点联系忽然断了。确实，自己与昭骨所结的契，断与不断，都在他的一念之间。

"好，断了。"昭骨甩了甩手说道，"与她结契，本来就是逃出小空间的权宜之计。"

傅绾感觉到自己的身体一瞬间轻松了下来，她自认为没有能力驾驭盘古骨剑，所以现在解了与昭骨之间的契约后，自己也感觉到非常轻松。

但是有一点令傅绾非常好奇。为什么宁蘅非要自己与昭骨解了契约？

傅缩抬起头来，看向宁蘅问道："阿蘅师姐，为何一定要我与昭骨解除契约？毕竟他也曾经是伏伽手上最锋利的兵器，没有办法控制他的话……"

宁蘅没有看傅缩，只扭过头看了一眼昭骨说道："现在你已经没有束缚了，该回哪儿回哪儿去。"

他的言下之意非常清楚，就是让昭骨从哪儿来回哪儿去。

"若想回幽冥血池，便回幽冥血池去。"宁蘅冷声说道。

昭骨一时没能听清楚宁蘅的话，他扭头去，盯着宁蘅说道："那玄微真人恐怕还在幽冥血池等着我。"

宁蘅挑眉，根本没有在意昭骨语气里的难以置信："他不会杀你了。"

"为什么……"昭骨还想再问，但宁蘅背过身去，直接牵着傅缩的手离开了。

傅缩猝不及防，被宁蘅牵起了手，直接离开了这个小院，她也非常好奇，为什么宁蘅会说玄微不会再对昭骨出手了。

"为什么？"傅缩重复了一遍昭骨的话，但想要问的内容不一样，"你怎么会这么了解师尊的想法？师尊为什么不会杀昭骨？"

宁蘅沉默了一会儿，竟然没有正面回答傅缩的问题。

"昭骨以剑成妖，性格狂傲，玄微应当只是想挫挫他的锐气。"宁蘅说出的话与玄微找的借口如出一辙。

他的声音轻缓，似乎在陈述一个事实，傅缩虽然疑惑，却没有再继续问下去。因为她发现自己被宁蘅牵着手，已经不在方才的小院之中了。

"阿蘅师姐，要去哪儿？"傅缩有些疑惑地问道，"要离开这里吗，你不疗伤了？"

宁蘅径直带着傅缩往温琅的洞府外走去："正是要去疗伤。"

第四章

"你去疗伤便去疗伤,带着我做什么!"傅绾被宁蘅牵着手,问道。

宁蘅紧紧攥着傅绾的手腕,掌心的温度通过肌肤的相碰,传到傅绾的手上。他忽然停了下来,回眸去看傅绾,眼中有着薄薄的怒气,如同冬季湖面上的薄冰。

傅绾见宁蘅如此看自己,有些不知所措,她支支吾吾地说道:"你……生什么气?"

宁蘅见傅绾瞪大眼看着自己,只能放低了声调说道:"昭骨是盘古骨剑。"

"盘古骨剑又怎么了……"傅绾嘟哝着说道,"为了一把剑,你跟我生气……"

"他曾经是伏伽手上的兵器。"宁蘅只冷冷地说了这句话,"你不过才达到金丹后期的修为,与他结契,你又有多高深的修为能够驾驭他?"

傅绾抿唇,对这样的宁蘅,她也只能小声说道:"我们那不是被困在了伏伽的小空间之中,没办法离开嘛……"

"绾绾。"宁蘅忽然略微提高了音量,声音有些严厉,他对傅绾说道，"你在那里等我，我自会去找你。"

傅绾看着宁蘅，眨了眨眼，眼中因为晚间的雾气，泛着朦胧的水光。她踮起脚，看着宁蘅说道："阿蘅师姐，你凑近些。"

宁蘅长眉一挑，看到傅绾如此，也生不起什么气来。他板着脸点了点头，竟然听从了傅绾的话。宁蘅俯身弯腰，一张清绝出尘的脸靠近了傅绾。傅绾左顾右盼了一下，似乎在确认四周有没有人，她接下来要做的事情非常丢人，所以绝对不能被别人看到。傅绾轻轻踮起脚，凑到了宁蘅的耳边，她的声音如同一片羽毛扫过了宁蘅的耳侧，轻轻柔柔。

"阿蘅师姐，我错了，对不起，下次我肯定不再做这种事了，你不要生气好不好好不好好不好？"傅绾将道歉的话一气呵成，她说完之后，马上闭上了嘴，脸上一片绯红。

傅绾眨了眨眼，偷偷看了宁蘅一眼，她看见宁蘅眼中的薄怒如同冰雪消融一般，化为软软流淌着的水。他的眼神忽然之间变得极其温柔，宁蘅垂眸，看着月色下傅绾漂亮的额头，还有正在眨动的眼睫。宁蘅深邃的眸中闪着莫名温柔的光，他放在身侧的手轻轻抬了抬，似乎想要做些什么。

有一种奇怪的欲望从他的脑海之中升起，想要牵她的手，想要拥抱她，想要亲吻她。跟埋藏在他掌心那枚幽冥血玉没有任何关系，这一切都是此时此刻他发自内心想要做的事。

在月色下，宁蘅眼中的柔情令人忍不住沉沦，傅绾咽了一口口水。就在她思考自己要不要退开点，避开这尴尬气氛的时候，他们身后的草丛之中忽然传来了沙沙的响声。宁蘅马上扭过头，去看那草丛之中到底有什么东西。傅绾从宁蘅那令人难以自拔的视线之中逃了出来，她也马上转过头去看到底是什么。

一抹明亮的白色在黑暗之中极为显眼，傅绾大着胆子，走上前去，仔细观察。从一旁的草丛里，露出了一个圆滚滚、毛茸茸的屁股，屁股上翘着一截短短的白尾巴。这个屁股的主人似乎极力想要把自己藏到草丛里去，但由于太胖所以露出个屁股在外面，是旺财。

傅绾伸出手，将旺财从草丛里抱了出来，她发现旺财的背上背着

38

一个小小的包袱，捏了一下发现里面可能装满了骨头。他想逃跑？傅绾有些疑惑，只能回头去看宁蕤的反应，她回过头去看宁蕤的时候，就看见他的眼神又变回了惯常的"高冷"，仿佛方才脸上的温柔都是幻觉。

宁蕤挑眉，瞅了一眼被傅绾抱在怀里的白泽幼崽，目光冰冷。他伸出手去，直接将傅绾怀里的那只小白泽提了起来。

"我来抱。"宁蕤简短且冷静地说了这句话。

旺财全身的毛都竖了起来，他总感觉有什么不好的事情要发生。他僵硬地躺在宁蕤的怀里，觉得这个大人物的胸膛比不上方才那个小姑娘的胸脯，还是方才的更加柔软，好睡一点。傅绾本来是不愿意宁蕤突然过来跟她抢小白泽的，但是宁蕤刚刚还在生气，所以她就勉为其难谦让一下。

她跟着宁蕤，一路从温琅洞府的山门往下，直至离开了这个山头，傅绾有些疑惑，不知道宁蕤究竟想要去哪里。

"不是要温琅给你疗伤吗？"傅绾好奇地问道，"我们怎么出来了？"

她一路絮絮叨叨："你让我一起去，不会是你要疗伤，要我在旁边给你护法吧？我跟你讲，我是不肯做这种累活的，除非你给我钱……"

"去无尽海疗伤。"宁蕤极轻地说了一句。

一听到"无尽海"这三个字，白泽幼崽马上在宁蕤的怀里挣扎起来。不不不，他不要去无尽海，那里太可怕了！宁蕤出手一碰，直接捏住了白泽幼崽的后颈皮，防止他继续挣扎。

傅绾看了一下异常躁动的白泽幼崽，有些犹豫地问道："去……无尽海吗？"

温琅洞府的后面便是无尽海，这是十万年之前，妖皇伏伽的出生地，他以鲲鹏之身在无尽海之中化为人形。十万年之后，现任的诸天七皇之一天枢君，也是从无尽海之中走出的。

宁蕤点了点头，盯着傅绾的双眼说道："你与我一起去。"

傅绾一脸疑惑："那里那么危险，我为什么要跟你一起去？"

宁蕤知道傅绾的锁骨中心，还埋着另外一颗幽冥血玉，它会源源不断地产生少量的地心火毒。通过无尽海来到海上红莲之中，宁蘅可以轻松地将自己体内的极阴魔气与地心火毒传入自己的本体之中，达到净化的目的，傅绾体内的那块幽冥血玉也需要处理。所以他不得不带着傅绾，一同穿越无尽海，来到无尽海中的红莲之上，将幽冥血玉之中的地心火毒净化。

"走吧。"宁蘅没有给傅绾拒绝的机会，直接带着她来到了无尽海的岸边。

这无尽海确实如同它的名字一般，一眼望不到尽头。但是，傅绾可以清楚地看到，在无尽海的中心，有一株红莲正亭亭立着。这株红莲非常奇特，不论自己离得多远，都依旧能够清楚看到它的样子，仿佛它就是这海上唯一的主人一般。

傅绾本以为要找到小舟之类的才能往海上去，但是她想错了，踏上无尽海的第一步，傅绾便感觉到了自己的脚尖荡开了涟漪，如履平地。但不论他们走了多久，那株红莲的位置还是不远不近，一直保持着能让他们看清的距离。

"阿蘅师姐……"傅绾提着裙子，跟在宁蘅身后问道，"我们走了那么久，要什么时候才能到无尽海的中心？"

她抬头，看了一眼天色，远处的天幕已经泛起了朦胧的日光。他们已经走了一整晚，但回眸望去，自己离岸边似乎不太远，离无尽海中央的那株红莲也不太远，仿佛一直在原地踏步。

宁蘅一只手抓着怀里还在瑟瑟发抖的小白泽，脚步坚定。他抬眸看了一眼伫立在无尽海中央的那株孤零零的红莲，轻声说道："再走会儿，无尽海危险，你别往下看。"

傅绾马上抬起头了，不敢往海里看，她总觉得海里会突然出现什么深海巨兽之类的东西。

"海里有伏伽沉没的鲲鹏遗骨。"宁蘅见傅绾似乎有些害怕，于是开口解释道，"他十万年之前被玄微诛杀，便死在了这里。"

"伏伽遗骨……"傅绾重复了宁蘅所说的话，"那他的遗骨有多大……"

"几乎与这无尽海一般大。"宁蘅的声音从风中传来。

"无尽海里有活的东西吗？"傅绡又开始没话找话，一直向宁蘅发问。

"没有，除了那株红莲，都是死物。"宁蘅抬起眼睫，又瞥了一眼海上那株孤零零的红莲。

她觉得有些怕，连忙往前走了好几步，紧紧跟在宁蘅身后，伸出手去，又扯住了宁蘅的衣袖，声音带着些颤抖："那我们快些走。"

宁蘅反手握住傅绡的手腕，又抬眸看了一眼海上红莲道："走。"

宁蘅已经许久没有回过无尽海了，他在无尽海的中心由一株红莲成妖，但脱去妖身之后，他从未回过这里。傅绡感觉到宁蘅握着自己的手腕的指尖有些颤抖，她有些好奇，不知道宁蘅为什么忽然会有这样的情绪波动。

傅绡藏不住自己的心事，只能开口问道："阿蘅师姐，你在想什么？"

"无事，走吧。"宁蘅的另一手的指尖下意识轻触了一下掌心的那枚幽冥血玉，声音平静且淡然。

他带着傅绡往无尽海的中心走，那只半路上捡到的白泽幼崽缩在宁蘅的肩膀上，还在嘤嘤呜咽着，似乎极为害怕这个地方。伏伽已经身死，但他的遗骨对于妖类来说，压制力还是极强，所以白泽幼崽才会如此害怕。

宁蘅当然不惧伏伽，所以步伐格外坚定。傅绡也不知为何，对这无尽海的恐惧除了自己的想象中的一点，也没有太多害怕的情绪。她跟在宁蘅身后，终于看到无尽海中央的那株红莲的身影变得越来越清晰。

傅绡定睛看着海中那朵妖冶与圣洁气质并存的红莲，忍不住开口说道："它真好看。"

宁蘅：谢谢你夸我啊。

于是宁蘅极为理直气壮地点了点头，同意了傅绡的说法："嗯。"

傅绡异想天开，开始打起了这株红莲的主意："阿蘅师姐，你要用这株红莲疗伤，疗伤完之后我们能不能把它带走做纪念啊？"

宁蘅："不可。"

虽然他早已脱去妖身，这株红莲除了与他尚且还有些隐秘的联系之外，自己的修炼之路完完全全与这株红莲无关了，但是听到傅绾说这样的话，他的心中还是升起了一种奇怪的感觉。

"不行。"宁蘅严厉地说道，"不可以。"

傅绾闻言，撇撇嘴说道："你怎么这么小气，妖兽也不让养，法宝也不让结契，连朵花都不能摘……"

"这红莲是无尽海中的东西。"宁蘅冷静地说，试图打消傅绾这个危险的念头，"它肯定与睦洲有关，怎能随意采摘？"

傅绾只是开玩笑，这里是睦洲，她当然不敢妄动。宁蘅在无尽海的中央站定，面前是一株一人高的红莲，这株红莲已经离得他极近，淡红的花瓣在晨曦之中招展着身姿。宁蘅抬起头来，正准备带着傅绾一同飞身入莲中，一扭头，便发现在傅绾身后出现了一个淡淡的金色虚影，那金色的虚影在清晨的日光下显得极其模糊，但还是能够看清它的身形。巨大、神秘、古老，是鲲鹏。

傅绾此时也感觉到了身后的不对，连忙顺着宁蘅的目光往身后看去。她对上鲲鹏那双金色的眼眸，带着无尽的诱惑力，让人忍不住深陷其中。

两人一妖兽就这么看着突然出现在无尽海中央的金色虚影。然后下一瞬间，虚影消失不见，宁蘅与傅绾还有白泽幼崽的身影也消失不见。只余下无尽海中央那株红莲，在风中轻轻摇摆着身姿，似乎这里从未有人造访过。

待傅绾睁开眼睛的时候，闻到了腥臭的气味，她还未反应过来自己到底身在何处，身体便下意识地往后面疾退。这一退，救了她的命。

傅绾往后倒退了至少十几丈，才看清楚在她面前的到底是什么东西。是一只蛇身兽首的巨兽，方才那只巨兽分明就是想要将自己吃了。巨大的獠牙下有腥臭的液体淌下，落在地上，将地面上的植物叶子腐蚀了个干净。

蛇身兽首的巨兽见傅绾往后疾退了数十丈，便大吼了一声，再往前冲了过去，目标直指傅绾。傅绾没空去思考现在到底是什么情况，指尖的光芒闪烁，下意识地便放出了一道白色的法术光芒，飞向巨兽，眼前这巨兽不知道实力如何，但她现在还是保命要紧。

她指尖闪烁着的白色光芒朝前飞了过去，直接将巨兽的手脚绑缚住，防止它再往前冲，但马上，巨兽挣脱开来。傅绾边战边退，试图逃出这巨兽的攻击范围，但巨兽似乎把她当成了掌上的猎物，穷追不舍。

就在傅绾已经快要飞得没有力气的时候，在她身后忽然传来了一声破空之声，一支带着火光的长箭擦着傅绾的身体而过，飞入了那蛇身兽首的巨兽嘴里。熊熊的火焰仿佛不会熄灭一般，从巨兽的口中烧了出来，然后烧遍它的全身。巨兽吃痛，在地上痛苦地翻滚了起来，吼声大得能刺破耳膜。

傅绾松了一口气，轻盈落到地上，回眸望去，想要知道到底是谁射出了这一支带着火的长箭，直接将那巨兽给制伏了。只见一位男子正站在前方的一块巨大岩石之上，服饰看起来并不是现在的修仙界流行的服饰。她揉了一下眼睛，看到站在岩石上的那人从石头上跳下来，手中的弓箭化为几道流光消失，朝这里走了过来。

"睦洲边界危险，你一个金丹期修为的小小修士，怎会出现在这里？"远远地，那人朝傅绾扬起了下巴，朗声问道。

傅绾看他的样貌极为年轻，带着少年气的俊朗，不过在修仙界，无法从面相上判断年龄，傅绾探究不出此人修为，但这人应当是个好人，所以她走上前去，友好地行了一礼问道："多谢这位道友相救。"

那人看着傅绾，冷哼了一声说道："若我不是想要猎杀妖兽换取些钱财，我也不会救你。"

他斜眼看了傅绾一眼，便从她的身边走过，连正眼都没有给傅绾一个。那人径直走到了死亡的巨兽面前，熟练地取下妖兽身上的鳞甲、内丹等物，分别用容器装好。傅绾当然不会白白放过眼前这个可以说话和提供信息的大活人，因为她还有许多问题要问，比如这里是哪里？自己为什么会突然出现在这里？宁蘅和旺财都跑到哪里去了？

傅绾脑海里塞了好多疑问，所以她只能挑一个她最关心的问。

"这位道友，你有没有看到一个穿白衣服的女子，长得很好看……"傅绾走上前去，来到正在处理巨兽尸体的那人身后问道。

"我一路从曜洲过来，除了你之外，从没见过旁的活人。"那人皱起眉头，狐疑地看了傅绾一眼，"你这修为，是怎么一路来到睦洲还不受伤的？"

傅绾心想：这我也不知道啊。她怎么过来的她都不了解。

"曜洲？"傅绾试探性地问了一句，"你……是爻山的弟子吗？"

"什么爻山？"那人又皱起了眉头，看向傅绾的目光已经带上了敌意，"我没听说过，你到底是谁？为什么这么奇怪？"

傅绾挠了挠头，只能无奈说道："这位道友，我名唤傅绾，从爻山来，不知道什么原因便来到了这里……你能告诉我这是睦洲哪里吗？"

"这是睦洲与曜洲的交界处，前面那里便是白日崖。"那人冷冷地盯着傅绾，眼中露出些许疏离来，"吾名何松。"

"何道友，多谢。"傅绾还是道了声谢。

她心想自己方才不是在睦洲中心的无尽海吗，怎么眼前一黑，就瞬移到了睦洲边界？傅绾抬起头来，看向头顶参天的大树，觉得事情并不简单。怎么可能还有修士不知道爻山是哪里？她看到何松已经将地上那只巨兽的尸体处理好，于是赶忙跟了上去。

"何道友，你从哪里来？"傅绾跟上去，想要获取一些信息。

"我从哪里来，为何要告诉你？"何松瞥了傅绾一眼，明显不想与她搭话。

傅绾挠挠头，开始思考自己来到这里之前，到底发生了什么……自己与宁蘅往无尽海中走，终于快来到了海中红莲之上的时候，宁蘅忽然转身，似乎看到了什么，于是自己也跟着宁蘅转过身去，只看到了面前有一个巨大且模糊的金色虚影。她与那金色虚影的眼睛对视，然后便眼前一黑。

下一瞬间，她便出现在了巨兽口下，甚至还没来得及思考自己的处境，便开始被巨兽追逐。她与宁蘅，肯定是出了意外，才会流落到这里。傅绾心理承受能力很强，马上接受了当下的事实，她解决了"我为什么会来这里"以及"我现在在哪里"这两个问题，便开始准备着手解决第三个问题"宁蘅在哪里"。

以前不论去哪里，她始终都跟在宁蘅身边，现在宁蘅不在身边，她倒有些慌张起来。傅绡心想，自己是从睦洲中心的无尽海瞬移到这里来的，那么即使自己现在突然出现在了这里，但是只要顺原路返回，回到睦洲的中心，没准能跟宁蘅碰头。

傅绡打定了主意，便转身，往睦洲的中心无尽海的方向走去，她离开的方向与何松所走的方向完全相反。何松本来没打算搭理这个在路上偶遇的女修士，但是她的行为实在是太奇怪了，因为这个叫傅绡的女修士，居然打算往睦洲的中心走，她不要命了吗？

何松开口叫住了傅绡："你等等——"

傅绡丈二和尚摸不着头脑，她转身看着何松，不明白这个人为什么又突然叫住了自己。

"何道友，还有什么事吗？"傅绡疑惑地问道，"你不是不愿意搭理我吗？"

何松：算了算了，别生气，不能让她去送死。

他看着傅绡，咬着牙说道："这里是睦洲的边界，已经非常危险了，你怎么还往中心走？"

何松原以为傅绡只是认错了方向，但傅绡接下来的话更令他震惊。

傅绡一脸无所谓地说道："对啊，我就要往睦洲的中心去，不行吗？"

她与宁蘅去睦洲的时候，她对睦洲的印象还是挺好的，走在路上都能捡到天材地宝，还能偶遇圆乎乎、毛茸茸的白泽幼崽前来碰瓷。

"当然不行。"何松走上前去，拦住了傅绡的去路。

"你知道睦洲中心有什么吗？"何松吓唬傅绡。

睦洲的边界尚且有这些实力强大并且残暴的妖兽，越往中心去，便越危险。

傅绡挠了挠头，试探性发问："有……自动会掉离火果的离火树？"

何松："离火树？"

傅绡继续说："有……自己跑过来碰瓷的毛茸茸、白乎乎的白泽幼崽？"

何松："白泽幼崽？"

傅绾继续陈述事实："有……潜心修炼医术并且想要拜太一神君为师的小白龙？"

何松："小白龙？"她疯了。

通过傅绾所说的话，何松马上认定傅绾是得了癔症。傅绾口中所说的睦洲是人间天堂，而真正的睦洲在他的眼里却是人间地狱。

"睦洲的中心，有荒墟十二妖，还有妖皇伏伽。"何松冷笑着，看着傅绾说道。

他想要吓唬一下傅绾，傅绾果真是被吓到了。她往后退了两步，显然没有反应过来何松到底在说什么。什么荒墟十二妖，不是都死得差不多了吗？什么伏伽，自己不是刚刚还在他的坟墓处停留吗？

傅绾大为震惊，根本没能理解何松所说的话，但她的接受能力很强，所以很快将思路转了一个方向。何松说他没有听说过爻山，他穿的服饰也不是现在的修仙界的服装风格，方才倒在地上的那只蛇身兽首的巨兽似乎也没有在睦洲出现过……

而且自己之前在桃洲明羲的小空间之中，在明羲的记忆中看到的与现在的情形似乎有些相像。只是那时候她与宁蘅来到明羲的记忆之中是没有实体的，但是现在有了实体。

傅绾摇了摇头，将自己纷乱的思绪暂时放到一边，等到静下来之后再去理清楚。若真的如同何松所说，那么现在的睦洲中心确实是不能去了。她揉了一下脑袋，连忙走到何松身边去，马上变了一张面孔："何道友，方才是我记错了，这睦洲确实危险，我暂时还是先不去了。"

"你要回曜洲是吗？"傅绾问道，"现在曜洲的中心，是不是有一棵很大的菩提树？"

爻山的天泽仙堂，就坐落在一株巨大的菩提树之上，若真有这棵菩提树，那么不会有曜洲人不知道。傅绾在试探何松，想要知道自己是不是真的来到了十万年前的睦洲边界。

果不其然，何松皱了皱眉头，似乎根本没有理解傅绾的意思："曜洲一马平川，仅在曜洲中心有一处山脉，上面根本没有什么菩提树……你若是再犯癔症，那我可不会再搭理你了。"

傅绾一摊手，心想完了，自己果然是通过不知道是什么的途径，回到了十万年前的睦洲，但就算心中再乱，她还是没有忘记自己一开始的目的，一定要先找到宁蘅。

当宁蘅睁开眼睛的时候，见到了有些熟悉但也有些陌生的画面。这里是睦洲，却不是他所管辖的睦洲。宁蘅对于睦洲的了解当然要比傅绾深得多，所以他第一眼就看出了现在的睦洲是十万年前的睦洲。

很快宁蘅接受了这个事实，他会回到十万年前的睦洲，应当是因为在无尽海的中心，在傅绾身后看到了鲲鹏的虚影。宁蘅轻嗤一声，伏伽不愧是伏伽，死了还不安分。他站起身来，看到自己身侧还有一只熟悉的小动物，那只被他抱着一路走到了无尽海中央的白泽幼崽居然也被传送到了这里。

此时，白泽幼崽正窝在宁蘅的衣袖上，睡得正香，宁蘅挑眉，看了一眼陷入熟睡的旺财，然后冷漠地伸出手，直接将自己的衣袖从旺财的身下抽出来。旺财本来陷入了香甜的梦境中，没想到宁蘅居然会出手将垫在自己身下的衣袖抽走。

旺财摇晃了一下圆乎乎的小脑袋，睁开眼去看到底发生了什么，旺财小小的眼睛中露出大大的疑惑。原来抱着自己的不是一个白衣的高冷美人吗？但是现在坐在他面前的为什么是一个身着红衣的男子？

他虽然身着红衣，却不艳，像地狱里的业火红莲，有着圣洁与妖冶两种迥然不同的气质。这男子与那美人长得有八分相似，面部轮廓俊朗潇洒了好几分，身材也比原先抱着自己的白衣美人高大了许多。不知道是不是自己的错觉，旺财觉得面前的这红衣男子，本就应该是他真正的模样。

宁蘅的洞察力极强，在注意到旺财醒过来之后的表情后，他便觉得哪里有点不对了。他伸出手去，一手捧住了旺财的圆脑袋，从旺财的眼睛里，宁蘅看到了自己现在的模样，纹绣着红莲纹样的衣袍，清晰的男子面部轮廓，这不是自己刚成妖时的模样吗？

宁蘅眉头轻皱，身侧暗红色的光芒微微亮起，想要变换为"女子宁蘅"的样子，却失败了。他发觉自己现在的修为，竟然倒退到了元婴期，宁蘅目光之中透露出些许凝重来。

旺财叫了两声试图引起宁蘅的注意，他不知道为什么面前这个原先他又敬又怕的"大人物"的修为倒退了许多，但他还是对宁蘅有着与生俱来的依赖感与服从性。宁蘅扭过头，看了一眼躺在地上撒娇卖萌的小白泽，他现在不得不承认，现在他、傅绾、白泽幼崽三者之中，修为最高的竟然是这个白色的小团子。

像白泽这样的天生妖兽，初降生之时，就有化神期的修为，修炼至化神巅峰，便可以脱去妖身，化形为人。眼前这只白泽虽然说是幼崽，但也修炼了好几百年，已经达到化神后期的修为了。

宁蘅轻叹了一口气，正打算站起身来，去寻找傅绾的踪迹，他的动作一顿。自己这副样子，又怎么可以去见傅绾？在傅绾的心中，自己还是爻山的"大师姐"。宁蘅意识到了这个关键的问题，他眉头轻轻皱起，思考起了对策。

就在这个时候，他所在的密林之中忽然响起了脚步声，与脚步声一同响起的，还有傅绾那轻轻柔柔的声音："咦，我怎么好像听到了旺财的声音？"

旺财蹲在一边，听到了傅绾的声音，有些激动，跌跌撞撞地往密林外跑去。宁蘅站定在原地，心中念头一闪，一道漂亮的红光闪烁而过。原先俊美出尘的红衣男子已经消失，一株种在青瓷盆里的红莲出现在了原地。

傅绾被何松救下之后，经过了一番思想斗争，才接受了自己不知道因为什么回到了十万年前的睦洲这个事实，她决定现在暂时听从何松的话，离开睦洲，在离开睦洲的路上寻找宁蘅的踪迹。

她匆匆在密林之中穿梭着，就在她心灰意冷，以为一时半会儿找不到宁蘅的时候，她听到了几道奶声奶气的声音。傅绾一听便辨认出了这是谁的声音，是旺财。方才他们在眼前一黑之前，旺财蹲在宁蘅的肩头，所以找到旺财，就等于找到了宁蘅！

傅绾大喜，连忙走上前去，她拨开林间密集的枝叶，一边走一边唤着："旺财，是你吗？"

白泽幼崽听到傅绾的声音，非常激动，一时之间连"旺财"这个名字都不去计较了，他撒开四只短短的小脚，朝傅绾声音传来的方向飞奔过去。傅绾连忙蹲了下来，伸出手去将白泽幼崽抱在了怀里。

"阿蘅师姐呢？"傅绾揉了一下旺财的小脑袋，疑惑地问道。

旺财歪着脑袋，小小的眼睛之中有着大大的疑惑，他不知道该怎么解释这件事，人还是那个人，就是女人变成了男人，这等神奇之事，他一只妖兽很难说得明白。所以旺财索性不说了，他只能伸出一只小爪子，指了一下宁蘅所在的方向。

"阿蘅师姐在那里？"傅绾自言自语道。

她一手抱着旺财，一边往他奔跑过来的方向走。傅绾连见到宁蘅之后嘲讽的语句都想好了，但她没想到居然没有见到宁蘅。拨开遮挡着的枝叶之后，映入眼帘的是一株红莲。红莲被栽种在青瓷盆之中，那漂亮优雅的青瓷盆里盈着一半的水，清澈的水上一株红莲孤独立着，花瓣半开未合，妖冶与圣洁并存。

傅绾眉头一皱，觉得事情并不简单。旺财说宁蘅在这里，为什么自己过来之后，却没有见到人？人没了，红莲在这里，那么只有一个答案能够解释目前的情况了。傅绾抱着旺财，伸出一根手指，指着青瓷盆里的红莲，冷声道："你把我阿蘅师姐吐出来。"

小白泽："汪？"

"阿蘅师姐消失了，是不是你把她吃了？"傅绾伸出手，轻轻碰了一下红莲的花瓣。

傅绾也不是没有想过，宁蘅因为某些意外变成了面前这株非常漂亮的莲花。但宁蘅经常身着一身云缎所裁的白衣，就算要变成莲花，那也得是一朵白莲花，怎么可能是红莲花呢？傅绾马上将"宁蘅忽然变成了红莲花"这个命题给否决了。

傅绾坐在地上，身边是一株红莲，怀里抱着一只白泽幼崽，她陷入了沉思。此时，那株红莲的花瓣中央有幽暗的红光一闪。傅绾有些惊讶，连忙凑近了去看这株红莲的情况，只见在红莲的花蕊中央，有一枚晶莹明艳的玉石在闪着光。这玉石似血一般殷红，闪着妖异的红色光芒，晶莹剔透，光华流转，似乎有如水一般的光线在其中流淌。

傅绾觉得这埋在花蕊中央的玉石很是眼熟，她上一次见幽冥血玉的时候，这对幽冥血玉还是厉鸿光的血色双眸，所以暂时没认出来。

宁蘅沉默着专心致志扮演一株红莲，不动声色，安安静静，是作为一株植物的优良品质。

傅绾在这里发呆了很久，怀着一丝期盼等待着宁蘅回来，小白泽窝在她的怀里，都已经懒得提醒傅绾其实宁蘅就在她身边了。傅绾顺了一下小白泽软乎乎的白毛，惆怅地说道："你说，阿蘅师姐去哪里了？"

小白泽："汪？"就在你旁边啊！

"这株红莲又是怎么回事？"傅绾继续自言自语。

小白泽："汪汪？"这就是你阿蘅师姐啊！

傅绾自言自语了许久，只得到小白泽的几声奶声奶气的汪汪叫。她抬起头，见天色已黑，只能抬起头来，望着有些暗下来的天空。天色已晚，她不能再逗留在这里了。傅绾决定先从睦洲出去，到了曜洲再另行打算。傅绾俯身将地上那约有一尺宽的青瓷盆抱了起来，虽然不知道这株红莲是从哪里来的，但她肯定是要带着的。傅绾抱着怀里的红莲，小白泽一溜烟儿蹿到了她的肩膀上。

她走了许久，在夕阳暮色下放眼望去，看到前方出现了一道巨大的裂缝。她在桃洲进入过明羲的回忆中，当然知道这巨大的裂缝就是伏伽摧毁桃洲留下的痕迹。傅绾推测他们被传送过来的时间段应该是伏伽的狼子野心暴露，开始与整个修仙界为敌的时候。

这个时候桃洲已经被他毁去，睦洲的妖族与人类势不两立。傅绾一路从睦洲的边界来到了白日崖的附近。她有些疑惑，因为她一路上根本没有遇到什么凶残的妖兽。但她不知道的是，在她身后不远处，被树叶遮挡的地方，目力所不能及的密林之中，有许多流着毒涎水的妖兽正在跟着她。

在黑暗中，这些妖兽浑浊的眼中露出残忍且狂暴的光芒，它们不敢靠近，仿佛傅绾身边有什么结界一般。这些强大的妖兽，看着傅绾怀里抱着的那株红莲，目光之中透露出恐惧的光芒来。这个人类修士看起来不是很美味的样子，但是猎杀人类本来就是它们的快乐，可那个人类修士怀里抱着的东西……天生令它们感到惧怕。

傅绾挠了挠头，带着些迷茫来到了睦洲的最边缘，她指尖白色的光芒闪现，一本古老的书籍出现在了她的手上。她一手抱着红莲，一手持着十方灵书，默念口诀，想要将掩月召唤出来，驱使十方灵书渡过悬崖，却没有成功。不论她如何召唤，她的神念都宛如石沉大海，没有丝毫回应。

傅绾皱眉，不知为什么会出现这样的情况。无奈，她只能收起十方灵书，自己飞身而上，运起法力，往悬崖的彼端飞去。在踏上曜洲土地的那一瞬间，傅绾安心了。这里是曜洲，玄微所管辖的曜洲，绝对不会有什么可怕的妖兽出现。

傅绾将怀里的红莲放到一边，开始思考自己应该往哪里走，这里黑灯瞎火的，举目望去都是森林，该往哪里去都不知道。要是这个时候能够出现一个可以问路的人就好了！下一刻，她抬起头，就看到有一个人乘着风，摇摇晃晃地朝这里飞了过来。傅绾连忙站起身来，去看飞过来的那人是谁，不看不知道，一看才发现是熟人，竟然是方才在睦洲边界救了自己的何松。

他不知道为什么妖兽所伤，身上有斑斑点点的血迹，此刻正背对着傅绾往后疾退，修长的手臂挽着弓箭，带着灼热火焰的长箭往睦洲的方向射去。在何松面前的不远处，有许多带着尖利爪子的巨大飞鸟朝着他飞过来。长箭射出，将那些巨大的飞鸟一一射落。但它们数量庞大，何松根本没有办法将这些妖鸟全部射落。

傅绾往前走了两步，正打算帮何松解决这些妖鸟，那些妖鸟不知道看到了什么，忽然惨叫了好几声，转了个方向，竟然又飞回了睦洲。傅绾身后那株宁蘅所化的红莲纹丝不动，只有一片花瓣轻轻颤了颤。

何松放下心来，这才反身朝着曜洲的方向飞了过来，他看到了自己白天在睦洲边界碰到的傅绾。何松看了傅绾一眼，目光之中充满了狐疑。这个女修士明明仅仅有金丹后期的修为，还不到元婴期，从睦洲边界跨越白日崖，来到曜洲，为什么一点伤都没有受？

何松欠身，对傅绾略微行了一礼，道谢："多谢相救。"

傅绾：不是我救的你！

在后面不想说话不想动的宁蘅：我也没想救你！

小白泽："嗷呜——"

傅绾挠了挠头，心想自己啥也没做，但是她现在急需一个人来问路，所以便对何松说道："何道友，先不管救不救的，曜洲有没有什么大的修士聚居城市呀？"

何松眉头一皱，瞥了一眼傅绾说道："有，我正要去。"

他在睦洲击杀了许多妖兽，此时正要去晏城将击杀妖兽所得的材料和妖骨售出，换取金钱。这一趟不容易，受了很多伤，但也收获颇丰。傅绾听到何松如此说，马上松了一口气。

傅绾抱起青瓷盆，走到何松面前说道："走，我跟你一起去吧！"

何松点了点头，看了傅绾怀里抱着的红莲一眼，他本来打算移开目光，带着傅绾去往曜洲的晏城，但他没有办法将自己的目光从那株红莲身上移开。因为这株红莲带着难以言喻的吸引力，让他着了魔般盯着看。

何松轻咳一声，往前走了两步，冷声说道："走吧。"

傅绾敏锐地注意到了何松的眼神，她看了一眼自己怀里无辜招展着漂亮花瓣的红莲，又看了一眼走在前面的何松，满腹狐疑。

小白泽蹲在傅绾的肩头，舔了一下自己的小爪子，表示自己已经看穿了一切。

傅绾抱紧了怀里的青瓷盆，虽然心中满怀疑问，但还是跟上了何松的步伐，往晏城走去。

第 五 章

　　曜洲紧邻睦洲，在曜洲的边界附近有一座城市，名曰晏城，可以容纳数十万的修士在此交流与生活。傅绾跟着何松往晏城的方向走去，有一种自己要去大城市的感觉。像晏城这样大的可供不同宗门交流的城市，在爻山所处的那个时代根本没有，因为爻山太大了，所以宗门内部的市集就能够满足修士的日常需求。但十万年前的曜洲不一样，宗门百花齐放，正需要像晏城这样的大城市来提供宗门交流之所。

　　傅绾搓搓手，有些期待，虽然她现在还没有找到回去爻山时代的办法，但若是能来曜洲的晏城看一看也值得了。她原以为一路上何松会懒得与她搭话，但没想到何松竟然率先开启了话匣子。

　　他对傅绾说的第一句话就是："你怀里那株红莲从何处得来？"

　　傅绾非常理直气壮地说道："路上捡的。"

　　旺财蹲在傅绾的肩膀上，伸出小爪子哼唧哼唧叫了两声，显然对她这样的回答不满。宁蘅听到自己一瞬间从傅绾的大师姐变成了路边随便捡的花，心情复杂。

　　何松皱眉，显然有些不相信傅绾说的话。她怀里这株红莲，一看便知不是凡品，怎么可能会是在睦洲的路边随便捡的？何松出身炎宗，是宗门之中最受期待的天才弟子，面对傅绾怀里那株一看便不是凡品的红莲，他生了些兴趣。傅绾感觉到何松眼神中那一丝感兴趣，马上将身子一转，背过身去。

"我也知道这株莲花不一般，不是凡品，既然是我捡到了，那便是我的机缘。"傅绾理直气壮地说道，"你不会想打它的主意吧？"

何松尴尬地摸了一下鼻子说道："我当然不是这样的人，傅道友看重这株莲花，也是情有可原，我可以花费骨币购买。"

傅绾心想自己就算再穷，也不能把这株莲花卖了啊。她隐隐觉得，这株红莲可能跟宁蘅有些关系。没准现在宁蘅真的被红莲吃了，还在红莲的肚子里，所以她斩钉截铁地拒绝了。

何松的目光还是在宁蘅所化的那株红莲上流连，傅绾直接将怀里的红莲放进了随身锦囊之中。

"给多少钱我也不卖。"傅绾摇摇头说道，"我还没找到我师姐呢！"

她这么说着，便望向了前方灯火通明的晏城。晏城虽然名为城，却没有明确的边界。眼前是连绵了几万里的灯火长龙，或明或暗的光在黑暗之中显得格外耀眼。街道与自然的景色融合在一起，法术的光芒照亮了街道上的每一处角落，甚是繁华。

傅绾心想，也就只有在十万年前的曜洲，才能见到这般原始又繁华的景象了。爻山虽然大，却少了一丝烟火气，山门之中的一切都井然有序，并不像现在眼前的晏城，带着人气烟火味的热闹。

傅绾既然已经看到了晏城，便在这里与何松分别。何松在睦洲将她从巨兽口中救下，但她在白日崖附近，也阴错阳差地将何松从妖鸟的围追堵截中救下，两人互不相欠。傅绾急着去找宁蘅，所以匆匆与何松分别。

她一脚迈入了属于晏城的灯火繁华之中，寻思着自己应该先找一处地方歇脚，然后慢慢打听宁蘅的踪迹。但她不知道的是，何松望着她离开的背影站了许久，竟然举步跟上了她的步伐。傅绾怀里的那株红莲，当真不是凡品，他虽然不知道这株红莲有何妙用，但下意识地告诉自己，若是能够得到那株红莲，对自己的修炼会大有用处。

何松就这么不远不近地悄悄跟上了傅绾的脚步，但傅绾一无所知，她穿梭在晏城来来往往的人群里，完全被眼前的景象迷了眼。旺财蹲在她的肩膀上，无聊地打了个哈欠。他看到傅绾正在一个摊位面前，流连驻足，根本不想离去。

傅绾看着眼前那散发着法术光芒的小玩意儿，迟迟迈不动步子，那是一件女修士的首饰，呈蝴蝶形状，上面不知道用了什么法术，可以发出淡淡的幽光，蝶翅扑闪间，有光芒洒落，在黑夜之中显得格外好看。

夜晚的晏城之中，有许多萤火虫在飞舞，这些可爱的小虫子闪着淡淡的荧光，在摊位上旋转飞舞，衬得画面更加唯美。她掂量了一下自己的灵石，想来一两块下品灵石应该是能够买下这一件饰品的。

所以抠门的傅绾纠结了许久，这才在手里捏住了三块下品灵石，犹犹豫豫地向摊位的老板开口问道："老板，这个饰品卖多少呀？"

摊位的老板伸出手去将摊位上飞舞着的流萤赶开，抬头打量了一下傅绾。这女修士也不知道是从哪个宗门出来的，所着服饰极其烦琐，衣物也看不出来是什么材质，但一看就是大宗门出来的，全身上下散发着一种可以宰的富豪气息。

"五枚下品妖兽的骨币。"摊位老板朝傅绾伸出一个巴掌，狮子大开口。

傅绾头上冒出了好几个问号，马上她便回过神来，对……十万年前的曜洲是没有人使用灵石当货币的。傅绾挠了挠头，又将自己手里紧攥着的三块下品灵石塞回了口袋里，她寻思着自己似乎大概好像还有其他钱……

玄微给的好几百枚骨币被宁蘅说是老古董，已经不能在爻山时代用了，她心想没准在这里能用上，所以傅绾伸出手去，取出五枚骨币出来。不知道是什么原因，她发现从随身锦囊里取出的骨币，竟然又充满了灵气。

那骨币一出手，便震惊了摊位老板，他马上往后退了好几步，躲开傅绾手上这几枚骨币散发着的气息。

这骨币怎么会是用极品妖兽的兽骨制成？光是一枚，就能将他这个摊位外加他整个人给买下来，这些妖兽生前至少都是大乘期的修为了，遇上诛杀这些妖兽的修士大神，谁还在意这些钱不钱的啊！

摊位老板很是恐惧，阴错阳差地将傅绾当成了有强大后台的修士，他连忙摆了摆手说道："这……这饰品……道友您直接拿走吧！就当我送你了，就……就当交个朋友……"

傅绾：这是什么操作？

她将手里的骨币翻来覆去地查看，也没看出这骨币到底有什么奇特的，但在桃洲因为没钱所受的憋闷之气成功释放了出来。玄微不愧是太一神君，果然靠谱，他给的东西果然是能发挥用处的！

傅绾热泪盈眶地接过了摊位老板递过来的小饰品，然后硬将手中的一枚骨币塞到了老板的手上。这玩意儿老板哪里敢收，他连连推开，但傅绾表示她还有很多枚，再次刷新了老板对她的认知。

在强行给出了一枚骨币之后，傅绾觉得自己走起路来，腰杆都硬了好几分。傅绾还没忘了要找宁蕙，遇到一个路人便问她的下落。她原本没有抱太大的希望，但是在问到第一百零八位路人的时候，却有人给了她答复。

"白衣美人吗？是不是长得很好看？"有一位长着路人甲脸庞的路人挠了挠头说道，"我见过，刚刚还见过她，就在前面不远处的那个小巷子里。"

傅绾非常惊喜，看了一眼那条看起来有些幽暗的小巷子，没有思考过多，便直接走了过去。蹲在她肩膀上的小白泽伸出爪子，拍了一下傅绾的脑袋，想要让她清醒一下：你家师姐就在你的随身锦囊里，你跑什么啊？

这个时候，待在傅绾随身锦囊里的宁蕙早就变回了人形，他身着一袭红衣，坐在骨币堆成的小山上，表情淡然，但目光之中带上了些许杀意。不知道到底是谁用自己的信息去误导傅绾，但那人若是想要图谋不轨，那么他会选择出手。

傅绾急着找宁蕙，便直接走进了方才那个路人指示的小巷中，晏城繁华，在灯火通明的街道之中类似连通不同街道的小巷非常多。由于没有主街道上闪烁着的法术光芒，这里显得有些幽暗，远处星星点点的光投进来，让傅绾勉强看清了小巷之中的场景，这里堆积着几具狰狞的兽骨，还堆放着几个大小不一的木箱子。

方才那个路人说宁蕙在这里，但傅绾并没有嗅到宁蕙身上那股淡淡的莲香。一只脚迈入了小巷，但傅绾又缩回了脚，她在进去与不进去的边缘反复横跳。这就急坏了埋伏在小巷之中的人，黑暗中，他的双眸闪烁着奇怪的光芒。

当傅绾将脚伸进小巷，想要往里走的时候，他便手一抬，一点明黄色的火焰在他的指尖燃起。他体内的气息在内府之中狂躁地旋转，但周身气息不显，蓄势待发，就等着傅绾踏入这个小巷。

但傅绾将脚缩了回来，自言自语道："不对啊，阿蘅师姐应当不会在这种地方躲着。"

那人指尖闪烁着的火光骤然间熄灭下去，他见傅绾不进来，便准备启用另一个方案。

但傅绾思考了一下，又自言自语说道："不行，万一阿蘅师姐是从这条小巷走到了另一边去呢？"

于是傅绾又抬起了脚，准备走进小巷。埋伏在小巷中的那人再次抬起了手臂，体内奔涌的气息即将按捺不住，仿佛马上就要决堤的河流。只要她一走进来，走入他弓箭的射程之中，他便出手，一咬牙，下定了决心。

但事与愿违，傅绾再次警觉地收回了脚，黑暗之中，又是一抹火光熄灭。她觉得做选择对一个有选择恐惧症的人来说实在是太难了，特别是面对这样的情况。

如此往复了好几番，傅绾终于鼓起了勇气，心想自己消失不见的时候，宁蘅宁愿砸开明羲的小空间都要找到自己，如此令人感动的同门情谊，她也不能输。于是傅绾深吸了一口气，走入了小巷之中，但黑暗之中，并没有原计划会射过来的火焰长箭。

因为一直埋伏在小巷之中的何松，吐出了一口鲜血。他本来运足了法力，就等傅绾走进射程之中，但傅绾在小巷口，纠结了那么久，所以何松只能运气，泄气，又运气，又泄气……就算是机器，如此反复多次也会坏。

所以何松被填满内府却无处释放的法力憋出了内伤，就连手上那支原本对准了傅绾的箭，也从他手中滑落。傅绾敏锐地听到了这一声吐出鲜血的扑哧声，她眉头一皱，连忙运起法力，在身前展开一道防护的法术。

"是谁？"她厉声问道，声音不大，却响彻整个小巷。

何松见掩饰不住，便压下内府的不适感，从隐藏着的木箱子之后跳了出来。他一挥手，这小巷两端便亮起了阵法的光芒，将声音、画面与气息完全阻隔在外。除了月光，繁华街道上的灯火与吵闹声都传不到这里来了。

何松紧盯着傅绾，目光中透出杀意："傅道友，在这儿碰面了。"

傅绾挑眉，看了一眼何松，马上便知道了他的目的。何松在与她分别之前，一直在问她那株红莲的情况，她也向何松问过宁蘅的踪迹，所以何松用这些信息把自己骗到这里来，可能就是为了杀人夺宝。

"你想要我的那株红莲？"傅绾朝前走了两步，目光直视着何松问道。

宁蘅在随身锦囊之中，下意识抬起了头，仔细听傅绾接下来说的话，他当真害怕傅绾说出"不就是一株红莲，你要就给你，求求大侠饶我一命"。

傅绾冲何松扬起了头说道："这株红莲不可能给你。"宁蘅松了一口气，放下心来继续看戏。

她说得理直气壮，但是配合她现在这个修为来说就有些可笑了。何松的修为至少在元婴后期，他一弓一箭配合炎宗法术便能够解决将傅绾撵得满睦洲跑的妖兽。所以，现在的何松不知道傅绾有什么拒绝的资本。

"若是将红莲给我，我还能饶你一命。"何松冷静地说道，"我也不想伤人性命。"

傅绾指尖的淡绿色光芒隐隐闪现，这是《太一宝录》之中的法术，以本命灵植为引，可以发展出诸多的妙用，根本不需要惧怕修为比她还强的对手。诸天七皇之所以是诸天七皇，与他们修行的功法有很大关系，若是能够修行一套极品功法，战胜修为比自己高的敌人也并不是问题。

何松见傅绾不肯交出红莲，便动了杀意，杀人夺宝，在现在的修仙界中再正常不过。在睦洲边缘，他击杀妖兽也不是为了要救傅绾，只是他正好在追杀那只妖兽而已。金丹修为的修士却身怀如此多的秘宝，就算自己今天不杀她，明天她也会被别人盯上。

何松压下自己的内伤，朝傅绾抬起了双手。两道熊熊燃烧着的火焰朝傅绾席卷而来，填塞了整个空间，令人避无可避。傅绾眯起眼，发现这火焰虽然看起来来势汹汹，却并不强大。

傅绾轻松挥手，手中纯净自然的光芒一闪，借天地之力轻松将面前的火焰驱散。趴在傅绾肩头的旺财忽然瞪大了双眼，不敢相信自己看到的景象。能够轻而易举地将出身炎宗的何松放出的火系法术破解，她到底是怎么做到的？

何松大惊，神色之中带上了认真的意味，他的修为在元婴后期，并且出身炎宗，修行的功法都是上乘，他认为自己没有任何理由会打不赢一个金丹后期的小小修士。

何松咬着牙，掌心朝上，周身的空气都变得灼热起来，无数灵气在他的手上汇聚，并且逐渐形成了一个小小的气团，接着高速旋转变换成为闪着明黄色光芒的火球，这火球并不像寻常火焰一般虚浮无力，它显得极其紧实并且充满了狂暴的能量。

来自元婴后期的优质修士的蓄力一击，自然不容小觑，傅绾连同她身边的一人一兽都警惕起来。傅绾深吸了一口气，她根本没有打算让这个何松成功凝聚出那个火球，她伸出手，指尖有淡绿色的光芒闪动，并且逐渐成形，似乎是一个菩提树的形状。

趴在傅绾肩膀上的旺财当然不知道傅绾还留了一手，他四只短短的小爪子支撑着身体，朝何松龇起了牙，身边有金色的光芒闪动。

而在锦囊里的宁蘅不确定傅绾是否已将《太一宝录》修炼成功，他也没有打算去相信一只小白泽会保护傅绾。于是他站起了身，准备从锦囊里飞出，直接将何松诛杀。一人一兽都蓄势待发。

何松当然不知道自己在不久之后会承受怎样的打击，他只是专心致志地运气，准备使出自己的最强杀招将傅绾诛杀。就在小巷之中的人和兽周身都泛起了蓄力光芒的时候，封住小巷另一侧的阵法光芒忽然暗淡了下去。

一个身影出现在了小巷的另一端，何松背对着他，傅绾正对着他，但因为有何松的身影挡着，她没有看清那人的模样。那人伸出手，一道纯白的光芒闪过,直接将何松击晕了过去。

傅绾、宁蘅与小白泽见何松已经被人击倒,周身缭绕着的光芒瞬间暗了下去。傅绾缩回了手,原本即将聚集起来的小菩提化为点点微光,重新回到了身体之中。宁蘅又重新坐回了钱山钱海之上,继续淡定看戏。小白泽打了个哈欠,在傅绾肩膀上伸了个懒腰。而何松,则成功捡回了一条性命。

傅绾抬起头来,眯起眼去看出手将何松击晕救下她的人到底是谁,如春风一般温暖的微笑出现在唇边,他的嗓音醇厚柔缓,仿佛春日的河流淌过。

"这里发生了什么事吗?"那人黑发黑眸,长身玉立,站在小巷的另一端,看着傅绾微笑问道。

傅绾看着站在小巷另一端的人,难以置信地瞪大眼睛。她也不是没有想过会有这样的情况发生,但是当这个人真的出现在了她面前的时候,她还是觉得仿佛在梦中一般。

站在她眼前的,不是别人,正是玄微。是没有坐在轮椅上的、活的、会动的,还很年轻的玄微。傅绾看着眼前那黑发黑眸的青年对着她温和地笑,忍不住开口出声唤道:"师尊?"

她这两个字刚说出去,这才觉得哪里有点不太对。不行,现在不能叫师尊,现在的玄微还不是她师父。所以傅绾只能挠挠头,往前走了两步,动作有些扭捏,她不知道该用什么姿态来面对现在的玄微。

见傅绾的神情有些尴尬,玄微便开口,语速不快不慢:"方才我见这小巷中有封闭声音与光线的阵法,猜想这里应当会有人图谋不轨,便破了阵法。"

傅绾抬起头来,装出一副自己不认识玄微的样子说道:"多……多谢相救。"

玄微靠在小巷一旁的墙上,不远处街道上暖橙色的光芒照在他的侧脸上,让他的面部轮廓更加柔软温和,然后他对着傅绾,问出了一个非常尖锐的问题。

"方才你……叫我什么?"玄微看着傅绾,笑了起来,语气温和。

"这……"傅绾犹豫了一下,觉得自己方才说的话在玄微听来仿佛就是在碰瓷，"你听错了！"

"叫师尊是吗？"玄微温润的黑瞳之中露出一丝戏谑的光芒来。

傅绾："原来你听到了啊。"

她无奈，只能点了点头，尴尬地说道："只是你与我师尊长得很像。"现在的玄微当然不知道他十万年之后会收自己为徒。

玄微看着傅绾，还是保持着他完美的微笑，仿佛是怕傅绾真的认错人："我不收徒。"

就在她低头看着自己的脚尖，尴尬得不知如何是好的时候，玄微却走了上来，他的眼神聚焦在傅绾肩膀上的某一处，目光带着些许疑惑，忽然朝傅绾伸出了手。傅绾看着他白皙修长的手指，在夜里的灯火的照耀下仿佛一块温润的玉，然后，这只手便伸到了她的脸侧，直接揉了一下在她肩膀上趴着的旺财的脑袋。

"白泽幼崽？"玄微的指尖从旺财圆乎乎的脑袋上摸过去，旺财似乎很享受这样的抚摸，忍不住伸出爪子，蹭了一下玄微的指尖。

傅绾下意识点了点头说道："是狗。"

旺财歪着头，嗷呜了一声，被误会成狗久了，他自己竟然真的就这么以为了。

"从睦洲来的？"玄微挑眉，看了傅绾一眼。

在妖族之中，白泽也是非常强大的一脉妖兽，只是白泽一脉天性高傲，没有跟着伏伽一起搞事。

傅绾点了点头说道："在睦洲捡的。"

"还能在睦洲捡到白泽幼崽？"玄微看着傅绾，眼神中闪着些许惊讶。

白泽是极品妖兽，一般只生活在睦洲的中心无尽海附近，以傅绾的修为，又怎么能深入睦洲，去将一只白泽幼崽带出来呢？

玄微看着傅绾，眼神有点疑惑。傅绾注意到了玄微眼中的疑惑，笃定地点了点头说道："是捡的。"

她这句话倒没有说错，这只小白泽确实是自己送上门来碰瓷求着别人养他的，面对玄微，傅绾非常坦然。反倒是旺财，似乎非常喜欢玄微，不停地在他的手上蹭来蹭去，还发出嘤嘤的撒娇声。

傅绾心想不愧是玄微，这亲和力太强了。她如是想着，就听到玄微忽然漫不经心地说了一句话，问了一个问题："这位道友，不知你是否听说过这件事？"

傅绾下意识开口问道："什么事？"

"睦洲妖族前几日丢失了一样东西。"玄微轻轻笑了起来，似乎在分享一件家常小事，"到底是丢了一个妖还是一件物品，尚且不得而知。"

"但天枢君伏伽对此事非常在意。"玄微看着傅绾，柔声说道，"白泽一脉，在睦洲是极受尊敬的妖兽。"

傅绾一愣，这才反应过来玄微话里是何意。白泽是睦洲的极品妖兽，所以玄微现在有充分的理由认为她肩膀上的那只旺财就是睦洲丢失的那样东西。傅绾看着玄微，一脸震惊，没有想到自己的举动竟然会引起这样的误会。十万年前，她肩膀上趴着的这只小白泽，恐怕都还没有出生吧。

傅绾看向玄微，见他正微笑地望着自己，话语间没有丝毫逼迫的意思："这位道友，你肩膀上那只白泽幼崽究竟从何而来，可否告知于我？睦洲与修仙界还是敌对的状态，睦洲稍有风吹草动，对于人类与妖族来说都可能是关键的转折点。"

末了，他又轻叹了一口气说道："若你不愿说，也便罢了。"

傅绾见玄微这样，哪里会不说出真相，但是她总不能说她自己是从十万年后的交山时代来的吧？

傅绾知道此事荒谬，并且她稍有不慎透露出自己的来历，可能就会对以后的世界产生影响，她只知道自己肩膀上这只旺财绝对不可能是睦洲丢失的那样东西，因为在这时候，小白泽根本就没有出生。

所以傅绾摇了摇头说道："睦洲妖类众多，白泽一脉就算尊贵，也不过是极品妖兽的其中之一罢了，能够让天枢君伏伽在意的东西，应当不是我肩膀上的这只白泽幼崽。"

玄微挑眉，仔细思考了一下说道："这位道友说得有理，是我唐突了，不过伏伽他究竟在找什么？"

傅绾也开始帮玄微分析问题："师——不对，这位道友，你先莫慌，慢慢想一下睦洲有什么重要的地方或者圣物之类的东西。"

玄微看着傅绾，微微一笑："你倒是打开了我的思路，睦洲中央有一地名曰无尽海，是睦洲妖族的圣地，伏伽便是在这无尽海中以鲲鹏成妖的。"

"对对对，无尽海……"傅绾应了一句，"无尽海上有什么呢……"

傅绾的声音戛然而止，无尽海上，当然是有那株红莲了。她愣住了，眼中透露出难以置信的震惊表情来。不会是……这个吧？傅绾心虚地摸了一下自己的随身锦囊，这锦囊里藏了一株红莲，是她在睦洲边界捡到的。她觉得这株红莲与宁蘅有很大的关系，所以她直接将红莲给抱走了，她深吸了一口气，看着眼前的玄微，觉得现在的问题复杂了。

"真的找不到了吗？"一个冷漠且凉薄的声音从没有尽头的海上传来。

睦洲无尽海正值黑夜，银辉洒落海面，映着粼粼波光。在睦洲的无尽海之上，放眼望去只有平静得有些可怕的海面与蒙蒙的雾气，再没有旁余的东西。一人站在睦洲无尽海畔，手中拿着一把苍白色骨剑，他一身黑衣，衣摆处隐隐绣着古老的如同符咒一般的纹样，正是远在睦洲的伏伽。

"找不到了。"一个似娇似媚的柔软声音在海中响起，卷发美人从海里探出半个身子来，色彩斑斓的美丽蛇尾在平静的海面下缓缓摇动，带起暗涌。

"何时消失的？"伏伽皱眉，眼中闪烁着意味难明的光。

星瞳靠在岸边的礁石上，用手撑着下巴，柔声细语地说道："妖皇尊上，我们也不是时时看着那无尽海上的情况，我发现他消失的第一时间，不就来通知你了吗！不过这无尽海上的一举一动都在我的掌握之中，他若是想要离开，必然会惊动我，但他好像是凭空消失的，我根本没有感应到无尽海上的异动。"

伏伽并不打算怪罪星瞳，这株红莲突然消失，连他自己都没有发现，更别说星瞳。

她噘起了嘴，摇摆了一下漂亮的蛇尾，语调尾音上挑，似乎在撒娇："再说了，那朵破花哪有我好看？"

伏伽抿唇不语，瞥了一眼星瞳，没有说话，她总是这副德行，他都懒得纠正她了。星瞳靠在岸边上，伸出舌头舔了一下指尖，濡湿了手指之后便开始翻书，她竟然在专心致志地看书。一只修长苍白的手从旁边伸过来，直接将星瞳手中的书给抽走了，伏伽实在是受不了自己妖族的手下竟然会是这副样子。

"你在看什么？"伏伽冷声问道，他举起书，借着月光看这本书的名字，《妖皇暴君的娇媚小蛇后》。

"那俊美邪肆的男人——妖皇伏伽挑起星瞳的下巴，怀里的女人眉目含春，泛着水光……"

"'女人，你只能是我的。'妖皇伏伽说道，下一刻便低下了头，吻住了星瞳如花瓣般娇嫩的唇瓣……"

伏伽冷笑着，冷白色的火焰在他的手上燃起，将手上的书烧为灰烬。

"若是消失了，便去找。"伏伽轻嗤一声，他一脚踏上了无尽海，脚下泛起一大串涟漪。

在伏伽身后，闪身出现了一个高大的身影。

"是。"那人简短地答应了一句。

星瞳从海里探出头来唤道："二哥。"

这高大的身影没有回答星瞳的话，一张面孔带着沉默的俊朗。

"柏羽，去找。"伏伽吩咐了一句，让柏羽不要分心。

柏羽点了点头，身形逐渐消失在了原地，他要去寻找无尽海之中消失的那株红莲。伏伽抬眸，看着在墨蓝色的天空之中挂着的一轮孤月。即使他已经夺走了整个桃洲所有人的性命，以他们的生命为祭，布下祭天大阵，以增强自己的修为。但不论他的实力达到了怎样的程度，一想到无尽海中心那株永远盛放着的红莲，伏伽低眉敛目，他还是……怕。

傅绾听完玄微说睦洲有一样很重要的东西消失，下意识摸了一下自己腰间的锦囊。她有些紧张，心想睦洲丢失的东西，不会是自己捡到的那株红莲吧？那么要不要将这株红莲给玄微呢？傅绾抬眸，看了一眼自己年轻版的师尊。

年轻的玄微周身的气质温和柔软，总是给人熨帖的感受。傅绾下意识地伸出了手，探向了自己怀里的随身锦囊，她忍不住想要将怀里的那株红莲拿出来，让玄微来分析一下现在怎么办。

这个时候的宁蘅，在锦囊之中抬眸看到傅绾从混沌的空间之外伸出来的一双手。宁蘅知道傅绾是在找自己变成的红莲，但他隐隐知道了自己现在的存在并不能被人发现。于是，宁蘅抬起头，墨发在肩头倾泻而下，朝着傅绾伸出手去，他有些微凉的指尖勾着傅绾的手指。

傅绾一触碰到宁蘅的手指，便知道是她师姐，她马上瞪大了双眼，眉眼之中透露着震惊。这株坏红莲果然是把宁蘅吃了，现在宁蘅估计是过五关斩六将，才从红莲的肚子里面逃出来。

宁蘅伸出手去，在傅绾手上写道："我在。"

傅绾不知道宁蘅为什么不出来，但是她马上反手在宁蘅的手心写道："阿蘅师姐？"

他抿唇不语，在傅绾手心飞速写道："不要告诉玄微。"

既然宁蘅如此说，傅绾肯定尊重宁蘅的意见，于是她马上在宁蘅的掌心飞速写道："好。"

玄微前来晏城，本来就是为了调查睦洲丢失的那件东西，所以便在这里留了下来。他见傅绾一个人在晏城中，人生地不熟的样子，便带着她来到了晏城最大的客栈。

"我正好也要在晏城之中逗留几日，傅道友你既然孤身一人，有何事，来找我便是。"玄微见傅绾自己孤零零一人，修为还不高，便有了想要帮助她的意思。

傅绾听到玄微如此说，哪里还有拒绝的道理，便跟他一起走进了客栈之中。玄微对此地熟悉，所以一进客栈，便帮傅绾安排好了住处。

"王掌柜，两间上好的院子。"玄微码放出几枚灵气四溢的骨币在桌上，朝着掌柜柔声说道。

掌柜恭敬地应了一声，便示意傅绾与玄微往后院走去。傅绾跟在玄微的身后，不知道该说些什么话，她抬手抚摸了一下蹲在自己肩头的旺财的脑袋，抿唇沉默着，倒是玄微先开启了话匣子，缓解此时的尴尬。

他扭过头来问傅绾道："傅道友第一次来晏城？"

傅绾点了点头，心想自己这不仅是第一次来晏城，更是第一次来到十万年前的曜洲。

"那又为何忽然在小巷里中了埋伏？"玄微又轻声问道，他提醒了一句，"一人出门在外，还应小心才是。上好的法宝、灵兽等物还是要藏好。"

他一眼便认出了埋伏傅绾的何松是炎宗的弟子。炎宗算不上什么名门正派，但也不会为了蝇头小利就干出杀人越货的勾当。能让炎宗的弟子下此狠手，傅绾身上一定有什么值得垂涎的东西。

"我原本是来找人的，所以被他骗去了小巷之中。"傅绾老老实实说，她当时真的以为会有宁蘅的线索。

玄微有些惊讶，将目光转向傅绾，问道："傅道友在找人？"

傅绾点了点头，觉得这事也没有什么好瞒的，老实说道："找我师姐。"

玄微领着傅绾往客栈的后院走去，问道："找师姐，傅道友师出何处？"

傅绾一惊，忽然有些纠结，她要不要把爻山的名称告诉玄微？她扭过头去，对上了玄微带着些许关切的澄澈双眸，它们比雨后的天空还要纯净无瑕。

"我师出爻山。"傅绾一字一顿地说道。

玄微看着傅绾，淡淡地笑了："爻山？没有听说过，但听起来应当是个很优秀的宗门。"

傅绾心想哪有你这么夸自己的。

"你师姐长什么样？"玄微看着傅绾说道，"或许我见过也说不定。"

傅绾伸出手，心想她家师姐现在就在自己的随身锦囊里待着呢，但是傅绾没有告诉玄微宁蘅已经找到了。话已经说出了，傅绾只能顺着玄微的话，在黑夜中伸出双手，指尖些许银辉闪过，将记忆中宁蘅的样子，在半空之中用法术光芒描绘了出来。

"我师姐名唤宁蘅，长这样。"傅绾一五一十说道。

半空之中银辉描绘出了宁蘅清绝出尘的面庞，在夜色下更显静谧与清冷，玄微轻笑了一声，真心诚意地夸奖道："你师姐长得好看。"

玄微非常诚实，他思考了片刻，在记忆之中没有搜寻到宁蘅的样子，便说道："从未见过。"

末了，他又补了一句说道："若以后见到，必会告诉你。"

玄微领着傅绾来到了客栈提供的小院之中，与她道别："若有什么事，只管来找我便是。"

傅绾点了点头，朝玄微道谢，然后便一只手搭上了院门，走了进去。她还有很多问题需要解决，最先要做的就是把躲在锦囊里的宁蘅叫出来，问问宁蘅到底是怎么回事。傅绾走进院中，反手关上了院门，而玄微则走向了不远处的另一个小院之中。玄微觉得傅绾很奇特，他从未在晏城见过像她这样的人。

玄微随意靠在院中树下，思考问题。月亮银辉洒过，更衬得他面庞温柔俊美。他并不是一个会多管闲事的人，但看到傅绾，他总有一个奇特的感觉。玄微觉得自己与傅绾有某一处非常相像。玄微自己说不出个所以然来，所以他将此事放到了一边，不再去纠结此事。

目前更加重要的，还是睦洲丢失的那样东西，到底是丢了什么，能让伏伽如此看重呢？玄微眉头轻皱，陷入了思考之中。

此时的傅绾正非常专心地试图将宁蘅叫出来。

"阿蘅师姐！"傅绾一关上小院的门便喊了起来，蹲在她肩头的旺财也哼唧哼唧叫了好几声，似乎正在召唤宁蘅。

宁蘅在锦囊之中，当然听到了傅绾正在叫他。他沉默地站定在锦囊的一片混沌之中，竟然没有回复傅绾的呼唤。宁蘅并不是不愿以他本来的样貌去见傅绾，只是……他抿唇，眼眸中露出了些许纠结的神色。

这里终究是十万年前的曜洲，是一个幻境，或是伏伽的一段记忆，尚且不得而知。所以在没有弄清楚当下的情况之前，他不能贸然让傅绾知道自己的真实身份。于是，宁蘅开口说话，既清且冷的声音传到傅绾耳中："我在。"

傅绾听到这简短的两个字，马上不干了，她将随身锦囊往桌子上一丢，开始对宁蘅兴师问罪。

"说，那株红莲是不是把你吃了？如果真的是它打算把你吃了，我马上就把它丢了。"傅绾托腮，脆声开口问道。

宁蘅马上否认："不是。"因为这株红莲就是他自己变成的。

"那你怎么跑到我的随身锦囊里去的？"傅绾继续追问。自己只往随身锦囊之中放了那一株红莲，宁蘅没有被红莲给吃了，难不成是那个盆？

　　宁蘅再次沉默了。

　　"伏伽要找的东西或者人，是不是你？"傅绾想到了自己之前与玄微的对话。

　　傅绾又想起了自己的另一个猜测，继续问："阿蘅师姐，这株红莲，是不是你变的？"

　　宁蘅面对傅绾，一向是能够回答的便回答，不能回答的就沉默，他觉得把这件事告诉傅绾也无妨，毕竟莲花看不出雌雄来。他点了点头说道："是我。"

　　"伏伽对你一见钟情了？"傅绾马上问道。

　　宁蘅当然不知道方才那一段短短的时间中，傅绾脑海中闪过了这么多个弯弯绕绕的念头。

　　他一听到这句话，马上便确认了这个傅绾确实还是他亲师妹。宁蘅无奈地轻叹一口气说道："没有。"

　　"那他为什么要找你？"傅绾问道。

　　宁蘅心想这事很难跟你解释，他薄唇紧抿，没有再回答傅绾的问题。傅绾托腮，看着自己的随身锦囊，没有说话。

　　许久，傅绾忽然开口，轻声说道："我想你了。"

　　自从在无尽海之上，被传送到这里之后，傅绾就没见过宁蘅，所以她才情不自禁地说出了这句话，也就只有在十万年之前的这里，她会说出这句话来了。宁蘅原以为傅绾还会继续沉默下去，没想到她竟然说了这么一句话。

　　"所以你到底出不出来？"傅绾凑近锦囊，轻声说道，"这里没有别人，就算伏伽要找你，也找不到这里来。"

　　宁蘅听见傅绾说出"我想你了"那四个字的时候，觉得自己的心仿佛被小鹿撞了一下，在随身锦囊混沌的空间之中，他的脚往前走了两步。就在这时候，一直趴在桌子上的旺财忽然朝无人的地方龇起了牙，呜呜呜地低吼了好几声，傅绾一惊，连忙抄起桌子上的随身锦囊，

68

塞到怀里去。

她看向旺财盯着的地方，目光之中带着警惕。旺财还是第一次发出如此凶狠的声音，他到底发现了什么？傅绾看着从黑暗之中走出来的人，瞪大了双眼，难以置信。这是谁？她没有见过，但是那黑色的兜帽之下的代表妖类的金色双眸暴露了他的身份，这是妖。

在曜洲，会有修炼为人形的妖出现，很有可能是来寻找宁蘅的。傅绾忽然想起了自己方才说过的话——"这里没有别人，就算伏伽要找你，也找不到这里来。"

站在黑暗之中的柏羽沉默着看着眼前的这个女修士，他来曜洲就是为了寻找无尽海丢失的那株红莲。本来他只是在晏城随意搜寻，根本没有抱什么希望，但是这院中那只小白泽的气息吸引了他。在晏城之中，还能有极品妖兽的幼崽存在？柏羽觉得不太对劲，所以他就来到了这里暗中观察，偷听院里的两个人对话。

虽然大部分对话柏羽都没有听懂，但柏羽能够确定，在面前这个女修士的锦囊之中，很有可能藏着妖皇伏伽丢失的东西。所以柏羽准备现身，直接将东西带回去。他是伏伽手下最得力的助手，位居荒墟十二妖的前三，办事效率一向很高。

柏羽还感应到在这客栈的小院之中有另一股强大的气息，是他不能招惹的大人物。但若仅仅就在这个地方，柏羽能够保证自己偷偷带走东西，而不被那个大人物发现。

傅绾在看到柏羽的第一眼，确认了他的身份之后，便动也不动了。在绝对的实力面前，她只看了柏羽一眼，便被无形的法术束缚住。她惊恐地望着眼前的柏羽优哉游哉地走到自己面前。躺在桌上的旺财翻起身来，朝他呜呜呜叫了好几声，四只小脚颤抖着。傅绾知道自己根本没有办法去通知玄微，因为自己一动也不能动，半分法力也使不出。

柏羽藏在黑色兜帽之下的金色双眸散发着凶残的光芒，他伸出手，将桌上呜呜叫着的白泽幼崽的脑袋弹了一下，旺财马上晕了过去。这是极品妖兽幼崽，柏羽当然不会出手伤他，但傅绾就不一样了，柏羽望着傅绾，冷笑了一声。

他又指着傅绾，指尖那沉沉的黑色光芒仿佛死神的宣判一般朝她飞了过去。柏羽要杀死傅绾，只需要动一根手指头。傅绾闭上了双眼，她被绝对的力量支配，连反抗一下都没有办法。但就在那飞速旋转着的黑色光芒就要飞到傅绾头上的时候，月色下暗红色的光如河般流淌而过，一个高大的身影忽然站到了傅绾面前，宽大的袖袍一甩。

傅绾感到自己的脑袋有些昏沉，她跌入了一个温暖的怀抱之中，吸了吸鼻子，嗅到了鼻尖传来的清雅莲香，是宁蘅。傅绾一张脸埋进了宁蘅的胸膛之中，觉得今日的宁蘅胸膛格外平坦宽阔，她勉强抬起头来，看到了宁蘅那清绝出尘的面庞，脸上表情有些凝重，面部轮廓与平时的宁蘅有所区别，潇洒硬朗了好几分。

柏羽手中的黑色光芒本来会将傅绾击杀，但被宁蘅伸出手挡了下来。即便如此，傅绾依旧被强大的威力压得抬不起头来，失去了意识。在失去意识的最后一瞬间，傅绾脑海之中只闪过了一个念头——宁蘅居然又女扮男装，她在搞笑吗？

宁蘅拥着傅绾，一手将柏羽放出的黑色光芒接了下来。柏羽确实未尽全力，因为他觉得自己只需要动动手指头，就能够将这个女修士击杀。宁蘅虽然现在的修为倒退到了元婴期，但以他对修行的理解，接下这致命一击，并不算难。他目光聚焦那黑沉沉的光芒，瞬间便找出了这法术的破绽。即便如此，宁蘅的嘴角还是渗出了些许血丝，以他目前的修为，面对柏羽，没有胜算。宁蘅抬起头，直视着眼前的这位荒墟十二妖之一，没有丝毫惧意。

"才元婴修为？"柏羽看着宁蘅，残忍地笑道，"也不知妖皇尊上为何要寻你。"

他看着宁蘅，抬起了手，掌心向下酝酿着狂风暴雨，就是带个死的回去，伏伽也不会怪罪他。柏羽知道，伏伽想杀他很久了。柏羽的目光聚焦于宁蘅的身影，冲了上去，如山海一般澎湃的气息朝宁蘅压过去。就在这千钧一发之际，一道纯白色的光芒闪过，如同一阵清新的春风拂过。玄微自院墙上翻身而下，手中法术光芒闪动，轻松便将柏羽击退了好几步。

"荒墟十二妖，柏羽。"玄微如一只白鹤一般轻盈落下，温润的黑眸之中罕见地带上了凌厉的光芒。

玄微掌心朝上，山河图的虚影闪现。柏羽大惊，没想到竟是玄微亲自前来，想要逃离，却被玄微控制住了身形。山河图直接朝他飞了过来，将柏羽封印进了书中。玄微的动作非常迅速，在解决完柏羽之后，马上转身。他看着一身红衣、气质高华的宁蘅，轻轻笑了一下。

"这位道友，你可是傅道友的师姐？"玄微看着宁蘅，语气依旧温柔。

宁蘅拥着傅绾，往后退了两步，他的嘴角渗出些许血丝，直视着玄微的眼睛，没有丝毫畏惧。

"是。"宁蘅启唇，声音如月色一般凉。

他看着玄微那双在月色下温润如黑玉的双眸，没有再说下去。

玄微注意到了他嘴角的那抹血迹，伸出手去，身后有一株巨大的菩提树虚影闪现。一道青绿色的光芒在他的掌心中闪过，清新且温柔的光芒洒在宁蘅的身上。玄微出手，只一瞬间便将宁蘅因挡下柏羽一击所受的伤治好了。

宁蘅低头去查看傅绾的情况。柏羽的威力实在是太过强大，所以她在柏羽出手的一瞬间便晕了过去。

"你……"玄微看了宁蘅一眼，启唇说话，语气有些惊讶，"你为了救她，受了如此重的伤？"

宁蘅轻咳了一声，已经很久没有人能够将他伤到这个地步，终究是少了好几万年的修炼，宁蘅点了点头，哑着声说道："他是来找我的。"

这个"他"，指的自然是柏羽。

"柏羽。"玄微当然是认得伏伽手下大将的。

柏羽以青冥兽成妖，修为已至大乘期巅峰，是伏伽极为信任的手下之一。宁蘅抱着傅绾坐了下来，一手轻轻抚摸了一下她的头发。他直视着玄微的眸子说道："伏伽应当是命令他出睦洲寻我。"

"伏伽……"玄微重复了这两个字，"睦洲丢失的东西……是你？"

宁蘅抬眸，看了玄微一眼，眼中暗金色的光芒忽然流淌而过，玄微看着他眼中那抹不易察觉的金色，露出恍然大悟的表情。

"竟是你。"他轻声说道，声音带着一丝颤抖。

"是我。"宁蘅的语气非常平静。

"你为何不在无尽海之中？"玄微长袍一甩，也坐了下来，面色凝重。

他一看到宁蘅眼中那抹暗金色，便知道他也是妖。睦洲之中，能让伏伽重视甚至忌惮的，也只有那一位了，没想到他竟然就在这个节骨眼化形为人了。伏伽现在统治了整个睦洲，宁蘅化形为人，他定然要出手将宁蘅击杀。

"伏伽我自会解决，只是您……"玄微的声音带上了一丝不易察觉的愧疚，"只是您现在化形的时间，实在不太妙。"

"伏伽未死，你却已经化形为人，他自然是要将你置于死地的。"玄微的语气依旧温柔，但在阐述一个残忍的事实。

宁蘅闻言，长睫轻轻颤了颤，他扭过头去，看了一眼玄微道："修为到了，自然是要化形为人，岂有我能选择的道理。"

玄微忽然轻叹了一口气，叹气声几不可闻，这故事就说来话长了。伏伽之所以能够坐上诸天七皇的位置，与他吞噬了盘古的遗体有关系。玄微、明羲他们在听盘古讲道的时候，本应该是七人，但总有一个人从来就没有出现过。玄微原本误会伏伽便是被盘古选中前来听讲道的七人之一，但发生了一件事，暴露了伏伽的身份。

盘古的讲道之处，从来不让伏伽进入，盘古曾说自己死后，盘古血脉将分为七份，分别授予听从讲道的七人，却拒绝了伏伽。伏伽曾经去问过盘古，为何不愿将盘古血脉授予他。伏伽拦下了盘古，愤慨问道："各洲域最强之人拥有听你讲道的资格，我已经是睦洲最强之人，你为何还不愿将盘古血脉分给我，也不愿让我听你讲道？"

盘古没有正面回答伏伽的疑问，只微笑着对伏伽说道："盘古血脉，睦洲的那一份，我只愿授给无尽海中的那位。"

伏伽看着盘古的背影，很是气愤："我难道不是从无尽海中出来的吗？"

盘古没有再回答他的问题，他认定的事情从来就没有更改过，无尽海中诞生的妖，自始至终只有一位。

玄微那时还不知伏伽未来会变成现在这个样子，所以很是好奇，伏伽以鲲鹏成妖，从无尽海中走出，谁都知道他的来历，难道无尽海中还有其他的妖？所以他到睦洲的无尽海之畔走了一遭，没想到看到无尽海中央伫立着的一株红莲，妖冶与圣洁并存。但他只是一株莲而已，灵智未开，连人身都没有修炼出来。

玄微总算是悟了盘古的意思，无尽海中确实还有一株红莲，所以盘古血脉一分为七，伏伽所觊觎的那一份本来就是要分给无尽海上的这株红莲的。一旦得到盘古血脉，纵然无尽海上的这株红莲还是灵智未开的状态，也能原地飞升，获得堪比诸天七皇的修为。

听盘古讲道的七人，一直少了一人的原因也找到了，因为盘古选中的第七人，还是一株莲花。玄微从来不会去质疑盘古的决定，所以在得知了这个真相之后，便安静地回到了曜洲。他觉得盘古一定会将所有的事情安排好，但没想到盘古死后，竟然会出了这样的变故，伏伽竟然真的敢将第七份盘古血脉截下来。伏伽原本是打算将七份盘古血脉全部吞噬的，但其余诸天七皇均在盘古身边，所以他没能得逞，唯有还是一株红莲的他没有到场。

伏伽夺得了最后一份血脉，从此坐上了天枢君的位置，成为整个修仙界修为最高的人之一。玄微不知道睦洲内部的恩怨到底会是怎样的，但他一向支持盘古的选择。所以他看着面前的宁蘅，知道了他是无尽海之上的那一株红莲成妖，面上也带了些许愧疚。

"当年你不在，这第七份盘古血脉，本应是你的。"玄微看着宁蘅，歉声说道。

"盘古血脉我并不在意。"宁蘅忽然开口，声音凉薄。

他从来就没有得到过盘古血脉，十万年后的堪比诸天七皇的修为，也是他修炼数万年一步一步得来的。有无血脉，于他而言，并不是大事。他现在在意的只有一件事，十万年前的修仙界太危险，他与傅缩也不属于这里，他要回去。

"我要回无尽海。"宁蘅冷静地说道，"在不惊动伏伽的情况下。"

第六章

"回无尽海？"玄微一愣，不知道为什么宁蘅会做出这样的选择。

他劝道："在睦洲之外的地方，你会更安全，整个睦洲都在伏伽的管辖之下。"

宁蘅摇了摇头，他与傅绾就是在无尽海的中心被传送回来的。更何况，在无尽海中央，被传送之前，他还看到了鲲鹏的虚影出现在了傅绾的身后。若是他想要带着傅绾回到十万年后，问题的关键还是在无尽海与伏伽身上。

"玄微，我有必须要回去的理由。"宁蘅看着玄微，冷静地说道。

"我一直有个疑问。"玄微手中出现了山河图的虚影，轻声问宁蘅道，"伏伽得到盘古血脉之后，为什么没有将你诛杀？"

"我尚未化为人形之时，受无尽海的保护，伏伽杀不死我。"宁蘅对这个问题倒是非常清楚，"一旦我修为差不多了，化为人形，他便会出手将我诛杀。"

"所以你才逃了出来？"玄微温声问道。

宁蘅心想他这也不算逃，他是被传送回来的，只是因为时空转换，所以变回了元婴期的自己。但玄微如此问，他也只能点了点头。

"伏伽现在还掌控着睦洲，你又要如何回去？"玄微的眉头微皱，似乎有点担心。

宁蘅看了一眼自己怀里的傅绾，眸光之中流淌出些许温柔的神色，但口中吐露出的话，非常冰冷："把伏伽杀了，我便可以回去了。"

玄微的表情没有丝毫改变，还是带着温和的神色。他的目的，其实跟宁蘅差不多。伏伽出手毁灭整个桃洲，将千千万万桃洲居民的性命祭入祭天大阵之中，用以增强他的修为，这本就是滔天的罪恶，而且现在的他根本没有想要罢休的意思。

伏伽不仅想要桃洲所有人类的性命，还想要整个修仙界的性命。对于力量的病态渴望没有尽头，他生来便是邪恶的，这也是盘古没有打算将血脉授予他的原因。邪恶的人掌握了力量之后，是不知餍足的，他只会渴望更多的力量，并且不择手段，这是伏伽的天性。

伏伽命荒墟十二妖佯装攻打曜洲，自己偷偷到了桃洲，趁玄微没有亲自前来，将桃洲毁灭。玄微堪堪赶来，没能救下桃洲，伏伽被玄微追杀，逃入睦洲。迫于玄微的实力，睦洲与修仙界达成了一种尴尬的平衡。伏伽没有出手，玄微为免战斗之时生灵涂炭，也没有主动出击。

现在睦洲与修仙界已经休战了数百年，但双方的关系却仿佛绷紧的丝弦两端，稍微有一方破坏平衡，便会打破这种虚伪的和平。

"杀了伏伽？"玄微的笑容非常温柔，仿佛在陈述一件无关的事情，"很难。"

伏伽无法保证自己能战胜玄微，所以他没有主动出击，同样的，玄微也没有把握胜过伏伽。

"伏伽吞噬桃洲的力量，皆源于他自己钻研而成的祭天大阵，以千百万人的性命为引，强行吸收他们的力量，增强自己的实力。"宁蘅知道未来的伏伽，将会是怎么死的，所以语气格外冷静。

"玄微，他再吞噬一个洲域的力量，你便不能战胜他，到时还有谁能拦他？"宁蘅看着玄微说道。

他知道玄微的顾虑，狠下心去诛杀伏伽，终究是要付出代价的。玄微连睦洲的妖都不忍心杀，怎么会主动出手呢？

玄微的笑容淡了下来，他也非常无奈："若是开战，终究是要付出代价的。"末了，他的笑容又恢复了坚定。

"但伏伽这样的行为，确实是不能再继续下去了。"玄微站了起来。

除了在这里，宁薇从未见过站着的玄微，所以他略微仰起头来，去观察现在玄微的表情。玄微的笑容还是如同春风一般柔软，只是多了一抹坚定。

"之前我一直纠结于这个问题，我害怕有人死去，所以不敢开战。"玄微垂眸，看着宁薇说道。

"道友今日之言，倒是点醒了我。"他的目光聚焦在宁薇的身上，宁薇忽然觉得自己有一种要被利用的危机感。

"既然道友出现在我面前，并且告知了伏伽的祭天大阵，那么我也有些许信心了。"玄微看着宁薇笑道。

玄微思路清晰："既然伏伽吞噬他人性命，用以增进修为的力量来自他的祭天大阵，那么我们只需要将祭天大阵破坏便是。"

宁薇挑眉，看了一眼玄微道："这祭天大阵并没有那么好破。"

"我会联合其余诸天七皇，一同破阵。"玄微的思路很清晰。

他担忧睦洲与修仙界双方有人受伤，所以犹豫不敢出手，但是现在有了宁薇的提醒，他竟然看到了一线希望。如果能破去伏伽引以为傲的祭天大阵，那么控制住伏伽简直就是轻而易举。

"我原先也没有听说过伏伽增强力量，是通过祭天大阵这个阵法，今日得道友一点醒，倒是让我知道了伏伽的弱点。"玄微看着宁薇，露出一个佩服的笑容，"不愧是盘古真人曾经看中的人，您在无尽海之中独自修炼那么多年，竟然能靠自己发现这样的秘密。"

宁薇：你是不是误会什么了？伏伽是用祭天大阵增强力量，这不是十万年之后的常识吗？我以为你是知道的，原来你不知道！他看着玄微，沉默不语。

"所以你现在打算出手？"宁薇问道。

玄微点了点头说道："是，我准备调查清楚这阵法所在，然后破坏阵法。"

宁薇轻叹了一口气，他既然无意间泄露了玄微目前还不知道的事情，那么或许是命运使然，直接全部告诉他也无妨。

76

"伏伽的祭天大阵的阵法，就布在他的盘古骨剑之上，当年毁灭桃洲，也是用了这把剑。"宁蘅冷静说道。

玄微闻言，轻轻皱起了眉头："他的盘古骨剑从不离身。"

"自然是要想办法让那盘古骨剑离身。"宁蘅忽然抱着傅绾站了起来，看着玄微说道。

他并不想在十万年前的睦洲过多逗留，所以想要快些回到无尽海中去，于是宁蘅忽然有了一个想法。

"我帮你找到盘古骨剑，你帮我们回到睦洲无尽海的中央。"宁蘅看着玄微，认真说道。

玄微闻言，笑了起来："道友不必帮助我去寻找盘古骨剑，我自会去找到上面阵法的秘密，帮助你回睦洲无尽海，只要你开口，我自会帮助你。"

宁蘅淡淡地看了一眼玄微，十万年前的他竟然与十万年后的他是一样的性格，一点也没有改变。他不在意伏伽的生死，但他从来不愿欠他人的人情。

"我有办法帮你调查盘古骨剑上的阵法所在。"宁蘅冷静地对着玄微说道，"你帮助我们回睦洲，那么我也需要帮你一件事才是。"

玄微欣赏这样的人，所以他看着宁蘅，柔声说道："好，那么现在我们可以谈一下如何……"

就在他说完"如何"这两个字的时候，一声轻轻的嘤咛声传入了两人耳中。宁蘅马上低头，看到自己怀里的傅绾的长睫轻轻眨动，似乎快要醒来。傅绾靠在宁蘅的怀里，感觉到自己马上就要脱离无意识的状态。

她轻声唤道："阿蘅师姐……"

玄微听到这四个字，愣了一下，抬起头来认认真真打量了一下宁蘅。清冷俊美的脸庞，高大颀长的身材，淡然且坚定的眼眸，这怎么看，也是男子。

宁蘅伸出手，轻轻碰了一下傅绾的额头说道："我在。"

玄微看着宁蘅，真心实意地笑出了声。

"这位道友，欺骗无知的女修士，是不对的。"他调侃道。

宁蘅心想，这不是你跟我一起合谋的吗？他冷静地抬起头，看了玄微一眼。既然他在玄微面前暴露了身份，还不小心说出了伏伽的许多秘密，所以就算现在傅绡知道了他的真实性别，也没有关系了。宁蘅深吸了一口气，看着傅绡缓缓睁开的双眸，有些紧张，他第一次以男子的身份面对傅绡，如此想来竟还有些不习惯。

傅绡终于睁开了眼，她的长睫微微眨动，一双杏眸正对上宁蘅那双清冷似月的双眸。她的眼神从宁蘅的长眉掠过，看到了他垂眸长睫投下的阴影、高挺的鼻梁、紧抿的薄唇，还有线条优雅的下颌。

是宁蘅的样子，没有错，但怎么可能是个男的？宁蘅看着傅绡，看到她的眼中出现了些许疑惑，他的呼吸忽然开始变得有些乱，宁蘅没有想到自己竟然在紧张，他在乎傅绡对他的看法。但是就在这个时候，宁蘅紧盯着他的双眸，说出了一句让他意想不到的话。

"阿蘅师姐，你为什么要女扮男装啊，这里又没有外人。"傅绡挠了挠头，看着宁蘅，语气之中透露出一股难以理解的疑惑之意。

"女扮男装很好玩吗？"傅绡直接一骨碌从宁蘅身上爬了起来，气势汹汹地质问道。

宁蘅看着傅绡那一脸愤慨的表情，竟然愣住了，他实在没想到傅绡居然会来这一出。两人沉默了许久，直到一旁忽然爆发出了一声轻笑。这笑声轻轻柔柔，显得极为克制，但也成功引起了傅绡与宁蘅的注意。傅绡连忙转过头去，就看到玄微一脸忍俊不禁。

"女扮男装……"玄微咀嚼着这四个字，极力掩饰自己的笑意，"傅道友，你……"

"我怎么了？"傅绡一脸蒙。

宁蘅咬着牙，压低了声，颤抖地说道："我是男的。"

"我不信。"傅绡对宁蘅的性别印象早已根深蒂固，十几年的相处模式被打破，她只当宁蘅在开玩笑。

玄微笑得越发大声了，他对宁蘅柔柔笑道："宁道友，您自己解释吧。"语毕，便翩然转身离开，给这对"师姐妹"解释的机会。

宁蘅站在傅绡身后，看着他家的小师妹，忽然觉得心好累，他这么些年到底在图个啥。宁蘅借着这里不是十万年后的修仙界，好不容易鼓起勇气，在傅绾面前显露了自己的真实身份。他想过傅绾一百万种难以置信的表情，但就是没想过傅绾根本不相信他是男的。

一个真真正正的男性，要如何证明自己是个男的？宁蘅看着傅绾的背影，肩头的青丝垂落，掩住玲珑有致的身材，他垂眸，长睫下的黑眸露出些许认真坚定的神色。

宁蘅走上前去，来到了傅绾的身后。此时的傅绾还在认真研究要怎么把方才晕过去的旺财弄醒过来，她的身后传来了宁蘅的呼吸声，并不平静，节奏似乎有些紊乱。

傅绾站起身来，感觉到宁蘅走近，忍不住往后退了两步，便直接跌进了宁蘅的怀里。她一扭过头，便对上了宁蘅幽暗的双眸，他的怀抱温暖且宽阔。啧，装男人装得还挺像，傅绾心想。

宁蘅伸出手去，直接抓住了傅绾的纤细手腕，大掌握住她的手背，低沉的声音从傅绾的耳后传来："我是不是男的，我会证明。"

傅绾脑海之中闪过的念头就是："这个女主角到底在想什么啊，她一个女的要怎么证明自己是个男的？"

但是现在她正靠在宁蘅的怀里，宁蘅的手还在抓着自己的手。傅绾觉得现在情况不太妙，她的手被宁蘅的大掌紧握着，伸向了某一处地方。

她的指尖触着那处地方，脑海中仿佛炸开了烟花，直接把她炸蒙了，宁蘅怎么可能会有这个东西！

"你哪儿来的？"傅绾在宁蘅的怀里转过身，直视着宁蘅的眼睛问道。

她此时正踮着脚，伸出了一只手，触摸着宁蘅脖颈上凸起得非常明显的喉结，宁蘅看着傅绾，语气平静，并且理直气壮："本来就有。"

傅绾的指尖感受到宁蘅因说话而传来的震动，她狐疑地看了一眼宁蘅。

"本来就有？"傅绾愣愣地重复了一下这句话，语气带着疑惑，"你是女的，怎么可能本来就有这东西？"

"我是男的，所以我本来就有。"宁蘅耐心解释。

"好，你是男的。"傅绾机械地重复了一下宁蘅的话。

她的表情有些呆滞，似乎还是没能相信眼前的情况。如果宁蘅是男的，那么厉鸿光他们算什么？傅绾一想到这里，就惊恐地看着宁蘅，眼中露出震惊来："厉鸿光他喜欢男的？"

宁蘅感觉到自己有一口气差点没顺上来，他被傅绾这句话气得要死。

"他误以为我是女的。"宁蘅一字一顿说道。

"你为什么要变女的？"傅绾暂且顺着宁蘅的话问了下去，"欺骗清纯少男的感情就那么好玩吗？"

傅绾见宁蘅没有说话，自己的思考能力也罢工了，她暂时还没能接受眼下的巨大冲击。宁蘅的脖子上有非常明显的喉结，所以他现在的身体很有可能就是男性。但是……爻山大师姐，是个男的？

"一个喉结就能证明你是男的吗？"傅绾忽然抬起头来，看着宁蘅理直气壮地问道，"你还有其他证据吗？"

宁蘅长眉微挑，轻飘飘地瞥了傅绾一眼说道："你还想要看什么。"

"看……"傅绾开口，欲言又止，正打算说些什么。

这……傅绾的眼神忍不住往宁蘅的下半身飘去，宁蘅顺着她的目光低下了头。

他沉默了，脸颊上泛起了微红。

"如果——"宁蘅的语气停顿了一下，"你若执意要……"要看，也不是不可以。

但是这句话没能成功说出来，因为傅绾说话了。

"对不起。"傅绾飞速回道，马上转过了身。

她拍了一下自己的脸颊，有些烫，自己到底在说些什么话？宁蘅很少能在傅绾口中听到如此响亮的道歉声，他觉得现在傅绾可能是有点不正常了，大概是因为自己的真实身份对她的冲击太大。

他以为傅绾转过身去是因为生气，但实际上傅绾是害羞了。宁蘅要真是个男的，她这话可不就成了性骚扰，但是，这么说的话，宁蘅以前在爻山也占了她好几次便宜，她要讨回来才是。

"你是男的，那么岂不是在爻山占了我好几次便宜？"傅绾坐了下来，跷起了二郎腿，一副要算账的样子。

宁蘅轻笑一声，坐在傅绾的对面，饶有兴致地看着她说道："说来听听。"

"你骗我跟你睡觉！"傅绾一拍桌子，愤慨地说道。

宁蘅回想起了爻山的那次，他沉默地看了傅绾一眼，没有说话，分明就是她执意要让他留下的。

"哼。"傅绾轻轻哼了一声，继续说道，"你还骗我跟你在无尘池里泡澡。"

宁蘅又回想起了无尘池那次，是傅绾先将他拽入水中的。

"你的行为简直令人发指。"傅绾一想起原来的事，又装模作样地拍了一下桌子，"宁蘅啊宁蘅，你不仅欺骗纯情少男，还欺骗你弱小可怜又无助的师妹，你忍心吗？"

说完，傅绾又列举了好几次宁蘅的罪行，说着说着连自己都要信了。天哪，她不仅一直在被宁蘅欺骗，还一直在被他欺负，自己真是个小可怜。宁蘅看着傅绾那一脸纠结的神色，竟然轻笑出声。

"好，不忍心。"他认真说道。

傅绾心想宁蘅果然是"女主角"，这个自我反省的觉悟还是有的，于是她理直气壮地伸出手去说道："那你要补偿我。"

补偿什么的，她早就想好了，宁蘅虽然平时看起来是个普普通通的爻山弟子，但其实非常有钱，正好趁这个机会敲诈一笔。她也不要太多，几百块上品灵石就可以，她可以既往不咎。

于是傅绾伸出手，清了清嗓子，继续说道："我要的不多——"几百块上品灵石就好。

她话还没说完，宁蘅便站了起来，高大的身影在她面前投下一片阴影，宁蘅低下头，一张漂亮的脸离她极近。

"小师妹想要什么，只管来拿便是。"他在傅绾耳边低声说道，气息拂过傅绾脸颊边的碎发。

傅绾异常惊喜，觉得现在宁蘅是男是女都无所谓了。

"好！"傅绾双眼放光，眼中露出高兴的色彩来。

宁蘅垂眸，下意识地触碰了一下自己掌心的那块幽冥血玉，以幽冥血玉制成的情毒到现在都还没有完全清除。他低头瞥了一眼傅绾的锁骨中央，隐隐有地心火毒的气息散逸，想来是这两天尚未将火毒彻底清除，那火毒又开始侵蚀身体了。

"莫动。"宁蘅开口，凉凉说了一句，他伸出手去，正打算帮傅绾将体内的地心火毒引过来。就在这个时候，傅绾直接伸出手，抓住了宁蘅的手指，语气非常兴奋。

"阿蘅师姐，你说我要什么都给，是不是？"傅绾连忙确认了一下。

宁蘅听到这句话，抿唇点了点头，一向清冷的脸上带上些许几不可察的羞涩。傅绾连忙抬起头来，握住了宁蘅的手，她眼里似乎闪着星光。

然后下一刻，她就雀跃说道："只要五百块上品灵石，我就帮你保守你是男的这个秘密。"

宁蘅一听，脸上出现了错愕的表情，他现在离傅绾极近，所以能够隐约感觉傅绾现在的心情，傅绾居然是真心实意这么说的。宁蘅马上站直身子，低下头冷眼瞥了一眼傅绾。傅绾抬头，注意到宁蘅的脸上除了有些震惊，还出现了些许失落的表情。

"五百块上品灵石，太多了吗？"傅绾试探性地开口，她没想到宁蘅居然会这么穷，"那少点，三百块也行……"

宁蘅的脸冷了下来，他定睛看着傅绾，冷静说道："没有。"

"那我回去后就带着唢呐和锣，跟全天下说你是男的。"傅绾觉得宁蘅是存心不给她钱，所以威胁道，"到时候你就要被厉鸿光他们追杀了。"

对嘛，这才是她应该做的事。傅绾看着宁蘅，以为"女主角"会马上掏钱让她闭嘴，没想到宁蘅只伸出手来，轻轻弹了一下她的脑门。

"要人可以，要钱没有。"宁蘅组织了一下语言，方才把这句话说了出来。

傅绾心想她要宁蘅这个人干什么，所以她很是真诚地说道："不要人，要钱。"

宁蘅没有再说话，只转过身，给傅绾留了一个背影。

傅绾一脸疑惑，看到宁蘅自顾自离开了，这背影还有点失落的样子。"钢铁直男"傅绾不解地挠头，不知道到底发生了什么，她坐在原地，看着宁蘅离开的背影，觉得有些良心不安。傅绾想了想，还是站起身来，抱起怀里的旺财，追了过去。

晏城的这家客栈委实不算大，所以傅绾只在院子里绕了一圈，便找到了宁蘅，此时的他正身着一身红衣，坐在屋顶上，背挺得很直，看起来也不像在修炼的样子，反而像是在伤春悲秋。

　　傅绾叹了一口气，心想这"女主角"还挺多愁善感，莫非一时接受不了自己的男性身份？

　　所以她纵身一跃，打算直接跳上屋顶，来到宁蘅身边。也不知道是怎么回事，傅绾御风飞行的法术一向用得很稳，今天却栽跟头了，她一脚踩空在屋檐的瓦片上。瓦片有些滑，所以她身体失去了平衡，不受控制地往后栽倒。傅绾控制了一下身形，正打算让自己在空中来个三百六十度转体然后优雅地落地。这时从一旁伸出了一只手，这手温暖又有力，直接拽住了傅绾的手腕，稳稳地把她带上了屋顶。黑暗的月色下，傅绾抬起头来，看着伸出手拽她的宁蘅。

　　"不过是御风飞行的法术，连这你也生疏了？"宁蘅如深潭一般的眼眸里仿佛结了一层薄冰，说出的话也是清清冷冷的。

　　傅绾一手抱着旺财，一屁股坐到宁蘅身边，她装模作样地叹了口气，想要掩饰自己飞行法术翻车的事实。

　　"唉……这不是为了让你有个机会救我，我才露出了一个小小的破绽。"傅绾伸出手来，两根手指捏在一块儿，表示这个破绽真的非常小，极力想要解释自己方才的跌跤。

　　她偷偷观察宁蘅的反应，傅绾以为宁蘅不会信，没想到他居然信了，而且还被逗得挺开心。傅绾看见宁蘅的唇角轻轻挑起，又马上抿直，似乎不想暴露他现在的真实心情。傅绾见宁蘅没有主动说话，便揉了一下怀中的工具狗，顾左右而言他。

　　"旺财一直没醒，是怎么回事啊，不会死了吧？"傅绾将怀里的小白团子塞到了宁蘅怀里。

　　宁蘅低头，嫌弃地看了一眼被傅绾塞过来的旺财，他修长的手指微微泛起红色光芒，检查了一下旺财的情况。

　　"没死，方才柏羽只是将他击晕了，他还不敢伤害白泽幼崽。"宁蘅冷静地说道。

　　宁蘅还是冷冰冰地看着傅绾，看起来还在生气。傅绾当然不会去问他到底为什么生气，一般来说，她不会主动去问宁蘅回答不出来的问题。例如宁蘅为什么能够变成一株红莲，他疗伤为什么要去无尽海的红莲之上，他为什么要男扮女装拜入爻山。

类似这些问题，傅绡问过一遍没能得到答案之后，她就不会再问，因为这代表着宁蘅根本不想说。宁蘅不说，她就算再怎么问，也问不出个所以然来，她又何必再去问一遍把气氛搞得很尴尬。

傅绡硬生生地把肚子里的问题咽了回去，倒是这个时候，宁蘅能够很明显地感觉到傅绡似乎有很多问题想要问，她却不问。

"你不好奇吗？"宁蘅忽然启唇问道，声音如碎冰浮雪一般凉。

"好奇什么？"傅绡有些疑惑。

"我的身份。"宁蘅只说了这四个字，其实他还是有点期待傅绡的答案，她应该非常想知道吧？

但没想到，傅绡只是耸了耸肩，云淡风轻地说道："不好奇啊……"问了你也不会说的嘛。

宁蘅忍不住低下头，伸出手去捏了一下太阳穴，要死，一株红莲也会脑壳痛的吗？傅绡见宁蘅这样，还以为他受伤了，出于对同门师姐妹的关心，她连忙凑上去，扶住宁蘅的肩膀假惺惺地说道："阿蘅师姐，你怎么了？"

宁蘅低着头，低沉的声音飘过来："不要叫师姐。"

谁要当你师姐了？

"好，宁……宁蘅，你怎么了？"傅绡有些生疏地叫出这个异常生分的称呼，她实在是搞不懂宁蘅在想什么，怎么变了个性别，整个人性格都变了。

"叫阿蘅便好。"宁蘅再次重重地揉了一下眉心，冷着声说道。

傅绡简直没能相信自己的小耳朵，她反对："在爻山尹朔叫你'阿蘅'，你那眼神都快把他杀了，你以为我敢叫吗？"

宁蘅再次深吸了一口气，让自己冷静下来，他启唇，正打算对傅绡说："你叫没事。"

但他转念一想，以目前的情况来看，并不能用常理来推断傅绡的脑回路。他只能顺着傅绡的思路说下去："尹朔敢这么叫，你难道就不敢了？"

傅绾心想自己怎么可能输给尹朔，尹朔敢叫，她当然敢这么叫了。

于是她轻咳了好几声，清了清嗓子，这才字正腔圆地叫了出来："阿蘅阿蘅阿蘅……你以为我不敢叫吗？"

宁蘅听到这连声的"阿蘅"，总算是舒服，气也顺了，脑壳也不疼了。傅绾丝毫没有感觉到自己被宁蘅套路了，她还在关心宁蘅为什么突然脑壳痛。傅绾还记得自己在被柏羽那法术的余波击伤，晕倒之前，是宁蘅将那致命一击挡了下来，当时宁蘅好像嘴角还渗血了，应该是受伤了。

"阿蘅，你没事吧？"傅绾重复了一遍自己的问题。

宁蘅摇了摇头，他挡下柏羽法术所受的伤，已经被玄微的法术治好了，不愧是修行《太一宝录》的玄微，这治疗法术当真是优秀。被治疗的人就仿佛躺在了春风的怀抱之中，有一股清新且柔和的水沐浴过全身。不对……宁蘅总感觉玄微给自己治伤的这个法术似曾相识，好像在哪里有别的人也用过一模一样的法术给他治过伤。

按《太一宝录》的法术传承来说，只有通过了天地问心，化金丹为本命灵植之后，才能够用出如此精妙的治疗法术。当时是在睦洲，玄微不可能会来睦洲，而且在他身边的也只有傅绾一人。宁蘅忍不住低下头，看了坐在身侧的傅绾一眼。

傅绾一双漂亮的杏眸之中有着几分难以掩饰的关切，他本来想假装受伤，然后晕过去，来试探傅绾的《太一宝录》到底有没有修炼成功，但宁蘅发现傅绾现在是在真心实意地关心自己，所以他竟然没有假装受伤。欺骗一个如此天真的姑娘，他自己都要不好意思了。

宁蘅看着傅绾，眼中有着化开的柔情，在月色下显得格外旖旎美丽。但下一刻，傅绾说出的话，马上打破了宁蘅现在这种梦幻的感觉。傅绾将脸凑过来，仔细观察着宁蘅那形状完美的诱人薄唇，她想起了好笑的事情，所以哪壶不开提哪壶。

傅绾启唇又闭上唇，欲言又止，最后实在是忍不住了，所以直接开口说道："阿蘅，上次厉鸿光真的把你的嘴唇咬破了？"

厉鸿光简直不是人，连一个男的都要下嘴啃，傅绾气愤地想到。

宁蘅他可是一个男的啊，厉鸿光也能亲，衣冠禽兽，丧尽天良！傅绾一想到这件事，就十分生气，也不知道自己在生什么气。

宁蘅抬手，手心的那颗幽冥血玉隐隐有些发烫，他在月色下白得发光的指尖抚摸过自己的唇角，那里曾经有一道伤，是被咬的。而罪魁祸首不是别人，正是面前这个义愤填膺的傅绾。

"是，咬破了。"宁蘅点了点头，目光锁定傅绾的双眸，表情似笑非笑。

傅绾张嘴，正打算说话，宁蘅却先替她说了出来："衣冠禽兽，丧尽天良，嗯？"

傅绾心想看把你能耐得，连台词都会抢了，但她一时之间没能想出更好的词来，所以只能重重点了点头说道："你是个男的，他都还要啃，你说他是不是丧尽天良？"

宁蘅挑眉，意味深长地看了傅绾一眼："你还记得我是男的。"

傅绾心想既然你坚持要这么认为，那就是了吧，于是她点头说道："记得啊。"

"记得就好。"宁蘅启唇，轻声说了这句话。

宁蘅的身子动了动，朝傅绾靠了过去，他伸出手，直接握住了她的手腕。在月亮的银辉下，他清绝出尘的脸上带上了些许笑意。宁蘅目光放在傅绾的双唇上，那双水润的薄唇，此时正在不安地翕动着。

傅绾觉得现在事情有点不太对，于是往后缩了一点，她觉得现在宁蘅看自己的目光有点像厉鸿光看女装宁蘅。

"干……干吗？"傅绾凶巴巴地问了一句。

宁蘅紧紧握着傅绾的手腕，声音有些低沉沙哑："别动。"

他轻轻吸了一口气，脸上泛起了薄薄的绯色，而后倾身而上，看来是要让她知道自己之前唇上这伤，到底是怎么来的了。傅绾忍不住往后缩了一点，后背却撞上了宁蘅的大掌，他只手一揽，便将傅绾拉进了怀里。宁蘅看着傅绾略微带着蒙蒙雾气的双眸，呼吸有些紧张。傅绾一手被宁蘅拉住，便只能抬起头来，杏眸微眨。

她盯着宁蘅形状漂亮的薄唇，咽了一下口水，宁蘅感受到了傅绾的心情似乎有些紧张。他原以为傅绾会躲开，或是闭上眼，但没想到傅绾居然说话了，还非常理直气壮。

傅绾直视着宁蘅的双眸，张口问道："阿蘅，你要干吗？"

宁蘅低头去看傅绾，看到她的双目清澈透明，仿佛一潭无瑕的池水。她问的话如此坦诚，所以宁蘅没有办法不回答，宁蘅的薄唇微张，开口说了一个字，回答傅绾的问题："我……"

他本想说"我现在很想亲你"，但这句话在宁蘅看来委实太露骨了些，所以他将后面的话全部咽了回去，犹豫了一下。

傅绾听到宁蘅这一声低沉的"我"之后，感觉到自己的心有些揪紧。宁蘅现在想做什么，难道她想不到吗？傅绾在脑海里摇了摇头，觉得这样不行，她怎么能被"女主角"亲，虽然自己可爱迷人惹人爱，但宁蘅现在简直就是在开玩笑。

傅绾又抬头，看了一眼宁蘅那张简直就是在诱人犯罪的脸。俊美的脸庞上泛起淡淡微红，长睫下的黑眸专注且认真，深邃得似乎要将人吸进去。傅绾纠结了一会儿，打算开口，教育一下宁蘅。

"阿蘅，你现在不——"不要满脑子想着亲我。

傅绾没能把这整句话给说完，因为宁蘅先开口了，而且宁蘅口中说出来的话，出乎了她的意料。

"绾绾，我猜你不敢让我亲。"宁蘅开口，语气平静，没有丝毫波澜。

这句话戳中了傅绾的心，傅绾觉得宁蘅现在简直就是在挑衅她的尊严，她怎么可能会怕宁蘅亲她？敢，她当然敢了，傅绾内心仿佛凭空生出了一股勇气，她抬头，盯着宁蘅那双略带戏谑的眸子。

"我敢。"傅绾直接伸出了手，揽住宁蘅的脖子。

就在她准备自己亲上去的时候，宁蘅却已经先低下了头，双唇轻轻压上她的唇瓣，封住了她有些紧张的呼吸，轻软温柔，带着清雅的淡淡莲香。傅绾原以为自己是亲一口就撤，来反驳宁蘅的挑衅，但是她……她真的没想到，宁蘅居然真的主动吻自己。

宁蘅的黑眸幽暗，有着压抑不住的欲望，两人身体之中都有幽冥血玉，所以在这样的情况下，他更是难以自持。他低头，看着傅绾，脑海之中又浮现起傅绾在幽冥血池吻他的情景。

宁蘅张口，想咬下去，帮她回忆起来。但是最终，还是没有狠下心。算了，舍不得。

傅绾当然不知道宁蘅在内心居然上演了这样一出大戏。

眼前是近在咫尺的宁蘅，但闭上眼的傅绾脑海中浮现的是另外一幅画面。在暗色的红光下，她踮着脚，深情亲吻着某人的唇，不仅亲了，还啃了，最后在某人的唇上留下了齿痕。

傅绾睁开眼的时候，对上的便是宁蘅一双幽深的黑眸。傅绾马上眨了眨眼，目光有些闪烁且心虚，忍不住吞咽了一下口水，带着甜丝丝的莲香。

她吸了一下鼻子，感到宁蘅有些急促的呼吸喷洒在她的脸上，有些发烫。傅绾觉得自己的脸红了起来，她抬起头来，看到宁蘅略微抬起了头，唇角带着一抹淡淡的笑容，在月色下显得格外美，也格外……诱人。

傅绾当然不会承认自己想起了什么，她下意识地逃避这个话题。她抬起头来，看着宁蘅轻声说道："看吧，我说敢就敢。"

宁蘅此时的心跳节奏都变得紊乱，他哑着声应了一句："嗯。"

他看到傅绾眼中带着些许心虚，忍不住伸出手去，指腹轻轻摩挲着她娇嫩的唇瓣。

"想起来了吗？"他又忍不住笑了一声，笑声格外好听，带着些惑人的沙哑。

傅绾忍不住把头轻轻靠在宁蘅的肩膀上，她伸出手，把自己的眼睛遮住了。不行，再这么看下去，她怕自己会忍不住再啃一口。她捂着自己的眼睛，明知故问："想起来什么？"

宁蘅忍不住伸出手去，将傅绾捂着眼睛的手轻轻摘下来，他又笑了一声，这是在这个屋顶上他第三次笑了。

"你说呢？"宁蘅反问，忍不住骂道，"丧尽——"天良。

傅绾当然不会让宁蘅说出这句话来，她一想到她一直以来都在自己骂自己，就觉得尴尬。

"我没想起来。"傅绾有些生气地噘起了嘴，觉得宁蘅简直就是在笑话自己。

她盯着宁蘅的双眸，眼神无辜得像只小鹿，双唇轻轻嘟起，宁蘅双眸幽暗，又低下头去，低沉的声音传入傅绾的耳中："没事，再亲一遍你就想起来了。"

下一刻，宁蘅便揽住了她的后脑，再次吻上了她。在皎皎月色下，屋顶上两人的身影不分彼此，红衣与白衣的衣摆在屋顶的凉凉瓦片上垂落。娇小的傅绾被宁蘅揽在怀里，抬着头，脖颈扬起的弧度优雅，两人轻轻的喘息声几不可闻。

已经被挤到一边的旺财终于醒了过来，他在屋顶上抖了一下毛茸茸的身子，看着眼前的景象，简直难以置信，然后这只洁白的小团子就连滚带爬地从屋顶上蹿了下去，四蹄生风，速度极快，还没有发出任何声音。旺财窜回院子里，后怕地拿爪子拍了一下自己的胸脯。好险，离死亡就差那么一点点了。

其实傅绾也不知道自己是怎么从屋顶上下来的，到底是被宁蘅抱着下来的，还是被半拖半拽下来的，又或者是自己跑下来的，傅绾实在是不想去回忆了。因为一去回忆，她就忍不住双颊发烫，非常不好意思。

第二天早晨，傅绾对着镜子，连修炼都忘记了。她对着镜子，忍不住拍了一下自己的脸颊。

"傅绾，你禽兽不如。"她轻轻打了自己脸颊一下。

"你简直丧尽天良。"她又拍了一下。

"厉鸿光都比你正人君子。"她重重地拍了第三下。

傅绾痛心疾首地捂住自己的胸口，她现在对宁蘅怀着某种难以言喻的愧疚。她虽然自诩为没有丝毫道德感的配角，但她还是觉得自己要对这件事负起责任来，毕竟宁蘅那么清冷高洁不可触碰的一个人，被她抱着亲，要不是因为自己是他的同门师妹，没准就被追杀九万里了。

于是傅绾走上前去，推开门，准备去找宁蘅真心实意地道歉。没想到，一推开门，她在院子里见到了一个意料之外的人。站在门外的人，正是柏羽。他一身黑袍，兜帽之下有金色的光影闪动。

傅绾瞪大了双眼，看着他。这个人昨晚不是已经被玄微封印进了山河图之中吗，他怎么会又出现在这里？

傅绾手扶着门框，只粗略地看了一眼柏羽，便马上回过身，跑回房间，看到了正对着门的那扇窗户，冲了过去，拉开窗户逃跑。

而站在门外的那个"柏羽"，本来是打算说话的，但没想到他正准备走上前去开口叫傅绾的时候，她却跑了。

"柏羽"伸出手，摘下了兜帽，一张清绝出尘的面庞出现在了兜帽之下。

竟然是宁蘅，他不知为何，假扮成了柏羽的模样。宁蘅看着傅绾紧闭的房门，伸出手去逗了一下蹲在他肩头的旺财，回想起了今晨他去寻找玄微的景象。

"宁道友要回无尽海？"玄微看着宁蘅，露出了微笑，"道友现在修为尚不高深，若想回去，恐怕有些难。"

宁蘅早就想好了对策，于是他看了一眼玄微说道："玄微，昨日你不是已经将柏羽封印进了山河图之中吗？"

玄微闻言，点了点头说道："暂时还不能杀死他，他是伏伽手下最受信任的妖。"

"既然是最受信任的，那便好办了。"宁蘅冷静说道。

玄微挑眉，有些疑惑，不知道宁蘅是何意："如何办？"

"借柏羽的妖身一用，我假扮成他，伏伽不会起疑。"宁蘅微微启唇说道。

"柏羽是青冥兽成妖，妖身修为强大，你想要借用他的妖身，恐怕很难。"玄微担忧说道。

"我从无尽海中诞生，对于睦洲众妖本就有统率之力，不过是一只小小青冥兽的妖身，借来又有何妨？"宁蘅忽然轻笑了一声说道。

玄微听完他的描述，点了点头，他是曜洲中人，对于睦洲的情况不甚了解，没想到无尽海中出来的妖竟然是这样的。

"好，既然宁道友有办法，那么我便将柏羽请出来。"玄微笑着说。

说完，他便伸出了手，身后有淡淡的菩提树虚影闪现，玄微的手掌之上，正悠悠飘着一本古老的书。书页翻开，似有无尽河山从中倾泻而下，仿佛这本书中藏了一整个世界。

玄微的手腕一翻，一个身影从山河图之中跌落出来，柏羽的全身被白色柔和的光芒束缚住，动弹不得。

"宁道友，要如何做，便是你自己的事了。"玄微扭过头，笑眯眯地看着宁蘅说道。

"借你妖身一用。"宁蘅启唇，对柏羽冷冰冰地说道。

他没有给柏羽任何反抗的机会，伸出手去，一手放在柏羽的头顶上，手掌下暗红色的光芒闪动，柏羽眼中代表妖族的金色逐渐变得黯淡。慢慢地，他眼眸之中的金色全部消退。似乎仅仅只有眼睛的颜色发生了变化，但只有柏羽知道，他已经完全变成了一个普通的妖兽，他竟然对宁蘅的法术生不出丝毫反抗来。

一个金色兽形虚影出现在了柏羽的身体上方，宁蘅走上前去，伸出手接收了那道虚影。只一瞬间，他便附到了青冥兽的妖身之上，而这次他自己的原形显现，依旧是一株红莲，乖巧地待在青瓷盏中。宁蘅的气息陡然变化，变成了属于柏羽的气息，他将自己的原身红莲收起，气定神闲地朝玄微走了过去。

"这就是无尽海中大妖的力量吗？"玄微有些惊讶地看着宁蘅，"以宁道友对妖族的统率之力，要回睦洲看起来也很容易……"

宁蘅摇了摇头说道："现在睦洲在伏伽的管辖之下，众妖并不服我，只是因为你将柏羽控制住了而已。"

玄微闻言，点了点头，认同了宁蘅的说法。

宁蘅忽然想起了什么，开口说道："绾绾的身份……"

"她的身份，我自有安排。"玄微看出了宁蘅的顾虑。

"宁道友先回去穿上黑袍，看看效果，再将傅道友叫过来，我亲自跟她说。"玄微表示自己安排好了一切。

宁蘅点了点头，回到自己与傅绾同住的小院之中，他一挥手，便换上了黑袍。然后就发生了方才那一幕，宁蘅还没来得及解释，傅绾就已经关门跑了。

宁蘅猜想傅绾应当直接去找玄微求救了，便提前回到了玄微的住处等她。傅绾御风而行，速度极快，往玄微居住的地方飞去，在那里她却看到"柏羽"与玄微相谈甚欢。

玄微见她来了，柔声对傅绾解释道："宁道友之所以扮成柏羽的模样，是我们二人的计划。"

傅绾惊讶地看向玄微，没想到宁蘅与玄微居然背着她，暗中密谋了这样一件大事。

"什么计划？"傅绾有些兴奋，她连忙凑上前去问道。

玄微朝她露出如春风般的微笑，轻声说道："我们坐下慢慢讲。"

"昨日柏羽偷袭，想要夺走宁道友的性命，是因为伏伽在追踪无尽海中那株红莲的踪迹。"玄微看了宁蘅一眼说道，"这株红莲，不巧正是宁道友。"

傅绾听完，点了点头说道："是，阿蘅他是这株红莲所化。"

"我想要让伏伽不再在修仙界中作恶，所以一直在想办法控制他，但一直没有很好的突破口。"玄微不好意思地轻咳一声，承认了自己的能力不足，"但宁道友带来一个信息，道明伏伽不断增强的力量来源，是盘古骨剑上的祭天大阵。所以我与宁道友决定破去盘古骨剑上的祭天大阵，而宁道友则负责去调查盘古骨剑上的阵法。"玄微的语气变得有些凝重，"正好你与宁道友，都想要深入睦洲回到无尽海。"

傅绾同意了玄微的说法，因为她与宁蘅会来到十万年前的修仙界，就是因为在无尽海的中央看到了鲲鹏的金色虚影。回到十万年后的关键，还是在无尽海那里，她与宁蘅必须深入睦洲。

傅绾原本是打算找到宁蘅之后，便跟他商量一起偷偷潜入睦洲，没想到中间发生了这么多的变故。玄微现在既然这么说，傅绾也算明白了宁蘅与玄微的计划，但是，自己呢，她该如何潜入？

傅绾一想到这个问题，便抬起头来，去看玄微，目光有些不解，她觉得自己马上就要被安排得明明白白了。

"傅道友之前是不是说过，我与你的师尊长得非常相似？"玄微朝傅绾露出一个神秘的微笑。

傅绾心想这哪是像，其实就是同一个人好不好。玄微看了一眼宁蘅，看到宁蘅的目光中也露出些许疑惑的目光，他早已安排好傅绾的身份，但这安排恐怕不会让宁蘅满意。

"你就扮作我的徒弟，装作被柏羽抓回去的样子。"玄微柔声说道。

傅绾眨了眨眼，觉得玄微这个想法有点大胆。

果不其然，宁蘅马上开口，声音有些冰冷："不行，若是让我扮作柏羽去帮助你调查盘古骨剑，可以，但不能让她以身涉险。"

"但若不如此，她又要如何潜入睦洲？"玄微扭过头，看着宁蘅，声音还是如此温柔，"伏伽并不会杀她。"

"伏伽恨你入骨，恨不得将你除之而后快，让她扮作你的徒弟，他当真不会对她出手吗？"宁蘅皱眉，盯着玄微冷声说道。

他了解玄微的性格，玄微是一个办事周全的人，能够想出这样的计策，必然有他的道理，所以他在等待玄微的解释。

"伏伽与我是对立关系，但到目前为止，我与他两人都奈何不了对方，他若想要击败我就必须要找出我的弱点来。"玄微的逻辑非常清晰，"所以傅道友扮作我的徒弟，伏伽并不会杀她，只会留下她，从她口中探查我的弱点。"

傅绾点了点头，算是明白了玄微的意思。玄微是她的师父，既然他叫她去做这件事，那么她一定会去做，但宁蘅伸出手，拦下了她。

他一手拦住傅绾想要向前走的身形，一面扭过头去质问玄微："伏伽做事不择手段，为了探知你的弱点，难道他不会做出什么事来吗？"例如严刑逼供之类的。

"伏伽自大，除我之外，整个修仙界的人在他眼中都是剑下亡魂，他不屑这么做。"玄微理解了宁蘅的意思，所以轻声说道。

末了，他又朝傅绾笑了笑说道："若是傅道友不愿，也无事，等到我们找出伏伽的祭天大阵，将之摧毁，控制住伏伽之后，再去安全的睦洲也不迟。"

但是玄微知道，若是真的等到那个时候，恐怕得花上很久的时间，所以他给了傅绾这样的建议。这是目前情况下，让傅绾与宁蘅能够安全回到无尽海的最好办法了。

傅绾理解玄微的意思，她将宁蘅的手拉开说道："好。"

宁蘅轻轻皱起了眉，他没有再反驳。睦洲除却边界附近之外，其余地方皆在伏伽的控制之下，只能通过伪装进入了。

玄微听到了傅绾那一声清脆的"好"，忍不住露出了一个赞赏的微笑。

他看着傅绾，轻声说道："你很像我。"

"年轻时的我的修炼天赋并不佳，但能够修炼到何种地步，与自身天赋并没有太大关系，不是吗？"玄微黑眸之中闪着温润的光，"傅道友没有必要为自己的修炼天赋困扰，我这里有一本秘籍……"

他伸出手，不知何时，有一本崭新的书已出现在了他的手上。

"这是我修炼的功法，名曰《太一宝录》，既然我让傅道友假扮我的徒弟，我也不好随便占了你的便宜，所以将这功法传授于你。但这功法也并不是人人都能够修炼的，傅道友若愿看，就随便学着便是。"玄微温声说道。

傅绾没有想到现在的玄微居然会将《太一宝录》给自己，非常惊讶，但她还是下意识地伸出手去，接过了《太一宝录》。这本《太一宝录》与自己手上那本很有些年头的秘籍不一样，崭新光洁，翻开来查看之后，上面的字迹像是刚刚写下的。

"多谢师——"对着玄微那张温和的脸，傅绾还是差点将自己习惯的称呼叫了出来。

"多谢玄微。"她将"师尊"二字咽了回去，认真道谢。

玄微朝她露出一个温柔的笑容，黑眸之中是期许的光芒："那么，祝二位一路安全。"

然后他再次伸出手来，手上已经躺了两个锦囊。

"这锦囊暂时不要打开，若是有生命危险的时候，再开启锦囊，便能够保下一命。"玄微温声说道。

宁蘅代替傅绾接了过来，感觉这锦囊有些轻飘飘的，既然玄微敢说出这样的话，就代表锦囊里的东西能够保命，也不知道这里面是什么。

"我分出两道盘古血脉，封入锦囊之中，就算是伏伽亲自出手，打开锦囊，也能够保证你们的安全。"玄微朝傅绾与宁蘅眨了眨眼，"二位要去无尽海，我也不能什么忙也不帮。"

傅绾从宁蘅手上将锦囊拿过来，虽然锦囊轻飘飘的，她却觉得有些沉重。这里面可是两道盘古血脉啊……这玩意儿在十万年后的修仙界可算得上是绝种了。就在她抬起头来，想要道谢的时候，玄微却已经消失在了原地。

"走吧。"宁蘅的目光朝着空无一人的天空看去,"他现在应当是去联系其余诸天七皇了。"

傅绾马上想到了十万年之后的修仙界,恍然大悟:"伏伽真的要死了?"

"嗯,应当就在不久之后,玄微已经从我口中知道了伏伽的秘密。"宁蘅似乎有些后悔。

伏伽源源不绝的力量来源,是盘古骨剑之上的祭天大阵,这是未来的每个修仙界中人都知道的常识。他只是随口一说,没想到冥冥之中却暴露了秘密,不过这也是命运使然,所以宁蘅只能轻叹一声,伸出手拉住傅绾的手腕道:"去睦洲吧。"

第七章

　　宁蘅现在借了柏羽的妖身，所以修为变为柏羽的修为，借一位成年大妖的妖身，看起来很不可思议，但对于宁蘅来说轻而易举。傅绾跟在宁蘅的身后，往睦洲飞去，路上欲言又止，她感觉到宁蘅有些许的不对劲。

　　"阿蘅。"傅绾开口唤道。

　　宁蘅马上停了下来，回头看她，问道："怎么？"

　　傅绾往前飞了一点，来到宁蘅身侧，踮起脚在他身边轻轻闻了闻，秀气的鼻子动了一下。

　　"你身上的莲香味没有了。"傅绾如实说道，这也是她今天早晨没有认出宁蘅的原因之一。

　　宁蘅听见傅绾如此问，倒是想起来了。他伸出手，一株红莲突然出现在了他的手上。傅绾捂嘴惊讶，看了一眼宁蘅又看了一眼红莲。宁蘅分明说红莲是他变成的，但现在他的手上为什么又有一株。

　　"我借了柏羽的妖身，所以暂时脱离了本来的莲花本体。"宁蘅开口，轻声说道。

　　来到十万年前的睦洲，他的修为倒退回刚刚化形为人的时候的修为，仅有元婴期。他与玄微合作，将柏羽的妖身借了过来，所以现在他若是变为原形，也只能是柏羽的原身青冥兽。傅绾听了宁薷的解释，恍然大悟。

"先放你那儿。"宁薷平静地说道，语气带上些许笑意。

傅绾一听，不干了。宁薷他自己的原身，自己带着就是了，干吗要给她？于是她扭头拒绝。

"你自己带着，我……我才不帮你拿着。"傅绾心想今天早上宁薷装作柏羽吓她的账还没算。

但宁薷没有说话，只把手往前伸。他的掌心之上，是一盏秀气的青瓷，上面栽种着漂亮的红莲，花瓣妖娆，透露出一股神秘的气息。虽然嘴上这么说着，但傅绾还是下意识地将红莲接了过来。

"要我帮你保管东西，要……要给钱的。"傅绾表示自己可不会白白地帮宁薷保管这株红莲。

"好，回去就给你。"他答应了傅绾的要求。

傅绾觉得宁薷在套路自己，以后他根本不会给钱，但她心想这株红莲既然是如此重要的东西，她暂且就勉为其难地收下。傅绾的手里光芒一闪，宁薷的原身便被她收进了随身锦囊之中。

宁薷略低下头看她低着头的样子，光洁的额头上有细软的碎发，长睫在风中轻轻颤动，仿佛一个小蝴蝶，他忍不住伸出手去，轻轻弹了一下傅绾的脑门。

傅绾马上抬起头来，瞪宁薷："你干吗？"

"去睦洲，要注意安全。"宁薷领着傅绾，一脚迈入了睦洲的地界，提醒她。

"你现在就要去无尽海见伏伽吗？"傅绾有些好奇地问道，"我也一起？"

宁薷点了点头，他将黑色的兜帽戴上，将自己的整张脸隐藏在黑袍之下。配合他现在强大得有些令人心悸的气息，傅绾甚至觉得真正的柏羽已经站到了她的面前。

"嗯。"宁薷应了一声，"你现在要假装是被我抓回去的。"

傅绾突然想起玄微的剧本。

她表示拒绝，她要是被伏伽的手下抓回去，多跌份儿啊。

傅绾摆了摆手道："那我也太没面子了吧……被你给抓回去？我怎么可能被你给抓回去……"

说完，她两眼放光地说道："你可以装作被我打伤，被逼得无可奈何，才逃回了睦洲。"

"我现在的修为怎么可能被你撵着跑？"宁蘅表示现在要按剧本来，"你先晕过去，然后装作被我抓回去的样子。"

傅绾连忙往后退了两步，这也太没面子了吧，但是现在似乎只有宁蘅给出的这个剧本是最合理的。

"柏羽"外出寻找红莲踪迹，没有找到，却带回了玄微的亲传弟子。虽然没有完成伏伽的任务，但也算得上是做了点有用的事情，如此一来，还能顺带将傅绾送回无尽海的附近。

傅绾再三思考，还是同意了宁蘅的说法。她一只手往随身锦囊里掏了很久，才掏出一个面纱来，这面纱并不是女修士戴在脸上好看的半透明面纱。它可以将傅绾的大半张脸包裹得严严实实，只露出漂亮的额头和一双杏眸来。

"我跟你讲，这是在爻山的市集里买的，不知道是用什么织物制成，但戴上之后可以在遮住自己脸的同时呼吸顺畅……"傅绾得意扬扬地将那面纱戴在脸上，"我丢不起被你抓回睦洲这个人，我要伪装一下，遮住自己的脸，以后别人看到也没人认得出我……"

宁蘅：再过十万年，睦洲现在的所有的妖都已经死光了！

他知道傅绾好面子，所以没有阻止她。反而是傅绾在戴上了白色的面纱之后，还掏出了好几个不同颜色的来。

"哪个颜色的好看？"傅绾将粉色的在脸上比了一下，"粉色的会更好看吗？"

宁蘅无奈，轻叹一口气说道："什么颜色都好看。"

"你敷衍我？"傅绾觉得宁蘅表明自己的性别之后，他就变了，以前的宁蘅还会认真跟她讨论哪种款式的发簪好看，哪种颜色的纱衣好看。

宁蘅非常无辜，只应了一句："没有。"

来到睦洲的边界之后，宁蘅与傅绾非常具有仪式感地开始演了起来。傅绾已经跟宁蘅商议过剧本了，所以她连忙将脸上的面纱紧了一下。宁蘅伸出手，一道慢悠悠的黑色法术光芒朝傅绾飞了过去。

傅绾被法术击中，她极其浮夸地大喊了一声："柏羽！你好卑鄙！我深得玄微真传，竟也被你暗算了！"说完，傅绾一拍自己的心口，假装被柏羽击晕，直接往后仰倒。在傅绾落地之前，宁蘅默不作声地飞了过去，伸出手直接将傅绾揽进了怀里。他原本准备就这么把傅绾抱回无尽海附近，但傅绾不干了。

傅绾倒在他的怀里，感觉到宁蘅的动作非常轻柔，她恨铁不成钢，为什么宁蘅不学学自己的演技呢？宁蘅现在可是荒墟十二妖之一的柏羽，人设是凶狠残暴，他现在这个抱老婆的动作是怎么回事？于是傅绾倒在宁蘅怀中，偷偷睁开了一只眼睛，朝宁蘅挤眉弄眼，眼神之中传递的意思很明确：你好歹拿根绳子把我绑起来啊！

宁蘅注意到了傅绾睁开了一只眼睛，他低头安静地看着傅绾，但是他没有完全理解傅绾的意思。

"我方才放出的法术没有任何杀伤力，你现在可是被击疼了？"宁蘅低着头，语气平静，说完他手下的动作更轻了半分。

傅绾闭上眼睛，继续装死去了。管他的，反正被识破的不是自己。

宁蘅除了抱着傅绾的动作非常轻柔，其余所有的装扮都非常完美，他周身流淌着令人惧怕的气息，朝着睦洲的中心而去。"柏羽"所过之处，众妖避让，没有任何妖敢接近。而旺财早就被傅绾抓起来，直接塞到了锦囊之中，不然他们也没有办法解释在睦洲突然出现的一只白泽幼崽。

宁蘅的速度很快，一路飞着，黑袍被风吹动，发出猎猎声响。而此时的伏伽，已经等待柏羽许久了，在无尽海之畔的一座孤峰之上，他一人坐着，手中拿着盘古骨剑，目光悠远。

伏伽正在想柏羽为什么还未归来。柏羽办事最是稳妥，就算找不到红莲的踪迹，也会回来复命，说清楚现在的情况，但近三天过去了，柏羽却还没有回来。伏伽低下头，握着盘古骨剑的手紧了紧，他感觉到自己的掌心有薄汗，他绝对不能让那株红莲逃出去。

伏伽再抬起头的时候，目光已经恢复了冰冷无情。这个时候，他终于看到天际有一抹黑影飞过，柏羽的身影和气息，伏伽很是熟悉。随着"柏羽"越来越接近，伏伽却发现了不对劲，"柏羽"为什么还抱了一个人回来？

　　他抱着的还是一位女子，而且他的动作……伏伽皱眉，觉得事情并不简单。他眼看着"柏羽"沉默地落在了他的面前，一声不吭，似乎在等他发话。伏伽看了一眼沉默的"柏羽"，还有窝在他怀里的身材小巧的女子。

　　"你回来了？"伏伽开口，声音冰冷，没有丝毫情绪起伏。

　　伪装成"柏羽"的宁蘅点了点头，他开口，正打算说明怀里傅绾的身份，但这个时候，伏伽却开口了。

　　"你……"伏伽启唇，极具穿透力的目光放到了傅绾的身上。

　　宁蘅抱着傅绾的动作，根本就不像在抱一个人质，伏伽停顿了很久，此时的空气似乎都因他周身散发的冷意变得寒冷起来。

　　"为什么——"他冷着声问道，"抱了一个道侣回来？"

　　傅绾现在正在装晕着，乍一听到伏伽这句话，差点没翻白眼诈尸跳起来。听听，什么叫抱了个道侣回来？她还没同意呢！

　　宁蘅抱着她的手紧了一紧，在伏伽看不到的地方，傅绾偷偷伸出手去戳了一下宁蘅的腰，提醒他要好好演。宁蘅本来冷着脸，忽然被傅绾戳了这么一下，身形顿时一颤。

　　伏伽看着宁蘅假扮成的"柏羽"，注意到了他的小动作，于是冷哼一声说道："被我说中了吗？"

　　宁蘅锐利如刀的眼神隐藏在兜帽之下，他启唇，声音冰冷且冷静："不是。"

　　伏伽冷笑了一声，他哪里会相信"柏羽"说的话。伏伽的洞察力极强，他注意到"柏羽"就差没将人家小姑娘抱到怀里去了，任谁抱道侣都比不上"柏羽"这么用心的。

　　伏伽心想他并不是一个会阻止部下自由恋爱的人，毕竟星瞳意淫他本人也不是一天两天了，不是还得好好的。但是喜欢一个人族，不可以。伏伽抬手，冷酷的目光看向傅绾，眼中的杀意很明显。

　　伏伽懒得去管"柏羽"外出不到三日，是怎么勾搭上一个人族修士的，但"柏羽"既然看起来喜欢这个人族的小姑娘，那么她就必须要死。宁蘅注意到了伏伽的动作，周身的空气顿时变得寒凉，竟然不输伏伽那周身的压迫力量。

"柏羽，你要为了这个女人反抗我吗？"伏伽看着宁蘅，冷笑。

他手中的盘古骨剑正散发出森冷的苍白色光芒，宁蘅本就与伏伽有过节，此时就算他扮成了"柏羽"的模样，也不可能向他卑躬屈膝，所以他仰起头来，直直面对着伏伽，丝毫不惧。

傅绡躺在宁蘅的怀里，心想乱了，这全乱了，剧本不是这么写的。怎么宁蘅一看到伏伽要杀自己，就马上把原来的剧本抛之脑后，现在不是应该表明她的身份是玄微的徒弟吗？

傅绡看到伏伽越逼越近，有些紧张。不行，为了她和宁蘅的小命着想，是时候让她这个奥斯卡影后出来力挽狂澜了！于是，傅绡直接仰起身子，从宁蘅的怀里坐了起来。

她轻巧地跳到地上，看着伏伽说道："我是玄微的徒弟，你敢杀我？"

傅绡拦在"柏羽"的身前，这句话说得非常理直气壮。

伏伽瞥了一眼傅绡，目光中露出些许疑惑来。握着盘古骨剑的手紧了又松，伏伽沉默了许久，终究是抬起头来。

"你是玄微的徒弟？"伏伽盯着傅绡，眼中的神色有些复杂。

没想到，竟然是这样的，也难怪"柏羽"方才如此轻手轻脚地抱着她，毕竟若她的身份真的是玄微的徒弟，那么她绝对不可以死。伏伽对傅绡说的话并不是完全信任，所以扭过头去看"柏羽"，眼中的询问意味很明显，傅绡到底是不是玄微的徒弟？

"柏羽"见傅绡自己跳了出来，伏伽也暂时回归了平静，便点了点头。

"寻红莲未果，遇上玄微正在带徒弟，便出手将他那落单的小徒弟带了回来。"他冷静说道，说得跟真的一样。

"如何证明她就是玄微的徒弟？"伏伽看着傅绡，目光很是危险。

他生性多疑，现在听到了傅绡说出她的身份之后，根本没有相信，就算"柏羽"说是，他也要看到一些证据。宁蘅表面平静，其实心里面已经开始觉得伏伽这个妖很烦，啰啰唆唆了半天还不相信事实，他当然懒得去解释，所以一扭头，没有搭理伏伽。

空气陷入了安静。

伏伽向"柏羽"问话，却没有收到回应，傅绡出于天性，脱口而出了一句话，幸灾乐祸地讥讽道："你好没有面子哦。"伏伽眼中又闪起了些许暴虐的光芒，似乎又想杀人。

傅绡见自己戳到了伏伽现在尴尬的点，连忙说道："你冷静，我有证据。"

宁蘅听到了傅绡说这句话，便扭过头来，看着她，也不知道傅绡要拿出怎样的证据。

"伏伽你且凑过来，我给你看个大宝贝，不要被你的部下看到了！"傅绡朝一旁伪装成"柏羽"的宁蘅扬了扬下巴。

就不给你看！好奇死你！伏伽皱眉，看着傅绡，眼中依旧是滔天的杀意，但他又担心她真的是玄微的徒弟。他寻找玄微的弱点已久，他的徒弟有可能就是突破口，没准能知道玄微的弱点也说不定。伏伽走上前去，走到傅绡身边，然后两个人一起转过身去，只给宁蘅留下了两个无情的背影。

宁蘅：这是我第一次感受如此强烈的危机感。

傅绡见伏伽走了过来，于是她弯下腰，伸出手去。

"你若耍诈，你便没办法从这里活着——"走出去。

伏伽本来想放狠话，但是他在看到傅绡手上那东西的时候，仿佛哽住了一般。一株青翠可爱的小菩提树出现在了傅绡的手上，娇嫩的枝叶正迎风摇摆着，是修行《太一宝录》，通过了天地问心之后化金丹而成的本命灵植，与玄微的本命灵植菩提树一模一样。

"怎么样，你信了没有？"傅绡雀跃地说道。

伏伽斜眼看了傅绡一眼，竟然出手将盘古骨剑挂在腰间，站起了身。

"你且随我来。"伏伽冷着声说道。

宁蘅一听到这句话，手上便暴起了几根青筋。不行，他要演不下去了。傅绡见伏伽已经站起身来，没人帮她挡着，便马上将本命灵植收了起来，一点绿光在她的指缝间闪过。傅绾注意到了宁蘅的不对劲，为了让他们的潜伏行动完美进行下去，她只能想办法去安抚宁蘅。

"稍等，我与这位柏羽阁下说两句话。"傅绾抬起头，看了一眼宁蘅，再看了一眼伏伽。

伏伽的唇边挂着一抹残忍的微笑："可是他将你给抓了回来，你还想说什么？"

傅绾早已经感觉到宁蘅现在似乎有些生气，于是赶忙走到他身边，她伸出手，拍了一下宁蘅的肩膀说道："我打你。"宁蘅不痛不痒，但他还是往后退了两步。

"我让你抓我……害得我落到这般田地！"傅绾又拍了宁蘅一下。

她戏精附体，仿佛自己真的成了被"柏羽"抓回来的可怜小姑娘。

"你抓我干吗！"傅绾拍了宁蘅好几下。

伏伽：你那叫打人吗？给人家挠痒都不够。不过他也算是确认了，这是玄微亲徒弟，没有错。

傅绾一边拍着宁蘅的肩膀和胸口假装在泄愤，一边抬起头看着宁蘅的双眼。

"你给伏伽看什么了？"宁蘅低头，低声问出了自己很想知道的问题。

而这个问题正巧就是傅绾不想回答的，再加上她还记着宁蘅方才差点把大好剧本毁了的仇，便故意说出了另一句话，让宁蘅更气。

她踮起脚，在宁蘅耳边说道："是没有给你看过的东西。"

宁蘅眼中露出些许惊讶的光芒，他伸出手来，将傅绾正在拍他胸口的手捉住，但此时伏伽出现在两人身边。

"打情骂俏够了没有？"伏伽冷哼一声。

他不是傻子，"柏羽"对这个小姑娘的情意很是明显，若傅绾是一个普通的人族修士，那么他会出手将她杀了。但她是玄微的徒弟，所以留着她，也留着"柏羽"对她的这份情义，等到这个女人被爱情蒙住了双眼，到时候自然会将玄微的秘密和盘托出。伏伽脑海中的思绪千转百回，马上便想到利用自己的部下去探听玄微的秘密。

"随我来。"伏伽冷眼看了一眼傅绾，喊她跟过来，"有话要问你。"

傅绡知道伏伽肯定是想单独探听玄微的消息，所以她只能收回手，看了宁蘅一眼。宁蘅看着傅绡，本有些不愿让她单独前往，但碍于现在的身份，加上他还要探查盘古骨剑上的祭天大阵，所以只能看着傅绡跟着伏伽离开了。但他看着傅绡与伏伽的身影消失，思考了片刻，便一甩袖袍，跟了上去。

　　傅绡知道伏伽既然已经确定了自己的身份，就不会出手杀自己，心情倒也算轻松。她跟在伏伽身后，竟然丝毫没有受到他周身那股强大的气息影响。傅绡不知道，一般的妖族或是人类，在伏伽面前，连头都抬不起来，他天生的气息便对他人有着强大的压迫力。

　　不知道走了多久，伏伽总算停了下来，傅绡看到他的身后，是一望无垠的无尽海。伏伽站定下来，他瞥了傅绡一眼，眼中是淡漠的轻蔑。

　　"为什么留你性命，你应当知道吧？"伏伽问道。

　　傅绡虽然知道伏伽想要问什么，但她哪里会让伏伽这么轻松地问出来，她挠头，一副懵懂的样子："我不知道。"

　　"呵，装傻？"伏伽冷笑一声，"那么我便直说了。"

　　"玄微是否有什么弱点？"伏伽一字一顿地问道，"或者是什么不为人知的秘密？"

　　傅绡抬起头来，看着伏伽，回答得非常干脆，她的双眼中尽是真诚："他当然有了！"

　　"我跟你讲。"傅绡一本正经地说道，"玄微他偷偷看那种小说……"

　　傅绡凑过来，在伏伽身边小声说道。伏伽听了，目光中透露出一丝难以置信来，他早就做好了傅绡会随口胡诌的准备，但没想到她居然说得如此……离谱。

　　伏伽一听到傅绡说"那种小说"，脑海中便难以抑制地想到了许多黄色废料。

　　傅绡说的，当然不是伏伽脑海里想的"那种小说"，她指的当然是她在太玄境的山洞之中寻找到的，星瞳看的《霸道妖皇看上我》之类的小说。由于被囚禁的星瞳没有办法从太玄境之中逃出去，她又三天两头闹事，玄微无奈，就只能买点这种话本给她看。

但是傅绾后来在太玄境的山洞中收拾这些陈旧的小说的时候，发现这些小说全部被翻过了好几遍，似乎玄微本人也曾经看过，有的书页上还有玄微的笔记。虽然里面的内容实在是太文艺了，傅绾没有仔细看，但她依旧有足够的理由认为，玄微在私底下也会看玛丽苏小说。这对于他这样一个近乎天神的人设来说，简直就是崩塌性的弱点啊！

傅绾说完，抬头看着伏伽，她发现伏伽的神色非常复杂，带着些嫌弃又带着些"玄微竟然也看这种东西"的幸灾乐祸。

"他真的看？"伏伽皱起眉头，狐疑地看了一眼傅绾问道，"他应当不是这样的人。"伏伽觉得自己的宿敌看这种东西，简直是太掉价了。

"看啊！"傅绾试图证明自己说的话是真的。

她伸出手，在随身锦囊里掏了很久，掏出来一本书。有了前几次掏错东西的经验，所以这次反复确认了一下，傅绾才将随身锦囊里正确的书拿了出来。伏伽看到傅绾在找书，心想这也太那个了吧，光天化日之下竟然就这么明目张胆地将小黄书拿出来给他看。

傅绾当然不知道伏伽竟然想歪了，她还是太低估了一个邪恶的妖皇能够想到的东西究竟有多么离谱。傅绾伸出手，将一本《蚀骨宠溺：蛇后太嚣张》拿给伏伽看。

"你仔细翻翻，上面是不是有玄微阅读过的痕迹？"傅绾兴致勃勃地把书递了过去。

伏伽看到那封面上闪瞎眼的几个大字，他忽然觉得心有点累，这不是星瞳整天看的那种小说吗，玄微居然也看？这可比看小黄书更令人惊奇。伏伽接过那本《蚀骨宠溺：蛇后太嚣张》，随意翻看了一下，果然是星瞳喜欢看的那种辣眼睛的文字，而且上面真的有玄微做的笔记。

"有病。"伏伽骂了一句。

他实在是看不下去这些文字，特别是里面的主角大多是他和星瞳，一想到这个，他就更想吐血了。伏伽瞥了一眼傅绾，眼神还是淡漠冰冷。但是此时的他，已经确认傅绾说的是实话。

这些信息传入伏伽的脑海中，倒是让他开始琢磨玄微为什么会看这些小说，若是能从其中挖掘到玄微的真正弱点，那就再完美不过了。傅绾搓搓手，看着伏伽，甚至还想将那本《蚀骨宠溺：蛇后太嚣张》要回来。

"你看完了没有？确认完了的话，就还给我。"傅绾朝伏伽伸出手。

伏伽嘴角扯出一抹残忍的笑容，他朝傅绾嘲讽地说："到我手上的东西，我还能还你？"

说完，他随手一抛，将那本《蚀骨宠溺：蛇后太嚣张》直接扔进了无尽海。但这本书没能成功掉入水中，成为一团废纸。就在伏伽抛出书的一瞬间，星瞳注意到了这里的动静。一个身影如同矫健的游鱼一般冲出了水面，在晴朗的日空下划出一道妖娆优美的弧线。

金灿灿的漂亮蛇尾反射着日光，显得金光熠熠，星瞳宛如接到了主人飞盘的小狗狗一般，冲出了水面，然后精准抓获了那本《蚀骨宠溺：蛇后太嚣张》，她将那本书抱在怀里，看向伏伽的目光中含着春光。

"尊上，没想到你……竟然会主动……给我……"书。星瞳热泪盈眶，拿出手擦拭着脸上的眼泪。

伏伽扭过头，冷冷地看了傅绾一眼，冷哼道："不要以为只说出这一个信息，我就会放你走。"

"你一定还知道其他的。"伏伽无法问出更多的来，只能转身离开，再慢慢观察。

傅绾看着伏伽离开的背影，做了个鬼脸，她觉得自己有必要去找一下宁蘅。

但她在无尽海旁的密林之中穿梭了很久，也没能找到宁蘅的踪迹，所以傅绾只能自顾自找了一块干净的青石坐了下来，又开始修炼了。幽幽的法术光芒在她周身亮起，傅绾一呼一吸的节奏平缓，天地灵气源源不绝地涌入她的体内。

宁蘅原本一直跟在傅绾的不远处，以防止伏伽突然做出一些不好的事情，但他只看到傅绾与伏伽"友好"交谈了好几句，然后傅绾给了伏伽一本书，伏伽扔了，星瞳捡了……再然后伏伽就离开了。

宁蘅在暗处眯起眼，并没有搞明白两人到底在说些什么。伏伽会这么轻易地放过傅绾，肯定是得到了什么有效信息，就在宁蘅眼见着伏伽离开，准备过去找傅绾的时候，伏伽却在不远处呼唤他。

"柏羽，出来，我知道你在旁边看了很久。"伏伽的声音很是冰冷。

宁蘅拉低黑色兜帽，从容地走到了伏伽面前。他藏在暗处听两人对话，本来就没有做过多伪装，所以伏伽是默许了他在一旁听他与傅绾的对话。

果不其然，伏伽看着眼前的"柏羽"，开口便道："你在一旁看了那么久，有什么发现吗？"

宁蘅长眉微皱，心想伏伽自己找不出什么端倪来，就来问自己。但实际上，这是伏伽在自问自答，他也不指望能从"柏羽"口中问出些什么来。

"她给的信息是真实的，但是还不够，我需要更多的信息来挖掘玄微的弱点。"伏伽哼了一声，显然并不打算放过傅绾。他话锋一转，又将话题带到了"柏羽"身上，"你是不是暗恋那个小姑娘？"

宁蘅：这都被你看出来了？

他觉得这个并没有什么好隐瞒的，伏伽洞察力如此强，能看出来也不奇怪，再否认就显得刻意了，于是宁蘅点了点头。

伏伽轻蔑地看了一眼"柏羽"说道："她是人族修士，还是玄微的徒弟，总归是要死的。"

"但是我知道你一向忠诚于我，那小姑娘对你似乎也有点意思。"伏伽忽然想到了一个阴险的计谋。

他看着"柏羽"，咧嘴笑了起来："你不是喜欢她吗？那就去找她，等到她被爱情冲昏头脑的时候，就会将她所知道的东西统统告诉你了。"

宁蘅抬起眼睫，总算是正眼看了一眼伏伽。若站在他面前的是他真正的手下，听到这样的一番话，当真还能保证自己完全忠诚吗？

宁蘅将计就计，启唇平静地说道："可以。"

"柏羽，你喜欢那个小姑娘，你们能够在一起的时间不长。"伏伽盯着眼前的"柏羽"，言辞有些残忍，"给你打探出所有消息的时间也不多。"

他明摆着就是在利用"柏羽"与傅绾之间流淌着的那种淡淡的……恋爱的酸臭味。若宁蘅是真的柏羽，遇到了这样的事，恐怕会直接拿刀子出来捅了这个老大。但是很巧，他不是，所以伏伽所导演的"无间道"剧本也根本起不了作用。

宁蘅点了点头。伏伽感到有些欣慰，果然他的部下还是忠诚于自己的。他拍了拍宁蘅的肩膀，鼓励道："去吧。"

宁蘅的身影消失在了原地，他真的去找傅绾了。而此时的傅绾正在认真地修炼，她端正地坐在一块干净的青石之上，双目紧闭，周身灵气有节奏地流淌。就在这个时候，傅绾忽然敏锐地听到了身边的草丛里发出了一丝声响。傅绾睁开眼，却发现现在已经是夜晚了，周遭的光线有些暗，仅有月光幽幽照耀。

她正打算坐起身来，去查看附近草丛里是什么发出的声响。仿佛一阵风吹过，从旁边走过来的人，已经来到了傅绾身边。宁蘅站在傅绾面前，倾身而上，直接将傅绾吓得坐回青石上，往后缩了一点。他低头，头上的黑色兜帽滑落，在皎皎月色下露出一双清绝出尘的俊美脸庞来。宁蘅一手伸出，撑在傅绾的身侧，防止她乱跑，傅绾睁大眼，看着眼前的宁蘅，呼吸有些不知所措。

"绾绾，你给伏伽看了却没有给我看过的东西，现在拿出来给我看看。"宁蘅低头，墨色长发落在肩头，黑瞳紧盯着傅绾的杏眸，低声说着，声音低沉悦耳。

第 八 章

　　"什……什么东西给他看了，没有给你看？"傅绾支支吾吾地说道，假装没这回事。

　　"方才你给伏伽看了，证明你身份的东西。"宁蘅的双眸紧紧盯着傅绾，认真说道。

　　傅绾心想这哪能给你看，她一双手放在身后，不安地绞动。

　　"这哪能给你看？"傅绾挑眉，凶巴巴地看着宁蘅，"给你看了我怕吓死你！"

　　宁蘅闻言，轻笑一声："我不怕。"

　　"你肯定会怕。"傅绾笃定地说，"我这东西可厉害了。"

　　"伏伽都不怕，我怎会怕？"宁蘅反问。

　　他感觉到傅绾的心跳得越来越快，于是他更加靠近了她一些，两人的脸靠得极近，呼吸的声音非常清晰。傅绾当然不会将自己内府的那棵本命灵植给宁蘅看，她知道伏伽是十万年前的伏伽，所以给伏伽看没有关系。但是被宁蘅看到，不就代表自己的人设崩塌了吗？

　　"不给你看。"傅绾扭过头，避开宁蘅的目光，轻声说道。

　　宁蘅沉默了片刻，伸出手去，轻轻挑起傅绾的下巴，让她正视自己。

"我最大的秘密都跟你说了。"宁蘅直视着傅绾，非常认真地说道。

傅绾闻言，表情有些惊讶，她眨了眨眼，长睫忽闪。

"你有什么秘密跟我说了？"傅绾一脸的疑惑。

"我是男的。"宁蘅顿了一下，方才说道。

"这也能算你最大的秘密吗？"傅绾轻轻哼了一声，"我还没问你跟无尽海还有伏伽是什么关系呢！"

"伏伽跟我没关系！"宁蘅马上否认，他怎么可能跟伏伽扯上关系？

"那他为什么想杀你？你为什么变成一株红莲？你的本体是红莲，无尽海中的那株红莲又是怎么回事？"傅绾理直气壮，一连串地问出问题。

"说来话长。"宁蘅没有正面回答傅绾。

"你不说，我也不说。"傅绾心想有小秘密的又不是只有自己一个人，所以腰板也硬了起来。

"伏伽都能看，为何我不能看？"宁蘅不依不饶，还在纠结这个问题。

傅绾听到他说这个话，忽然抬起头看宁蘅，一副我发现了什么的样子。

"阿蘅你……"傅绾咬了咬唇，有些欲言又止，"是不是……"

宁蘅的黑眸中带上一丝期待的光芒。

"你是不是……"傅绾犹豫了好久，才说出来后面的话，"吃醋了？"

说完，傅绾马上伸出手，拍了一下宁蘅的肩膀说道："你不要担心，虽然这玩意儿伏伽能看，你不能看，但你肯定还是我的大师姐。"

宁蘅：这不是大师姐不大师姐的问题。

"对，我是吃醋了。"宁蘅沉着声说道。

傅绾结结巴巴地说道："我乱讲的，你怎么就承认了呢？"

宁蘅点了点头，既然傅绾问了，那么他当然会承认。在傅绾面前承认这件事，又不是什么丢人的事。宁蘅想到自己竟然承认了这样的事，也觉得有些害羞，脸上忍不住泛起红来。傅绾注意到了宁蘅表情的变化，她忽然之间有了一种负罪感。傅绾觉得自己也太坏了，怎么能这样对宁蘅呢？人家多高冷一人啊，为了看她的秘密连这种事都承认了。

傅绾咽了一下口水，伸出手戳了一下宁蘅的手臂说道："你……你别动。"

宁蘅的头轻轻歪了歪，没有领会到傅绾的意思，她为什么忽然态度就转变了？方才明明还是一副我誓死不从的样子。

"不能给你看，给……给你摸摸也是可以的。"傅绾结结巴巴地说道。

反正宁蘅也不一定能摸出来是个什么东西。宁蘅一听到这句话，耳根迅速地红了。他低头，看了一眼傅绾修长的脖颈，还有秀气的锁骨中央，注意到她似乎也有些紧张。傅绾实在是受不了宁蘅在她面前这个模样，她伸出手，直接牵住了宁蘅的手。

"你闭上眼，不要看。"傅绾轻声说道。

她的掌心有一抹清新的绿色光芒闪现。宁蘅闭上眼，长睫似蝶，在俊秀的面庞上投下带着月色的阴影。一株小小的菩提树出现在了傅绾的手上，它翠绿色的枝叶轻轻拂过宁蘅的手背，仿佛在挠痒。宁蘅感觉到手背传来了那轻柔的触感，傅绾握着宁蘅的指尖，轻轻碰了一下小菩提。

他白皙的指尖抚摸过枝叶的边缘，幼嫩且柔软，一触即分。傅绾马上收回了菩提树，她怕宁蘅再多摸一下，就摸出来这是个什么东西了。宁蘅确实没能分辨出来傅绾给他摸的到底是什么东西，他睁开眼，沉默地看着傅绾。完了，更好奇。傅绾若无其事地缩回手，将手背在身后，一副我什么都不知道的样子。

"摸过了吧？猜不猜得出来就是你自己的事了！"傅绾看着宁蘅，得意地笑了。

她真的是一个天才，怎么就能想出这种办法呢？宁蘅就算想破脑袋，也想不出来他摸到的这东西到底是什么。

"好。"宁蘅忽然应了一句，"既然绾绾不愿说，那便不说。"

傅绾搓搓手，凑在宁蘅身边，得意地问道："你知道是什么吗？"

"你知道吗你知道吗你知道吗？"傅绾连问了三声。

宁蘅轻笑一声，两根手指轻轻触到一起，他摇了摇头，似笑非笑地看着傅绾。

"别念了。"宁蘅轻声说道。

傅绾清脆的声音回响在他的耳边，让他忍不住想要让她……闭嘴，宁蘅的目光在傅绾的红唇上流连了一会儿，那晚在晏城屋顶上的感觉，他到现在还记得。傅绾注意到了宁蘅的目光，连忙停下了自己的絮絮叨叨。

"绾绾。"宁蘅唤了一声，忽然伸出手去，牵住了傅绾的手。

傅绾看着宁蘅，有些不知所措，她觉得现在自己周遭的空气似乎变得灼热起来。

傅绾支支吾吾地应了一声，也没有躲开："干吗？"她虽然嘴上这么问着，但根本没有想要挣脱宁蘅的意思。

傅绾不知道自己为什么没有躲，但是她就是不想躲。她就是不知不觉地被宁蘅吸引了。宁蘅低下头，嘴角带着一抹浅笑，越凑越近。傅绾紧张地屏住了呼吸，看着宁蘅，轻轻踮起了脚。

她的一只手被宁蘅牵住了，另一只手则放在腰间，不安地动了一下手指。结果就这么一动，她好像触到了一个什么奇奇怪怪的东西，毛茸茸的，有些柔软。傅绾连忙低下头，去查看她到底碰到了什么东西。一个毛茸茸的脑袋从她的随身锦囊之中钻了出来，一双晶晶亮的眼睛正在看着眼前马上就要亲上去的两个人。

宁蘅伸出手，打算直接把这只白泽幼崽按回去。但没想到它蹿得非常快，一溜烟儿蹿到了傅绾的肩头上，伸出舌头大口大口地呼吸着。傅绾注意到旺财现在的情况有点不对劲，似乎有什么急事的样子。

她连忙扭过头，躲开宁蘅有些灼热的目光，问道："旺财它怎么了？"

"他单身狗，想来是见不得这样的场面。"宁蘅冷冷地说道，语气带着一丝威胁。

宁蘅伸出手去，想要将在傅绾肩膀上趴着的小白泽抓起来，重新塞回她的随身锦囊之中。

傅绾看到宁蘅的动作有些粗暴，连忙按住了他的手："我觉得旺财有点不对劲。"

宁蘅轻哼一声，收回了手，仔细一看，现在旺财的情况确实有点不对劲。他夹着尾巴，像洁白的一只小狗缩成一团，似乎有些害怕的样子。这只白泽幼崽分明就在傅绾的随身锦囊之中好好待着，怎么现在会变成这个样子？

傅绾挠了挠头，有些疑惑："他是不是看到我随身锦囊太乱了，所以被吓到了？"

宁蘅摇了摇头，没有认同傅绾的说法，这只白泽幼崽现在的状态，看起来是受到了不小的惊吓，傅绾的随身锦囊之中有什么东西能让他怕成这个样子？

宁蘅瞥了一眼小白泽，抿唇不语，反倒是傅绾伸出手去，摸了一下旺财的脑袋，以示安抚。

"你还怕吗？"傅绾扭过头去问道。

"汪呜——"旺财缩在傅绾的肩膀上，夹着尾巴，瑟瑟发抖，嘤嘤叫了一声。

他的小爪子指着傅绾的随身锦囊，似乎在控诉些什么，傅绾没有理解旺财的意思，她会错了意。

"好，我看你现在好像已经没有很怕的样子。"傅绾自顾自说道，"回去睡着。"

她不能让小白泽一直在外面待着，不然被其他妖看到可就危险了。傅绾摸了旺财的小脑袋一下，为了他的安全着想，还是想要将他送回随身锦囊之中。但是她一手抱着旺财，想要将他从肩膀上抱下来的时候，却没能成功。

傅绾倒是很有耐心，柔声细语地说道："旺财乖，来我们回去。"

宁蘅实在是听不下去了，他伸出手去，打断了旺财的撒娇。大掌直接将这只小妖兽给抓了起来，旺财在宁蘅的手上无力反抗，只能无助地刨动自己的四只小爪子，嘤嘤地叫了起来。

傅绾看到宁蘅的动作，欲言又止："他好像不想回去。"

"不用回你那里了。"宁蘅冷着脸说道，然后直接将旺财给丢进了自己袖袍之中的小空间里。

宁薇携带随身物品的小空间，当然没有傅绾的随身锦囊里那么杂乱，里面干干净净，整理得极为干净。旺财被宁薇直接丢进了这个广阔的混沌空间之中，在地上滚了好几下，才颤巍巍地站了起来。这只小小的白泽幼崽，看起来还有些惊魂未定，旺财在宁薇的随身空间之中，跑了一圈，找了一个舒服的地方窝着躺下，开始回忆自己刚才在傅绾锦囊里看到的景象。

不知道什么时候，傅绾忽然将一株红莲塞了进来，旺财走上前去，好奇地嗅了一下，他天生便对这株红莲有着敬畏之情。旺财只轻轻闻了一下，便跑开了，一只妖兽与一株红莲，本来相安无事地过了许久。但是今晚，不知道怎么回事，那株红莲开始变得不对劲起来。

旺财的直觉告诉他，这株红莲变得越来越危险，他很害怕。睦洲众妖，对于睦洲之主的态度向来是敬畏、敬爱与畏惧，此时此刻，旺财感受到了后一种情绪。放置在随身锦囊中央的那株红莲，神秘且圣洁，很是好看，但在旺财的眼中显得如此可怕。

窝在角落，尾巴忍不住夹了起来，越来越怕，最终，旺财忍不住了，他想要逃出去。但旺财没想到，他一探头出锦囊，就看到如此热辣的一幕。

小小的白泽幼崽在"回到随身锦囊里跟红莲一块儿待着"和"打断这一切然后被宁薇煮成肉汤"两个选择之中，毅然决然地选择了后者。

傅绾与宁薇听不懂狗语，所以也没有理解旺财到底在害怕什么。宁薇低下头，看着傅绾悬挂在腰间的那个随身锦囊，似乎发现了什么。

反倒是傅绾，对于宁薇将旺财抱走的行为非常不满，她跳到宁薇面前，叉着腰质问道："你干吗把我的狗抢走？"

"他在怕。"宁薇冷静地陈述事实。

"你就是想偷偷把他带走，然后做成狗肉汤！"傅绾大声说道。

她早就看出来宁薇看旺财的眼神不对劲了，简直就是要杀狗的眼神，一个大男人，心眼怎么这么小？

宁薇挑眉，看了傅绾一眼，勾唇笑道："你不说我还没有想到还能这样。"

傅绡：对不起，是我太过恶毒了。

"我心情不好。"宁蘅如实说道，好事被一只突然冒出来的白泽幼崽打断，他的心情怎么还能好？

傅绡愣愣地盯着宁蘅看，眼中露出些许错愕，她马上曲解了宁蘅的意思："这是要我哄你？"

宁蘅本没有这个意思，但是既然傅绡自己主动说了，他怎么会有拒绝的道理，所以他理直气壮地点了点头。

傅绡：可能这就是男人吧。

她心想旺财是在自己的随身锦囊中出的事，她总不能真的让宁蘅对旺财下毒手吧？于是她踮起脚，直接伸出了两只手，搭在宁蘅的肩膀上。宁蘅一愣，身体顿时变得有些僵硬，他没想到傅绡竟然会如此主动。

傅绡抬起头，目不转睛地盯着宁蘅。傅绡看着宁蘅，眼中闪着漂亮的粼粼波光。

"阿蘅。"傅绡叫了他一声，引起宁蘅注意。

宁蘅侧过头，鼻尖蹭着傅绡的脸颊而过，低沉的声音回响在耳畔："怎么？"

他的声音带着些许紧张，放在身侧的手下意识抬了抬。傅绡踮起脚，离宁蘅更近了些。

她在宁蘅耳边，轻声说着，呼吸柔缓："要我哄你？"

傅绡的声音轻轻柔柔，带着一丝娇软，在此刻格外能够撩拨心弦。她放在宁蘅肩膀上的手紧紧攥着，似乎有些紧张。傅绡深吸了一口气，觉得自己翻身做主人的时候来了！她很是激动，她压抑住自己雀跃的呼吸，强行让自己冷静下来。

"想都不要想。"傅绡在宁蘅耳边飞速地说了这句话，便缩回手，以平生最快的速度从宁蘅身边跑开了去。宁蘅站定在原地，本来他都……都准备好了，但没想到傅绡居然会来这一出。

他的背挺得很直，看着傅绡的身影消失，他转身，身影也消失在了原地，他需要冷静一下。而傅绡在飞速逃离做坏事现场之后，连忙躲到一处无人的密林中央，但她感觉自己的心脏还在怦怦地跳着。

傅绾伸出手，将冰凉的手掌贴在脸上，让自己冷静下来，她还沉浸在方才摆了宁蘅一道的喜悦之中，她忍不住捂住嘴笑出声，仿佛偷东西成功的小老鼠一样。

傅绾坐在树枝上，跷着脚，觉得自己通身舒畅，有一种把之前多年被宁蘅欺负的闷气都出了的感觉。就在傅绾沉浸在快乐的回忆里的时候，她的身后的地面上忽然出现了一个巨大的黑影，蛇尾在地上缓缓前行，没有发出任何声响，却留下了令人感到害怕的气息。傅绾背对着那个巨大的黑影，她跷着脚，只听到了些许树丛摇动的沙沙声响。

"阿蘅？"傅绾以为是宁蘅追了过来，所以直接唤了一声，"我都跟你说了，想都不要想——"

"人类？"一个尖利得有些刺耳的声音在傅绾身后响起。

这声音仿佛指甲刮过物体光滑表面发出的声音，令人极为不适，傅绾连忙转过头去看身后的情况。结果一扭头，傅绾便看到了八条纠缠在一起的蛇身，仿佛一只巨大的猛兽，每一条蛇身上，都只有一只眼睛，一共八只金色邪恶的眼睛，齐齐看着傅绾。

傅绾马上从树上跳了下来，朝面前这个黑影挥了挥手说道："无意打扰，拜拜，我先溜了。"

傅绾不知道这个妖是什么东西，为什么会出现在这里，按道理来说，伏伽既然打算留她的性命，那么她能够活动的范围都是安全的。傅绾的反应速度极快，她往后疾退，比离弦的箭还要更加快，但那妖兽的蛇尾更快。一条黏腻的蛇尾如同利剑一般刺了出去，直接追上了傅绾。那蛇尾直接卷起傅绾的一只脚，把她给拖了回来。

"人类啊，我有些吃腻了……"那每个蛇头上的金色眼睛都看着傅绾，一眨一眨地说道，"但是像你这么难吃的，我还是第一次见。"

傅绾：你骂谁难吃了？我可香了！

她朝那妖兽翻了一个白眼，手中却暗暗出现了一道绿色光芒。傅绾知道那妖兽一定是低估了自己的实力，所以她想要召唤出本命灵植，然后乘其不备，赶紧逃脱。但她手上的淡绿色光芒一闪，马上暗淡了下去，被那蛇尾卷着，傅绾全身的法力都被禁锢住。

这妖兽的修为竟然比柏羽的修为还要高。傅绾瞪大眼，看着那八个蛇头死死盯着她，带着残忍的目光，蛇头张开了嘴，牙齿锋利，还滴下了些许黏液，傅绾差点没呕出来。

就在她有些绝望，以为自己就要葬身妖兽之口的时候，一个身影却出现了，苍白色的光芒一闪，一道锋利的剑光出现。八个可怖的蛇头与蛇身分离，齐齐落在了地上，眼还未闭上，死死盯着眼前的一切。

傅绾感觉到自己周遭的血腥味浓了好几分，她睁开眼，却看到了一个她意料之外的身影出现在了自己面前。傅绾看着眼前那个一剑干脆利落地斩落了八个蛇头的人，一脸难以置信。怎么可能？这位也不像会出手救人的样子。

盘古骨剑被收回，惨白的剑身上没有沾染一丝一毫的血迹。伏伽没有说话，只盯着地上那团还在蠕动的蛇身，沉默不语。

傅绾张了张嘴，惊魂未定，但还是试探性地开口问道："他……死了吗？"

"死了。"伏伽的声音冰冷，没有丝毫温度。

"他是什么东西？"傅绾大着胆子问。

这玩意儿的修为都比柏羽还要高了，想必也是一位很厉害的妖兽，但没想到一照面就被伏伽给杀了？

"是荒墟十二妖之首。"伏伽轻哼一声，"是我多日来，融合多种妖兽的血脉制造而成的，嗜血好杀还贪吃，智商不高，但实力勉强算是可以。"

"为了救你，我把这妖给杀了。"伏伽挑眉，看了傅绾一眼。"我折损手下一员大将。"

傅绾连忙拍掌说道："那正好，这是整个修仙界的喜讯啊！"

"荒墟十二妖少了一位，你要赔我。"伏伽瞥了傅绾一眼，"既然是玄微的弟子，那么实力定当不错。"

傅绾摊手，无奈承认："我才金丹后期的修为，不到元婴。"

"慢慢修炼，反正玄微一时半会儿奈何不了我，倒是……"伏伽说话的声音顿了一下，"让他眼睁睁地看着自己的亲传弟子，投奔到了我的阵营，会让他崩溃吧。"

傅绡：这个反派，他真的想象力丰富。

伏伽看了傅绡一眼，根本没有征询她的意见，便自顾自走上前去。他俯身，在地上那荒墟十二妖之首的尸体上摸索了一下，在满地的血污之中，他捡起了一枚小巧的金色珠子。傅绡看着伏伽手中拿着的那枚金色珠子，觉得这玩意儿散发着危险的气息。

"我将我的血脉分成了十二份，赐予荒墟十二妖，这是其中一份，地上这玩意儿的力量皆来自此。"伏伽解释道。

傅绡心想你不仅吃人家盘古的身子，还学盘古分血脉的那一套，也太没创意了些，但是她现在似乎隐约有些明白了伏伽的意图。

"你要把这珠子给我？"傅绡反问，有些不敢相信自己的判断，"你想做什么？"

"让你顶替这荒墟十二妖之首的位置，有问题吗？"伏伽根本没有给傅绡反驳的机会，直接将那金色珠子抛到了傅绡的手上，"无尽海四周，并不是所有妖都受我控制，在没有说出玄微弱点之前，你还不能死。"

傅绡不敢不接珠子，愣愣地将那枚藏着鲲鹏血脉的珠子拿在手里翻来覆去地查看。

伏伽开口了："怎么，你不想当吗？"

"我当然不想了！"傅绡下意识脱口而出。

"不想当也得当。"伏伽根本没有给傅绡拒绝的机会，"你身为玄微亲传弟子，却成了荒墟十二妖之首这个消息，马上就会传遍整个修仙界，等到玄微听到，他必定会受到影响。"

"一旦他的心境发生变化，出现弱点，那么他便会死在我的剑下。"伏伽带着自信说道。

傅绡："我真的没有那么重要。"

她还是试图向命运挣扎，她绝对不能让自己就这么以这样的形象成为荒墟十二妖之首，成为一个没有脸的人。

傅绡掀起自己戴在面颊上的面纱，冲伏伽喊道："我不需要把面纱拿下来吗？我长得可好看了，对你们睦洲的形象宣传有很大帮助！"

"你是玄微徒弟，能是个人样就行了，谁管你长什么样？"伏伽皱眉看了傅绡一眼，"还真以为自己是天仙了，长得多好看似的，整天拿块面纱遮着？放心，你的形象传遍修仙界的时候，你半张脸都露不出来。"

他以为傅绡看重自己的形象，那么他偏不让傅绡如愿。

傅绡：我的刀呢？我杀了你！

她站在原地跺脚，手中这颗代表荒墟十二妖的金色珠子丢也不是，收下也不是。伏伽瞥了一眼傅绡，看到她那吃瘪的表情，心里舒服了。他冷笑一声，提起盘古骨剑，准备离开。伏伽自认为他没有这么多时间来跟傅绡说些有的没的，反正他也不靠荒墟十二妖的力量来成事，他能够仰仗的，不过手上这一把剑而已，不过若是能用傅绡来恶心玄微，他倒是非常乐意。

"我看你挺喜欢我那手下柏羽，我便大发慈悲给你一点机会，你最近可以多跟柏羽接触。"伏伽一字一顿说道，他还是没有忘记自己的"美男计"，所以如此提醒道。

傅绡原本想要回击伏伽一两句，但没想到伏伽走得很快，跟一阵风似的。她寻了一处地方坐了下来，准备休息。她坐在树下，将掌心的那颗金色的珠子翻来覆去地查看。这金色的珠子里散发出来的气息，与无尽海中的能量很是相近，是统摄众妖的威严感。

伏伽说这珠子是荒墟十二妖的象征，若是将这珠子融入体内，恐怕就能够获得不弱于荒墟十二妖的力量。但是傅绡没有用，她知道一旦使用这颗珠子，那么就会像其他的荒墟十二妖一样，听任伏伽的差遣。

伏伽只说这珠子中蕴含着强大的力量，却只字未提它的副作用，摆明了就是要诱惑傅绡使用它。傅绡哪里会着伏伽的道，她就算再傻，也不会上一个比她还傻的二愣子的当。她直接将这颗金色的珠子塞进了随身锦囊之中，根本没有打算使用这颗珠子。

金色的珠子投进了傅绡的随身锦囊之中，而傅绡的随身锦囊中还有一样东西，是宁蘅交给她保管的红莲。那株红莲静静地立在傅绡杂乱的锦囊空间之中，看起来安静神秘。但当那金色的珠子被投入随身锦囊之中，这株红莲却发生了变化，他的身上忽然冒出了妖娆的红光，带着一股莫名强大的力量。

这红光如练一般朝那金色的珠子卷了过去，然后毫不留情地将金色珠子扔出了傅绾的随身锦囊。傅绾本来都打算开始修炼了，但没想到会发生这样的情况。原本被她塞进随身锦囊之中的金色珠子，竟然又飞了出来，好像被什么东西强行扔了出去。

傅绾连忙将它给握住，有些好奇，自言自语说道："咦？这是怎么了，难道塞满了？"

她嘟哝着，伸出一只手探进锦囊之中，扫了一圈查探情况。傅绾的手触碰到随身锦囊之中的红莲，他原本舒展开的花瓣马上合拢。傅绾的手在随身锦囊中扫了一圈，确认里面还有很大的空间，不至于连一颗小小的珠子都塞不进去，于是她再次尝试，将金色珠子投了进去。

红莲的花瓣一展，红光如水般流淌，再次将那金色的珠子扔了出去。傅绾见金珠子又掉了出来，不依不饶继续塞进去，然后再被扔回来。如此传球一般往复好几番之后，傅绾才发现了不对劲。

"不对啊，这咋回事啊？"傅绾挠挠头，这才开始正视自己随身锦囊已经塞不进东西这个事实。

她思考了一会儿，马上想起了不对劲的地方。自己的随身锦囊里，不是还放着一株红莲吗，之前旺财好像也是从她的随身锦囊之中逃出来……傅绾皱眉，觉得事情并不简单。她左顾右盼了一下，确认附近没有其他人，傅绾一挥手，在自己周围设了一个非常稳妥的结界，防止这里的气息外泄。

做好了这一切之后，她才安下心来，准备做事。傅绾伸手进去，直接一捞，将随身锦囊里的红莲捞了出来。她两手捧着小了一号的红莲，掌心上蓄养着红莲的青瓷盏也格外小巧精致。按照宁蘅的说法，他借了柏羽青冥兽的妖身，所以他自己的本体便重新化为一株红莲。

那么这株红莲到底是怎么回事呢？傅绾看到眼前的红莲花瓣合拢，纹丝不动，散发着一股清幽的莲香。安安静静的，看起来就是一株很普通的莲花嘛……但是她发誓要找出那金色珠子塞不进随身锦囊的真相。所以傅绾伸出手去，轻轻碰了一下红莲还未盛开的花瓣。

"你怎么不开花？"傅绾自言自语说道，之前可以变成宁蘅的那株红莲，明明就是盛开的状态啊，她还记得花瓣中央还有一颗红色的宝石……

她的声音很轻，仿佛耳语一般。但傅绾话音刚落的下一刻，那红莲的花瓣便轻轻颤动了一下，绝美圣洁的花瓣轻轻向外展开，不一会儿便切换到了盛开的状态。

傅绾："这花是声音控制的吗？"

她觉得这株红莲比宁蘅本人可爱多了，傅绾抓住这株红莲盛开的机会，连忙凑过去，仔细查看红莲的花蕊部分。这株小小红莲的花蕊部分，没有那颗漂亮的红色血玉镶嵌。傅绾看着那小红莲，异常震惊，这玩意儿的确不是宁蘅变成的那株，也有可能其实不是宁蘅的本体。看这小小的红莲，气息与味道都与宁蘅如出一辙，而且像极了十万年后无尽海中央伫立的那株圣莲。

那么只有一个答案了，她手上这株红莲，有很大的可能是宁蘅的亲儿子（女儿），再不济也是远房亲戚之类的。

她凑近红莲，生怕这红莲听不到，在他的花瓣旁问道："你是他的儿子还是女儿？"

傅绾口中的"他"，指的自然就是宁蘅，但是傅绾转念一想，又觉得自己的表述有误。

"不对啊，就他那个样子，是找不到女朋友的。"傅绾小声说了一句，"你是他亲戚吗？"

红莲依旧默立不动，没有丝毫反应，傅绾伸出手，轻轻碰了一下他的花瓣，问道："要浇水吗？"

她的语气温柔，明显是对眼前这株小小的花儿起了怜爱之心。红莲还是一动不动，没有回应。傅绾低下头去，看到她掌心上青瓷盏里还剩着一汪浅浅的清泉，看起来是不需要浇水的样子。

她一拍脑袋，走上前去，将地上的金色小珠子捡了起来。傅绾没有将伏伽给她的金色珠子放到锦囊中去，因为她知道这株红莲不喜欢。伏伽是真的惨，猫嫌狗弃的。傅绾将金色的珠子塞到怀里，然后去看被自己抱在怀里的红莲。

"要回随身锦囊吗？"傅绾捧着青瓷盏，柔声问道。

本来红莲是没有回应的，但是傅绾在问了这句话之后，他的花瓣竟然轻轻动了动，指了一个方向。傅绾顺着掌心红莲的方向望过去，神色有些惊讶，那是无尽海的方向。她又思考了一下，反应过来了，红莲与无尽海有千丝万缕的关系，所以这红莲想要回无尽海是很正常的。

但是现在一时半会儿没办法去，傅绾伸出手，将那株红莲又重新放进了随身锦囊之中："先待在这里，虽然没有灵气，但也还算安全，到时候我肯定带你回去。"说完，傅绾便缩回了手，在裙边不安地蹭了一下，自从方才发现了这株红莲很可能有自主意识之后，她就觉得非常不好意思，原因只有一个，那就是自己的随身锦囊空间里实在是太乱了。

那株红莲被傅绾轻轻放回了她的锦囊空间之中，四周一片混沌，有些安静。红莲的花瓣静默不动，看起来有些寂寥。但方才将他放回锦囊空间的那只素手又伸了进来。

安安静静待在青瓷盏里的红莲，眼睁睁地看着那只素白小巧的手在锦囊空间里扫荡了一圈。杂乱的东西全部被她一一摆好，散乱的衣裙钗环被一股脑儿塞到一个箱子里，法宝、丹药、书籍等物被堆到角落，然后扯了一块帘子直接盖上……

傅绾做完这一切之后，才拍了拍手上的灰，心满意足。

而在随身锦囊的混沌空间里的那株红莲本来是静静伫立地看着这一切，看起来没有丝毫反应的样子。直到傅绾的手缩了回去，红莲如丝绒一般的漂亮花瓣才轻轻摇动了一下。她真可爱，红莲想。

第九章

傅绾当然不知道被她放进了随身锦囊里的那株莲花到底在想什么，这一夜就这么平安无事地过去了。第二天醒过来的时候，傅绾本来还在纠结自己要不要去找宁蘅，她还有些心虚。没想到宁蘅自己竟过来了，仿佛昨晚的一切都没有发生过似的，因为他们还有更加重要的事情要做。

"你昨晚遇到伏伽了？"宁蘅站在傅绾身侧，低头看着她。

傅绾的双手背在身后，有些局促的样子。她想了想，还是让自己冷静下来，不要老是想昨晚自己戏弄宁蘅的那件事，宁蘅自己都没提，她自己还在意干吗。

于是傅绾点了点头，有些心虚说道："昨晚我在无尽海之畔的树林里，遇到了伏伽融合多种妖兽的血脉制造出来的怪物，差点被他杀死了。"

宁蘅挑眉，显然有些惊讶。

按道理来说，既然伏伽会留下傅绾的性命，那么这附近的妖类应该都被下了命令，不能对傅绾出手。

"伏伽把那妖杀了，说因为我，他折损了荒墟十二妖之首，叫我赔他一个，就将这玩意儿给我了。"傅绾一想到昨晚的事情，就觉得离谱，她将那金色珠子拿给宁蘅看。

傅绾扭过头，去看远处闪着粼粼波光的无尽海，问道："我们现在要回去吗？"

宁蘅长眉一挑，摇了摇头说道："暂时不用，答应玄微的事，我还没有做完。"

他口中所谓的"答应玄微的事"，就是找到盘古骨剑上伏伽祭天大阵的阵法，然后再与玄微里应外合，共同破坏阵法。

"去……去找盘古骨剑？"傅绾踮起脚，在宁蘅耳边轻声说着，生怕别人听到。

宁蘅点了点头："既然答应了玄微，就要做到。"

"不怕对未来产生什么影响吗？"傅绾有些好奇地问道。

他们两个来自十万年之后的人来到这里，难道真的不会对未来世界产生影响吗？

宁蘅垂眸，看着傅绾，认真说道："不过顺其自然罢了，不会。"

他知道，不论自己现在在想什么，或者是计划做什么事，十万年后的世界依旧是十万年后的世界，他们改变不了分毫。从被传送回十万年前的修仙界的那一刻起，他们说的每一句话，做的每一件事，都是命中注定。

"我去找伏伽，观察一下盘古骨剑的状态。"宁蘅抬手，捏了一下眉心，有些苦恼，"伏伽自己研究出的祭天大阵就附在剑上，但十万年之后的盘古骨剑上已经没有丝毫阵法的痕迹，想来在十万年前就已经被破坏了。"

傅绾挠了挠头，点头认同了宁蘅的说法："那我要不要跟你一起去？"

"不用，在你面前，伏伽有戒心。"宁蘅伸出手，摸了一下傅绾的脑袋，"你可以在无尽海附近走一走，现在你有荒墟十二妖的象征，所以不用担心会遇到危险。"

这也是伏伽将那金色珠子给傅绾的原因之一，他才没有那么多闲工夫整天看着傅绾到底有没有遇到危险，以傅绾金丹后期的修为在睦洲简直就是寸步难行，正好随便打发她一个珠子，任她自生自灭去。

傅绾点点头，她也有自己的打算。既然宁蘅要去找盘古骨剑上祭天大阵的秘密，那她肯定要想办法去接近无尽海的中心，如果能够去到无尽海的中央，没准就能找到他们被传送回十万年前的线索。

"我去无尽海走走。"傅绾点了点头，转过身去，准备往无尽海之畔走去。

没想到走了两步，宁蘅又跟了上来，他伸出手去，拉住傅绾的手腕道："你要小心。"

傅绾心想去面对伏伽的是自己又不是你，该小心的是宁蘅才对，所以她转过身，对着宁蘅认真说道："你要去打探盘古骨剑的秘密，该小心的是你才对，如果你暴露了，我就更看不起你了。"

宁蘅竟然笑了，他垂眸看着傅绾，漂亮的黑眸中闪着光："绾绾，你这是在关心我？"

傅绾瞪大了双眼，脸瞬间红了起来，这也被宁蘅发现了，太丢脸了！

她跺了跺脚说道："才……才没有，你想多了。"

宁蘅唇角勾起一抹漂亮的弧度："好，我想多了。"

说完，他潇洒地转身，朝着伏伽修炼时待的那座孤峰的方向走去，但走了两步，傅绾清脆的声音便从身后传来："你把兜帽戴上，不要被伏伽发现了。"

宁蘅摇头轻笑，伸出双手，略低下头，两手将黑色的兜帽戴了上去。傅绾看到他这样做了，这才心满意足地往无尽海之畔走去，她准备去找看守无尽海的星瞳聊聊。这条蛇看起来就智商不高的样子，是她遇到的所有人或者妖中，为数不多的能够被自己智商碾轧的妖。

傅绾很快便飞到了无尽海之畔，远远地便看到了星瞳正瘫在海边的礁石上晒太阳，半条金色的蛇尾浸泡在海中，悠悠摇摆，看起来很是惬意的样子。她瘫在礁石上，一只手撑着自己的脑袋，另外一只手正在翻书，她正在看的书，正是昨日伏伽扔到了海中被她捡到的那本《蚀骨宠溺：蛇后太嚣张》。

傅绾终于靠近了星瞳，站在她身后，轻咳一声说道："星瞳？"

星瞳吓得马上将书合上，塞到身后，然后扭过头来看傅绾。在星瞳的眼中，傅绾戴着一个遮盖了大半张脸的面纱，根本看不清楚样貌，但是从她的身高以及身体曲线判断，她是个女的。

星瞳金色的蛇瞳眯起，昨晚伏伽的决定早就传到了睦洲的每位妖的耳中。星瞳很气愤，她自己修炼了那么久，好不容易才爬到荒墟十二妖第三的位置上，没想到居然被眼前这个女人给截和了！所以在星瞳的眼里，傅绾顿时成了不知道从哪里来的妖艳贱货，是需要提起百分百注意力去对付的情敌。

于是，她看到傅绾之后，便冷冷地哼了一声，才慢悠悠地坐了起来。黑色的妖娆卷发披散在背后，遮盖住了大半光洁的裸背。星瞳看着傅绾，露出一个诱惑的微笑："伏伽为了你，直接将原来的荒墟十二妖之首杀了？"

傅绾一屁股坐到星瞳身边，正打算说话，结果星瞳嫌弃地看了她一眼："走开，你离我远点，情敌。"

傅绾：我怎么就成情敌了？

她开口，难以置信地看着星瞳："什么情敌？"

"尊上竟然为了你，将他精心研究了很久才制造出来的荒墟十二妖之首杀了，你不是情敌是什么？"星瞳瞥了傅绾一眼，语气之中带着浓浓的敌意。

傅绾有口难言，一时之间竟不知道该怎么回答才好。伏伽那明明就是嫌弃他自己制造出来的怪物太傻了，还贪吃，这才看不顺眼杀了，跟她有什么关系？要不是她声称自己是玄微的徒弟，恐怕都死了八百回了。

"我没有！"傅绾据理力争，马上将自己来这里的目的给忘到脑后，开始跟星瞳就这个问题争辩了起来，"是伏伽他自己想杀的，跟我没有关系！"

星瞳看着傅绾，瞪大一双妖娆的桃花眼："你称呼尊上竟然没有使用敬称，他……竟然已经纵容你到了这个地步了吗？"

傅绾一听，差点没从礁石上直接栽到海里去，星瞳果然就是小说看多了，连思维都如此清奇。

"我是人类修士，又不受伏伽管制，直呼他姓名又有什么关系？"傅绾挑眉叉腰，理直气壮说道，她还跟玄微谈笑风生嘞，伏伽又算什么？"我不仅敢直呼他的姓名，我还敢骂他，垃圾伏伽！"

星瞳一听，仔细看了傅绾一眼，才发现眼前这个女子不仅是个人类修士，还是一个只有金丹期修为的人类修士。于是，一幕人类与妖

126

族之间的绝美旷世畸恋马上在她脑海中成形。

"你们……你们竟然……"星瞳很生气，呼吸有些急促，"你们竟然是这种关系……"

傅绾扶额："我们真的不是这种关系！"

"你才金丹期的修为，他就爱上你了！"星瞳冲傅绾大喊，这剧情跟她看的小说里的剧情完全一样，是妖皇爱上了平凡的少女这样的狗血桥段。星瞳好恨，她恨自己的修为竟然已经是大乘期的巅峰了，已经比不了眼前这个与小说剧情匹配的年轻的小姑娘了。

傅绾面对想象力十足的星瞳，觉得自己有口说不清。她甚至开始有点佩服伏伽了，面对这样一个下属竟然还能忍得下去。

傅绾伸出手去，拍了一下星瞳的肩膀："星瞳，你冷静一下，我来是有正事的。"

幸好她刚才又想起来自己来这里的真正目的。

"什么正事？"星瞳瞪了傅绾一眼，"要不是你是妖皇尊上亲自认定的荒墟十二妖之首，我还得尊称你一声大姐，不然我早就杀了你！"

傅绾连忙往后退了两步，避开星瞳那双诱惑力极强的金色蛇瞳。她第一次去太玄境，经过太玄境中的幽冥深海的时候，就被星瞳这双蛇瞳魅惑过，还去无尘池中泡了一遭才将体内的妖气逼出来。

星瞳看到傅绾往后缩了一点，觉得自己气势占了上风，于是扬起长长的金色蛇尾，周身散发出危险的气息来："虽然你是荒墟十二妖之首，但伏伽对你很特别，你是我的情敌，所以若是想要让我做什么，想都不要想。"

她表明了自己对情敌的态度，可以不杀你，但是我也不会帮你。傅绾晕了，她没想到伏伽来的这一出，居然给她打探前往无尽海中央的办法造成了这么大的障碍。

"我跟伏伽没有关系，我也不喜欢他，绝对不可能跟你竞争。"傅绾连忙表明自己的态度，要跟星瞳搞好关系。

星瞳听完，竟然没有高兴，她挑眉恶狠狠地盯着傅绾说道："妖皇尊上如此英明神武高大帅气法力高强，简直就是天下最完美的人物，你竟然不喜欢他？"她不允许自己的心上人被人嫌弃。

傅绾：女人真的是很难哄啊！

她为了取得星瞳的信任，豁出去了，连忙伸出一只手放在耳朵边做发誓状，脱口而出："我早已心有所属，所以就算遇到像他这样优秀的人，我也不会喜欢！"

星瞳一听，放下了些许戒备："真的吗？"

她话本子、小说之类的看多了，所以一旦遇到此类感情故事，她就格外感兴趣。所以星瞳一甩头上湿漉漉的卷发，摆动着蛇尾朝傅绾靠了过来，在她身边小声问道："他是谁？"

傅绾：你这个问题我真的很难回答。

她一向以巧舌如簧和不要脸为傲，但她没想到在星瞳这里，她竟然很多问题回答不上来。什么早已心有所属，都是她乱讲的，这上哪去编这么一个人来啊！但星瞳竟然这么问了，傅绾也不好不回答。毕竟自己还是要跟星瞳套近乎，从她口中打探消息的，现在聊这种小姐妹夜聊必备话题简直就是拉近关系的最好方法。

傅绾就"心有所属之人到底是谁"这个问题在脑海里搜索了一番，眼中马上出现了一个人的身影。不染尘埃的白衣，永远清冷的表情，想来宁蘅应该不知道自己在背后提到他……大家都是同门，所以借宁蘅的形象一用，他肯定不介意。

傅绾清了清嗓子说道："这个人的名字不能跟你说，但是他就是那种很不一样的人，很高冷，经常穿着白色衣服，大家都喜欢他，但是他只喜欢我。"

反正宁蘅不知道，傅绾就开始乱讲。

"他长得很帅，法力高强，办事特别靠谱，是全门上下竞相学习的好榜样……"傅绾滔滔不绝地说道，星瞳给听得一愣一愣的。

为了展现自己的眼光独到，傅绾特意把宁蘅的形象塑造得无比高大，把自己生平从未对宁蘅用过的夸奖都用上了。星瞳捧着自己的脸，仔细听傅绾讲，时不时还提出一些问题。聊完傅绾"早已心有所属"这个人之后，她俩的距离迅速拉近。

"虽然我已经属意妖皇尊上，但听你的描述，你的心上人也不差，不喜欢我们尊上也是情有可原。"星瞳听完了这个傅绾自己编出来的爱情故事之后感慨道。她喜欢看话本子、小说之类的，所以心思格外细腻敏感。

"我这里有些小说，可以分你看一部分。"星瞳在发现傅绾已经不是情敌之后，马上将她引为知己。

傅绾：我其实并不想看。

但是，为了拉近与星瞳的距离，她不得不含泪从星瞳手中接过几本十万年前流行的玛丽苏小说。为了体现礼尚往来的原则，傅绾也从随身锦囊之中摸出几本书来，《霸道妖皇轻些爱》《冷傲邪尊的小蛇妻》被送到了星瞳的手上。

星瞳双眼放光地看着手中的书，惊叹道："你的书的书名比我这里的更加劲爆些，我喜欢。"

傅绾心想这些自己看都没看过，因为光看书名就已经头皮发麻，尴尬得脚趾抓地了。星瞳倒是很兴奋，连忙朝傅绾一扬手说道："那我们现在交换完书之后，也算朋友了。"

对于她看小说这件事，伏伽一直是持反对态度的，所以一遇到像傅绾这样也喜欢这种小说的人，她就觉得分外亲切。傅绾松了一口气，自己到这里来的目的总算是达到了，只要跟看守无尽海的星瞳搞好关系，不愁找不到前往无尽海中央的办法。

于是她抱着怀里这几本星瞳硬塞过来的玛丽苏小说，重重地点了点头说道："对对对，以后朋友遇到麻烦了，你可要想办法……"她正打算再说话的时候，星瞳却打断了她。

"我看书有写读后感的习惯，你的品位与我一样，想来应该也会写吧？"星瞳看着傅绾，真诚说道，"等你看完之后，改日我们可以讨论一下剧情，分享读后感。"

无奈之下，傅绾只能点头："我……我尽量。"

星瞳朝她笑了起来，笑容依旧带着摄人心魄的诱惑力："好，就这么说定了。"

傅绾受不了她这个傻白甜的目光，心想十万年前的星瞳竟然比十万年后的她还要更加单纯些。不过傻人有傻福，荒墟十二妖后来都死得差不多了，也只有她活了下来。傅绾往旁边走了两步，看了星瞳一眼，然后便抱着书离开了，她到时候还要跟星瞳进行"玛丽苏小说剧情讨论分享会"，得先去将这几本小说看完才是。

傅绾一溜烟儿地离开了，而在不远处的地方有一个人影忽然出现了。他身材高挑，脊背挺直，长身玉立，黑袍加身，头上戴着黑色的兜帽，遮住了面庞，正是宁蘅。

宁蘅没有成功见到伏伽，此时伏伽已经离开了睦洲，亲自去散播"玄微首徒成了荒墟十二妖之首"的小道消息，很是繁忙。所以他转念一想，便担心起了傅绾。于是宁蘅在没有找到伏伽之后，便直接来到了无尽海之畔，准备去看看傅绾的情况，看她是不是被星瞳欺负了。

结果他没想到，自己在来这里的一路上，竟然打了好几个喷嚏。这样的情况很罕见，宁蘅低头，揉了一下鼻子，应该又是她在背后说他坏话了。宁蘅的脑海中浮现出傅绾凶巴巴的样子，忍不住轻笑。他看到傅绾正在海边，与晒太阳的星瞳说什么话。

于是他走上前去，但傅绾没有发现自己，先离开了。宁蘅在礁石边一望，忽略了在无尽海畔晒太阳的星瞳，正打算追上去。倒是星瞳在一旁，看到了这个"柏羽"望着傅绾离开方向的深情身影，阅遍群书的星瞳第一眼就发现了，他的义兄"柏羽"，喜欢这个姑娘。

但星瞳从刚才的对话中已经知道了，傅绾早就有心上人了，还是一个穿白衣服的帅哥。她当然不会放任自己关系不错的义兄，就这么喜欢上傅绾。于是，星瞳轻咳了一声，引起"柏羽"的注意。宁蘅听到星瞳的轻咳，扭过头去，淡淡看了她一眼。

"义兄，你喜欢她？"星瞳托腮，轻声问道，语气听起来有些惋惜。

宁蘅：这到底是怎么回事，这件事怎么全世界都知道了？

他无奈，只能点了点头，承认了这件事。星瞳舔了舔唇角，试探性地开口说道："义兄，不可以哦。"

宁蘅轻轻皱眉，看了星瞳一眼，有些不解。

"她早已经有心上人啦。"星瞳看着宁蘅扮成的"柏羽"，认真说道。

宁蘅一听，马上扭过头来，看着星瞳，目光带些惊讶，傅绾哪里来的心上人，他怎么不知道？

"柏羽"看到傅绾的身影逐渐消失，他转过头问星瞳道："是谁？"

星瞳摇了一下自己金色的蛇尾，托腮说道："听她的描述，很帅。"

宁蘅：我怎么不知道有这么个人？

"哎，说了你肯定也不认识。"星瞳看了"柏羽"一眼，"所以二哥，你最好还是不要喜欢她了，一定没有结果的。"

宁蘅站定在原地思考了一会儿，还是继续问道："她的心上人，长什么样？"对此，他还抱了一丝期待，星瞳微微皱眉，开始回想傅绾曾经的描述。

"那个人应该经常穿着一身白衣。"星瞳自言自语说道。

宁蘅抿唇不语，要说穿白衣的人，那就太多了，受玄微个人着衣风格的影响，几乎整个爻山的弟子都穿白衣。

"她说那个人对她很好。"星瞳继续说。

宁蘅抬起头来，脑海中浮现了一个人的身影。若说对傅绾如何，除了他自己，她的师尊玄微对她也是很好的。玄微都十几万岁的人了，傅绾还能喜欢他？宁蘅垂眸不语，他抬起眼睫看了星瞳一眼："说详细点。"

星瞳觉得自己这个平日里少言寡语的义兄今天变得格外啰唆，难道这就是爱情的力量吗？星瞳轻轻叹了一口气，唉，没想到她的义兄柏羽也是一个为情所困之人啊。于是她坐直身子，将傅绾所说的话复述了一遍。

宁蘅仔细听着，并且在记忆中搜寻是否有这么一个人的形象，但是听着听着……他似乎觉得星瞳口中的这个"傅绾的心上人"就是自己。这不太可能吧，宁蘅半信半疑。

星瞳虽然记性不太好，但由于傅绾的夸奖太过了，令她印象深刻，所以她竟然完完整整地将傅绾夸宁蘅的句子全给复述出来了。宁蘅本来还有半分相信星瞳所说的"傅绾的心上人"就是自己，但听完这几句夸奖之后，他沉默了。

披在身上的黑袍无风自动。黑色兜帽下看不清他的表情，宁蘅只冷冷吐出了几个字："你在骗我。"以他对傅绾的了解，她不可能夸他。

"我没有！"星瞳大声说道，"我都是复述她说的话！她就是有心上人，她还很欣赏那个心上人，二哥你醒醒！"

宁蘅表示自己不想醒，还是去找傅绾本人问问清楚。他朝在水里游着的星瞳点了点头，问完话之后，便准备离开。宁蘅转过身的时候，藏在黑色兜帽下的薄唇忽然勾起了一抹微笑，没有人看得见。星瞳看着眼前"柏羽"背影，总觉得她面前这个二哥周身的气场很奇怪。就是那种，仿佛在谈恋爱一般的甜甜的感觉。

甜甜的？柏羽？星瞳顿时打了个哆嗦，她冲"柏羽"高挑的背影喊道："二哥，你在偷笑。"宁蘅马上收回了笑容，换成自己不苟言笑的模样。

"你不要去找她了，她真的不喜欢你！"星瞳高声提醒，却只能眼睁睁地看着"柏羽"朝傅绾离开的方向追过去了。

宁蘅大概知道傅绾去了哪里，她一向很难隐藏住自己的踪迹，所以他在密林间穿梭，准备寻到傅绾，问个清楚。但令人意外的是，今天的他竟然没有找到傅绾。

方才傅绾向星瞳告别之后，便回到了自己这几日在无尽海之畔常待的密林之中。她寻了一处干净的树下，一挥手，在周身布下了防御阵法与隐藏阵法。隐藏阵法能够隐藏自己的身形，若是有人在找她，就算与她擦肩而过，也不会发现。傅绾这么做，就是怕伏伽或者是别的什么妖忽然闯过来。

虽然这隐藏和防御的阵法对他们那样修为的人来说算不上障碍，但也能拖上一阵子，让她来得及反应过来。傅绾抱着书，一屁股坐到了树下，然后一只手往随身锦囊里掏去。布下阵法，就是为了保护她随身锦囊里的这株红莲。

随身锦囊里是一个完全混沌的空间，没有灵气，长期待在里面会憋得慌，所以傅绾在进了睦洲之后，时常将旺财抱出来透气。在知道了她随身锦囊里这株红莲也有自主意识之后，傅绾也不好让他整天待在里面，于是寻了个空，就打算将这株红莲拿出来，浇浇水什么的。傅绾托着那小巧的青瓷盏，上面亭亭盛放着一株神秘的红莲。

"要浇水吗？"傅绾小心翼翼地将红莲放到自己面前的青石之上，问道。

这株红莲的花瓣轻轻动了动，也不知道是风吹的，还是在回应傅绾。傅绾管他是什么反应，反正她就要浇水，于是她自言自语说道：

132

"那就是要浇了。"

　　然后她从随身锦囊里掏出一个装着水的玉瓶来，这里面装着灵雾水，乃是爻山的长老用青竹接住的山间的雾气，然后在竹叶上凝结而成的水。听起来很厉害，其实这水没啥别的特点，就是比较干净而已。傅绾轻手轻脚地将青瓷盏里乘着的一汪清水换了，这才心满意足。

　　"这水虽然没有无尽海里的好，但现在情况艰苦，也只能凑合着用了对吧。"傅绾对着一朵花，开始自说自话。

　　红莲表示自己什么水都不需要，那青瓷盏里的水也只是随便变出来，看起来好看而已。他不需要水也能够活下去，他最大的威胁根本不是生存环境，而是那个在暗处一直想要杀之而后快的鲲鹏。

　　傅绾当然没有办法读懂红莲的心思。她将种着红莲的青瓷盏往青石上一放，便拿起了身侧放着的星瞳给她的玛丽苏小说。为了跟星瞳搞好关系，这书还是要看的，不然怎么应付"读书分享会"？

　　傅绾看了一眼书名——《冷傲妖皇独宠小蛇后》，打开书。

　　"妖皇陛下！皇妃已经被送到无尽海三年了！"

　　"她知错了吗？"

　　"不！她已经被淹死了。"

　　"平日里嚣张无比的冷傲妖皇抱着怀里那条已经没有了气息的金蛇，闭上眼，流出些许悔恨的泪水来。"

　　"他的泪水落在她绝美的蛇尾上，渐渐地，已经被淹死了的皇妃竟然……"

　　傅绾咽了一下口水，抑制住自己尴尬得想要抓地的脚趾。她环顾四周，有一种想要将这书分享出去的冲动。但是，环顾四周，傅绾只看到了身边安静立着的那株红莲，她找到了一个祸害对象。

　　然后她开始轻声朗诵这本书的内容，也亏这里没有其他人，她才能读得出来。傅绾一边念，一边观察那株红莲的反应，原本盛放着的红莲的花瓣忽然颤了颤。傅绾继续念，红莲已经从盛放的状态变成了花瓣略有些合拢的样子。傅绾喝了一口水润润嗓子，还没有停下来。好了，现在红莲完全合上了，变成了一个形状优美的小花苞。

　　傅绾有些不好意思，马上将红莲放回了随身锦囊之中。她伸进锦囊空间里的那双手，轻轻碰了一下红莲的花瓣，以示安抚。傅绾的手缩了回去，安静伫立在随身锦囊空间里的那株红莲却打开了花瓣，又重新变回盛放的状态。

将红莲放回随身锦囊里的傅绾，表情有些奇怪，方才她在将红莲捧出来浇水的时候，忽然有了一个大胆的想法。既然她与宁蘅一致认为，这里就是十万年前的修仙界。那么顺着这么推理下去，这株红莲的身份就很清晰了。这哪里是宁蘅的远房亲戚之类的，他根本就是十万年前的幼年版宁蘅。

傅绾垂眸，轻轻嗅着自己周身还未散去的莲香，陷入了沉思。就在这个时候，她忽然听到身边传来了有节奏的脚步声。傅绾警觉抬头，看到防御与隐藏阵法之外，有飘逸的黑袍掠过。只一眼，傅绾便看出了这是扮成柏羽的宁蘅，由于自己在阵法内的缘故，所以他竟然没有发现这里有人。

傅绾撤去周身的防御与隐藏阵法，看着宁蘅的背影，唤了一声："阿蘅。"

与此同时，宁蘅回过身来，他安静地看着傅绾，启唇有话想说。傅绾也想对宁蘅说这株小红莲的事情，于是两人同时开口。

"那个……"

"你的……"

傅绾愣了一下，没想到宁蘅也有事情要问她。

"我这次大方一点，你先说。"傅绾理直气壮地说道。

宁蘅摘下兜帽，朝前走了两步，看着傅绾认真说道："听说你有心上人？"

傅绾："你从哪里得到的假消息？"

她抬起头，心虚地看着宁蘅，赶紧摇了摇头："没有，你乱讲。"

"星瞳说的。"宁蘅阐明事实。

傅绾顿时感觉到一道天雷劈到了头顶上，直把她整个人劈傻了。这也太尴尬了吧。她低着头，脸霎时就红了，就好比她一直暗恋某个人，然后这个消息通过某种途径传到了那个人的耳中。这比方才念《冷傲妖皇独宠小蛇后》更加令人无地自容。

"什么星瞳，从哪里听来的小道消息？"傅绾还在试图挣扎，否认这个事实。

她赶紧往后退了两步，准备装作不知道发生了什么，就像昨晚一样飞速逃离尴尬现场。没想到宁蘅早有准备，直接伸出手来，拉住了她的手腕，略微弯下腰，低头与傅绾的视线平齐。

"星瞳都跟我说了。"宁蘅看着傅绾，唇角有一抹淡淡的浅笑。

傅绾勉强地抬起头来，眼神对上宁蘅那双深邃的黑眸。她眨了眨眼，眼中泛着害羞的水光，然后马上移开目光。

"说什么，我不知道。"傅绾拿出另一只没有被宁蘅拉着的手，捂住脸。

"我那是为了骗取星瞳的信任，乱讲的！"傅绾一只手捂着脸，大声说道。

宁蘅挑眉，看到了傅绾已经变得很红的脸，于是他轻笑一声，笑声低沉好听，带着些许惑人的意味："嗯。"

既然她不愿意承认，他也不急于一时。傅绾觉得自己花了十几年建立的形象，在今天完全崩塌，她低着头，不敢抬起头来，反倒是宁蘅没有继续追问。

宁蘅低下头，看着傅绾的头顶，开口说道："绾绾，不抬头吗？"

傅绾就这么低着头，然后摇了摇头，还在试图挣扎，挽回自己的形象："我……我那是骗星瞳的……"

"好，骗星瞳的。"宁蘅顺着她的话往下说，语气温柔，傅绾已经这么尴尬了，他当然不舍得让她继续尴尬下去。

"真的是……骗星瞳的，我不是要去打探去无尽海中央的方法嘛！"傅绾低声，自言自语着，还在为自己开脱。

"嗯。"宁蘅应了一声，笃定说道，"我信了。"

傅绾松了一口气，放下心来，宁蘅相信她是为了骗取星瞳的信任才说出这种话的。于是傅绾移开自己捂着脸的手，拍了一下滚烫的脸颊。宁蘅就这么低着头，看她这慌乱中带着羞涩的反应。他没有打断傅绾的动作，就这么安静地等着傅绾说话。

等到傅绾整理完纷乱的思绪，再抬起头来的时候，已经恢复了她平时看宁蘅的正常表情了。傅绾凶巴巴地说道："你不要误会我真的喜欢你啊……这都是骗星瞳的。我跟你讲，反正当时能想到的人就只有你的，我总不能说旺财嘛……"

宁蘅松了一口气，有些欣慰，心想至少傅绾在兽和他之间选了他。傅绾将手从宁蘅的掌心抽出来，放到身后，她深吸了一口气，总算是可以直视宁蘅了。

她站在宁蘅身边，拍了拍手问道："你过来找我，就是为了这事？"

宁蘅也并不打算就这事对傅绾穷追不舍，傅绾现在的反应已经表明了她自己的心迹，他也没有必要一定要从傅绾口中得到一个肯定的答案。于是，宁蘅看着傅绾，长睫微垂，说道："除了这件事，还有别的事。"

傅绾惊讶了，猜想宁蘅可能是知道了什么别的消息，所以过来共享一下。

"是什么事？"傅绾挑眉，很是感兴趣的样子。

宁蘅话锋一转，马上将话头转到正事上来："伏伽出睦洲了。"

"他去做什么？"傅绾有一种不祥的预感。

"他去到处宣扬荒墟十二妖之首，也就是你的形象了，应当会去找玄微，将你成为荒墟十二妖之首的消息跟他说。"宁蘅今日前去寻找伏伽，本来是想要查探一下盘古骨剑的情况，却没有找到他，猜测他应该是离开睦洲了。

"跟玄微说这个干什么？"傅绾挠头，"他不会真的以为玄微会因为这件事生气吧？"

"如果你现在的身份，真的是玄微的亲传弟子，你成了荒墟十二妖之首这个消息传入玄微耳中，他只会有一个反应。"宁蘅冷静说道。

傅绾好奇问道："如果我真是他'被柏羽掳走的亲传弟子'，那么他会如何做？"

"自然是以为你被伏伽胁迫蒙蔽，会想办法出手救你，关心则乱，自然会露出破绽。"宁蘅分析道，按玄微的性格来说，确实会这么做。

"所以伏伽他并不傻，但他没有想到我们居然跟玄微已经提前串通好了，而且现在的玄微并没有收我为徒。"傅绾恍然大悟，"如果我真是他徒弟，玄微冲动之下，没准就被伏伽找到破绽了。"

"正是如此。"宁蘅点了点头，"玄微与我们提前说定了计划，他若不傻，必然会装作很关心你的样子，将计就计。"

傅绾一拍掌心，马上明白了宁蘅的意思。姜还是老的辣，玄微在让自己装作他的徒弟来睦洲的时候，应该早就想到了伏伽的反应。

傅绾算是明白了现在的情况，所以抬头问宁蘅道："我们现在应该做什么？"

"按原计划行事，我去找盘古骨剑上祭天大阵的秘密。"宁蘅气定神闲，思路依旧清晰。

"但是伏伽离开睦洲的时候，应该将盘古骨剑一并带走了。"傅绾觉得现在他们根本没有办法接触到盘古骨剑。

宁蘅摇了摇头："伏伽此次出睦洲，不是为了杀人，这把剑杀气太重，气息也过于迫人，所以他不会随身携带。"

傅绾瞪大了双眼，总算是明白了宁蘅的意思："你是说可以趁伏伽不在睦洲的这段时间，去找他的盘古骨剑，寻找上面祭天大阵的线索？"

宁蘅点头："本来寻你也是为了此事，在无尽海之畔，估计只有星瞳与我实力相当，所以我若是寻找，很可能会引起她的注意。"

傅绾悟了："要我再去跟星瞳唠嗑，转移她的注意力，然后你好去找盘古骨剑？"

宁蘅轻轻点了点头，他的目光转向不远处伏伽修炼时常待的那座孤峰之上，在那里几乎可以俯瞰整个无尽海。伏伽的盘古骨剑，若是要放在一处地方藏着，应当会放在那座孤峰之上。奈何那座孤峰禁制重重，他若想要避开禁制，偷偷潜入，散发出的法术气息可能会引起与柏羽实力相当的星瞳的注意。

所以宁蘅准备让傅绾去转移星瞳的注意力。傅绾一想到星瞳，就想到了那几本玛丽苏小说，顿时头皮发麻。

"这……那我现在去？"但是为了早点找到盘古骨剑的线索，傅绾还是硬着头皮应了下来。

宁蘅点了点头，伸出手摸了一下傅绾的脑袋说道："这次可不要再乱讲话了。"

他这句话意有所指，似乎是在暗示傅绾，让她不要再乱说自己的心上人了，若是还要说什么心上人，说他就算了，不要再说别人。傅绡一听，马上领会了宁蘅意思，她的脸又红了，连忙往后退了几步，转过身逃离尴尬现场。

"我……我肯定不会再说了！"傅绡一边朝着无尽海之畔跑去，一边大声说道。

宁蘅在原地，静静看着傅绡逃开的身影，又轻笑出声。而后，他的身形一动，黑袍翻飞，消失在了原地。

傅绡一路朝着无尽海之畔跑了过去，却没有在海边的礁石上看到星瞳的身影，想来她应该还在看书。于是，傅绡站在海边，喊了星瞳好几声。

"星瞳！星瞳！书我看得差不多啦，我们来开读书研讨会吗？"傅绡冲着无尽海喊道。

不多一会儿，水面上忽然出现了几个气泡，星瞳的身影从海里探出，黑色卷发湿漉漉的，出现在了傅绡的面前。

"你来得正好！"星瞳一看到傅绡，有些兴奋。

她扬着金色的长长蛇尾，朝傅绡游了过来，手上还拿着一本书，是《霸道妖皇轻些爱》。

"我看这本书，有个剧情有些没太看懂。"星瞳游到岸边，打开了书页，朝傅绡招了招手，"正想与你探讨一番。"

"什么问题？"傅绡正愁找不到话头，因为她读书笔记还没写好。她走上前去，坐在星瞳身边，低头去看她的手中的书页。

"就是这个——"星瞳指着《霸道妖皇轻些爱》中的某一页，好奇问道，"这里有个剧情，我觉得不太符合常理。"

傅绡确实没有看过这本小说，她的心中还在想玛丽苏小说还需要什么逻辑，玛丽苏就完事了，她顺着星瞳的手看过去，看到了这一段的标题。

《竹篮打水一场空，庸碌赠药为哪般》

傅绡瞪大眼，看着书上的内容，震惊了。她的心中忽然有一种莫名其妙的感觉，这一段的内容，她怎么觉得那么熟悉呢？

第十章

　　星瞳没有注意到傅绾的神色有些奇怪，反倒是素手一指，锁定那书页上面的标题，开始说了起来。

　　"你看这段，女主角——也就是善良美丽大方无敌可爱的我，变成了一个门派之中的天才弟子，有了一个一直在嫉妒她的小师妹。"星瞳自顾自说道，她在收到这些玛丽苏小说的时候，要做的第一件事就是将文中女主角的名字改成自己的，将男主角的名字改成伏伽的。

　　"这个小师妹嫉妒我有如此惊人的天赋，竟然把我要给妖皇尊上炼的药给偷走了！"星瞳握拳，一脸的愤慨，"可是她为什么这么做呢？小师妹根本就不是主角，她没有像我这样逆天的天分，谁都知道以她的能力炼制不出这么好的丹药。"

　　傅绾一时间没有理清楚自己脑中的思绪，所以只能愣愣地回答了一句："我怎么知道，可能她脑子不好吧。"

　　"对，我也觉得她脑子不好。"星瞳舔了一下手指，飞速翻过了这一页，"后面的剧情就更离谱了，我的师妹给同门师弟师妹送了偷来的丹药之后，那些师弟师妹发现了丹药不是她炼制的，居然反过来开始抨击小师妹？"

　　傅绾：这个我真的很难跟你解释。

"他们已经得到了丹药，为什么还要得理不饶人呢？而且我因为过于善良大方，所以出言帮小师妹掩饰下了她做的错事，为什么这些同门师弟师妹还要抓着别人不放呢？不过是一些丹药，善良的我都不在意，怎么他们就不依不饶呢？这不符合逻辑，这些人的思考方式有问题。"星瞳一向是以严谨的态度来看玛丽苏小说的，所以一本正经问道。

"还有还有，这些师弟师妹里面，有一个小师弟是暗恋女主角的！居然在女主角明确说了不是小师妹偷的丹药之后，还在说小师妹就是个小偷，你说说他是不是个智障？"星瞳拍了拍手中的书页，疯狂吐槽剧情。

傅绾彻底无语了，她一时之间竟然没能说出话来，连大脑似乎都暂时停止了运转，这剧情她经历过的，她就是那个倒霉的小师妹。

傅绾看了星瞳一眼，感觉自己的脑袋一片空白，但还是下意识回答道："这小说看着爽就完事了，在书里你能和伏伽百年好合不就好了吗，计较这些细节做什么？"

能取出《霸道妖皇轻些爱》这种书名的书，还能希望它有什么正常剧情。傅绾从星瞳手里接过这本，脑海中充满了大大的问号，莫非这就是她梦里看过的那个话本？傅绾怀着激动的心，用颤抖的手往后翻了翻，却大失所望。这本书其他的剧情都跟自己话本里的不一样，只有这段赠药打脸配角的剧情是一样的。

由于这段剧情实在是没有什么逻辑可言，所以被星瞳发现了，单独拎出来问。莫非是巧合？傅绾有一个大胆的想法。

"我之前给你的那几本书，你都读完了？"傅绾将《霸道妖皇轻些爱》揣到怀里，问道。

星瞳眨了眨眼，没有明白傅绾的意思："看是差不多看完了，不过这本里面那段剧情，我实在有些疑惑……"

傅绾心想星瞳身为一条蛇，脑容量也没有太多，平时就不带脑子，怎么看起书来就带起了脑子？

"这都不是事，看着爽就完事了。"傅绾真的是有苦说不出，"你将我给你的那几本书，再给我看看。"

星瞳想了想，便将傅绾给她的另外几本书一并交给了傅绾。

"我再看两眼这几本书。"傅绾一本正经说道，"类似的剧情肯定还是有的，我再多找出几个与你探讨。"

星瞳想了想，金色的蛇瞳盯着傅绾瞧："你给我的这几本虽然剧情比我手上收藏的这几本刺激了一些，但我还是觉得我给你的这本《冷傲妖皇独宠小蛇后》剧情会更好些。"

"单纯与妖皇尊上谈恋爱的小说，我已经看腻了，我最近就喜欢这种虐恋情深的小说。"星瞳两手放在胸前，眼中冒着桃心，"在这本书里，我一开篇就假死了，让妖皇尊上也体验了一把失去我的滋味。"

傅绾点了点头，瞬间明白了星瞳的口味，她原来喜欢这种。但她马上又陷入了沉思，她自己在爻山经历的赠药的那件事，与《霸道妖皇轻些爱》这本小说里的某段剧情怎么会这么雷同？傅绾眉头一皱，一屁股坐到礁石上，将星瞳还她的那几本书一一摊开。

"我要开始做读书笔记了！"傅绾大声说道，她不知道从哪里掏出了一支毛笔和几张纸。

星瞳又将自己之前看过的书掏出来，靠在礁石上，托着腮，边低头看书边问道："你竟然这么多本一起看？"

傅绾轻轻旋了一下手中毛笔上的按钮，笔尖马上布满了墨汁。

"我觉得这些书里面的离谱剧情实在太多了，我要全部找出来。"傅绾理直气壮说道。

如果不是巧合，那么话本里的情节应该都能在这几本玛丽苏小说中找出来。傅绾翻开《蚀骨宠溺：蛇后太嚣张》，星瞳已经将文中女主角的名字换成了她自己的名字，把男主角的名字换成了伏伽的名字。在这本书中，女主角身为金蛇一族年轻一代的佼佼者，参加了各族与宗门之间的仙门大比，遇到了一个嫉妒她的恶毒女配角。

这个恶毒女配角嫉妒女主角的实力，在仙门大比之中处处给女主角使绊子，暗中陷害她，但这些毒计都被女主角一一化解。在最终的比试中，女主角赢过了她，得到所有人的欣赏与爱慕，而那个满肚子坏水的恶毒女配角就只能黯然离场。

傅绾："巧了，这倒霉鬼不就是我吗？"

星瞳听到她的自言自语，马上抬起头来，有些好奇问道："你在说什么？"

傅绾一扬手中的《蚀骨宠溺：蛇后太嚣张》，自暴自弃地说道："我在说里面那个恶毒女配角，脑子不行。"

星瞳猛点头说道："对，我也这么认为，承认自己不如我就那么难吗？"

傅绾深吸了一口气，让自己平静下来。

傅绾手中的毛笔蘸了浓墨，在纸上记下了这段剧情。之前《霸道妖皇轻些爱》的《竹篮打水一场空，庸碌赠药为哪般》这篇的剧情已经被她记到了纸上。她记得话本的剧情线很长，所以她要一一记下来，以防止自己错漏剧情。

傅绾继续往下翻，在《蚀骨宠溺：蛇后太嚣张》中，她又找到了一段与自己经历极为相似的剧情。剧情大概是这样的，傅绾在纸上写写画画，暂且将这段剧情理顺了。金蛇一族的天才少女星瞳，穿越时空的缝隙，来到家族秘境，想要去寻找金蛇一族的圣物，获得族长的传承。与她同行的是同族的另一位年轻一辈女弟子，暂且把她称作小傻瓜吧。

小傻瓜嫉妒星瞳年纪轻轻便得到了长老的青睐，还获得了那鲲鹏一族的少族长伏伽的爱慕。金蛇的家族秘境在一处深不见底的地下，那里黑暗不见天日，只有一条河贯穿了整个家族秘境的两端，而金蛇一族的圣物就藏在家族秘境之中的某一处机关之下。这机关，就在贯穿整个秘境的河底下。

那个小傻瓜为了阻挠天才少女星瞳获得家族圣物，于是与她共乘一叶小舟的时候，趁她不注意，将她弄到了河中。但星瞳因祸得福，落入水中之后，成功找到了河底的机关，顺利获得金蛇家族的圣物。小傻瓜一路上对星瞳处处刁难，暗中搞破坏，想要谋害善良无害的星瞳却没能成功，反而让她找到了家族圣物，只能黯然离场，成为又一块被女主角踢开的绊脚石。

傅绾将这段剧情与自己在桃洲阴间和宁蘅的那场遭遇合上，愤愤在纸上记录了下来，已经找出来三段了。傅绾一鼓作气，将每一本书都仔仔细细阅读，把里面的剧情与她的经历对比，成功用十几本玛丽苏的剧情，拼凑成了话本中配角的人生。她的毛笔在纸上一顿，心里早已经将作者骂了千八百遍，到底是哪个人，闲得发慌写了这么一本书，把她害得那么惨？

傅绾握着手中的毛笔，拿起手中的纸吹了吹。这几张纸上用密密麻麻的黑字，记录了这十几本玛丽苏小说中，所有跟话本相似的剧情。这哪里是剧情，这分明就是她的血泪史啊！傅绾捧着手中的纸张，吸了吸鼻子，觉得自己简直太惨了。

星瞳抬起头，注意到了傅绾有些不对劲的表情："你怎么了？被书中的剧情感动哭了吗？"

傅绾的嘴扁了扁，委屈说道："我气死了。"

星瞳注意到了傅绾手中的那几张纸，连忙凑过来看上面的内容："咦，你把这几本书里那些不符合逻辑的剧情圈出来干吗？"

傅绾长长叹了一口气，深沉地看着星瞳："我在记录我的青春。"

星瞳一听蒙了："你的青春？"

傅绾简直无法描述自己的心情，看过这些玛丽苏小说的人，认识她的只有两个人。一个是星瞳，另一个则是玄微，并且，玄微在上面做的笔记都还有痕迹。傅绾敏锐地发现，这十几本玛丽苏小说里，玄微做笔记最多的地方，就是与她看过的话本重合的剧情。

但是她梦见过的所谓话本，除却可能性极小的巧合之外，很有可能是别人写好了之后，植入自己脑海中的。从现在的种种线索来看，这话本很有可能就是玄微写的。傅绾闭上眼，又想起了玄微纯净无害、如同春风一般的笑容，她不相信玄微会特意写出这本书来暗害她，一定有什么别的原因。

傅绾低下头，将手中写好的笔记仔细折叠好，塞到了自己的随身锦囊之中。她只能暂且记录下这些东西，等到回到十万年后的修仙界，再亲自去问玄微是怎么回事。

"你似乎不太开心。"星瞳妖异的蛇瞳盯着傅绾看，语气很笃定。

傅绾点了点头，任谁发现了这样的事情，都不会开心吧。

"我当然不开心了。"傅绾略低下头，看着在自己身边——铺开的那些小说，"当主角当然快乐了，任谁发现自己只是一个配角，都不会快乐的。"

星瞳闻言，马上笑了起来，笑得花枝乱颤："我看小说，看的自然是主角的故事，配角们不过是为了衬托主角存在的工具，为什么要关心他们怎么想？更何况，他们只是书里的人物，你也不至于为了几个配角的故事而感到不开心吧。"

说完，星瞳伸出手，按住自己的胸口，看起来很是感动的样子："没想到你也是与我一样的多愁善感之人……"

傅绾：我还真不是。

但星瞳已经误会了，所以傅绾只能点点头说道："我今日看了这些书，感悟良多。"

"那书可以再给我回味一下吗？"星瞳马上说道，目光转向摊开放在礁石上的那些玛丽苏小说，很是垂涎的样子。

傅绾当然不想再看到这些书，于是将这些书统统朝星瞳一推，大方说道："给你，都给你，这些都是我的青春啊！"

她感慨着说道，心想自己回到十万年后的修仙界之后，一定要问一下玄微是怎么回事。傅绾扭头看到星瞳正在将礁石上的书认真整理好，没有注意无尽海另一侧的动向。她放目看向无尽海西侧的孤峰，那是伏伽修炼常待的地方，上面藏着伏伽没有带出睦洲的盘古骨剑，还有宁蘅……

傅绾在逃避这件事，她不愿意去想宁蘅在她身边，到底扮演了一个怎样的角色。他之所以会扮作女子拜入爻山，想来也是跟那个话本有关，莫非，他也是为原著所迫，所以不得不按照原剧情走？

傅绾的手伸进随身锦囊，确认了一下自己摘抄下来的那些剧情还在。现在去纠结剧情没有任何意义，只能等到离开了这里，回到十万年后的修仙界之后再去问玄微。

"你整理好了没有？"傅绾扭头看见星瞳还在整理这些书。

星瞳手中金色的法术光芒一闪，这些小说便被她收了起来。

"我到时候慢慢看，多看几遍。"星瞳娇声说道，"不过我的学习态度可比不上你，你还会做笔记。"

星瞳将书收好，摇摆了一下金色的蛇尾，想要与傅绾告别："既然我们的读书研讨会已经开完了，我对于爱情的理解也更上一层楼，不如我们就此告别，我也好去无尽海的边缘巡逻一下。"她总算是想起了自己的本职工作。

傅绾一听到这句话，便紧张了，她偷眼看了一眼无尽海西侧的孤峰，还是非常安静，没有丝毫动静。自己在这里跟星瞳聊天，已经过了许久，但宁薇还没有从里面出来，所以她为了不让星瞳注意到那里有人闯入，只能清了清嗓子，再次开口吸引星瞳的注意力。

"别走！"傅绾激动说道，"我还有话要问。"

星瞳金色的蛇尾在深蓝色的海面下掠过一道金色的光芒，她朝傅绾游了过来："你还有什么要问？"

"上……上回……"傅绾在脑海里使劲找话题来闲聊，"我跟你……跟你……"

傅绾又想到了自己上回跟星瞳分享的自己的心上人，她的脸马上又红了。

"我跟你……说了……我的心上人不是吗。"傅绾支支吾吾说道，为了挽留住星瞳，她豁出去了。

"是啊。"星瞳眨眨眼，"我二哥想追你，我让他别追了，没有结果的。"

傅绾：果然是你说的。

她咳嗽了好几声，来掩饰自己的紧张："我都跟你说我的心上人了，不如你来说说你的心上人？"

星瞳闻言，笑了起来："我喜欢妖皇尊上，大家不是都知道吗？"

傅绾一摸下巴，摆出一副深沉的姿态来："为什么喜欢呢？"

"这还用说，他又帅，实力还强。"星瞳眼中闪着属于"迷妹"的痴迷光芒。

"玄微也帅，实力也强，你怎么不喜欢他？"傅绾反问。

"这能一样吗？"星瞳白了傅绾一眼，表示她不懂爱情，"玄微是人，我是妖，我们是敌对的关系，我怎么可能喜欢他？"

"再说了，妖皇尊上对于我而言，就是有一种特别的吸引力！"星

145

瞳理直气壮说道，"你不懂我。"

傅绾心不在焉，又偷偷看了一眼无尽海的西侧，去看宁蘅出来了没有，但那里还是很安静。

"你……你还是不要太过迷恋他。"傅绾看着星瞳一脸向往爱情的模样，忍不住说道。

伏伽肯定是会死的，就在不久的将来，星瞳则会被愤怒的人族击伤，被封印进太玄境的幽冥深海中，永世不见天日，怀着对伏伽的病态思念，被囚禁十万年。

"我是妖，出生在无尽海附近的一处密林之中。"星瞳眯起漂亮的蛇瞳，带着怀念的嗓音说道，"我化形为人，看到的第一个人就是他，他从无尽海中走出来，简直帅极了。"

傅绾心想要是当年从无尽海中走出来的是一个丑男怎么办？但是她没敢说出口，因为眼尖的傅绾，已经注意到了无尽海西侧的孤峰之下，有一道黑色的光芒一闪，宁蘅从里面出来了。

"反正你……就是不要太喜欢他。"傅绾觉得自己有些语无伦次，"万一伏伽死了，你可怎么办？"

"也就只有你们人族修士能说得出这种话。"星瞳朝傅绾高傲地一扬下巴，"妖皇尊上怎么可能死呢？"

傅绾看着她，沉默，对于深陷爱情海的星瞳，她实在是说不过她。

"你走吧。"星瞳朝傅绾生气地一挥手，"你居然诅咒我的妖皇尊上死，虽然你是人族修士，说出这种屁话是情有可原，但我还是很生气。"

星瞳的蛇瞳朝傅绾危险地眯起："以后你要找我说话，除非跟我说'妖皇伏伽天下第一帅，统治修仙界千秋万代'，我才理你。"

说完，星瞳的金色蛇尾一甩，潜入了水中，巡逻去了。傅绾转身，准备去找宁蘅，问问他有些收获没有，她一路走到了密林之中，寻找宁蘅的踪迹。奇怪，她方才还看到宁蘅是往这里来了，怎么一会儿的工夫，他就不见了？

傅绾低着头，唤了一声，声音有气无力："阿蘅？"她再往前走了两步，便撞进了一个温暖的怀抱之中。

"我在。"宁蘅低着头，看到了自己怀里看起来有些失魂落魄的傅绾。

傅绾抬起头来，看着宁蘅，愣了半晌，她在想要不要问宁蘅方才发现的那件事，但是想要问的话在脑海里转了几圈，她还是没有选择直接问出来，现在更重要的是找到回十万年后的办法。傅绾深吸了一口气，让自己冷静了下来。

"你……你去伏伽修炼的地方，发现了什么？"傅绾往后退了两步，离宁蘅更远了些，问道。

宁蘅长眉一挑，注意到了傅绾的小动作。

"盘古骨剑现在确实被放在孤峰之中，伏伽没有带走它。"宁蘅冷静说道，说出了自己在孤峰中看到的情景。

盘古骨剑被放在伏伽修炼的那座孤峰的山巅，四周似乎没有什么禁制保护这把剑。但是宁蘅在避开了孤峰外围的重重禁制，看到面前那把近在咫尺的盘古骨剑之后，竟然没有选择靠近它。宁蘅发现了非常强烈的杀气从盘古骨剑之上散发而出，带着阴森森的寒气，有阴风与怨魂缠绕，似乎只要靠近，就会发生难以想象的后果。

他站在远处，仔细观察了一下盘古骨剑，便发现了它到底哪里不对劲。盘古骨剑之上，竟然密密麻麻地镌刻着许多符文，隐隐有着些许规律，伏伽吸收外界力量的祭天大阵确实是在盘古骨剑上，没有错。

想来是伏伽当年在用盘古遗骨炼制这把剑的时候，将他自己钻研出来的祭天大阵阵法镌刻在了盘古骨剑的上面。宁蘅在十万年之后的修仙界中，见过这把盘古骨剑。但十万年后的盘古骨剑的剑身是光滑的，只带着骨剑特有的晦暗色泽，上面没有任何的符文。

所以，十万年前，玄微在与伏伽的这一战中，应该是将盘古骨剑上镌刻的符文抹去了。宁蘅没有选择去触碰盘古骨剑，只看了一眼，大致猜出了这把剑将会经历什么，便离开了孤峰。傅绾听完宁蘅转述的盘古骨剑的情况，也与宁蘅想到一块儿去了。

"我在桃洲的小空间之中，看到那把剑的第一眼，没有发现剑身上有什么镌刻符文。"傅绾轻声说道，"他的剑身是光滑的，所以应该是后来有人将上面的符文抹去了。"

"会是玄微吗？"傅绾抬起头来，看着宁蘅，反问道。

宁蘅忽然轻笑一声，举目往远方望去，语气悠远："或许是我们。"

"我们？"傅绾反问了一句，"我们要怎么做？这事不应该是玄微去做吗？"

宁蘅思考了片刻，便对傅绾说道："盘古骨剑上祭天大阵的所在，我们已经知道了，现在只要通知玄微，让他想出抹除阵法符文的办法。"

"抹除祭天大阵符文，这件事恐怕还要我们来做。"宁蘅早就清楚自己应该做什么。

他的话音刚落，在宁蘅与傅绾两人的不远处，忽然传来了脚步声。傅绾一惊，连忙闭嘴，扭头望去，宁蘅的速度很快，马上将头上的兜帽放了下来。一个人影出现在了他们的面前，一身白衣，面容俊美，笑容如春风一般温和。竟然是玄微，他怎么会来这里？

"我与二位道友约定好，你们只需帮我找出祭天大阵上面的秘密即可，毁去大阵此等危险之事，还是让我来吧。"玄微柔声说道。

宁蘅定睛望着玄微，冷静问道："伏伽此时此刻，应该去找你了才是。"

"伏伽将傅道友推上荒墟十二妖之首的位置，定然会想方设法过来亲自告诉我这个消息，来扰乱我的心绪。"玄微点了点头，似乎已经猜到了宁蘅的疑问。

"他对我密切关注，只要他在睦洲，我踏上睦洲一步，便会引起他的注意，但是他现在不是已经离开睦洲了吗？"玄微解释自己的来意。

宁蘅马上领会了玄微的意思："你知道伏伽会离开睦洲，所以趁他离开，亲自来到这里。"

"正是如此，没有错。"玄微朝宁蘅微笑道，"伏伽离开睦洲的这段时间里，想必你们不会放弃这个机会，已经找到了盘古骨剑上的秘密。"

宁蘅点头："盘古骨剑上镌刻的符文，应当就是祭天大阵的阵法。"

"要想办法抹去这些符文，祭天大阵自然也就消失，伏伽也就失去了他无穷尽的力量之源。"玄微没有问宁蘅是如何发现的，便马上接受了这个结果。

"盘古遗骨，可不是那么好破坏的。"宁蘅当然知道此事困难。

玄微闻言，脸上亦是出现了苦恼的表情："这把盘古骨剑，煞气极重，还是以盘古遗骨炼制而成，就连我也碰不得，他几乎只认伏伽一个主人，除了伏伽之外，接近这把剑的人都难逃一死。"

玄微此言非虚，就连现在的宁蘅，在成功潜入了孤峰之后，也没有选择直接触碰盘古骨剑。因为宁蘅知道，自己现在是借了柏羽青冥兽的妖身，若是轻易触碰盘古骨剑，难逃一死。这也是伏伽放心将盘古骨剑留在无尽海之畔的孤峰上的原因——不论谁敢靠近那把剑，都会当场身死。

十万年之后的盘古骨剑，由于剑身上的祭天大阵符文被抹去，所以少了好几分的煞气。再加上睦洲的妖的性格与心境，与睦洲之主有着难以割舍的关系，天生就对睦洲之主产生臣服之意。所以十万年之后的昭骨，才会听从宁蘅的话。但是现在的盘古骨剑，是一把真正的绝世杀器。

本来话题说到这里，似乎已经进入了死局。既然没有人可以触碰现在的盘古骨剑，那么又怎么抹去上面的祭天大阵符文？但这个时候，傅绾与宁蘅的脑海中，都出现了同一个念头。当盘古骨剑还被封印在桃洲的伏伽小空间的时候，有一个人，以金丹期的修为，成功接近了盘古骨剑。不是别的人，正是傅绾。

宁蘅在发现十万年前的盘古骨剑拒人于千里之外，除了伏伽没有人可以接近这把剑时，便已经想到了傅绾。傅绾听完玄微与宁蘅两人的对话，也马上想到了自己。在盘古骨剑被封印在伏伽小空间的时候，自己似乎……好像……大概是轻松拿起了那把剑。而且昭骨在化形为人之后，似乎对自己的态度也很好。

傅绾愣了一下，便启唇说道："我……我……"

"傅道友怎么？"玄微扭过头，看着傅绾柔声问道，"可有什么办法？"

"我应该，可以接近那把剑。"傅绾咬唇犹豫了一下，还是把这件事说了出来。

听到傅绾说出了这句话之后，宁蘅马上回身看着她，他好看的双眸中闪着看不清情绪的光芒。

傅绾直视着玄微的眼眸，重复了一遍自己的话："我可以接近盘古骨剑。"

玄微的表情一向是温柔平和的，但傅绾说出这句话之后，他面上露出惊讶的表情。

"傅道友，你不要说笑，这是性命攸关的大事。在盘古骨剑之下，死了多少人你应该知道的。"玄微用温柔的嗓音劝道，"抹去盘古骨剑上符文之事，我还是另想办法，必然不会让你以身涉险。"

"我碰过他。"傅绾深吸了一口气，冷静说道。

"傅道友。"玄微的眉头轻轻皱了起来，他很少露出这样的表情。

"难道玄微你还有别的办法可以接近盘古骨剑吗？"傅绾没有退缩，反问道。

如果伏伽不死或是受伤，那么无尽海就永远就他的控制之下，他们也没有办法接近无尽海中央，回到属于自己的世界去。更何况，在十万年前，总归是要有一个人去亲手将盘古骨剑之上的祭天大阵符文抹去，既然不是玄微，那么还能是谁？

"我并非不可以。"玄微柔声说道，"只是要受些伤。"

"你若是实力受损，伏伽岂不是占了上风？将祭天大阵毁去，只是让伏伽失去了源源不绝的力量来源，并不代表着他会受伤。"傅绾一连串地将自己的想法说了出来，逻辑清晰。

宁蘅站在她身边，双唇微微动了动，他轻声说道："不行。"

"有什么不行的。"傅绾伸出手去，偷偷拽了一下宁蘅的袖子，踮起脚在他耳边轻声说道，"昭骨好歹曾经是我的第十一位贵妃呢……"

宁蘅听到她这句话，又想到了那一夜昭骨带着得意的语气说出来这句话，脸马上黑了。他扭过头去，看了傅绾一眼，低声说道："这种玩笑不要乱开。"

玄微在一旁，没有刻意去听两人到底在低声说着些什么。

"傅道友，你确定你接近盘古骨剑不会有事？"玄微思考了片刻之后，才坚定了自己的信念，直视着傅绾的眼睛问道。

傅绾对上玄微的双眸，温柔且坚定，看不到一丝一毫的杂质，他是真心实意在担心自己的安危。傅绾不敢保证自己百分百没事，她之前跟盘古骨剑接触的时候，一直有一种莫名其妙的熟稔的感觉。傅绾还以为这种感觉来源于自己与昭骨在智商上不相上下的惺惺相惜，跟她与星瞳很能聊得来的原因是一样的，但现在看来，并不是如此。

自己的身体，一定有特殊的地方。傅绾抿唇，沉默了片刻之后，还是点了点头说道："我不敢完全保证，但我想是没事的。"

"而且，我有问题想要问你。"傅绾非常认真地看着玄微的双眸，专注地问道。

宁蘅挑眉，似乎有些好奇："你有什么要问他的？"

傅绾冲宁蘅偷偷吐了一下舌头："不告诉你。"

玄微听了，也有些好奇，他自然是没有什么秘密的，不论傅绾问他什么，他都会如实相告。

"傅道友有什么想要知道的，尽管问我便是。"玄微轻轻笑了一下，算是答应了傅绾的请求。

傅绾抬起头来，表情无比严肃，她的双手甚至在微微颤抖，因为在这两个人面前说出这几个字，实在是……太尴尬了。

"师……玄微。"在紧张之下，傅绾再次口误了，她马上改口，然后继续问道，"你看过这本书吗？"

"什么书？"玄微的声音带着些许好奇，"若是有关天下万法的修炼书籍，我或许都看过。"

傅绾轻咳一声说道："当然不是讨论道法的书，就是你……你……你看过……那个《蚀骨宠溺：蛇后太嚣张》这本书吗？"

玄微：你这个问题我真的很难回答，虽然自认为博览群书的我不想承认我没看过这本书，但这种书我是当真没有看过。

宁蘅：对不起，我家小师妹又犯傻了，我这就把她拉走。

傅绾的态度非常认真且严谨，玄微马上摇了摇头："未曾读过。"

傅绾松了口气，心想至少现在的玄微与那个话本没关系，她若想要知道答案，可能要等到回去之后，亲自询问十万年之后的玄微。

傅绾得到了玄微否定的答案之后，马上点了点头说道："既然没看过，那便没事了。"

她又将话题转回到盘古骨剑之上："盘古骨剑上面的祭天大阵符文，要用什么办法抹去？"

玄微一愣，方才下意识回答道："盘古骨剑乃是以盘古遗骨制成，硬度极高，伏伽当年在炼制的时候，想来也是……"

"也是什么？"傅绾与宁蘅齐齐问道。后人只知道盘古骨剑厉害，却从来没有人知道盘古骨剑到底是怎么从一根盘古遗骨变成一把剑的。

"伏伽原身是鲲鹏，从无尽海之中诞生，天生便具有强大的力量，几乎能吞噬天地万物，力量集中在他的利齿之上。"玄微解释道，"其实这整个修仙界，除了他，也没人有这个能力能够将盘古遗体吞噬了，因为他的牙……实在是……太好了。"

宁蘅与傅绾齐齐无语，他们万万没想到，这一把名震四方、令人闻风丧胆的盘古骨剑，竟然是被伏伽啃出来的。不过转念一想，这也算是符合逻辑。盘古遗骨岂是那么好炼制的，就算是伏伽，估计也只能用这种原始的方法，把遗骨雕琢成型了。

"怪不得我觉得盘古骨剑那个剑柄有些歪，原来是伏伽啃骨头的啃法不太好……"傅绾马上接受了这个设定。

说完，她又愣住了："那……要抹去上面的祭天大阵的符文，还需要伏伽自己来啃？"

玄微的神色似乎也有些苦恼："照目前来看，似乎只有伏伽自己的利齿，才能够将盘古骨剑上的祭天大阵符文给抹去。"

"哦，那伏伽他掉牙吗？"傅绾下意识回了一句。

玄微马上笑了起来，觉得傅绾这句话有些好玩："伏伽是诸天七皇之一，肉身已经修炼到了登峰造极的境界，怎么可能会掉牙？我们还是想办法去找其他能够对盘古遗骨造成破坏的东西……"

宁蘅听完，马上启唇说道："有，他掉过牙。"

傅绾和玄微一起震惊了，这真是人生处处有惊喜，没想到伏伽居然也掉过牙，还被宁蘅知道了。

"你怎么知道的？"傅绾一听，马上兴奋了起来，连忙问宁蘅。

"他怎么掉的牙？是被人打掉的，还是因为蛀牙才掉的？"傅绾一连串问了好几个问题。

宁蘅轻轻皱眉，开始回想这件事，本来他也没有将这件事看得太重，毕竟因为某些意外，掉一两颗牙齿，也是正常现象。伏伽死后，睦洲无人领导，暂时进入了有些混乱的状态。宁蘅的原身——那株红莲在无尽海的中央修炼了很多年，到底修炼了多久，连宁蘅自己也不清楚。

他醒来的第一眼，看到的就是无尽海，幽深海底埋葬着伏伽的妖骨。那时的宁蘅，当然不知道在无尽海的海底，埋葬着曾经夺了妖骨上的机缘还妄图将他杀害的仇人，他只是习惯性地探索身边的世界。

刚刚脱去妖身的宁蘅，潜入了无尽海之底，看到了伏伽的妖骨。这具妖骨沉在海底，安静且怪诞，像一条凶猛的大鱼，妖骨上的利齿坚硬，如同嶙峋的怪石孤峰。他发现伏伽的妖骨之上，少了一颗牙齿，然后他下意识地在四周寻找。在妖骨的不远处，于海沙之中，他寻找到了伏伽妖骨上丢失的那颗牙齿。

这颗牙齿很小，放在掌心闪着锋利的光芒，只有指甲盖的大小。而伏伽的妖骨——那具大鱼形状的妖骨显得更加庞大，妖骨上面的牙齿比一人还高。所以，伏伽妖骨之上丢失的那枚利齿，是在他还很幼小的时候掉的。

那时的宁蘅原本也没有将它当一回事，只是随意记在心里，继续忙自己的事去了。但现在结合玄微给出的信息，他倒是想起来了。

此言一出，玄微愣住了，他的眼中闪着些许惊讶的光芒，似乎想起了什么。

"你说在伏伽尚且幼小的时候，因为某些意外，在无尽海之中丢失了一颗牙齿？"玄微面上依旧有温柔的笑容。

宁蘅的表情没有丝毫波澜，他点了点头："是。"

第十一章

"现在那颗牙或许还在无尽海的海底？"玄微问了一个非常关键的问题。

宁蘅点了点头："应当是在。"

"可是现在无尽海有荒墟十二妖之一的星瞳看守，她虽然实力不算特别强，但若是有人潜入，她定然会通知伏伽。"玄微的眉头微皱，似乎有些苦恼。

"趁伏伽不在睦洲，现在去海底取他掉落的那颗牙齿？"傅绾听到了玄微的顾虑之后，马上说道。

玄微点了点头，往前走了两步说道："若是我去，应当能躲开星瞳的巡逻，将海底那颗牙齿拾取上来。"

既然玄微自告奋勇要去了，那么宁蘅与傅绾当然不会主动阻拦，只是不知道伏伽什么时候会回来。傅绾轻轻皱起了眉头，一想到这件事，她就觉得有些担忧。

似乎看出了傅绾的顾虑，玄微笑了笑说道："傅道友无须担心，我已让另一位擅长改变自己容貌、伪装为他人的诸天七皇来代替我，一时半会儿，伏伽发现不了异常。"

傅绾闻言，松了一口气，她目送着玄微往无尽海的方向飞去，身形瞬间消失。

"伏伽的遗骨真的沉没在十万年之后无尽海的底部吗？"傅绡见宁蘅还在自己身边，忽然问了一句。

宁蘅点了点头，平静地说道："他当年被玄微杀死之后，遗骨确实沉没在那里。"

"所以伏伽的确是死了？"傅绡挑眉，问了一个自己非常关心的问题，"他那么厉害，万一没有死怎么办？"

"他若不死，以他的性格，会继续作恶。"宁蘅思考了片刻，沉着声结束了这个话题，"你为何要主动提出亲自去抹去盘古骨剑上的祭天大阵符文？"

傅绡听到宁蘅问自己这个问题，忽然有些不好意思，她低着头，小声说道："我之前碰过嘛，好像也没有什么事，你们都没办法，那不是只有我来……"

"会有其他的办法也说不定。"宁蘅伸出手，轻轻摸了一下傅绡的脑袋，"你不必如此。"

"你其实也觉得这件事应该我去做。"傅绡伸出手，忽然将宁蘅放在自己头顶的手拉了下来，"不然一开始，你就不会让我在玄微面前说出这件事来。"

"照目前的情况来说，确实只有你可以。"宁蘅的声音沉了下来。

说起来，让傅绡一个人去面对盘古骨剑，他其实并不太担忧傅绡的安全。因为他确实知道，傅绡可以接近盘古骨剑并且不会受到任何排斥。宁蘅忽然轻轻叹了一口气。

"你知道为什么？"傅绡踮起脚，让自己与宁蘅的视线平齐，她紧盯着他的双眸认真说道。

宁蘅的眼神出现了一瞬间的慌乱，像是平静的湖上被丢进了一颗石子。

他没有避开傅绡的目光，点了点头说道："是。"

"所以你有事瞒着我。"傅绡往后退了两步，抱着胸说道。

她扬起下巴，看着宁蘅非常得意地说道："你不说也没关系，我会自己找出答案来。"

纵然傅绡发现自己梦中的话本，很可能只是随意拼凑出来的一本书，但她在潜意识里，还是不愿意向宁蘅认输。

"没有什么答案。"宁蘅凝眸，定定地看着傅绾。

他的目光还是如同平日里一般平静，如同冬日里的凛冽冰雪，此时却带上了些许柔情，仿佛湖面上的波光，温柔且缱绻。傅绾与宁蘅四目相对，她又想起了自己与星瞳曾经说过的话，关于她所谓的"心上人"。其实与星瞳说的关于宁蘅的话，她没有说一句假话，这些话当然不可能当着宁蘅的面说出来。

于是，傅绾低下头，避开了宁蘅的目光，凶巴巴地说道："你看什么看？爻山第二的美女，你第一天见吗？"

宁蘅闻言，笑了起来，唇角带着一抹极淡的微笑："那第一美女是……"

傅绾轻轻哼了一声，不情不愿地说道："是你。"

傅绾话音刚落，便被拉进了一个温暖的怀抱之中，她有些发愣，抵着宁蘅宽阔的胸膛，略微抬起头去看他。

宁蘅一手将傅绾带入了怀中，下巴轻轻抵着她的头顶，声音从傅绾的头顶传来："以后就是你了。"

傅绾疑惑了："你要毁容吗？为了哄我开心大可不必如此。"

宁蘅：我家小师妹脑回路怎么跟别人不一样。

他有些无奈地叹了口气说道："我本不是爻山弟子，我走之后，你自然就是了。"

傅绾心想重点是这个吗，她是这种贪慕虚名的人吗？对，她是。

于是，傅绾马上开心了起来，从宁蘅的怀里退了出来，问了一个非常重要的问题："那你准备什么时候走？"

宁蘅长眉一挑，摇了摇头说道："不知。"

他什么时候离开爻山，抛弃"爻山大师姐"这个身份，选择权根本不在他的手上，而是在她的身上。

宁蘅的目光放在傅绾的身上，他会来爻山，抛弃诸天七皇天枢君的位置，成为爻山弟子，只是为了她而已。

傅绾也没有说话，因为她现在脑海里的想法，跟宁蘅根本不在一个频道上。她觉得宁蘅现在应该也跟她一样，被那个话本控制，所以，傅绾顿时升起了一种惺惺相惜的感觉，看来倒霉的不止她一个。

就在两人的思绪往完全不同的思考方向开始狂奔的时候，玄微回来了。去无尽海之中游了一遭，他的衣衫与头发竟没有沾到一丝一毫的水花，整个人显得从容淡定。

"咦，你这么容易就出来了？"傅绾迎了上去，有些好奇地问道。

玄微还是保持着他永远不变的温柔微笑，柔声说道："我的修为比星瞳高，她若没有探查，自然发现不了我。"

"她在干吗？"傅绾继续问。

"在看书，没想到荒墟十二妖虽然好斗残暴，但也如此好学。"玄微一向是对他人保持称赞态度。傅绾心想：你这是没有看清楚她看的书名。

眼见着傅绾与玄微两个人的对话马上就要跑偏，宁蘅及时开口，将话题拉到了正事上："可找到了？"

玄微闻言，点了点头："宁道友没有说错，这枚利齿之上的气息，与伏伽的完全一致。"

他伸出手来，白皙的掌心里躺着一枚闪闪发亮的利齿，只有指甲盖大小。傅绾看到这指甲盖大小的利齿，差点没晕过去，她没想到，摆在她面前的第一道障碍居然是这个，盘古骨剑那么大，这个牙齿这么小。她若是想要用这玩意儿抹去盘古骨剑上祭天大阵的符文，那得磨多久啊？

"傅道友，接着。"玄微找到了这枚利齿之后，显然有些开心，因为这代表着伏伽盘古剑上的祭天大阵破坏有望。

傅绾颤颤巍巍地接过了这枚利齿，颤抖着声说道："这是他换牙换下来的吗？为什么会这么小？"

"你们要我用这玩意儿磨盘古骨剑，得磨多久啊？"傅绾欲哭无泪。

"也就……"玄微注意到了傅绾有些崩溃的表情，劝道，"只抹去一两个镌刻的符文也行。"

傅绾拈起掌心那枚小小的牙齿，她实在是不能想象，这么小的一枚牙齿的主人，竟然能变成统治整个睦洲的妖皇。

"他为什么会掉了这颗牙？"傅绾自言自语地问道。

宁蘅摇了摇头，他与伏伽并不熟识："不知。"

玄微启唇，正欲说话，他的指尖却忽然泛起了白色的光芒，他挑眉，有些惊讶，闭目似乎是接到了什么消息。

"看来我需要走了，伏伽以为他已经将消息传达给我了，现在正从曜洲离开，往睦洲而来。"玄微已经接到了其余诸天七皇的消息，所以准备告辞。

"既然破坏盘古骨剑上祭天大阵的方法已经找到，那我就先行离开。"玄微冷静说道。

"我们现在就要去破坏盘古骨剑上的祭天大阵吗？"傅绾连忙问道，她觉得这件事越早解决越好。

"伏伽在睦洲，你们没有机会。"玄微的声音还是如此的温柔，语速却快上了好几分，"所以暂时不用出手。"

"过一段时间，我自会假借救我亲传弟子的理由来睦洲与伏伽约战，到时趁乱你再去存放盘古骨剑的地方，将上面祭天大阵的符文抹去。"玄微早就已经想好了，若是找到了破坏盘古骨剑上祭天大阵的方法接下来应该如何做。

他的思路非常清晰："要杀伏伽，仅凭我一人的力量不够，我会通知其余诸天七皇，一同包围睦洲，围剿伏伽。"

"伏伽与我约战，若是不敌，自然会想到使用盘古骨剑，你必须在他落于下风之前，将盘古骨剑上的祭天大阵破坏。"玄微提醒了一句。

傅绾有些疑惑："那他为何不先拿出盘古骨剑与你战斗？"

"他为人自傲，我若不使用山河图，他自然是不会出剑的。"玄微与伏伽相斗多年，对于这位对手当然非常了解。

傅绾点了点头，如此行事，倒也是伏伽的性格。看到傅绾点头，玄微知道她已经明白了自己的意思，身形一闪，便消失在了原地。

傅绾扭过头去看宁蕤："玄微他走了？"

宁蕤点头，他正打算再说些什么的时候，眉心却一跳，感觉到了某人的到来。傅绾会意，马上将掌心那颗属于伏伽的利齿收到了怀里，没有将它收进随身锦囊之中。宁蕤很快伸出手去，将脑后的黑色兜帽戴上，就在他将兜帽戴上、整理好衣饰的那一瞬间，一个人出现在了傅绾与宁蕤身边。伏伽周身的气息给人的压迫感是极强的，傅绾感觉到自己的呼吸忽然一滞。

"嗯？你们两人为何会在此处？"伏伽眉头皱着，看了一眼傅绾，又看了一眼已经扮成"柏羽"的宁蘅。

说完这句话之后，他又定睛看了"柏羽"一眼，眼中露出赞赏的神色。他想起了自己交给"柏羽"的任务，接近傅绾，打听玄微的弱点。好，不愧是他的手下，执行起他的命令来，就是如此有效率。

伏伽开口，对傅绾问道："你知道我去哪里了吗？"

傅绾心想：这我当然知道。不过她也不能假装不知道，在伏伽面前装傻太过，毕竟玄微不可能收一个傻子为徒。所以傅绾抬起头来，看着伏伽，露出一脸愤慨的表情来："你去找我师父了！"

"你去跟他说，我背叛了他，成为你麾下的荒墟十二妖之首。"傅绾的演技很好，咬牙切齿。

伏伽闻言，竟然笑了起来："你竟然知道我去做了什么。"

"你师父应当不日便会来救你。"伏伽冷声说道，"到时他若是露出些许破绽，便是他的死期。"

"我原以为玄微不会有弱点的。"伏伽的双眸紧盯着傅绾，语气似乎有些奇怪，"但没想到，他竟然会如此在意你这个徒弟。"

伏伽出了睦洲，到曜洲去找玄微通知此事，但他找到的那个"玄微"，已经不是真正的玄微了，而是另外一位诸天七皇假扮的。伏伽与其余诸天七皇实力在一个水平线，虽然各有高低，但在没有特意观察的情况下，他是看不出眼前那个"玄微"不是本人的。那位假扮玄微的诸天七皇显然演技不太好，在听到玄微的亲传弟子成了伏伽手下的荒墟十二妖之首后，竟然露出了痛心疾首的表情。

往常的玄微就算听到了这样的消息，也不会露出这样的表情来。但伏伽知道，傅绾拥有与玄微一模一样的本命灵植，所以知道傅绾与玄微的关系不一般。伏伽信了这表情，以为现在的玄微真的非常在意这位弟子。

伏伽冷冷瞥了傅绾一眼，便自顾自地离开了，他已经有好几日没有见过自己那把盘古骨剑了，作为他手下的第一大利器，他非常看重盘古骨剑。多日未见，也不知道盘古骨剑上面的祭天大阵符文变淡了没有，若是变淡了，他还要想办法再啃回去才是。伏伽在心里默念《论盘古骨剑的日常保养——啃骨头的艺术》，便自顾自地离开了。

傅绾注意到了伏伽在离开之前微微磨动的后槽牙，她凑到宁蘅身边，低声问道："阿蘅，你说他是不是打算回孤峰啃剑了？"

宁蘅面无表情地点点头："并不排除这个可能。"

他没有在孤峰之上留下任何气息，所以伏伽不会发现异样。现在只需要等玄微他们围攻睦洲之时，潜入孤峰之中破坏盘古骨剑上的祭天大阵即可。他知道他与傅绾终究会找到回去的办法，但没想到会这么快。

然而这个时候的傅绾，忽然想起来了另一件事，那株待在随身锦囊之中的红莲，说起来有好多天都没有浇水了，也不知道在随身锦囊的空间里会不会闷，她想要偷偷去给红莲浇水。

所以，傅绾往后退了两步，将两手背在身后说道："阿蘅，我先走了。"

宁蘅挑眉，有些惊讶，不知道傅绾为何突然要走："去做什么？"

傅绾挠了挠头，目光有些飘忽："去……去修炼！"

说完，她就转过身，仿佛受惊的兔子一般逃开了。宁蘅望着她转身就跑的表情，若有所思。傅绾这根本不是要去修炼，她有小秘密了。

一边跑，傅绾一边想，自己这种偷偷去见小情人的感觉到底是怎么回事，但是她还是想偷偷抱出红莲来看一眼。于是傅绾寻了一处没人的地方，布下阵法，便将手伸进了随身锦囊之中，将红莲抱了出来。

傅绾将红莲抱出来之后，小心翼翼地将青瓷盏放到了面前的青石上。傅绾再在锦囊里摸索了一下，找出了上次那个装着灵雾水的玉瓶来，这瓶子看着小，实际上能够容纳很多东西。傅绾的动作很熟练，很快就将青瓷盏里的水换了。

灵雾水在青瓷盏里显得格外清澈，这株红莲看起来气色也非常好。浇完水之后，傅绾便愣愣地看着眼前这株红莲，若有所思。

"阿蘅？"她随口唤了一声。

红莲安静地立在那里，根本没有搭理他。傅绾心想，这株红莲一定在想，你在叫"阿蘅"，跟我又有什么关系。她半靠在青石边的树根下，想着自己的心事，忍不住伸出手去，捧起小红莲的青瓷盏端详。

"你的花蕊中央为什么没有那颗红色的宝石？"傅绾注意到了宁蘅化为的红莲与面前这株红莲的区别，于是自言自语问道。

这也是她之前会将这株小红莲错认为宁蘅的亲戚之类的原因，毕竟她被传送到睦洲之后，遇到宁蘅化为的红莲，看到红莲的正中央有一颗红色的宝石。傅绾甚至都不知道自己的体内还有一枚幽冥血玉中的阳玉，她也没见过真正的幽冥血玉长什么样，所以她才有了这样的疑问。

但是这个问题，小红莲作为一个尚未化形为人的妖，真的很难回答，所以小红莲只能轻轻摇了一下花瓣，表示自己不知道。

傅绾不知道为什么，马上就领会了他的意思："好，没想到你也有不知道的时候。"

小红莲安安静静的，没有表达出自己的想法，这株红莲对于外界的认知尚且处于懵懂混沌的状态，他只知道，面前的这个戴着面纱的女子，会给他浇水，并且还扬言会带他回家。红莲的家在无尽海的中央，那里对于外人来说很危险，但也很安静，红莲还是很想回到那里去，只有在那里，他才能获得更多的力量，慢慢修炼。

红莲自从有了自己的意识之后，见到的第一个"人"形生物，就是傅绾。他在无尽海中的生活非常寂寞，非常冷清，几千年来，只有一条鱼游到了他的身边，后来，那条鱼从他身边拿走了什么。再后来，那条鱼变得越来越强大，想要回来杀了他，却因为无尽海的阻拦，没能得逞。红莲不知道，也不想去计较，他就这么安安静静地生长着。直到他短暂地失去了意识，醒来之后，他便出现在了一个女子的手中。

傅绾当然不知道红莲正在想什么，但她现在的心情似乎也没有太好。自从在星瞳那里，知道了话本的真相之后，傅绾的心情一直很低落。她尊敬且无条件相信师尊，但是，她的师尊肯定与这本书脱不开干系。就连跟她一起修炼了这么久，向来形影不离的"大师姐"，似乎也与这本书有关。

傅绾觉得他们一定有什么事在瞒着自己，但她无能为力，根本没有办法从两人的口中找出答案来。一想到这里，傅绾便有些落寞，她坐在树下，看着面前那株幼年版的宁蘅，伸出手抱住了双膝。就在她准备伤春悲秋的时候，傅绾却在法阵之外听到了有节奏的脚步声。

傅绾一听便知道是宁蘅，所以她马上眼疾手快地将面前青石上的小红莲塞进了随身锦囊之中。傅绾刚将红莲放回去，便看到宁蘅出现在了防御法阵外面，并没有进来。于是她连忙将面前的阵法撤了，抬起头去看站在外面的宁薇。

"阿薇？"傅绾这次唤了他一声。

宁薇轻轻嗅了嗅，闻到了空气之中挥之不去的幽幽莲香，于是他出言提醒道："若是要将我抱出来浇水，要记得不要让味道外散。"

傅绾：什么叫把你抱出来浇水，瞧瞧你说的这是什么话？

她抬起头来，收起自己有些低落的情绪，瞥了宁薇一眼说道："你有他可爱吗？"

"都是同一人。"宁薇走上前来，非常自然地坐到了傅绾的身边，侧过头去看她。

"我与你一样，在无尽海之上被传送到了十万年前，刚过来的时候，我的灵魂非常不巧地借了过去的我的身体，但我用了柏羽的妖身之后，便将身体还给了过去的我。"宁薇解释，他弄明白了这是怎么一回事。

傅绾轻轻噘起嘴，似乎有些不满："要不是你来到了十万年前，红莲可能还好好地待在无尽海的中央，也不会遭到伏伽的追杀。"

宁薇轻轻摇了摇头："他想杀我很久了，每时每刻我都能够感觉到他的杀意。"

傅绾扭过头去看宁薇："伏伽跟你有什么仇？"

"他觉得他与我有仇。"宁薇的声音平静，似乎没有太多的情绪起伏。

"你抢他老婆了？"傅绾随口调侃道，"阿薇啊，我真的没想到你是这种人……"

这句话说完之后，宁薇竟然没有答话，傅绾下意识地扭过头去看宁薇。他的目光停留在傅绾的身上，深沉且坚定，没有移开，像流淌的河。傅绾没有避开他的目光，等待着宁薇说话。

"我不认为伏伽会找你当老婆。"宁薇冷静开口。

傅绾花了很长时间，才反应过来宁薇说的这句话到底是什么意思。她咽了一下口水，支支吾吾地开口说道："我跟你讲，你要注意自己的形象，不要在言语上调戏我……"

傅绾的声音很小，听起来并不是很有底气，她的话没能说完，因为宁薇此时已经看着她闪着些许水光的双眸，倾身而上。他轻轻吻上了傅绾有些颤抖的双唇，没有任何理由，没有任何借口，现在的他，就是想如此做。

傅绾的长睫忽闪，似乎有些不安，她听懂了宁蘅方才那句话的意思。

宁蘅眼睫微垂，紧盯着傅绾的双眸。傅绾忽然回过神来。她瞪大眼，直视着宁蘅的双眸，非常认真地说道："阿蘅。"

"嗯？"宁蘅低声应了一声，声音醇厚好听，似乎只回响在两人之间。

傅绾伸出手，捧住宁蘅的脸颊，一本正经地问道："这种症状持续多久了？"

宁蘅：你这个问题我很难回答。

他轻声说道："不知道。"

傅绾一听到宁蘅这句话，便开始得意起来："你是不是早就暗恋我了？"

宁蘅抿唇看着她，没有说话，许久过后，他方才点了点头。实际上，他自己也不知道到底是从何时开始。他原以为自己是世界上最孤独的一个人，无欲无求，唯一的因果就是傅绾。本来他也只是想将这一桩因果了结，但不知从何开始……他在无尽海中孤独修炼了十万余年，伏伽截了他的气运，抢了他的盘古血脉，他也并未将之放在心上，滔天的力量与权势于他而言，不过是过眼云烟。

无尽海很孤独，只有他一个人，所以他一直以来都以为自己无欲无求。直到在睢洲，那颗幽冥血玉深入骨血，不论用何种方法都无法拔除，宁蘅才意识到哪里不对。他唯一的欲望，唯一的所求，就是她。傅绾注意到了宁蘅眼中飘过种种思绪，愣住了。

她支支吾吾地开口说道："我一直把你当师——"姐。但她还没说完，宁蘅就低头吻住她，不让她继续说下去。

"不许说。"宁蘅冷声说，谁要当你师姐了？

傅绾伸出手，捶了一下宁蘅的背："为什么不能说，不是你先装师姐骗我的！"

宁蘅心想这还要怪玄微，他毫不犹豫把玄微推出来："是玄微。"

"你也是同谋，你知道同谋是什么意思吗？"傅绾小声说道。

她越说越小声，直到她自己低着头，埋进了宁蘅的怀里。傅绾原

163

本放在宁蘅背上准备捶他的双手忽然放了下来，放在他的后背上，她轻轻抱住了他。傅绾在宁蘅的怀里轻轻笑了笑。

"你在偷笑。"宁蘅感觉到了傅绾身体的微微颤动，冷静说出了真相。

傅绾马上紧抿了嘴巴，反驳说道："没有。"

"你说。"宁蘅忽然开口，问了一个非常关键的问题，"爻山允许门中弟子早恋吗？"

傅绾：你在说什么话，你以为你自己很年轻吗？

她低着头，在宁蘅的怀里撇了撇嘴："早恋什么？你比玄微还老。"

"尚未化形之前，都不算我的年龄。"宁蘅冷静反驳，"我还很年轻。"

傅绾心想：还有这种算法？

"那我未修炼之前都不算年龄好不好，我现在也是十八岁妙龄少女了。"傅绾出言轻声说道。

宁蘅低头看着怀里的傅绾，忽然伸出手，轻轻挑起了她的下巴。

"当然可以。"他说道，"十一年零三个月十九天前你拜入爻山，所以严格来说，你现在是才十一岁零三个月十九天。"

一拜入爻山，傅绾便与宁蘅相识。宁蘅说的时间很准确，一天也没有差，这正好就是他真正与傅绾相识的时间。傅绾直视着宁蘅认真的表情，忍不住笑了起来，她歪着头看他，忽然开口。

"阿蘅。"她还是如此唤了一声。

"怎么？"宁蘅问道。

傅绾说的话非常直白："再亲一口。"

宁蘅一时之间没反应过来。

他看着傅绾，忽然轻笑出声。

"你快点，伏伽叫你接近我的，现在我给你机会了，你现在是他手下，肯定要遵从他的命令的……"傅绾絮絮叨叨说道，无比理直气壮。

"好。"宁蘅低声说道，便低下了头，再次轻轻吻上了她，他第一次如此心甘情愿遵从伏伽的命令。

而"单身狗"伏伽，此时却在孤独地啃着剑。他已经修炼到了这个地步，当然不是直接用牙啃剑这种原始的方式来打磨盘古骨剑上的祭天大阵符文。一道道苍白的光芒围绕着盘古骨剑，伏伽将自己能够撕裂世间万物的锋利牙齿上蕴含的力量变幻为法术，用来打磨剑上符文。

这是盘古骨剑的日常养护，他除了修炼之外，其余的时间都用来磨砺这把锋利的宝剑。他的力量仰仗于此，所以他对于盘古骨剑也极其看重。伏伽好战，他随时随地都在准备着出手，去侵略修仙界的其他洲域。奈何有玄微在，桃洲之后，他再没有找到机会去将其余洲域吞并。

伏伽思及此，脸上便出现了愤然的表情。他紧攥着盘古骨剑的剑柄，目中尽是残暴嗜杀的光芒。现在玄微的亲传弟子就在他的手上，想来玄微过几日，便会亲自来睦洲救出他的徒弟。伏伽冷冷哼了一声，他心中的杀意已经掩盖不住了。

他尊重这位与他实力相当的对手，但他也渴望着杀了玄微，让他死在自己的剑下。这种情绪很矛盾，但不难理解。伏伽一遍又一遍地磨砺自己的盘古骨剑，就等着玄微的到来。

同样，在曜洲的玄微也在准备着与伏伽的约战。他所知道的信息比伏伽更多，所以也更加从容。此时的玄微正在与其余几位诸天七皇讨论战术。

"玄微真人，您修为最高，不如就从东部去与伏伽正面交战，我们在其余各方与你接应，如何？"有人问道。

玄微翻看着睦洲的地图，却摇了摇头，睦洲南部与曜洲接壤，他应当从南部与伏伽交战才稳妥。

"我从南部去，你们在其余方向接应即可。"玄微柔声说道，"与睦洲接壤的睢洲，有断龙河为界，他若想过，也要费工夫。"

"唯有与曜洲接壤的那处深渊，并不宽，他若是想过，很轻松。"玄微合上睦洲的地图，提出了自己的想法，"到时我们共同布下阵法，将伏伽困于阵内即可。"

这个时候，有人提出了疑问："伏伽手上那柄盘古骨剑锋利无匹，还有祭天大阵为他提供源源不绝的力量，我们就算布下大阵，他也能逃出去吧？"

"盘古骨剑与祭天大阵的事情，我已全部安排好了。"玄微点了点头，从容说道。

第十二章

"既然玄微真人您已经安排好了，那么吾等也不用担心了。"听见玄微如此说，其余诸天七皇皆点了点头。

语毕，几人站起身来准备离席，每一位诸天七皇离开的时候，都下意识地避开了圆桌旁的唯一一个空位，神色有些哀伤。这个时候，玄微的目光投向了中心圆桌上的唯一一个空位，那是明羲的位置，但他现在没有办法来了。

宁护桃洲这个世界，已经将他的生命力耗尽。玄微轻轻地叹了口气，目送着其余诸天七皇一一离开，望着他们的背影消失。

他的掌心上忽然出现了一本悠悠旋转着的书，是山河图。玄微垂眸，看着手中这本山河图，书中似乎藏着一整个世界，玄奥且神秘。山河图是先天至宝，威力巨大，但直到现在，这件法宝之下还没有一个亡魂。会添一个吗？玄微的脑海中冒出了这一个疑问。

此时玄微的面庞上没有了平时的笑容，他低头轻地摩挲着山河图的书页，陷入了沉思。

在睦洲，伏伽等待着玄微的到来。果然，没过几日玄微就来了。他一踏上睦洲的土地，就引起了伏伽的注意。伏伽站在无尽海之畔的

166

孤峰上，露出了有些残忍的笑容。玄微竟然不是孤身一人前来，还联合了其余诸天七皇，他一个人送死不够，还要带上别的人一起送死。也好，让他们一起死在自己的剑下，也省得自己逐个击破，太麻烦。

"伏伽，你掳走我的亲传弟子，已经过了这么长时间，还不肯还？"玄微一人立于孤峰之前，抬眸看着伏伽，唇角露出浅浅的笑容，他的声音还是如此柔和淡定。

"你的亲传弟子现在已经成为我麾下荒墟十二妖之一，你也有脸上门来要人？"伏伽冷笑着反问，"玄微，你不至于连一个弟子都看管不好吧……"

玄微当然不会理会他言语上的挑衅，他伸出双手，掌心有纯白色的光芒缭绕，闪着纯正柔和的气息。玄微的两手空荡荡，竟然没有使出自己的山河图。伏伽原本是打算抽出存放在孤峰之上的盘古骨剑的，但一见到玄微并未使用山河图，他便将手缩了回来。

"你我今日不借法宝之利，一决胜负，如何？"玄微的声音温和且坚定，从半空之中传来，飘入伏伽的耳中。

伏伽自傲，既然玄微都如此说了，他又怎么会去动用盘古骨剑？若是用了，岂不是就承认自己不如赤手空拳的玄微？伏伽冷笑一声，一甩袖袍，黑色的身影仿佛利刃一般往空中飞去，震荡出一片气息波浪。两人在空中缠斗了起来，不分上下。

此时的傅绾，站在了孤峰的山脚下，抬头去看他俩打架。

"对对对，就朝那里打，左勾拳，打伏伽脸……"傅绾看得入了神，忍不住开口给玄微助威。

宁蘅戴着黑色的兜帽，站在她身边，安安静静的，他出言提醒道："该进去了。"

现在应该做的事是潜入存放盘古骨剑的孤峰之中，用伏伽掉落的利齿将盘古骨剑上面祭天大阵的符文抹去。傅绾连忙收回自己的目光，跟着宁蘅往孤峰的重重禁制中走去。

"你来过一次了？"傅绾问道，"这里好走吗？"

宁蘅一手牵着傅绾的手，低声说道："不好走，你跟着我。"

傅绾不敢怠慢，连忙跟着宁蘅一路走过去，一点路都不敢走偏。

"我们不会不小心被伏伽发现吧？"傅绾有些担心地问。

站在她面前的宁蘅此时手上正有黑色的法术光芒闪烁，直接将面前的禁制破坏。

"不会。"宁蘅冷静地说道，他现在破坏禁制，并不会引起伏伽的注意，"走吧。"

他的语速有些快，看来确实是在担心时间不够。傅绾连忙跟上，一路顺利来到了孤峰的顶端，她站在伏伽修炼的孤峰顶端，放目往前望去。

伏伽此时正在高远的天际，与玄微打得难解难分，根本没有注意到这里的情况。再观察这孤峰的四周，在不远的前方有一个防御的阵法，呈圆形，闪烁着苍白色的光芒，给人的感觉极为冰冷。一把锋利修长的盘古骨剑就立在那阵法的中央。伏伽果然没有动用它。

"我现在上去？"傅绾挠挠头，她一点都没有感觉到来自盘古骨剑的压迫。

但对于宁蘅而言，此时借了柏羽妖身的他，已经能够清晰地感觉到盘古骨剑的强大气息。这气息令人不敢上前，更不敢触碰。十万年前的盘古骨剑只认伏伽为主，就算是伏伽手下的荒墟十二妖，也接近不得。傅绾扭过头，注意到了宁蘅略微皱起的眉头。

她轻声说道："你往后退，我自己上去。"

宁蘅点了点头，他不担心傅绾会受到盘古骨剑的排斥。

"好了便出来，我带你离开。"宁蘅低声提醒道。

傅绾点了点头，一脚踏入了封存盘古骨剑的阵法之中。这是一个防御的阵法，理论上是只允许伏伽一人进入，但傅绾却轻松地踏入其中，没有受到丝毫排斥。傅绾并不清楚这个阵法的真实效果，她深吸了一口气，紧张地朝盘古骨剑走过去。

十万年前的盘古骨剑，除了剑身上有着密密麻麻的祭天大阵符文之外，与十万年后的盘古骨剑没有差别。冰冷的触感，苍白的色泽。傅绾忍不住伸出手去，轻轻触了触盘古骨剑的剑柄。她确认盘古骨剑现在只是一把没有自主意识的法宝，不会突然变成一个着白衣的剑妖。

傅绾松了一口气，这才从怀里掏出了伏伽掉落的那颗利齿。这利齿只有指甲盖大小，盘古骨剑上的每一个符文也是约莫拇指指尖大小，但数量很多，几乎遍布了整个剑身。这些符文刻得很深，所以若是想要用这个指甲盖大小的利齿抹去符文是一件大工程。

傅绾坐在地上两根手指捏着伏伽的利齿，小心翼翼地在盘古骨剑上用力磨着。牙齿虽然只有指甲盖大小，但傅绾只磨了几下，便有白色的飞屑唰唰地落下来。傅绾已经提前在盘古骨剑的四周铺上了白布，接住落下的盘古骨剑飞屑，防止有痕迹留下。

盘古骨剑上玄奥的符文多且繁复，让傅绾有些眼花缭乱。傅绾揉了一下眼睛，即使自己已经看花了眼，但还是在定睛寻找祭天大阵符文上的关键性符文。

傅绾对于阵法，也算得上有些许了解，祭天大阵的符文虽然复杂，但傅绾还是能够找出其中的些许规律来。在复杂纷乱的符文之中，一共有三个符文连接了整个阵法的运转，是关键所在。傅绾拿着伏伽的利齿，选择直接去将这三个符文抹去。

但是，当伏伽利齿的尖端碰到那三处关键性符文的瞬间，傅绾就感觉到一股抗拒的力量，仿佛触电一般。傅绾拿着伏伽利齿的手马上被弹开了，果然不是这么好破坏的。傅绾向来是不惮以最坏的恶意来揣测伏伽和盘古骨剑，所以会出现这样的情况，也在她的意料之内。

于是，她深吸了一口气，让自己积蓄了些许力量。她一脚直接抵着盘古骨剑的一面，一手拿着伏伽的利齿，一咬牙，运起真气再次尝试。这抗拒的力量非常强大，傅绾拿着伏伽利齿的手始终没有办法接近关键符文。

傅绾又被弹了回来，她一向是不服输的脾气。

"我跟你讲，你不要给脸不要脸啊……"傅绾的手再次与守护关键符文的力量相抗衡，她实在是没了力气，于是开口给自己增强气势。

傅绾的话音刚落，就仿佛开启了一个什么机关似的，三个关键性符文中的一个的防护力量仿佛被戳破的泡泡一般，瞬间消失。由于傅绾此时还在朝这个方向用力，所以她手里拿着伏伽利齿，直接因为惯性，戳上了关键性符文。

眼前的盘古骨剑忽然传来了些许震颤，周身笼罩着的惨白色光芒都暗淡了几分。一片淡淡的虚影忽然出现在了傅绾面前，仿佛山间的雾一般，出现之后又马上消散。傅绾试图伸出手去留住这片虚影，它却转瞬即逝。她在这片虚影之中，看到了粼粼的波光，还有波光之中闪烁着的细细碎碎的银鳞，拥挤且热闹。

这是什么情况？看到这个画面之后，傅绾觉得伏伽这只妖有秘密，他是一个有故事的反派。但是她没空想太多，将这个关键符文抹去之后，傅绾便开始着手准备消灭下一个。同样的，傅绾受到了阻碍，她开始思考刚才自己成功突破保护符文的屏障，是用了什么方法。

傅绾想起来，自己似乎是说了一句话，哦，这保护屏障是声控的，应该是自己刚才说的那句话正巧触动了屏障的开关。傅绾心想这伏伽心，海底针，她能蒙对一次，难道还能再蒙对第二次不成？

"伏伽！你有病！"傅绾冲盘古骨剑大喊道。

但那保护屏障纹丝不动，傅绾只能开始绞尽脑汁，思考怎么触动这第二个关键符文的屏障开关。试了好几次都没有用之后，傅绾开始急了，她抬头看了一下天，一天一夜过去了，伏伽竟然还在跟玄微打得不可开交。傅绾暂时松了一口气，但还有两个符文尚未破坏。

很长时间过去，傅绾尝试了无数句话，仿佛大海里捞针一般，她说得嘴皮子都要破了，却都没有蒙对触动第二个关键符文防护的屏障开关。

"伏伽，不要你以为你成鲲鹏了，你就了不起了……"傅绾只能无能狂怒，开始骂人。

"我刚才可是看到了，你还不是鲲鹏的时候，你就是一条鱼，一条鱼你知道吗？被人钓的那种鱼！"傅绾继续骂骂咧咧，手上拿着伏伽的利齿，一边与第二个关键性符文的防护屏障做斗争。

"你钓到鱼了！但是你也快没了，你开心吗？"傅绾冷哼了一声，骂人变得越来越熟练。

就在傅绾又喝了一杯茶，满头大汗，准备继续想办法破除屏障的时候，那第二个关键符文的屏障竟然就这么消失了。

傅绾觉得她已经不能用正常人的思维来想伏伽了，可能这就是反

170

派吧，这声控符文屏障竟然是要骂人才可以解开。

随着第二个关键性符文的屏障消失，盘古骨剑上面照例是出现了一个虚影，这个虚影上呈现的画面，还是非常模糊。傅绾在转瞬即逝的虚影中，看到了高耸的悬崖，悬崖上有一根纤细的钓竿，钓竿的尽头是一点银白，与波光一起闪着耀眼的光。看完之后，傅绾直接用伏伽的利齿将第二个符文抹去，动作无比熟练。

接下来，就只剩下一个了。傅绾抬头看了一眼玄微和伏伽的情况。她看到他们的身影在高且远的天空之中，法术的气息相互碰撞，激荡出波纹来，看来还在打。

傅绾松了一口气，正准备继续破解第三个关键符文的屏障的时候，她忽然听到了轰然的一声巨响，一个人的身影从高空跌落，直接倒在了封存盘古骨剑的大阵之外。傅绾赶紧身形一缩，躲到了盘古骨剑的身后。所幸这封存盘古骨剑的大阵上面花里胡哨的光芒很是耀眼，若不仔细看，根本看不清楚里面的情况。

她躲在盘古骨剑的后面，看到防御阵法之外那个跌落到孤峰顶端的正是伏伽。玄微厉害啊，傅绾心想，结果下一刻，伏伽就马上从孤峰上弹起来，伸出手擦了一下嘴角的血迹。他眼中闪烁着暴虐的光芒，眼中隐隐有血丝出现。伏伽在没有盘古骨剑的情况下，竟然打不过赤手空拳的玄微。

一股气从胸腔冲上，伏伽咬着牙，一手往后伸去，他想要拔出盘古骨剑，击败玄微。傅绾瞪大眼，看到伏伽背着身，一面注意着玄微的动向，一面朝这里倒退着走了过来。就在这个时候，一道纯白色的柔和光芒从天而降，玄微如谪仙般的身影从天际飘落。

"伏伽，我还尚未动用山河图，你怎么就想拔出你的盘古骨剑？"玄微的声音柔和，但传入伏伽的耳中，极具讽刺意味。

伏伽紧盯着玄微的双眸，冷声说道："我不需要。"说完，他又倔强地飞上天际，再次与玄微打了起来。

傅绾躲在盘古骨剑的后面，扶着剑柄的手有些颤抖。她已经在用最快的速度抹去盘古骨剑上面的符文了，但没想到方才伏伽差点就要进入防御阵法，拔出盘古骨剑。

傅绾感觉到自己的身子有些软，她又开始拿着伏伽的利齿，对准第三个关键性符文，开始从各个角度与思考方向蒙破符文屏障。结果还是如前几次一样，她磨破了嘴皮子，都没蒙对，傅绾抬头看了一眼天上，两人相斗，越来越激烈。

　　"算我求求你了……"傅绾抱着盘古骨剑的剑柄，有气无力地说道，"就剩一个，让我磨了吧……"

　　"求求了，剩下最后一句到底是什么？"傅绾絮絮叨叨地抱着盘古骨剑碎碎念。

　　她这句话刚说完，最后一个关键性符文上的屏障忽然之间消失了。傅绾看到这第三个关键性符文的屏障消失之后，总算是松了一口气，伏伽这脑回路，简直就是九曲十八弯。傅绾也懒得去计较自己到底是说了哪句话触发了开关，她只看到面前盘古骨剑冰凉苍白的剑身上，又有一幅画面一闪而过。

　　那是万顷无垠的无尽海，其上有一抹淡淡的红色，与一尾银鳞。傅绾总算是看到了一个自己见过的场景，她粗略地扫了一眼之后，也懒得去计较伏伽到底有怎样的过往，用利齿直接将最后一个关键性符文抹去，傅绾拍拍掌心的飞屑，将利齿重新塞回怀里。

　　这个时候，天际再次传来一声巨响。伏伽那身着黑衣的身影被玄微击退，往后疾退，凭空一道惊雷自天际被召唤而来，玄微的手上，一本古老的书页正悠悠旋转着。他一直在分神关注傅绾这里的动向，见到傅绾开始收拾东西，确认她已经将盘古骨剑上的符文破坏了之后，这才打算使用山河图，引诱伏伽拔剑。

　　那道惊雷直直击中了伏伽的头顶，他的鲜血汩汩而下，染红了他有些暴虐的双眸，但伏伽的唇角还是挂着嚣张的笑容。玄微总算是忍不住了，使出了山河图，那么他也可以放心拔剑。

　　伏伽伸出手，将脸上的鲜血抹干净，一人反身而退，朝着封存盘古骨剑的大阵而来。

　　傅绾眼疾手快地将盘古骨剑下面垫着的用来接飞屑的白布一扯，然后直接被伏伽冲过来的气浪甩出了防御阵法。伏伽没有注意到修为弱小的她的小小异动，他的眼中只有盘古骨剑。傅绾在碎石飞沙，还有防御大阵幽幽旋转着的法术光芒之中，注意到了伏伽的身形有些踉跄。没有使用盘古骨剑借用祭天大阵之中桃洲万千亡魂力量的他，竟然不敌未使用山河图的玄微。

傅绾深吸了一口气，眼中露出震惊之色。现在伏伽不敌玄微，盘古骨剑上祭天大阵的三个关键性符文已经被她破坏，伏伽根本没有办法利用祭天大阵增强自己的力量。那么十万年后的玄微到底是如何受伤，失去了双腿的呢？

傅绾的身形飞出了防御大阵，她没空去思考那么多，因为现在更重要的是她要如何从容且不失优雅地落地。傅绾尽力在空中调整身形，却还是不敌伏伽与玄微打斗时产生的气浪。此等级别的强者打斗，以她的修为，没了封存盘古骨剑的封印大阵庇护，就算是在余波之中，她也寸步难行。

就在傅绾以为自己就要栽倒在地上跌个狗啃泥的时候，她却被人伸手一揽，带进了怀中。宁蘅没有离开，他早已在外等候了许久。傅绾在宁蘅的怀里抬起头来，看到接住自己的是宁蘅，这才放下了心。

"阿蘅！"傅绾唤了一声，她伸出手去指天上又开始打斗的玄微与伏伽，轻皱眉头说道，"伏伽没有用盘古骨剑，打不过玄微。"

"嗯。"宁蘅早已注意到了此事，他冷静应了一声，带着傅绾在孤峰的禁制之中穿梭。

"盘古骨剑上面的祭天大阵符文，我已经确定破坏了，为什么玄微他……将来还会受伤？"傅绾的语气中带着一丝难以置信，"他没有任何理由受伤。"

宁蘅垂眸看了傅绾一眼，他的目光放在天空之中战斗的伏伽身上："他今日的力量格外弱小。"

"平日里他的实力比今天的实力，还要更加强劲。"宁蘅启唇说道，冷静地分析了一下现在的局势，"我之前就已经发现了，但此时的玄微还在与他比斗，我无暇提醒。"

"玄微他自己发现不了吗？"傅绾的声音有些焦急，"伏伽实力忽然减弱，肯定是有原因的。"

"他应该已经发现了。"宁蘅冷着声说道，"伏伽不可能以这样差的

173

状态来与玄微对阵，所以他应该还有别的布置。"

"别的布置？"傅绾说出了自己的疑问，"什么布置？"

"玄微联合诸天七皇前来围剿伏伽是筹谋已久的事，伏伽也知道。"宁蘅平静地说道，"玄微能叫来其余诸天七皇，从不同方位共同进攻，布下围杀伏伽的大阵，这件事伏伽难道想不到吗？"

"他既然想到了，便会想办法阻止其余诸天七皇前来助阵玄微，他现下实力大减，应当是分出了别的力量，去阻止其余诸天七皇接近这里。"宁蘅说道，"他唯一没有料到，也不可能想到的是，盘古骨剑会被动手脚。"

因为在十万年前的伏伽的认知中，他的盘古骨剑，除了自己，其他人绝对没有办法接近。在盘古骨剑祭天大阵的三处关键性符文处，他都提前下了防护屏障，并且埋入自己的往昔记忆为锁，只有自己才能够打开。在重重保障之下，盘古骨剑又怎么可能被动手脚？但偏偏，傅绾做到了。

"所以现在应该有伏伽分出的另一股力量，去睦洲外围阻止其余诸天七皇前往无尽海助阵？"傅绾问道。

"嗯。"宁蘅领着傅绾走出了孤峰，放目往眼前的无尽海望去，"不只是伏伽，其余荒墟十二妖已经离开了无尽海的四周，往外围进攻去了。"

傅绾愣住了，她顺着宁蘅的目光往前一看。果不其然，无尽海上空荡荡的，就连平时一直会在上面晒太阳的星瞳都不见了踪影。

"你是老二……"傅绾指了一下假扮成"柏羽"的宁蘅，再指了一下自己，"我是老大。"

宁蘅脸上一派云淡风轻的表情，从容点了点头："嗯。"

"伏伽给荒墟十二妖下了命令，没有给我下命令还算正常……但是他为什么没有叫你？"傅绾指着宁蘅问道。

宁蘅长眉一挑，冷淡应道："他叫了，唤我往北翼去阻拦诸天七皇，我没去。"

傅绾：伏伽有这样的手下真的是太倒霉了。

他们二人隐藏在孤峰之下，没有走到广阔平坦的无尽海之畔。现在伏伽还在与玄微打斗着，走到其中，以两人现在的修为来说，难免受到波及，也有可能引起伏伽的注意。宁薇已经很久都没有体验过这样弱小的感觉了，他抬手，将自己的黑色兜帽重新戴上。

既然在这里已经等到了傅绾，无尽海暂时也没有办法靠近，现在还是勉为其难去执行一下伏伽的命令。

"往北走。"宁薇挑眉，看着睦洲的北方，"既然他叫我去北翼，那便去。"

傅绾一听惊了，没想到宁薇竟然入戏这么深："你怎么就准备去了，真的要帮伏伽阻拦诸天七皇赶往无尽海吗？"

"伏伽分出自己的几分力量，前去阻拦其余诸天七皇。"宁薇冷静说道，"既然我们已经帮玄微将盘古骨剑上祭天大阵符文破坏了，那么再帮他一个忙也无妨。"

"我不是去阻拦其余诸天七皇，而是要去解决伏伽分出的力量，帮助他们快些抵达这里。"宁薇对傅绾说出了自己的计划。

现在他们一时半会儿也接近不了无尽海中央，现在唯一能做的是帮助玄微与其余诸天七皇快些把伏伽解决，然后再前往无尽海。傅绾点了点头，连忙跟着宁薇的步伐，往北而去。

玄微的计划很简单，等到伏伽拔出盘古骨剑之后，他一时半会儿还发现不了盘古骨剑上祭天大阵被破的秘密。这个时候，其余诸天七皇再前来布下牵扯伏伽的大阵，便能顺利将伏伽诛杀在阵中。

今日与玄微对阵的伏伽实力格外弱小，玄微已经感觉到了这一点。但他的节奏已经被伏伽牵扯，一时半会儿没有办法从与伏伽纠缠的打斗中脱身。玄微无奈，只能继续与伏伽在无尽海的上空缠着。

有五道一模一样的苍白色光影从无尽海之畔，朝四面八方飞了过去，伏伽怎么可能放任其余诸天七皇一同前来，将他困于阵中？他早已分出五道力量，分别化为自己的样子，直接前往睦洲的外围，阻止他们接近无尽海的上空。

"从睦洲北部过来的诸天七皇会是谁？"傅绾一边往着北端飞去，一边扭过头问宁薇。

宁薇挑眉思考了一会儿，便摇了摇头说道："此战我并未经历过，其中的细节恐怕只有玄微知道。"

他抬眸，看向前方不远处传来的异动，有缭绕的剑光从远处闪过，气势很足，将四周的树木削断了一大片。与那剑光缠斗着的竟然是苍白色的光影，带着滔天的杀气与妖气。那剑光傅绾不认得，但这白色的光影，她倒是熟悉得很，是伏伽。

伏伽不是在无尽海的上空跟玄微打斗吗？为什么现在又出现在了这里？傅绾有些惊讶，马上回过头去看宁蘅的神色。

宁蘅倒是早已经料到会发生这样的情况："伏伽分出的力量，一分为五，化成他自己的模样，来阻拦其余诸天七皇接近无尽海，助阵玄微。"

"这……那这个伏伽是不是会比较弱小一点？"傅绾连忙问道。

宁蘅点了点头："既然是他自身力量化成的，自然是比他本人弱，但这分出的力量只能被消灭，不能被杀死，这个分身若是被我们杀死，这道力量自然就会回到伏伽的身体里，增强他自己的实力。"

傅绾恍然大悟："所以说，我们现在还暂时不能将这个伏伽杀了，不然他的本体力量就会增强，恐怕对玄微不利？"

宁蘅闻言，轻笑一声，扭过头看了傅绾一眼说道："你也太小看你的师父了。"

他的身形往前一动，整个人化为一道纯黑色的光影，似乎融进了空间的缝隙之中。宁蘅就算借的是青冥兽的妖身，竟然也能够将这妖兽的力量运用得如此精妙。

"只管杀了便是，玄微那边他应该也留了一分力。"宁蘅的声音冰冷，散入风中。

只电光石火的一刹那，宁蘅就已经来到了前方正在缠斗着的两人身边。身影与伏伽别无二致的复制版伏伽，正在闪烁的剑光之中穿梭着。以这个分身的实力，尚且不能够将面前的诸天七皇杀死。伏伽的分身只能拖住面前这位诸天七皇的节奏，防止他过快地来到无尽海之畔。

宁蘅只瞥了面前的剑光一眼，便认出了这位从北翼进攻的诸天七皇到底是哪一位。隐元神君，手中一把利剑可斩天地万物。宁蘅伸出手去，纯黑色的光芒仿佛流淌着的河流一般，朝着那个复制版伏伽缓缓飞了过去。

这光芒看起来速度很慢，但压迫力极强。现在那个复制版的伏伽应付面前的隐元神君都来不及，怎么还有空去理后面的人。那纯黑色的光芒直接缠住了复制版伏伽的身形，让他寸步不能动。单单一个大乘期巅峰的修士使出的法术，并不能阻碍这位复制版伏伽的身形多久。

但只需要一瞬，一直在与他对敌的那人就已经挥剑斩出，一把硕大的铁剑看起来笨重无比，在挥动的时候却轻灵得可怕。铁剑直接斩上复制版伏伽的手臂，却没有鲜血溅出。这个伏伽的分身仿佛泡影一般，再次化作一道看不见摸不着的苍白色光芒，飞速遁走。那位沉默寡言的隐元神君看着消失的苍白色光芒，皱起了眉头。

"这不是伏伽，是伏伽分出的一分力量。"他自言自语说道，"若把他杀死，这分力量归位，正在与玄微战斗着的伏伽力量会陡然增强，恐会打乱玄微战斗的节奏。"

他的语气有些懊恼，之前确实是没有看出来这是伏伽的阴谋。隐元神君自己分析完之后，这才抬起头来看前来帮助他的人到底是谁。黑色的衣袍加身，还有兜帽掩盖住自己的面孔，看起来神秘至极。这气息，分明就是青冥兽化形的荒墟十二妖之二——柏羽。

柏羽作为伏伽座下少数几个有些许智商的手下之一，隐元神君不是没有跟他打过交道。但是现在，柏羽为什么会到这里来，对自己的妖皇尊上倒戈相向？一把铁剑瞬时横在隐元神君的面前，隐元神君的面色冰冷，看向宁蘅的眼中有杀意。

在黑色的兜帽之下，宁蘅略微一挑眉，便往后退了两步。他懒得去解释自己的身份，他只想把伏伽的分身解决，让诸天七皇快些赶到战场，这十万年前的修仙界，他实在不习惯。

宁蘅没有去理会隐元神君的挑衅，身形往后一退，又消失在了隐元神君的面前。只留下隐元神君一人抱着铁剑站在原地，一脸疑惑。来也匆匆，去也匆匆。

傅绾躲在一旁看着，她见宁蘅回来了，连忙迎上去问道："你怎么这么急？"

宁蘅伸出手去，碰了一下傅绾有些温暖的掌心："急着回去。"

傅绾点了点头，她非常能理解宁蘅的急切："我也早就想回去了。"

"还有四个，我一一去解决。"宁蘅的低沉的声音还在傅绾的耳边回响。

伏伽的分身其实根本打不过诸天七皇，他们只能够强行拖住他们前进的脚步，只要有外部的力量介入，打破这个平衡，便能够让其余诸天七皇直接将分身杀死。傅绾知道以自己目前的修为来说，就是个凑数的，所以也乐得在一边等待宁蘅去将其余的伏伽分身解决。

她寻了一处青石，坐了下来，开始思考目前的局势。潜意识告诉傅绾，其余诸天七皇根本不可能那么快赶到玄微身边，因为玄微将来……可是会受伤的……但从现在的形势来看，玄微根本不可能占下风，那么他到底是怎么受伤的？

当傅绾看到宁蘅顺利回来的时候，她还是没能相信自己的眼睛："都杀了吗？"

宁蘅点点头，表情平静，没有丝毫情绪上的起伏："他们都往无尽海去了。"

"那……"傅绾犹犹豫豫地抬起头来，看着宁蘅说道，"玄微的脚……"

"应当是之后还有变数。"宁蘅伸手，牵住傅绾往无尽海的方向赶去，"我们且去无尽海，等诸天七皇布下大阵，将伏伽困于其中，便会将阵中世界与外面的世界隔开，那时的无尽海上无人，我们便可离开。"

顿了顿，他又说道："顺便，将'我'放回无尽海的中央。"

这个"我"指的就是正在傅绾的随身锦囊之中安静待着的红莲，傅绾点了点头，与宁蘅一同往无尽海的方向飞了过去。

没有伏伽分身阻挠的诸天七皇的速度比他们更快，一往无前，直接来到了无尽海之畔，抬头看向了正在无尽海上空打斗着的玄微与伏伽。

"布阵？"有人冲空中高呼，显然是在征求玄微的意思。

"布阵。"即使是处于高压的战斗之中，玄微的声音依旧是从容不迫的。

其余五人对视之后，一起点了点头。他们同时伸出了手，手中有不同颜色的光芒闪烁，星星点点的光芒汇聚，而后如同绳索一般，往天际飞了过去。这几道不同颜色法术光芒组成的绳索，很快将伏伽与玄微的身影缠绕了起来，但伏伽的身形变慢了好几分，似乎是被束缚住了。

　　由五位诸天七皇布下的大阵，将整个无尽海笼罩了起来，他们五人布下阵之后，也齐齐入了阵中，共同围攻伏伽。而伏伽一人面对包括玄微在内的六人，竟然丝毫不惧。显然其余诸天七皇能够这么快地赶来无尽海之畔，在他的意料之外。

　　他举起了手中的盘古骨剑，朝着面前几人露出了残忍的微笑："你们以为，就这样便能把我杀死吗？"

　　盘古骨剑上的祭天大阵符文忽然放出细细碎碎的光芒，苍白色的光影闪过，伏伽、玄微等人的身影一起消失在了阵中。这个时候，无尽海的上空陷入了暂时的寂静，而一望无垠的无尽海，此时空无一人，正是离开的好时机。

第十三章

"走吧。"宁蘅马上注意到了这个时机，"现在无尽海上没人，我们过去。"

时机难得，傅绾连忙点了点头，跟上了宁蘅的步伐，往无尽海的中央飞了过去。

"到了无尽海的中央，我们真的能回去吗？"傅绾一边飞，一边好奇地问道。

宁蘅点了点头："肯定与无尽海的中央有关系。"

他牵着傅绾的手，不多一会儿，便接近了无尽海的中央。无尽海的上空，诸天七皇布下束缚伏伽的大阵中心，好巧不巧也是无尽海的正中心。此时，阵眼的方向传来轰然巨响，仿佛能将人的耳膜震破。而后，一个无形的旋涡从天而降，连接了无尽海的中心与它头顶上那个大阵。

"伏伽受不了众人围攻，所以在试图破开束缚他的大阵。"宁蘅很快看清了局势。

"那我们还过去吗？"傅绾问道，声音有些焦急。

趁所有人都在阵中，现在过去就是最好的机会。

"在伏伽从阵法里逃出之前，我们赶到无尽海中心即可。"宁蘅点了点头，说道。

傅绾一路紧紧跟着宁蘅飞，一面抬头看了一眼头顶的大阵，心下忽然涌起了不安，她总感觉事情并没有那么简单。傅绾看到宁蘅一脚已经踏上了无尽海中心的那个点，头顶上的大阵落下的旋涡变得越来越大，几乎要将两人的身影吞没。

　　傅绾想起了自己还放在随身锦囊之中的红莲，她连忙低头去取："阿蘅等等，我先把'你'放回去！"

　　她一手伸进了随身锦囊之中，正打算将里面的那株小红莲掏出来，把他安安稳稳地放回无尽海的中央，但傅绾发现一直牵着自己的温暖手掌忽然一松，等她抬起头来的时候，宁蘅已经消失在了无尽海的中央。他原先穿着的黑色衣袍之下，匍匐着一只巨兽，是青冥兽。而宁蘅这个人，不见了。

　　傅绾瞪大眼，一时没能反应过来。宁蘅为何忽然就消失了？难道他已经回去了？那么为什么自己被留了下来？莫非只有踏上无尽海的中央，才能够回到十万年后的修仙界？傅绾的脑子里塞满了疑问，但她只能往前走一步，打算踏上无尽海正中心的那个点。

　　就在她快要踩上去的时候，傅绾头顶那个笼罩了整个无尽海上空的巨大法阵忽然从天而降，直接将傅绾罩了进去。傅绾只感觉到一阵天旋地转，自己眼前一片漆黑，陷入了无尽的黑暗之中。

　　这就是诸天七皇携手布下的能够束缚伏伽的大阵吗？傅绾不知道自己被这大阵卷着，落到了哪个地方，她感觉到自己的脚下还是略有些潮湿的海面，幸好这里还是无尽海。

　　傅绾明白自己因为意外没能成功踏上无尽海正中心那个点，反而被卷进了大阵之中。她的手上亮起些许淡绿色的光芒，一簇荧荧的火焰出现在了傅绾的指尖，这阵中太过黑暗，所以她不得不点起火焰来查看周遭的情况。

　　傅绾知道，在目前的大阵之中，除了伏伽，还有玄微与其余诸天七皇，大阵现在将整个无尽海笼罩了进去，自己可以在阵中寻找无尽海正中心的那个点，然后离开。傅绾有些紧张，她一面祈祷着自己不要碰上伏伽，一面凭着自己的直觉，在黑暗的阵中摸索前行。

　　她指尖那点荧荧火光，根本照亮不了多少地方，所以傅绾只能随

181

便找了一个方向，开始寻找。她跌跌撞撞地在大阵之中前行，自己这点修为在这阵法之中根本没有什么用。

傅绾飞了不知道多久，她感觉到自己身体之内的灵气都要耗尽了，幸好还有那株小菩提在源源不断地为她补充灵气。

她在被大阵笼罩着的无尽海之上如同无头苍蝇一般乱撞，直到看到前方出现了光亮，她竟然看到了伏伽！此时的伏伽与傅绾初见他的时候很不一样。原先的伏伽是意气风发的，一身黑袍透着一股子嚣张的气息，但是他现在受伤了，手中握着的盘古骨剑闪着支离破碎的光芒。上面的祭天大阵根本没有办法使用，杀死桃洲万千亡魂摄取的力量他半分也用不了。

伏伽在发现盘古骨剑没有办法发挥出它本来的效用之后，马上便发现了不对，竟然有人将盘古骨剑上祭天大阵的三个关键性符文抹去了。是谁？他在恍惚之下一失神，直接被玄微击伤。伏伽第一次选择退缩，他在玄微手中山河图的威压之下，寻了一处破绽，直接逃了出来。

但伏伽逃得出玄微的进攻，却没有办法逃出这个大阵，大阵之中的黑暗环境让他根本没有办法分清楚方位。他拖着受伤的身躯在大阵之中乱撞，直到他看到了傅绾。傅绾站定在原地，看到了前方受伤的伏伽，愣住了，而后她转身就跑，拿出了自己平生最快的御风飞行速度。

伏伽一眼就认出了面前这个玄微的亲传弟子，他冷哼一声，心想威胁玄微的人选找到了。只一瞬间，伏伽便追上了正在逃跑的傅绾，一手直接将她的肩膀扯住，拉了回来。

"你怎么会在这里？"伏伽冰冷的手指抚上傅绾的脸颊，声音冰冷，仿佛毒蛇一般。

"迷……迷路了……"傅绾心虚地瞧了一眼伏伽手中握着的盘古骨剑。

幸好他没发现盘古骨剑是自己动的手脚。

"玄微的徒弟？"伏伽冷冷地说了一句，"他将我打成这样，你该如何赔？"

傅绾咽了口口水，给了伏伽一个非常中肯的建议："你可以直接找他赔。"

傅绾的目光顺着伏伽苍白的手中握着的盘古骨剑往上看，她看到伏伽的身体受了很多伤。最严重的还是他脚上那几道深可见骨的伤口，在殷红色的血肉之下，能够清晰地看到伏伽腿部骨骼上刻着的妖纹。

之前在桃洲的时候，明羲也曾经用琢世将伏伽手臂的皮肉削开，露出了骨骼上的金色妖纹。看到了伏伽妖骨上纹样的明羲当时很是震惊，但那时的傅绾没有看清楚那妖纹到底是什么。现在伏伽受的伤如此重，所以傅绾清楚地看到了这妖纹到底是什么。

不同种类妖物的妖纹各不相同，例如之前玄微给傅绾的骨币，就是用大乘期的大妖妖骨制成的，上面镂刻的妖纹古老而繁复。越是强大的妖，他骨骼上的妖纹就越是繁复古老，一看就跟其他的妖不一样。伏伽的原身是鲲鹏，可以说是最强大的一种妖了，他骨骼上的妖纹又会怎样迷人？

傅绾低头看伏伽伤口上的妖纹，看到了什么呢？傅绾面上露出无比惊讶的神色。她……她竟然看到了……小鲤鱼历险记。伏伽骨骼上的妖纹很是简单，不过是寥寥几笔勾勒出一个银鱼的身形，这无比幼稚仿佛儿童画的妖纹是怎么回事，这真的是鲲鹏的妖纹吗？

傅绾难以置信，她感觉到伏伽冰凉的手指直接贴上了自己的脖颈。手指逐渐收紧，伏伽阴恻恻的声音响在她的身后："你看到我最大的秘密了。"

傅绾咳了一声，感觉到自己呼吸困难："我活不了了吗？"

"利用你威胁完玄微之后，你活不了。"此时的伏伽倒是非常诚实。

"活不了就活不了吧。"傅绾叹了一口气。

嘴上这么说，但她还是在思考对策，她确定自己只要能够来到无尽海的中央，触碰到正中心那一点，就能够回到十万年后。现在她一时半会儿找不到无尽海的中央，但伏伽可以啊。傅绾被伏伽禁锢着，动弹不得，若不是她现在还有利用价值，想来伏伽会直接杀死她。

她的眼珠滴溜溜转了一下，说道："你从哪里逃过来的？"

伏伽带着傅绾，身形一闪："你问这么多干吗？"

"人都要死了，唠唠嗑嘛。"傅绾随口说道，一只手悄悄抚上了自己的随身锦囊。

"我师父玄微在哪里？"她继续问道，"他在追你，你想用我当威胁他的诱饵，扰乱他的心神？"

伏伽冷哼一声说道："你倒是聪明。"

傅绾舔了一下自己有些干涩的嘴唇，尽力让自己冷静下来："你可以找一个地方埋伏，以我为诱饵吸引玄微前来，等他来了之后就可以偷袭他。我是他的亲传弟子，他一定会来找我的。"

"你跟我想到一块儿去了。"伏伽冷着声说道。他觉得自己很没有面子，自己想好的利用傅绾的计划竟然提前被她说出来了。

傅绾心想以伏伽的智商，能想到这份儿上也算不错了："看在我们想到一块儿去了的份儿上，不如让我自己挑一个地方，如何？"

伏伽知道这无尽海之上，没有什么秘密可言，在哪里都是一样的，所以他应了下来："可以，既然你要死了，让你自己挑一个葬身之地也是可以的。"

"那就去无尽海的中央。"傅绾说出了自己的目的地，"这个地方特殊，玄微也能比较快赶过来。"

她话音刚落，伏伽的身形又是一顿："无尽海的中央？你倒是聪明。"

曾经的伏伽非常惧怕无尽海中央的那一位，但现在那一位已经不在那里了，这无尽海中，他哪里去不得？

伏伽也不愿意承认自己惧怕那个地方，所以他硬着声说道："可以。"

说完，他便带着傅绾朝那里飞了过去。傅绾被大阵卷进去之后，迷失了方向，其实并没有离无尽海的中央太远，不多一会儿，伏伽便带着她飞到了那里。

他一边飞，一边还在朗声说着什么，大意就是对玄微说"你徒弟在我这里，你要是想救她就赶紧缴械投降""我在无尽海中央等你，是男人就赶紧过来决斗"。

伏伽的声音通过大阵，传到了每一个角落，当然也传入了正在寻找他的玄微耳中。傅绾的指尖还有那簇荧荧的火光闪烁，它照亮了四周的景象，伏伽竟然真的带她来到了无尽海的中央。

傅绾的目光紧盯着无尽海中央的那一点，一只尚且还能动的手伸进了随身锦囊之中，她此时不是要将那株红莲拿出来。傅绾想要拿的东西，是玄微曾经给她的两个锦囊。这锦囊本来是给了宁蘅与她一人一个，但宁蘅将两个锦囊都给了她，当时玄微是如此介绍这两个锦囊的——

"这锦囊暂时不要打开，若是有生命危险的时候，再开启锦囊，便能够保住性命。"

"我分出两道盘古血脉，封入锦囊之中，就算是伏伽亲自出手，打开锦囊，也能够保安全。"

玄微是靠谱的，以傅绾对他的了解，他从来不会夸海口，他说有什么用就有什么用，所以傅绾直接将那两个锦囊拿了出来。

"你在拿什么？"伏伽马上注意到了傅绾的小动作。

傅绾扭过头去看他，伏伽很快伸出手来，准备制止她想要打开锦囊的动作。情急之下，傅绾只能直接打开了两个锦囊中的一个。一道淡绿色的光芒从那小小锦囊之中飞了出来，但与傅绾放出的法术光芒完全不一样，这跟玄微亲自出手没有区别。

一个绿色的虚影出现，直接将伏伽击退，有力的大掌推着他的胸口，将他从傅绾身边推开。傅绾得了自由，连忙朝无尽海的中央奔了过去。玄微果然靠谱，打开这锦囊能救她一命，让她从伏伽手上逃开。

傅绾早已经计划好了自己接下来要做什么，她先掏出了自己随身锦囊里的那株红莲，将他稳稳当当地放到了无尽海的正中心。在红莲的青瓷盏触到无尽海海水的那一刹那，那青瓷盏便瞬间消失，红莲的根茎植入无尽海的海面，他又回到了自己的家。

傅绾做好这一切，抹了一把头上的薄汗，准备去触碰无尽海正中心的那一点，离开这里。但她似乎想起了什么，回过头，准备去看伏伽现在怎么样了。伏伽方才就已经受了伤，现在被锦囊里玄微分出的盘古血脉缠住，应该一时半会儿来不及来这里吧？

但傅绾看到的景象，让她差点直接晕过去。那道从锦囊之中飞出的柔和的绿色光芒，在将伏伽推开之后，便化为一道虚影。这虚影明显就是玄微的模样，他的手一抬，那饱含着生命力量的光芒便从虚影的手上飞出，直接笼罩住了受伤的伏伽。

傅绾瞪大眼，看到伏伽满身的伤口大半被那虚影治疗好了，忽然之间，她感觉到自己不能呼吸。伏伽眼中闪过一丝诧异，但他还是马上反应了过来，他站起身，揉了一下手腕，看到了刚刚被傅绾种回无尽海的那株红莲。

"是你啊……"伏伽忽然笑起来，唇边的利齿闪着残忍的光芒，"找了你这么久，没想到你一直在我眼皮子底下。"

他这句话不是对傅绾说的，而是对着无尽海中央的那株红莲说的。语罢，他手中一点苍白色的光芒就闪起，他拿起盘古骨剑，朝红莲的方向挥了一剑。杀了他，伏伽紧盯着无尽海正中央的红莲，脑海里升起了暴虐的念头。

傅绾瞪大眼，看着伏伽挥出了那一剑。她的手下意识朝自己的随身锦囊里伸了进去，想将玄微给的另一个锦囊拿出来，挡住这一击，情急之下，她的手在随身锦囊之中乱抓，在拿出锦囊的同时，也一连串带出了很多东西。

有飞散的书页，仿佛这个黑暗的阵中下了一片书雨，傅绾看到什么《蚀骨宠溺：蛇后太嚣张》的书名在自己眼前闪过，她正想要打开锦囊，却转念一想，她方才打开了那个锦囊，竟然将伏伽的伤给治好了，现在她怎么敢打开第二个？傅绾手一松，任由那个锦囊掉到地上，没有打开它。

但是伏伽挥出的那道剑气已经斩开了漫天的书雨，朝着红莲飞了过去，傅绾的手抚上自己的胸口，从怀里取出了一个东西，这是一颗金色的珠子，闪着幽幽的光泽，是伏伽给她的，只要使用这颗珠子，就能够获得不亚于荒墟十二妖的力量。傅绾从来没有想过使用它，但现在……

她一咬牙，捏爆了这粒小小的珠子。金色的光芒从她的手中流淌而下，顺着她的骨骼经络，飞向了四肢百骸。强大的力量正在强化她的身体，傅绾的修为节节攀升。但是，现在傅绾只有一个念头，一个无法阻挡的念头，她一往无前地朝前飞去，整个人扑在了红莲的面前。

金丹期修为的她接不下伏伽这一击，但若是使用了那颗金色珠子，以她现在的身体素质和修为，应该可以。傅绾的速度很快，她成功挡在了红莲的面前。她看着眼前强大得令人有些胆寒的剑气，没有丝毫

186

退却，定定地护在了红莲前面。剑气锋锐，直直将她脸上一直戴着的白色面纱斩碎，丝质的布料化为片片飞花，却染上了些许血色。

傅绾为红莲挡下了伏伽的剑气，苍白的面颊上露出了痛苦的神色，整个人朝后飞去，直接跌落在了红莲的面前。红莲的花瓣轻轻颤了颤，仿佛被一阵微风刮过，也不知在表达什么情绪，他看到傅绾倒在了自己的面前。

致命的一击，被她挡下。上一刻，伏伽与红莲看清楚了她的脸，但下一瞬，傅绾就消失在了原地。为红莲挡下一击的傅绾，一只手无力地垂落在地上，染着鲜血的指尖，正正好碰到了无尽海正中心的那一点。她回去了，所以也就消失在了这里。

兜兜转转，在生死边缘走了好几遭，她总算回到了十万年后的修仙界。傅绾在时与空的轮转之中，一阵天旋地转，身体传来剧痛。她半闭着双眼，意识有些模糊，方才发生的一切都出乎她的意料，但她心中存着的唯一一个念头就是：十万年前，伏伽绝对没有死。

宁蘅早已站定在十万年后的红莲旁，等待着她回来。当傅绾的身影忽然出现在红莲旁的时候，他便伸手一揽，将她抱在了怀里。她受了很重的伤，体内的气息极为暴烈紊乱。

宁蘅伸出手，轻轻一触傅绾的手腕，感觉到了她血脉中正在奔涌着强大气息。她使用了伏伽给她的金色珠子，才会出现这样的情况。躺在他怀里的傅绾轻轻皱起了眉头，似乎有些痛苦。宁蘅伸出手去，在傅绾的脊背上轻轻一划，柔和的气息便注入她的四肢百骸。

他拥着傅绾，直接离开了无尽海的中央，往一旁温琅的洞府飞了过去。傅绾陷入了长久的昏迷之中，她不知道自己回到了十万年之后，到底到了哪里。等到她醒过来的时候，只觉得自己的全身都在抽痛。

但傅绾能够清晰地感觉到自己陷在一片柔软之中，身上的伤口也在慢慢恢复。傅绾吸了吸鼻子，闻到了熟悉的莲香。

她勉强睁开了眼睛，迷迷糊糊地唤了一声："阿蘅？"

宁蘅坐在傅绾的床前，平静地应了一声："在。"

傅绾勉强扭过头，看到了宁蘅的身影，挺直了背正坐在自己的床头，她感觉到自己的脑子有些乱，但还是回忆起了自己在被传送回来之前看到的种种景象。

"伏伽没有死。"傅绾扭过头，看着宁蘅轻声说道。

宁蘅端着药的手顿了顿，碗里的黑色汤药险些洒出来，滚烫的药汁滴落在他的手上，他却浑然不觉。这件事，倒真的出乎他的意料。

"你意外离开之后，在无尽海天上的那个大阵落了下来，直接把我罩进去了。"傅绾开始复述当时发生的事情，"在阵中，我不巧遇上了被玄微追着打的伏伽。"

"他满身是伤，看来被玄微打得很惨……"傅绾咬了咬唇，"我在他腿上那几道深可见骨的伤口里见到了他的妖骨。"

"他的妖骨上的纹路很简陋，就像小孩子画的画一样……"傅绾看着宁蘅的眼睛说道。

宁蘅的长眉轻皱，轻声说道："我在无尽海的海底见过他的遗骨，遗骨上的妖纹繁复且古老，一看便是来自上古大妖的纹路。"

"我知道，所以无尽海底的那具鲲鹏遗骨，根本不是他的尸体。"傅绾一字一顿地说道，"因为妖纹不一样，伏伽的妖纹非常简单。"

"这具遗骨应该是他为了掩盖自己还活着的事实，伪造出来的。"她说出了自己的推测。

十万年前，她在看到伏伽真正妖纹的一瞬间，就意识到了这个问题。当时她还不敢相信自己的推测，但在使用出那个玄微给的锦囊之后，她就笃定伏伽没有死的事实了。

"并不排除这个可能。"宁蘅愣了一会儿，便回道，"当年'我'被你带回无尽海的中心之后，由于伏伽攻击所带来的余波，我很快便失去了意识，等到我再醒过来的时候，无尽海与睦洲都重归了平静。"

傅绾有些失望，早知道她就晚些回来，把后面发生的事情全部看完。

"你用了伏伽给你的金色珠子？那个荒墟十二妖的凭证。"宁蘅挑眉，看了傅绾一眼，目光之中带着的情绪很平静。

傅绾本来想挠挠头来掩饰自己的紧张，但身上的伤实在太重，所以没有办法动弹，她只能轻轻皱了皱眉说道："用了，不然伏伽那一击，我没办法挡下来。"

宁蘅伸出手，修长的手指抚上傅绾的额头说道："无事，用了就用了。"

他端起手中的药碗说道:"先治伤。"

宁蘅的声音很是温柔,让傅绾有些不好意思。

她偷偷扭回头去说道:"我被传送回来的时候,就是这样了?"

宁蘅伸手,将她的下巴轻轻掰过来说道:"是这样。喝药。"

傅绾想要逃避喝药的意图被宁蘅看出来了,她紧紧闭着嘴,摇头。

"不苦。"宁蘅替她尝了一下,神色平静,看起来真的不苦的样子,"我并不擅长治疗法术,温琅面对你的伤,也觉得棘手,只能用药物调养。"

傅绾盯着宁蘅的脸,仔细观察他的表情变化。宁蘅的表情平静如没有波澜的湖,一张出尘俊美的脸庞还是如此完美,看起来那药好像真的不苦。

"我就喝一小口。"傅绾勉勉强强地开口说道,"就一小口……"

下一刻,宁蘅就将小小的瓷勺放到了傅绾的唇边。傅绾没办法抵抗,只能一口将瓷勺里的药喝了进去。她抿着嘴,感觉到苦涩的药汁在嘴里摧残着她的味蕾,脑海里宁蘅方才说的话还回响着。

"不苦。"

果然男人都是不可以相信的。傅绾瞪大眼,提足了气息勉强将自己口腔里的那口药给咽了下去。她吸了吸鼻子说道:"你骗我干吗?"

宁蘅唇角带上一抹浅笑,他挑眉看了傅绾一眼说道:"都喝了。"

傅绾马上扭过头去说道:"不喝,我们还是说一下正事,比如伏伽还活着这件事……"

"他活着便活着。"宁蘅轻轻哼了一声说道,"你先喝药。"

"你知不知道他活着?"傅绾又问了一句。

宁蘅的动作忽然顿了一下,似乎在思考这个问题的答案。百足之虫死而不僵,如伏伽这般强大的妖,就算死了,也还会留下一些什么……他原以为伏伽是真的死了的,有无尽海海底的妖骨为证。谁又能想得到,真实到连掉的一颗牙都能找出来的妖骨,竟然是假的。

"不知道。"宁蘅如实说道,他不依不饶,"先喝药。"

修炼万年,从无尽海走出之后,他从未去关心过伏伽是死是活。

傅绾就着他的手,勉勉强强苦着脸又喝了一口药,问道:"他肯定还活着,他还活着的话,会躲在哪里?"

这一次，宁蘅没有回答她的问题，他垂眸看了傅绾一眼，轻声说道："这个问题，你不用去想。"

宁蘅的语气似乎有些沉重，语毕，这间小屋之外传来了有节奏的敲门声。

门外，温琅清朗的声音响起，他的语气有些激动，仿佛在压抑着什么似的："尊上，有人来找。"

宁蘅放下手中的药碗，瓷碗在桌上发出清脆的咔嗒一声。

"我先出去看看。"宁蘅站起身来，高大的身影在傅绾面前投下阴影。

他穿着神秘且不张扬的红色衣袍，走出了这间小屋。傅绾躺在榻上，看着宁蘅离开的身影，注意到了他的修为变化，他现在的修为，自己根本就看不透。宁蘅哪里是元婴期的修为，他现在竟然都懒得掩饰自己的修为了。傅绾总觉得，自从他们从十万年前回来之后，有哪里发生了变化，但是她没有找出来是哪里不对。

她轻轻动了一下手指，指尖一抹淡淡绿色的光芒闪过，围绕着自己的整个身体，给自己疗伤。既然宁蘅不在，她就偷偷疗伤，然后再趁他不注意，把这个苦得要死的汤药倒了。

傅绾一边给自己疗伤，一边密切注意着屋子外的动静，也不知道是谁来找宁蘅，外面又发生了什么。她没有听清楚屋外传来的说话声，傅绾感觉过去了很长时间，她都快把自己身上手上的经脉治好了。

就在她忍不住开始治外伤的时候，屋外忽然传来了惊天动地的一声巨响。强大的气浪从屋外传来，却被这间小屋全部挡了下来，但还是有些许余波传了进来，将桌上的药碗震碎，苦涩的药汁飞溅。傅绾吓得差点从床上爬起来，她还以为地震了，从目前的状况来看，外面有人打起来了。

宁蘅走出门外，在听到温琅那紧张之中带着一丝激动的声音的时候，就已经知道了来者何人，推开门一看，果然是他。玄微坐在轮椅上，浑身的气息平和舒缓，带着温柔的微笑看着宁蘅。

宁蘅反手关上门，温琅见到了偶像，非常激动，现在正两手握着玄微轮椅的把手，帮他推轮椅。

"不是说从不会踏足睦洲吗，怎么今日来了？"宁蘅凝眸看着玄微，语气平静。

玄微看着宁蘅浅浅地笑，目光还是那么温柔："宁蘅，你知道我为何而来。"

宁蘅眯起眼，看着玄微，没有说话。他举步走出了这个小院，示意温琅推着玄微的轮椅跟上来。温琅会意，一路推着玄微，跟在宁蘅的身后走出了这个小院。小院外就是温琅精心打造的药圃，一阵微风吹来，药圃里的灵植摇摆着，药香传入鼻中，甚是好闻。

温琅一时半会儿没有听懂宁蘅与玄微两人之间的对话，但见到偶像实在是让他太激动了。趁玄微和宁蘅还未开口交谈，他不知道从哪里摸出了一个本子和一支笔。

"玄微真人，先别唠些有的没的了，我家尊上有大把的时间跟你聊，您有空吗，可否签个名？"温琅将笔和本子递到玄微的面前。

玄微抬头看了温琅一眼，眉目柔和。

"好。"他柔声说道，提笔写下了自己的名字"玄微"。

温琅将有玄微签名的本子收了起来，继续问道："玄微真人还收徒吗，您看我怎么样？您已经有徒弟了，那介不介意多一个？"

玄微伸出一手，朝温琅歉然笑道："不收了。"

这个时候，沉默了许久的宁蘅开口，继续着方才他与玄微的话题。

他看着玄微笃定地说道："我说了，不可以。"

玄微朝宁蘅眨了眨眼，周身的气息柔和如春风："宁蘅，这并不是你说不可以便不可以的，本来当初她就应该……"

"她现在人在我这里。"宁蘅垂眸，看着坐在轮椅上的玄微，打断了他说的话。

他眉间那点淡淡的金光微闪，纯白色的发丝随风飘了起来。玄微一手撑在轮椅上，托腮看着宁蘅，声音依旧不疾不徐："我若想动手，你拦不住我。"

宁蘅闻言，轻笑一声，他看着玄微说道："你也知道，我一向尊敬你。"

玄微微垂着的眼睫轻轻颤了颤，他的唇角还挂着如春风般的微笑："好，我明白你的意思了。"

语毕，他忽然抬手，藏在宽大袖袍下的手掌上缠绕了纯白柔和的光芒，他伸出一掌，朝着宁蘅而来，带着果决的气势。

"十多年前，我就说伏伽一抹残魂尚存，我将他关进她的身体之中，本来打算等到残魂与她的身体融合，我便出手将她击杀，但你将我拦下。"玄微一字一顿说道，"再后来，她与盘古骨剑结契，我是没想到的，本来那时我就……"

"伏伽当年做了什么，你也知道，今日她必须要死，这一抹残魂，是整个修仙界的隐患。"玄微第一次说话如此坚决。

他看着宁蘅，眼中带着坚决，手中一掌气势磅礴待发。

"她已经与盘古骨剑解契。"宁蘅反驳道，他一手伸出，指尖暗红色的光芒环绕，直接接下了玄微的这一掌。

两人法术光芒相触，发出了一声巨响，法术的气浪掀开，直接将站在原地的三人朝着不同的方向击飞。他们所站着的那片药圃遭了殃，灵植们被气浪掀倒，可怜巴巴地埋入泥土之中，看起来很是凄惨。

温琅被击飞，皱着眉，一时之间没能明白发生了什么事，他心痛地看着药圃里被破坏了的灵植们，神色很是惋惜。玄微坐着轮椅，朝后倒飞了好几步，他伸出一手将轮椅的木轮按住，这才阻止了自己倒退的身形。

这两掌相对，两人都用了十成十的力量，虽然有刻意收敛余波，但还是产生了巨大的动静。宁蘅伸出一手，咬着薄唇，将唇边一丝溢出的鲜血抹净，他的指尖染上了些许鲜血。

玄微眉间那抹金光似乎亮了几分，他咬着牙，伸出一手捂着自己的胸口，看来也受伤了。两人对了一掌，看起来竟是势均力敌。

"我太老了，实力大不如前。"玄微伸手，指尖绿色的光芒闪烁，如灵泉一般的丝丝细雨洒下，直接将他们身下这片药圃中受伤的灵植恢复完好。

"可是你不一样，为何与我对了一掌，只是势均力敌而已？"玄微看着宁蘅，注意到了他的不对劲。

由于方才两股强大的力量相互碰撞，一直在困扰着宁蘅的地心火毒与极阴寒气齐齐发作，他指尖带上了丝丝的寒气与暴烈的火光。

"是这个……"玄微原本一直慵懒半眯的眼睛略微睁大了些，他注意到了宁蘅掌心闪烁着的那点来自幽冥血玉的红色光芒。

"你还未将这情毒解了？"玄微温声问道，"另一半在她身上？"

宁蘅长眉微挑，俊美的脸庞上没有任何表情，他没有回答玄微的话，但受情毒影响，他的实力确实是大打折扣。他的喉咙间涌上了些许鲜血，于是宁蘅只能哑着声回了一句道："你今日不可以杀她。"

"如果我猜得没有错，她已经使用了伏伽留给她的荒墟十二妖凭证，强化了自己的修为，现在她的修为应该在大乘期。当初在为伏伽的残魂准备这个'囚笼'的时候，我已经特意设计成难以修炼的体质，但我没想到……"玄微轻叹了一口气，"不论她到底因何原因使用了这颗金珠，但结果是不会改变的，若是伏伽的残魂与她的身体融合，后果你也明白。"

"既然如此，又为何要传她《太一宝录》？"宁蘅轻轻哼了一声，看着玄微说道，"不论你的理由如何多，我的决定都不会改变。"

玄微看着宁蘅，唇边的那一抹淡淡微笑总算是消失了，他轻轻挽起了袖子，叹口气说道："既然你我意见相左，那也只能如此解决了。"

玄微的掌心出现了聚集着的白色光芒，他准备对宁蘅出手。宁蘅站定在原地，定睛看着玄微的动作，以他现在尚且带着情毒之伤的身体，实在难以抵挡住玄微的攻势。他微微皱眉，朝后退了两步，身体里亦是散发出强大的气息来。事到如今，能够拦下玄微的也只有他了。

宁蘅揉了一下手腕，他早就料到了会有今天，看来今日势必会有一场大战。他的周身微微泛起了红色光芒。两人再次以法术为试探，交手了几个来回，形成了一种微妙的平衡。但胜利的天平实际上还是微微朝着玄微的方向倾斜，毕竟宁蘅有伤在身。

宁蘅穿梭在玄微纯白法术光芒的空隙之间，忽然抬头朝天空看了一眼，他注意到了天际出现的一抹淡淡光华，正朝这里飞了过来，速度极快。只一眨眼的瞬间，天际那抹光芒便来到了这里，此时此刻，宁蘅正巧闪身躲过了玄微用来限制他身形的法术光芒。

千百道锋利无匹的剑光如落雨一般从天际洒落，倒映着耀眼日光，显得格外刺眼，这剑光将玄微与宁蘅两人的战团切割开来，一柄由剑气聚成的剑落到了两人中间。郁珏闪身，从天际落下，手中抱着一把只有剑鞘的剑，朝宁蘅点了点头。

第十四章

　　郁珏怀里抱着的那柄剑鞘内虽然无剑，但还是带着足以刺伤人眼的锋锐光芒。玄微按着身下轮椅的木轮，苍白的指尖有些颤抖。

　　他抬起头去看站在宁蘅身侧的郁珏，朝他温柔一笑，说话的声音舒缓平静："是郁珏？"

　　郁珏点了点头，抱着剑沉默地走到一边。

　　"是隐元神君之徒？"玄微看着郁珏，说出了他的身份，"你只缺一把好剑，实力便能赶上你的师尊了。"

　　郁珏没有否认，简短地回了一句说道："正在筹钱买。"

　　"既然你来了，我也只能告辞了。"玄微轻轻摇了摇头，他知道今日是没有办法将傅缩从宁蘅身边带走了。

　　"你要走便走。"宁蘅走上前来，伸出手帮玄微推着轮椅，动作很慢，他垂眸看着玄微白色的发丝垂落在肩上，眉目温柔，额上有一抹淡淡的金光。

　　"最好别再来了。"宁蘅继续说道，语气坚决。

　　玄微转过头，看着站在身后为他推着轮椅的宁蘅，温柔地眨了眨眼说道："我还会来的，你若控制不住她……"

　　"我会想办法。"宁蘅目光看向不远处的无尽海，冷静地说道。

"伏伽的残魂可不是什么情毒，你可以随意转移到你自己身上。"玄微似乎看出了宁蘅的意图，"他若是拥有了如你一般强大的力量，会发生什么你也知道。"

"我没那么蠢。"宁蘅推着玄微的轮椅，一路推着他往山下走去，步履轻松舒缓。

"我当年想了许多办法，能够彻底消灭伏伽残魂的方法只有这一个，等到他的灵魂与身体彻底融合之后，再……"玄微柔声说道，似乎在陈述一件事实。

"会有其他的办法。"宁蘅打断了他的话。

"那你想出来了吗？"玄微再次回眸看宁蘅，眼神柔和坚定。

"暂时……没有。"宁蘅愣了一下，还是如此回答道。

玄微长长地叹了一口气，气息吹动他面前的微尘，在阳光下飘舞。宁蘅握紧了玄微身下的轮椅，不知道在思考什么，他看向玄微的目光，深邃且带着探究的意味。

"无尽海中的伏伽遗骨，你见过吗？"宁蘅忽然问了玄微一个问题。

不知何时，宁蘅已经推着玄微的轮椅来到了无尽海之畔。无尽海的岸边有白色绵柔的细沙，轮椅的木轮安静碾过，在上面轧出一条长长的痕迹，岸边的黑色礁石还是如同十万年前一般，仿佛还会有一个卷发的人身蛇尾美人靠在岸边晒太阳。玄微的眼眸被阳光照着，轻轻眯起了眼，他看向了日光下波光粼粼的无尽海。

"伏伽是我亲手杀死的，他的遗骨自然是落在了无尽海的海底。"玄微看了许久，终于眯着眼说出了这句话，语气还是那么温柔。

宁蘅忽然松开了推着玄微轮椅的手，他往前走了两步，站到了玄微的身前。玄微由于坐在轮椅上，此时在高挑的宁蘅面前显得有些矮小，他抬起头，眉间的金光淡淡。宁蘅俯身，低头在玄微面前问了一个问题，无尽海的岸边很是寂静，所以玄微没有丝毫理由可以假装听不到。

宁蘅问的是："十万年前，她究竟给你看了什么？"

平平无奇的几个字在宁蘅的薄唇张合间被说了出来，明明只是这样简单的一个问题，却令玄微略微睁大了双眼，唇边的笑容也忽然凝固，他没有回答宁蘅的问题。玄微的双眸紧紧盯着宁蘅，强自压下了些许不安的情绪。

"既然你会问这样的问题，那我也不再隐瞒。"玄微放在轮椅边上的手轻轻一划，让自己后退了些许，"当初封印进她身体里的那个东西，不是伏伽的残魂，而是更加可怕的东西。"

"是连我自己都没有办法控制的东西。"玄微一字一顿地说完这句话。

而后，他的手在轮椅上一拍，整个人便消失在了原地。唯有他轻轻柔柔的声音在无尽海之畔回响："三月后，我还会再来。"

宁蘅看着玄微消失的地方，轻轻一挑眉，表情还是非常平静，他一路走回了孤峰边上的温琅洞府。温琅与郁珏都还在院中，温琅此时正在试图拯救他那些被战斗余波弄得东倒西歪的灵植。

宁蘅走上前去，来到温琅的身后，他看到了温琅腰间还宝贝似的塞着一本小本子，是他方才拿给玄微签名的本子。宁蘅轻咳一声，引起温琅的注意，温琅起身，目光依依不舍地从他手中的灵植身上离开。

"尊上，您方才为何与玄微真人……打……打了起来？是切磋道法？"温琅显然不相信宁蘅与玄微会因为别的原因打起来。

宁蘅静静地看着温琅，点了点头。他不知从哪里掏出了一本崭新的本子来，这是修仙界之中很多修士都在用来记笔记的新本子。宁蘅伸出手去，直接将温琅腰间塞着的小本子抽了出来，他唰唰打开这小本子，忽略本子里那些"关于妙灵霜花与玉骨龙参杂交的可行性报告"的笔记。

在扉页上，他看到了玄微亲笔写下的名字，俊逸潇洒，笔触轻柔，就连他的字都如其人一模一样。宁蘅再打开了自己掏出的那本新本子，这个本子的扉页上竟然也有玄微写下的名字。这是他到了十万年前的修仙界之后，遇到了年轻时的玄微，想到温琅一直是玄微的崇拜者，所以私底下向年轻时的玄微要的一份签名。

当时让玄微签名的时候，他没有想这么多，只是想到帮温琅要一个偶像年轻时的签名，但没想到这新本子上的签名，到现在竟然还有此等用处。

宁蘅将十万年前年轻时的玄微的签名与方才玄微给温琅签下的名字一一对比，竟然没有找出一丝一毫不对。两个签名一模一样，仿佛就是出自同一人之手。宁蘅垂眸看着新本子扉页上玄微的那个签名，伸出手一抛，将两本本子都给了温琅。

"都好好收着吧。"宁蘅对温琅说道，语气平静。

说完之后，他便举步走到了郁珏面前，此时的郁珏抱着剑坐在台阶上，无趣地望着温琅侍弄灵草，表情仿佛雕塑一般冷漠。宁蘅很是干脆，直接掏出了几块上品灵石，正打算递给郁珏，但没想到郁珏伸出手，拒绝了他的上品灵石。

"不用。"郁珏面无表情地应了一声，长腿一伸，换了一个姿势坐在药圃旁的台阶上，"你救过初代隐元神君，作为后辈，这份因果自然要还。"

这是郁珏对宁蘅说过的最长的一句话。宁蘅闻言，惊讶地轻轻挑眉，算是默许了郁珏的话。他正打算重新走回小院中去，没想到郁珏竟然伸出手，拦住了宁蘅的去路。

"你……你若真要给，给我也无妨。"郁珏看着宁蘅，面无表情地说道，虽然有师门因果在身，说到底，他还是馋那几块上品灵石。

宁蘅竟然反手又将灵石收回了怀里，瞥了郁珏一眼说道："讨剑就像讨媳妇，用钱是买不来的。"

然后他心安理得地朝抱着剑的郁珏露出一个无辜的笑容，举步走进了傅绾歇着的小院之中。郁珏扭过头冷漠地看了一眼宁蘅的背影，觉得有些心痛。宁蘅看着傅绾疗伤的小屋的院门，没有丝毫踌躇，他伸手，在门上轻轻敲了敲。但门里面没有传来傅绾回应的声音，反而传来了两声清脆的……狗叫声。

宁蘅直接推门走进了房间，傅绾正躺在床上，半靠着床榻，肩头有细软的发丝垂落。在她面前的桌上，正趴着一只又白又软的小绒球，白泽幼崽摇着尾巴，又发出了一声"汪"。

"阿蘅，我觉得你有问题。"傅绾伸出手，揉了旺财的脑袋，抬起头来看着宁蘅说道，"你居然把旺财藏在袖子里那么久，都不把他抱出来透气，瞧把孩子憋成啥样了。"

傅绾一边给旺财喂东西吃，一边自顾自说道。宁蘅反身关上门，走到了傅绾面前，他看到了桌上被震碎的药碗，启唇问道："我再去熬一碗？"

傅绾心想她身上的伤都已经好得差不多了，她哪里需要喝什么乌七八糟的药。于是她偏过头去，故意不看宁蘅："我不吃了。"

"方才是谁叫你出去的呀？"傅绾装作不经意地问道。

宁蘅愣了一下，没有对傅绾说出真相："是郁珏。"

"他来这里做什么？"傅绾一惊，没想到郁珏竟然会来这里。

宁蘅垂眸看着傅绾，看到了她抚摸着旺财脑袋温柔的手。他长眉微挑，直接伸出手将旺财的后颈皮提了起来，将他从傅绾的手指下带走。傅绾心想宁蘅这个人真的很过分，连一只狗的醋都要吃。她托腮看了宁蘅一眼，心里其实塞满了疑问。

"你……"傅绾启唇，轻声说了一个字。

宁蘅挑眉，看了傅绾一眼，他沉默了许久，因为他一直在思考到底要不要对傅绾说出真相，她有知道真相的权利。

"你有很多要问？"宁蘅看了傅绾一眼，伸出手去拂了一下她额头落下的碎发。

傅绾点了点头，伸出一根手指指着宁蘅问道："我先问第一个。"

宁蘅看着她，应了下来："好。"

"你是谁？"傅绾问了一个自己最关心的问题。

"如你所见，我是现任的天枢君。"宁蘅对傅绾说出了他的真实身份。

"那你为什么……要扮成爻山的大师姐，来到我身边？"傅绾感觉到自己的脑袋有些乱，她很难将这一切理清楚。

宁蘅轻轻皱眉，忍不住捏了一下自己的眉心，这个问题他很难回答。

傅绾伸出手去，轻轻拍了一下他的手背："你苦恼啥呢，不跟我说就不跟我说，我自己会去找到答案的……"

她赌气似的噘起嘴，看了宁蘅一眼。宁蘅轻轻叹了口气，伸出手去抓住了傅绾的手，她的手上还有着些许微红的伤口尚未治好，应当是在无尽海之上遇到伏伽之后受的伤。宁蘅确实是不擅长治疗法术，他唯一会的几个也只能治疗不重的外伤，还是在爻山学的。

他指尖一抹纯白色的光芒闪过，柔和的法术光芒为傅绾慢慢治疗着她手上的伤口。傅绾看到宁蘅指尖那一抹纯白色法术光芒，心想就这治愈速度还不如她自己来。出于习惯，她还是忍不住开口抬杠："你这治疗法术也太不行了吧，天泽仙堂没你这样的学生好吧……"

宁蘅看了一眼自己指尖那抹纯白色的光芒，想到了这是天泽仙堂的修炼功法。自伏伽"死"后，玄微便在曜洲的中心种下一棵菩提树，开宗立派，名曰爻山。

十万年过去了，当年他栽下的那株菩提树成了天泽仙堂弟子修炼的地方，并且天泽仙堂大半的功法都是玄微亲自研究出的，除了《太一宝录》修行条件太过严格，他没有向门中弟子传授，其余修炼功法与法术皆传给天泽仙堂弟子。

他眯起眼，看着手中那一点转瞬即逝的纯白色的治疗光芒，眼中露出了些许困惑。如果现在的玄微已经不是玄微了，那么这十万年来，在曜洲开宗立派，创爻山建天泽仙堂，成万法之师的人怎么可能会是他？

就在宁蘅陷入困惑的时候，傅绾身边传来了几声窸窸窣窣的声音。两人一同低头去看，看到旺财正伸出了两个短短的爪子，扒拉着傅绾的随身锦囊。傅绾看到旺财小爪子在上面扒动，就知道这只白泽幼崽可能是馋她随身锦囊里的那些吃食了。

于是她将随身锦囊从腰间摘了下来，伸手往里面掏出，对着旺财说道："你等等，我找找有没有吃的。"

傅绾往随身锦囊里一摸，觉得空荡荡的，她忽然警觉地抬起头来。自己从十万年前的修仙界离开的时候，为了拿出玄微给她救命的锦囊，情急之下似乎是将锦囊里很多东西也一并倒了出来。傅绾慌了，她的小金库还有法宝可都在随身锦囊里，这要丢了怎么办！

"丢了东西？"宁蘅挑眉，看了傅绾一眼。

十万年前他被傅绾亲手种回了无尽海的中央，那一幕他记得很清楚，当时傅绾确实是丢了很多东西。

"是啊……"傅绾在锦囊里摸来摸去，"也不知道丢了什么……"

宁蘅想到了当时散落的漫天的书页，提醒道："书。"

"对对对，当时书飞了……"傅绾应了一声，她将随身锦囊里的书都翻了出来，发现那些玛丽苏小说少了很多本，还有自己做的笔记也没了。

傅绾又翻找了一番，发现十万年前玄微给她的那本《太一宝录》也一并丢失了，幸好她还有一本。但是，只少了这些书，这随身锦囊里不至于会那么空。傅绾继续寻找，找了许久，她发现玄微之前给她的骨币也全洒出去了，一分钱都不剩。

"伏伽的牙齿也丢了。"傅绾挠了挠头，很是懊恼，"本来这玩意儿看起来像是个值钱的。"

"玄微的另一个锦囊呢？"宁蘅问道，"也丢了？"

傅绾一拍大腿说道："当时情况紧急，锦囊我当时也丢了，现在找都找不到了。"

宁蘅沉默了，当时玄微亲口说自己在两个锦囊之中分了两股盘古血脉，现在一个被傅绾打开，竟然治好了伏伽。那么另一个锦囊里装了什么？她丢失的这些东西，到底落到了谁的手上？

宁蘅轻轻皱眉，他心想自己当时怎么睡得那么快，没多看一会儿到底发生了什么。傅绾摸了一圈，确认自己没有再丢失其他东西，这才舒了一口气。

"幸好……我的灵石还在。"傅绾拍了一下自己的锦囊，感慨道。

忽然，傅绾抬手，揉了一下自己的太阳穴，皱起了眉。宁蘅伸手，将傅绾摇摇欲坠的身体扶住。傅绾在刚才的一瞬，只感觉自己的意识陷入了一片黑暗。

"绾绾！"宁蘅的声音没有平日的冷静，他提高音量，唤了傅绾一声。

但宁蘅只看到傅绾就这么毫无征兆地晕倒在了他的怀里，双目紧闭，不论如何呼唤都没有再醒过来。傅绾看起来确实是昏迷了，她感觉自己靠进了宁蘅的怀中，有些温暖。但是，她并没有失去意识，她的意识还是清醒着的。

不知道过了多久，等周围恢复光亮的时候，傅绾感觉自己来到了一个奇妙的地方。傅绾的眼前，是一株高大的菩提树，看起来很是眼熟，上面嫩绿色的叶子清新可爱。她仔细研究了一番，这才认出了这略有些高大的菩提树就是自己的本命灵植。

而此时此刻，在傅绾的精神世界中，这菩提树下坐了一个人。傅绾看了一眼，便认出了菩提树下的那人到底是谁。他正在啃着一个青涩的桃，囫囵啃完一圈之后，才野蛮地将桃核吐到了地上，还带着些

200

许果肉的桃核在地上骨碌碌滚了好几圈。他坐在树下，手肘撑在屈起的膝盖，一身黑衣，衣摆垂落在地上，姿态随意。

"是你啊。"他朝傅绾轻佻地吹了个口哨，不知从何处摸出了一个青桃，又开始吃起来。

傅绾万万没想到，在自己的内府世界中竟然藏了一个人，而且这个人竟然是伏伽。

"你……"傅绾艰难开口，她很难接受眼前的景象。伏伽怎么会在这里？他就算没死，也不应该藏在自己的内府世界中吧？

"我什么我？"伏伽朝傅绾露出一个她很熟悉的微笑，一个残忍中带着肆无忌惮的微笑，他的眼神比十万年前的伏伽更加纯粹狂热，纵然坐在树影柔和的树下，那树影也依旧掩盖不了他脸上的戾气。

"活得够久了吧？"伏伽站起身来，揉了一下手腕，直接开门见山，"可以滚了，虽然你这身体不适合修炼，但融合了拥有我力量的金珠，也勉强可以一用。"

"你什么意思？"傅绾皱起眉来，疑惑地问道，"你想做什么？"

"我被囚禁在这里已经很久了，你没有发现吗？"伏伽朝傅绾一笑，唇角露出利齿来，"既然你都要死了，告诉你也无妨。"

"说一说。"傅绾一时半会儿没有反应过来，只能让伏伽继续说下去，好理清楚来龙去脉。

"我被人关到了这里。"伏伽冷笑着，咬着牙说出了这句话，听起来情绪有些激动。

"好，关到了这里。"傅绾挠了挠头，心想这事她自己怎么不知道，但她为了获取更多的信息，只能顺着他的话往下说。

"本来我就快能用你这个身体觉醒意识了。"伏伽看着傅绾，眼神仿佛淬了毒的刀锋，"可惜你来了，将这具身体占据。"

"于是我的意识陷入了沉睡之中。"伏伽的声线虽然平静，但字字句句带上了怨恨的意味，"我虽然被囚禁在了这具身体之中，但我一直在试图冲破这个囚笼。"

傅绾看着伏伽，眼神有些深沉，她似乎明白了什么。自己在见到宁蘅，做了那个梦之后，一直会受到剧情的影响，并且自己的行为一定要按照配角的所作所为来，她一定要做坏事，不做就会头疼欲裂。难道，伏伽就是令她头疼的根源？傅绾轻轻皱起眉，看着坐在菩提树下死死盯着自己的伏伽。

"本来我有好几次都要将你的意识杀死，占据这个身体了。"伏伽用看死人的目光看着傅绾，"最接近成功的那一次，我又被那东西挡下来了。"

傅绾想起了自己因为头疼而最接近死亡的那次。

"是菩提叶将你挡下来了？"傅绾问道，"反正我都要被你打死了，你说一说也是没关系的。"

"除了他还能有谁！"伏伽提高了几分音量，"玄微，又是玄微！"

傅绾悟了，自己当初在桃洲的玄微小空间中捡到的那片菩提叶，确确实实是在幽冥血池那里救了自己一命。

"虽然我一直沉睡着，但是我的意识一直在影响你，你没有发现吗？"伏伽忽然走了过来，伸出手，冰冷的手指抚上傅绾的脸颊，仿佛毒蛇攀上面颊。

"纵然你的灵魂暂时接管了这具身体，但我的意识一直在慢慢渗透这个身体，本来当我的力量达到一定程度，如你这般弱小的灵魂，便挡不下来。"伏伽恨恨地说道，"就如同一直被堵着无处发泄的河流，一旦水位线高过堵着它的堤岸，就会决堤。"

伏伽说到这里的时候，语气已经带上了绵绵的怨怼："但是，也不知道谁让你做了一些什么，竟然能让我的恶意缓慢地散出，我的意识一直没有办法积蓄足够多的力量，来将你的灵魂挤走。"

傅绾轻轻舒了一口气，看来自己一直以来一定要按原剧情走，就是因为受体内的伏伽意识影响。她不得不做的那些事，就是在疏导伏伽慢慢渗透这个身体的恶意，防止它积累太多，一朝决堤。傅绾沉默着，陷入了长久的思考之中，这一切，到底是谁做的？

"这些年来，因为我的存在，你也得了不少好处吧……"伏伽冷哼了一声，看着傅绾说道。

傅绾往后退了一步，避开伏伽的手指，她又明白了一些事情，自己能够拿起盘古骨剑，能够在十万年前接近封存盘古骨剑的大阵，皆因为自己的身体深处埋藏着伏伽的意识。盘古骨剑只认伏伽这一个主人，自己的身体里关了伏伽的意识，所以四舍五入，她也是他的主人。难怪昭骨跟她结契结得那么痛快，连当十一房贵妃都心甘情愿。

傅绾看着伏伽，忽然意识到了哪里有些不对劲，她发现眼前这个伏伽的情绪，比十万年前的伏伽的情绪更加冰冷无情。

"所以你现在怎么醒过来了？"傅绾深吸了一口气，心平气和地问道。

趁现在这个伏伽的意识还肯说话，她要赶紧将自己想要问的东西问出来。

"当然是因为你用了我给你的金珠啊……这颗金色珠子是我赐予荒墟十二妖的凭证，内里封印着强大的修为，同时也带上了我的些许意识。你用了珠子，被囚禁在你身体深处的我，当然响应感召，里应外合，醒来了。"伏伽忽然笑了起来，笑声有些刺耳尖厉。

傅绾轻轻闭上了眼睛，当时那个情况，她只能使用那颗金珠，在用之前她想过后果，但没想到，这后果竟然这么严重，直接将她身体里藏着的大魔头勾了出来。

"你现在要杀了我，然后接管我的身体？"傅绾继续问，声音还是非常冷静。

伏伽歪着头，轻蔑地看了傅绾一眼说道："当然，我被关在这里太久了。"

傅绾看着眼前的伏伽，他穿的衣服还是十万前的那套黑袍，唇边带着的那抹残忍的笑意也很是熟悉。她看到眼前的伏伽抬起了手，连忙往后退了好几步，咽了一下口水，她知道伏伽已经没有耐心回答自己的问题了。

"小姑娘，问题问够了吧？"伏伽伸出手，掌中苍白色的光芒聚集，锋利冰冷，朝着傅绾飞了过来。

傅绾一侧身，避过伏伽的一击，看起来有些狼狈。

"谁把你关进来的？"傅绾的裙边被苍白色的光芒擦过，染出一片焦黑。

伏伽伸舌，舔了一下自己锋利的齿间，动作缓慢，似乎在思考着些什么。他的脸上忽然泛起了连绵不绝的恨意与怨气，衬得他原本英俊的面容都有些扭曲可怖。

"如我一般强的人，整个修仙界又有谁能奈何得了我？"他的语气嚣张，带着不可一世的意味。

"能将我关进来的人，除了我自己，还有谁？"他冷冷说道，语句间溢出了如江海一般滔天的恨意。

傅绾一听到这句话，就连正在躲避伏伽攻击的身形都慢了好几分。

"你是伏伽，把你关进来的也是伏伽？"傅绾身形往后疾退，一道道苍白色的光芒顺着她的身体擦过。

苍白色光芒锋利的一端将傅绾的衣袖划破，亦划破了血肉。但傅绾的身体上没有任何鲜血溢出，她破碎的血肉化为细碎的光点，然后渐渐熄灭，消失于无形。

这不是他们实体之间的较量，而是真真正正的两个意识在同一个身体之中对决，输的一方，就会彻底消失。

"我是伏伽？"穿着黑衣服的伏伽舔了一下唇角，手中的攻击没有丝毫懈怠，还是如同狂风暴雨一般朝着傅绾冲了过去。他的语气是带着疑问的，似乎并没有肯定自己这个身份。

"我不是完整的伏伽，但我比他更加纯粹。"他忽然露出了自豪的微笑，"我是他的欲望，是他对于无穷无尽的极致力量的渴求。"

"他控制不了我，所以我能够在他的心中发展壮大。"这个黑衣服的伏伽对于自己的身份很是自豪，"他无法消灭我，所以只能将我关进这个躯体之中。"

伏伽朝傅绾露出了一个阴森森的微笑："你说，面对极致的力量，谁又能够抵挡得住自己内心的欲望呢？"

傅绾看着他的笑容，眼中露出了震惊。确实，他是伏伽，却也不是。他只是伏伽的欲念而已，这样纯粹极致的恶，比伏伽本人更加可怕。她终于明白了自己面前这个对手的身份，目前的形势看起来非常危险。

傅绾紧盯着面前步步紧逼的伏伽，一直在闪躲。她自始至终，似乎都没有展现出任何想要反抗的意图。伏伽以为她反抗不了，所以攻击越发猛烈。傅绾咬着牙，伸出手将自己额前挡住视线的碎发拂开。她的额头有点点薄汗滴落，手臂的两侧上有许多伤口，伏伽只要如此持续不断地攻击下去，她的意识迟早会被消灭。然后，傅绾的身体就会属于这个疯狂的伏伽欲望。

"你还在挣扎什么？"伏伽看着傅绾不断躲闪的身影，手下苍白色的攻击不断，甚至有更加残忍的趋势。

他的脚步从容，就像在逗弄猎物一般，就这么看着傅绾狼狈地躲闪。这令伏伽感到兴奋，他露出了兴奋的微笑。对手在自己手下不断挣扎却无力逃脱，这是他最喜欢看到的场面。

伏伽眯起眼看傅绾，眼中露出戏谑的光芒，他忽然抬手，朝天一指。傅绾伸出手，擦了一把额头的汗，她在伏伽抬起手的瞬间，便警觉地抬头，望向天空。在她具象化的内府之中，这片天空是一片湛蓝的，偶尔有片片白云飞过，这是一个非常美好的地方。但是此时此刻，这纯净的湛蓝天空上，忽然出现了闪电，天空仿佛出现裂痕一般。

一声巨大的雷响，几乎要震破傅绾的耳膜，她的头顶出现了一把苍白色的骨剑，这是伏伽幻化出具象的攻击武器。傅绾定睛看着头顶那把骨剑的锋利剑锋，被那极致锋利的刀锋闪了一下眼睛。她摇了摇头，让自己冷静下来。此时，原本明亮的内府空间竟然暗了下来，伴随着电闪雷鸣的声音，有暴雨落下。

雨点打在傅绾的脸上，冰冷生疼。她抬起一只手，竟然朝着那把骨剑飞了过去。傅绾的指尖忽然泛起了淡绿色的光芒，连绵不绝，韧性十足。那光芒缠绕骨剑，仿佛藤蔓一般将这骨剑牢牢围住，然后瞬间收紧，这把被伏伽幻化出来的骨剑便化为片片苍白色的流光，同天空落下的雨滴一起落入大地，消失不见。

"你以为这里是什么地方？"傅绾伸出手，抹了一把脸上的雨水，让自己的视线变得清晰些，她站在有些惊讶的伏伽面前，丝毫不惧，就这么直视着伏伽的金色眼眸说道。

"你身后的是什么，你不知道吗？"傅绾恶狠狠地说了一句，"这是我的身体，这是我的内府，你想在这里把我杀了？"

"做你的春秋大梦去吧。"她伸出手，原本一直沉默地伫立在伏伽身后的菩提树忽然散发出了淡淡的微光。

菩提树上的枝叶摇动，纷纷扬扬落下，竟然如同锋利的刀子一般，带着绿色的流光，擦着伏伽的衣袂而下。这些菩提叶落入大地之中，带着的绿色流光仿佛藤蔓一般缠绕生长，竟然将伏伽整个人限制其中。绿色的囚笼直接将尚且还在发愣的伏伽关在了里面，切断了他与外界的联系。天空的惊雷不再响起，那暴雨也渐渐变小，这一方空间似乎又回到了原先的明亮清朗。

"你……"伏伽看着傅绾，神色有些震惊。

他原以为如傅绾这样弱小的一个灵魂，他能够轻易地将她杀死。但从目前的情况来看，并不是这样。伏伽伸出手，直接将组成自己面前绿色囚笼的流光抓住，似乎想要挣脱，傅绾哪里会给伏伽这样的机会，她暗暗使力，让菩提树给她更多的能量。

面前这个伏伽千算万算，就是算错了一点，这个身体是她的，这个内府也是她的，就连伏伽原先靠着的那株菩提树，也是她的。伏伽现在想要将她杀死，取而代之，也该问问她这个主人的意见才是。傅绾咬着牙，持续输出法力，让那个绿色的囚笼能够将伏伽牢牢束缚住。

"你这株菩提树……竟然是真的？"伏伽看着傅绾，大惊。

傅绾疑惑回道："不然呢，难道还能是假的盆景？"

伏伽心中大惊，他所有自信的来源都在于他以为傅绾太过弱小。不过是一个修炼了十几年的金丹期修士的灵魂，能够强大到哪里去？她竟然真的可以修炼出来本命灵植……这是他没有想到的。

就算他尚未与伏伽本体分离，曾经看过傅绾的那株小菩提，他也从未想过这菩提树是傅绾凭自己的本事修炼出来的。毕竟他一直潜伏在这个身体之中，虽然一直处于沉睡的状态，但对傅绾的身体与灵魂都是有影响的。

被关在笼中的伏伽心中充满了疑问，她怎么可以？她没道理可以。傅绾紧盯着笼中伏伽的表情，看他的表情一直保持着错愕。

"你是不是觉得我没有办法修炼出本命灵植，就算可以修炼出来，也是通过玄微的帮助？"傅绾走上前去，隔着囚笼看着伏伽问道。

"你不可能可以。"伏伽咬牙切齿地说道，"我身后这株菩提难道是靠你自己的力量修炼出的？"

他虽然嘴上这么说，但心中还是默认了这件事，只有用自己的金丹，依靠自己的力量通过天地问心化出的本命灵植，她才能运用得如此纯熟。

"难不成我还能去买一棵菩提树种在我的内府里？"傅绾反问。

她手一抬，收紧了束缚伏伽的囚笼。傅绾先前一直躲闪，不过是为了套出这个伏伽口中的话而已，她需要知道一些事情。但是现在她真的将伏伽关住了，却开始发愁，自己应该如何处置这个伏伽？

"你不敢杀我。"伏伽两手抓着囚笼上绿色的流光，注意到了傅绾脸上的犹豫神色，"你跟玄微太像了。"

傅绾伸出脚踢了一下动弹不得的伏伽："玄微不会踢你，我会踢你。"

"哦。"伏伽冷漠应了一句。

他看着傅绾，打量着她的上上下下，伏伽需要寻找一个机会逃出去，然后反击。伏伽在她脖颈的下方，锁骨的正中心，发现有一颗血红色的玉石正在幽幽散发着光芒，隐隐有灼热的火毒从中溢出。

傅绾当然不会有事没事就低头看自己锁骨，所以她没有发现这块幽冥血玉，但伏伽看得非常清楚，这玩意儿不就是睢洲幽冥血池孕育的那两颗幽冥血玉炼制出的情毒吗？而且，从幽冥血玉目前的状态来看，它的情毒还没解。

"你低头看看。"伏伽被关在囚笼之中，动弹不得，只能开口说道。

傅绾皱眉："我低头干吗？"

"你中情毒了。"伏伽注意到了傅绾有些懵懂疑惑的表情，马上看出来她对情毒一事并不知情。

傅绾：还有这事？我自己怎么不知道？

她下意识地低下头，发现自己的锁骨正中央，竟然真的有一枚红色的血玉，与自己身体里这枚血玉长得一模一样的另一块玉，她见过的另一块，不就在宁蘅变成的那株红莲的花蕊正中央吗。

巨大的冲击让傅绾的呼吸一滞，她一时之间没有办法反应过来，由于过于震惊，她的神念一动，对囚笼的控制松懈了半分。与此同时，伏伽发力，马上从囚笼之中冲了出来，他挣脱绿色的流光，手上又幻化出了那把白森森的骨剑。

第十五章

　　傅绾见伏伽挣脱囚笼，连忙往后退去，避开他的身形。他手中那把巨大的骨剑擦着傅绾的肩膀而过，削去了她手臂上的部分血肉，血肉化为点点如流萤一般的光，消失不见。

　　"面对我，你居然也能分心？"伏伽朝傅绾一笑，一手抬起，天上又开始布满了惊雷。

　　傅绾没有回答伏伽的话，她的手轻轻一挥，便有淡绿色的光点聚集，而后朝着伏伽冲了过去，她的意图非常明确，就是要再将他关起来。

　　"把我囚禁起来有什么用呢？"伏伽看着缠绕在自己手上的绿色绳索，冷笑一声，"你能将我杀了吗？"

　　"我是他的欲念，只有他才能将我杀死。"他提高了音量说道。

　　说罢，他手中的骨剑直接劈开了缠绕在他手腕上的绿色绳索。傅绾知道他早有警惕，方才偷袭他的办法已经不适用了。伏伽的目光紧紧盯着傅绾手臂上的那些伤口，提醒道："你若是再挣扎下去，你这灵魂可就要千疮百孔了。"

　　傅绾皱眉，看着伏伽，抬手，一道清新的光芒沐浴了自己的全身，竟然在顷刻间将自己全身的伤治好了。

"既然今日是你死我活的局面，那便再来。"傅绾冷声说道，"想要用我的身体？你想都不要想。"

伏伽紧盯着她，目光之中透露出怨毒的神色来。他抬手，手中握紧骨剑蓄势待发，骨剑上面缠绕着的冰冷气息比盘古骨剑更加令人恐惧。傅绾瞥了一眼伏伽手中那柄他自己幻化出来的骨剑，呼吸忍不住一滞。

现在的伏伽作为一抹意识，能够创造出任何他可以想到的攻击手段来。她闪身，来到了菩提树下，纷纷扬扬的绿色光芒笼罩住她的身形。伏伽眯起眼，不屑地看着环绕着傅绾的绿色光芒。他的骨剑伸出，直接劈开前来阻挡他的菩提树叶。

先前是他疏忽了，低估了对手，此时此刻他已经使出了全力，伏伽手中骨剑的目标并不是傅绾，他知道是傅绾身后的那株菩提树给她提供了力量，所以他打算先将这株菩提树解决。

傅绾注意到了伏伽的动作，心中忽然有些恐慌，她就算能够修炼出本命灵植，但她真正的修为也仅仅在金丹后期而已，后来使用了金色珠子给她加的修为，不是真正属于她的。

傅绾抬手，正准备冲上前去，将那骨剑挡下。但伏伽的力量何其强大，就算他只是一抹欲念的化身，他的实力也不是现在的傅绾可以抵挡的。就在骨剑即将触碰到她身体的那一瞬间，在这本该只有两个人存在的空间之中忽然多出了一个人。

来人护在傅绾身前，抬手一挥，将伏伽的攻击挡了下来，一抹暗红色的光芒闪过，直接将那柄伏伽幻化而出的骨剑击碎，骨剑化为点点白色的飞屑，就这么在顷刻间消弭于无形。这强大的力量令伏伽忍不住后退了好几步，来抵挡这一击的冲击力。他抬头，看到了站在傅绾面前的人，眼中充满了震惊。

"你怎么会在这里？"一男一女两个人的声音同时响起。

伏伽与傅绾都非常震惊，这是傅绾的内府，怎么可能还能再多出一个人来？宁蘅揉了揉手腕，高挑的身影呈半透明状，唯有右手掌心那一点血红色的光芒格外显眼。

"怎么，不能来吗？"他抬眸，看了站在远处的伏伽一眼，反问道。

本来一直保持着攻击姿态的伏伽在看到宁蘅之后，竟然垂下了手，他没有再动，因为他知道，自己就算再强，也敌不过眼前这个人。

傅绾开口了："阿蘅，你怎么进来的？"

宁蘅抿唇，扭过头去看了一眼被自己护在身后的傅绾。

他眼中露出些许复杂的神色来："你忽然晕过去了。"

傅绾低头，心想这也不是她自己能控制的，她忍不住拿鞋尖轻轻点着地，无奈说道："我也控制不了我自己，就这么晕过去了。"

"我知道。"宁蘅忽然打断了她的话，走上前去，轻轻抱了一下她，"我在想办法让你醒过来。"

"然后不知是何原因，我与你体内那枚幽冥血玉产生共鸣，就在刚才，我通过幽冥血玉来到了这里。"宁蘅解释道，幽冥血玉竟然有这样的效果，他也是没想到的。

傅绾伸出手，将宁蘅的手腕握住，看到了他右手掌心里埋着的幽冥血玉。

"幽冥血池那次，这玩意儿没种到厉鸿光身上，反而种到了我身上？"傅绾问道，她算是明白了这到底是怎么回事。

其实她之前就一直在疑惑这件事，她怎么会抱着宁蘅亲昵，没想到幽冥血玉一直在自己的身上。

宁蘅点了点头，他垂眸看着傅绾，脸颊泛起微红，欲言又止："我没有……"乘人之危。

他这句话还未说完，站在一旁已经被晾了老半天的伏伽终于重重地咳了好几声："咳咳咳——"

"哦，你还在。"宁蘅扭过头，冷漠地说了一句。

"虽然我暂时奈何不了你们，但你们现在未免也太过分了，我还在呢，你们就卿卿我我的……"伏伽坐在菩提树下，骂骂咧咧。

宁蘅瞥了他一眼，正打算说些什么，这个时候傅绾却开口了。

"介绍一下，这个是伏伽的欲念。"傅绾扭过头去，看着坐在菩提树下的伏伽，"对吧？"

伏伽点了点头，他看着宁蘅与傅绾，冷冷地哼了一声。这两个人杀不死他，他也没办法从这个身体里逃出去，有宁蘅在，他一时半会儿也没办法对傅绾出手，所以双方现在形成了一种微妙的平衡。

宁蘅听到傅绾的话，有些惊讶："玄微说你是伏伽的一抹残魂。"

"他哪是玄微？"伏伽听到宁蘅的这句话，忽然残忍地笑了起来，笑声无比尖利，"玄微早死了，他就是我。"

"我也不是他的残魂，我是他最害怕的东西。"这个伏伽对于自己的身份，还是非常自豪的，"我只是一抹欲念，一个意识，你们无法完全消灭我。"

宁蘅看着伏伽，冷声说道："我确实杀不死你，但你也出不去。"

他的这句话触及了这个伏伽心中最敏感的那一块儿，他这般强大，若不是因为这具身体，他何至于被禁锢了这么久，这是外面那个自称玄微的伏伽，为他精心准备的囚笼。

"有本事，你就在她的内府里陪她一辈子。"伏伽抱胸，朝宁蘅轻蔑地说道，"你一走，她必死无疑。"

宁蘅抬头看了一眼伏伽身后的菩提树，又朝傅绾看去："你将本命灵植修炼出来了？"

傅绾的眼神有些闪烁，这玩意儿她藏了很久没敢让别人发现，结果现在被宁蘅直接看到了一整棵菩提树，藏都藏不住，她也没办法否认，所以傅绾只能不好意思地点了点头。宁蘅抬头，看着枝繁叶茂的菩提树，伸出手去，摘下了一片菩提叶，双指夹着叶片，直接将它朝伏伽的方向抛了过去。

伏伽眼睁睁地看着这片菩提叶朝自己飞过来，直觉告诉他，自己不能闪躲，不然会被宁蘅看出端倪来。但由于这天生的克制力量，他还是忍不住侧了侧身，避开了这片菩提叶。他在害怕这片菩提叶，也在害怕这株菩提树。

傅绾看到眼前的景象，忽然想起来了，自己方才用菩提叶制成的囚笼去束缚伏伽的时候，他好像确实是挺怕这菩提叶的。而且，他方才幻化出骨剑想要进攻的时候，也没有选择优先击杀更加弱小的自己，反而是准备将菩提树先摧毁。若不是宁蘅赶来，恐怕自己内府里这株菩提树，就要被伏伽砍断了。宁蘅确认了伏伽的反应之后，这才看向了傅绡，似乎在征询她的意见。

"可以多摘几片吗？"宁蘅认真地问道。

傅绡其实是有些心痛的，但宁蘅既然会问，肯定是拿这菩提叶有用，所以她只能忍痛说道："可以。"

宁蘅伸出手，轻轻拍了一下她的脑袋说道："为何不早说？"

傅绡明白宁蘅是在问她为什么不早说自己已经将本命灵植修炼出来了。

"这有什么好说的……"她小声嘟哝道，"这不是有损我的形象吗……"

宁蘅随手摘下了几片小小的菩提叶，这些菩提叶在他的指尖灵巧地上下翻飞，带出绿色的流光，这些流光逐渐被他编织成了一个小小的囚笼。傅绡与伏伽一看，马上明白了宁蘅要用菩提叶来做什么，这菩提叶制成的囚笼可是宁蘅亲手制作，不比傅绡之前用来束缚伏伽的那个囚笼一般漏洞百出。

伏伽身形疾退，想要离开这里，但是，他的身体在倒退的过程之中，撞上了一道无形的墙壁，他紧紧贴在那道墙壁上，竟然没有办法再往外跑半寸。

伏伽心里很明白，这天上地下能够束缚住自己的东西只有一样，那就是通过《太一宝录》修行而成的本命灵植，傅绡的身体特殊，她本来就是伏伽做出来用来囚禁自己欲念的囚笼。在她尚未拥有自己意识的时候，她就是一块菩提木，所以伏伽将自己的欲念放入菩提木之中，这欲念便无法逃出。

伏伽原本欺负傅绡并不知道这件事，所以想着先将傅绡解决，再将她这棵本命灵植摧毁，却没想到半路杀出个宁蘅来。

"进来吧。"宁蘅的目光淡淡，他看着这个伏伽的表情非常平静。

他本来就是一抹邪恶的欲念而已，所作所为皆源于自己的天性，又哪来什么善恶之分？伏伽还在试图做最后的挣扎，他的身形在傅绡的内府里上蹿下跳，试图逃脱。

傅绡注意到了宁蘅的动作，好奇地问道："你要把他关到这里？"

"嗯。"宁蘅点了点头，应了一声，"我确实拿他没有办法。"

"他是伏伽的一抹欲念，能够消灭欲望的只有他自己，所以将他关进这个笼子之后，还要去找你师尊……"他一边忙着将上蹿下跳的伏伽赶到笼子里，一边说道。

最后，他的声音戛然而止，因为他发现自己分心了，所以一不小心说漏了嘴，竟然将玄微就是伏伽的这件事给说了出来。

"你说什么？"傅绾瞪大眼，听着宁蘅说道，声音有些颤抖。

宁蘅原本没有打算现在就将这件事对傅绾说，他沉默了，没有回答傅绾的话。

"我师尊……是伏伽？"傅绾轻轻皱着眉，重复了一下宁蘅方才所说。

"嗯。"宁蘅只能点头，"我也是不久之前才推测出来的。"

"就算十万年前，伏伽没有死，那师尊他……他也不可能是伏伽啊……"傅绾明显不能相信宁蘅的话，"伏伽跟玄微，一点也不像啊，他怎么能扮得那么像？"

宁蘅听到了傅绾的疑问，但他也只能摇头无奈地说道："我不知伏伽为何扮成玄微，但照目前的线索推测，现在的玄微就是伏伽无疑。"

他对玄微并没有傅绾与玄微一般的师徒之情，所以说起这件事的时候也格外冷静。

"那……玄微呢？"傅绾明显已经猜到了答案，但还是不死心地问道。

"他应当是死了。"宁蘅的长睫轻轻颤动，"具体的情况，可能只有你师尊才知道了。"

十万年后，将傅绾收为亲传弟子的是伏伽扮成的玄微，而不是真正的玄微，传授傅绾《太一宝录》的是十万年后的玄微，所以宁蘅还是将他称为"你的师尊"。傅绾伸出手，揉了一下自己的眉心，她有点不能接受现在的情况。

现在，她的脑海中一直回想起自己在十万年前见到玄微的样子，那时她正好被觊觎红莲的何松堵在小巷之中。晏城很热闹，但是那个昏暗的小巷却被何松布下了阵法，将幽暗留在小巷之中，将灯火隔绝在外。她中了何松的埋伏，正打算使出自己的真正实力，将何松给解

213

决，但玄微出现了。他只是偶然经过，但注意到了这里似乎有人，便出手将阵法破去，将傅绾救下。玄微那么好的一个人，他怎么就死了呢？

由于她一直想着这件事，所以内心世界也难以避免地出现了这个景象。被关在菩提囚笼里的伏伽抬头，看到了他四周的环境已经变成了一个夏日的夜晚。在这个夜晚中，远处是点点的繁华灯火，近处却是一片幽暗的小巷。小巷之中，有点点流萤飞过，带起微弱的光亮，有一人站在小巷的尽头处，朝这里笑着，笑容如同春风一般柔和温暖。

"这里发生了什么事吗？"黑发黑眸的玄微，面容在夏日夜里的萤火里，显得有些缥缈。

宁蘅看着在傅绾内心世界里出现的玄微，轻轻叹了一口气。傅绾还呆立在原地，虽然一脸难以置信，但她现在的心中所想已经完全暴露在了所有人面前。

她抬起头，伸出手指了一下自己内心小世界里出现的玄微，声音带着些哭腔："那……那这个是真的吗？"

宁蘅点了点头，回答了她的话："是真的。"

傅绾与玄微虽然是师徒，但这对师徒真正相处的时间，只有偶然回到过去，十万年前的那短短一段时光，就如同他们身边环绕着的夏日萤火，不过几日光阴。

傅绾忍不住低下了头，宁蘅抬头看天空，发现这里可能是要下雨了。他只能走上前来，并没有说什么安慰的话，将傅绾轻轻揽入了怀中，低沉的声音在她头顶响起："走吧。"

傅绾听到宁蘅的声音，忍不住两手伸出，紧紧抱住了他的身体，声音闷闷传来："你是真的吧？"

"我是真的。"宁蘅伸手，将傅绾脑后的头发顺了顺，指尖垂落些许细碎的发丝。

他拍了一下她的背，另一只手提着菩提叶制成的囚笼，直接带着傅绾与伏伽的欲念离开了这里。傅绾只感觉自己原本一直有些轻盈的身体在一瞬间仿佛变得有些沉重，她抬起沉重的眼皮，睁开了眼睛。

一睁眼，看到的就是宁蘅的脸，她伸出手，摸了一下自己的脸颊，是干的，看来自己在内心世界里哭，眼泪是带不到外面来的。

"别哭。"宁蘅看到了傅绡的杏眸之中瞬间又盈满了水光，只能低声劝道，"我不会哄人。"

傅绡吸了一下鼻子，她知道现在并不是哭的时候，但她就是忍不住，没有办法控制自己的情绪。傅绡头一低，又一头栽进了宁蘅的怀里，宁蘅忽然被她一扑，身形往后退了一点点。他挑眉，略有些惊讶地看着主动投怀送抱的傅绡，而后他冷静地将手中那个碍事的菩提叶囚笼从窗子扔了出去。

而屋内，宁蘅还在拍着傅绡的背，连声说道："绡绡，别哭了。"

傅绡在宁蘅怀里再次吸了一下鼻子，拿他的衣襟擦了一下泪水："我没有哭。"

宁蘅拥着她，没有再说话，只是轻轻揽住了她有些颤抖的肩膀。过了许久，傅绡方才哭够了，她抬起头来，抹了一把眼泪，整理好了自己的情绪。傅绡坐直了身子，看了一眼宁蘅。此时的宁蘅正垂眸认真地看着自己，伸出手擦了擦她眼角的泪水。傅绡看到宁蘅近在咫尺的俊美脸庞，吸了吸鼻子，瓮声瓮气地说道："阿蘅，伸手。"

宁蘅挑眉，不知傅绡傅绡是什么意思，他伸出了左手。

傅绡摇头："是右手，有幽冥血玉的那只手。"

宁蘅听到傅绡如此说，并没有将右手伸出来，他将右手掌心合上，放到了身后，没有让傅绡看。傅绡坐在他身边，上上下下仔仔细细打量了宁蘅一眼，她觉得现在宁蘅这个状态，应该是……害羞了。她也没有执意要去看，只低下头，看着自己的脚尖。

"什么时候中的，我怎么没感觉……"傅绡低着头，声音非常小。

宁蘅眼睫轻垂，漂亮的黑眸幽深，看不出情绪来，他想到了在幽冥血池的魔殿之中，傅绡抬起头来看他，湿漉漉的眼眸之中闪着难耐的光芒。

宁蘅忽然伸出手，手轻轻挑起了傅绡的下巴，让她直视着自己，傅绡正对上了宁蘅那双带着些许惑人色彩的眼眸，忍不住眨了眨眼。

"幽冥血池。"宁蘅极其简短地说了四个字。

傅绡眼珠一转，马上想起来了。就是……那次吗？她是不是还将宁薇的嘴唇咬破了，甚至还说是厉鸿光干的……傅绾顿时紧张了起来，那么问题来了，情毒到底解了没有？这幽冥血玉做的情毒不是非常厉害吗，总不可能亲一口就好了吧？

傅绾伸出手去，轻轻抚上了宁薇的唇角，自己咬破的应该就是这里。她仰着头，轻声问道："疼不疼？"

宁薇长眉微挑，长睫垂下投出一片幽深的阴影，他薄唇微张，伸舌轻轻舔了一下傅绾的指尖。

他低沉的声音随着微痒的指尖传来："不疼。"

傅绾仿佛触电了一般缩回手，屈起手指，将指尖放在掌心。

她支支吾吾地开口："那这……这情毒，解了没有？"

傅绾总感觉是没有的，但是这情毒如果没解，阴玉和阳玉中的两股截然不同的气息，到底去了哪里？

宁薇凝眸看着傅绾，平静地摇了摇头："没有。"

傅绾咬着下唇，脸颊忽然变得有些红，也不知是何心情。

"地心火毒还有极阴寒气去了哪里？"傅绾忽然出手，速度极快，捉住了宁薇的手。

她一手紧紧抓着宁薇的右手手腕，感觉到了他手腕上传来的隐隐寒气，入了髓般的冰冷。宁薇的掌心，有一枚淡淡的血玉的影子幽幽闪着光，这枚幽冥血玉，宁薇在变为那株红莲的时候，就没能藏得住。

"没解？"傅绾盯着宁薇的掌心看，自言自语，"那两枚幽冥血玉中的地心火毒和极阴寒气呢……"

她说着说着，声音逐渐弱了下来，仿佛意识到了什么，傅绾想起了自己带着宁薇离开幽冥血池的时候，宁薇受了极严重的内伤，五脏六腑与全身经脉受损，过了好久才修养好。

"你没解……都在你这里？"傅绾抬起头看宁薇，声音带着丝不易察觉的心疼。

宁薇右手合拢，将傅绾的手握在掌心，只淡淡说了一句："无事，已好了大半，只是现在实力打些折扣。"

傅绾当时是亲自为宁薇治伤的，所以他那时候受的伤有多重，她是知道的，她那时候还以为这伤是跟厉鸿光打架打出来的……没想到竟然是因为这个。她感觉到自己的心里有些酸酸的，也不知道是什么滋味。

“为什么不解了？”傅绾垂着头，盯着宁蘅紧握着自己的右手问道。

“你意识受情毒支配，行事只是凭借本能。”宁蘅淡声说道，声音已经带上了丝不易察觉的暗哑，“我担心你不愿意……”

他话音刚落，傅绾就猛地抬起头，拿头顶撞了一下宁蘅的下巴。宁蘅猝不及防被她撞了一下，弧线优雅的下颌轻抬，小声地嘶了一下。

“谁……谁说我不愿意？”傅绾觉得自己简直要气死了，下意识说出这句话来。

她两手抓着宁蘅的肩膀，整个人几乎趴在他身上，她凑近宁蘅的耳边，又恶狠狠地重复了一遍说道：“谁说我不愿意？你要解就解，何必让自己受伤……你又何必把我身上的地心火毒传到你身上去，我自己难道就解决不了吗……”

傅绾越说越小声，原本有些凶巴巴的语气到了最后越变越软，到最后几乎是软着声，带着撒娇的意味了。她双手抱着宁蘅的脖子，低头将脸埋进了宁蘅的颈窝之中，声音闷闷传来：“阿蘅，没必要呀。”

宁蘅任由傅绾在他怀中乱蹭，一手扶着她的腰，就这么听到了傅绾闷着声说出了这句话。他的呼吸一滞，按在傅绾腰上的手一紧，忽然翻身将傅绾压在了身下。傅绾只感觉到自己一阵天旋地转，她的身体不自觉地往后仰去，却触到了一只大掌，她落入了宁蘅的怀中。

宁蘅一手放在傅绾的腰间，撑起身体，垂眸静静看着她。墨色的长发垂在傅绾颈下的锁骨上，带着些许痒意。他的额头抵着傅绾的额头，轻声回答了她的问题：“有必要。”

“都受那么重的伤了，如果不是我在，你怎么走得出幽冥血池！”傅绾听到宁蘅如此说，又硬气了几分。

她噘起嘴，嘟哝着说道：“我就这么遭你嫌弃吗？”

傅绾话音刚落，宁蘅的吻就落了下来，他低头轻吮了一下她的唇瓣，贴着她的唇说道：“没有。”

宁蘅的声音低得如同耳语一般，带着些许沙哑。傅绾眨了眨眼，心跳如擂鼓一般，她觉得自己的呼吸变得有些不平静。她闭上了眼，感觉到宁蘅的吻离开了唇畔，落到了下颌，而后再往下。

"解吗？"他问道。

傅绾抿唇，咬着牙拍了一下宁蘅的背，咬牙切齿说道："要解就快解，不解我就走——"

傅绾这句话没能说完，因为宁蘅已经抬起身子，拿唇堵住了她的嘴。他的手指抚上她的脸颊，指尖在她唇瓣上轻轻擦过："你说的。"

傅绾"嗯"了一声，声音细弱，仿佛蚊蚋，她闭上了眼睛。

一夜过去，待傅绾再睁开眼的时候，已然是天光大亮。她忍不住眯起了眼睛。傅绾伸出手，去轻轻触碰了一下自己的锁骨中央，锁骨中心埋着的那枚幽冥血玉总算是没有再持续不断地传来地心火毒了。

傅绾扭过头去，看到了宁蘅宽阔的胸膛，她忍不住视线上移，正对上了宁蘅直视着她的漂亮黑眸。傅绾马上将眼神避开，脸颊通红，还是不敢正眼看他。

宁蘅伸出手去，掌心一抹微微的白色光芒闪过，为她轻轻揉着酸疼的腰。

屋外的草地上湿漉漉的，散发出青草的芬芳，看起来是昨日夜里下了场雨。在绿色的草地上，有一只小白球正在滚来滚去，小白球的四只爪子还抱着个绿色的小东西，昨天被宁蘅随手扔到外面的菩提囚笼现在正在被旺财叼在嘴里啃来啃去。

旺财拿短短的爪子挠着这个小圆球，玩得正兴起，这个时候，忽然有人走了过来，抓着他的后颈皮，将他提了起来。宁蘅一手提着旺财，将他递到了站在他身后的傅绾怀里，傅绾忍不住摸了一把旺财毛茸茸的脑袋。

宁蘅马上转过身，冷着声说道："只准摸三下。"

傅绾心想岂有这种道理？她的手在旺财脑袋上揉来揉去："我就摸他脑袋，我还摸好几下。"

旺财本来是非常乐意让像傅绾这样温温柔柔的女孩子摸他头的，

但他实在是怕宁蘅生气，所以只能在傅绾怀里挣扎着。宁蘅瞥了一眼在傅绾怀里乱窜着的白团子，这才俯身去将地上的菩提囚笼捡了起来。

一整夜都没有人搭理伏伽，所以伏伽觉得自己现在格外躁。怎么说自己也是一个兢兢业业的反派，怎么就能这么不受重视？

"别以为我不知道你们在里面干什么啊，我跟你讲……"这个伏伽由于被宁蘅塞到了菩提囚笼里，所以身形也变成了巴掌大小。

"闭嘴。"宁蘅冷冷地说了一句，伸出手在菩提囚笼之中施了一道法。

伏伽的骂骂咧咧戛然而止，仿佛按下了静音键。由于没有地心火毒与极阴寒气的困扰，现在宁蘅的实力已经恢复到了他巅峰的状态。这抹伏伽的欲念，说他强，他其实并不强大，在没有肉身的情况下，就算是傅绾自己，也能在他手下象征性地挣扎一下。

但他确实是可怕的，因为欲望这个东西是不断滋生的，根本不可能将他消灭。当年不知为何，伏伽的欲念被强行剥离开去，这抹欲念拥有伏伽的所有实力，他只是缺少一个身体罢了。

如果这抹欲念有了实体，就代表着当年的那个伏伽又回来了，甚至比当年的伏伽还要可怕。

傅绾一手揉着怀里旺财软软的毛，一边问道："这玩意儿现在怎么办？"

宁蘅垂眸看了一眼还在笼子里骂骂咧咧的伏伽："若是想要解决这抹欲念，说起来非常棘手，我方才探查了一下他的状态，他现在的实力竟然比昨晚要强上一点，虽然只是微不足道的一点，但也说明他会变得越来越强，直到这个菩提囚笼再也装不下他。"

傅绾皱着眉，看着宁蘅手中的那个精巧的囚笼，她实在是没有办法想象，在她这个身体的深处，竟然还藏着这样一个东西。

"他到底为什么会在我的身体里藏着？"傅绾开口询问，她的声音带着些许犹豫，"你又为什么……"

宁蘅一手捧着关押着伏伽的菩提囚笼，回眸看了一眼傅绾，眼眸之中带着些许柔情："问玄微吧。"

他还是习惯叫他玄微，但他与傅绾其实都明白，现在的玄微其实

219

就是伏伽。宁蘅清楚地知道，傅绾的这个身体本来就是为关押伏伽这抹声称是残魂，实则是欲念的东西准备的。而她，本来她应该是……宁蘅深吸了一口气，感觉到自己的心仿佛缩了起来，若他当年没有去爻山，恐怕……

他不忍心告诉傅绾这一切，所以他只能极轻地叹了一口气，连傅绾都没有发现。宁蘅轻轻垂下眼睫，忽然伸出手去握住了傅绾的手腕。

"去爻山。"他如此说道。

傅绾的脚不自觉往后退了两步，似乎有些抗拒，她还是不能接受现在的玄微就是伏伽的事实。如果他是伏伽的话，那当初将自己收为亲传弟子的人，就不是玄微了。宁蘅注意到了她的些许纠结与抗拒，便开了口。

"有我在。"他的唇角勾起，朝傅绾露出了微笑，"伏伽的这抹欲念已经取出，你与这个伏伽已经没有任何关系，剩下的就交给他。"

宁蘅口中的"他"指的自然是假扮成玄微的伏伽。

傅绾皱起眉头，声音带着些许犹豫："伏伽他……不会对我们出手吗？"

宁蘅的神色淡淡，他想到了现在玄微的模样，慈眉善目，笑容温和，与十万年前的玄微几乎是一模一样，就连眼中那抹善意与柔软都别无二致。

"不会。"宁蘅答道，他能够确定现在的伏伽与十万年前的伏伽不一样了。

不然，"玄微"也不能骗自己骗了那么久。在被传送回十万年之前时，宁蘅确实是认为爻山的玄微就是真正的玄微，并且因为他所做出的功绩与心怀大爱的品格对玄微带着些尊敬。

若不是他们到十万年前走了一圈，傅绾发现了无尽海下遗骨上妖纹与真正的伏伽腿骨上妖纹的区别，恐怕宁蘅还不能察觉现在的玄微的不对劲。在宁蘅的心中，他与玄微、与伏伽并不熟识，在十万年之前，他们不过是匆匆一面的交情，随着时光淡去，他连这两个人的模样都要忘记了。

220

他回过头去，看着还站在后面逗着旺财的傅绾，轻声说道："还不快走。"

傅绾牵着傅绾的手，看到了前方曜洲的中心上那绵延千万里的山脉，还有正中那株高大沉默的菩提树。

"爻山到了。"他说道。

第十六章

　　此时此刻，太玄境中央的太玄岛边，有一人正孤独地看着前方那片幽冥深海，正是玄微。他纯白的发丝随着微风扬起了几缕，轻拂脸颊。他靠在轮椅上，半眯着双眼，低头看着自己水中的倒影。似乎方才刚刚下过了一场雨，所以这幽冥深海的水面也如同水洗过的镜子一般清澈明净。

　　水中的玄微一头白发，俊秀的面容却并未老去，眉梢眼角都似乎有春风在轻轻地吹，唯有那双深邃的黑眸中带着沧桑的光芒，昭示了他的年纪。他眉间有一点细微的金色光芒，仿佛日光的碎影洒落，带着一丝低调的华丽。

　　玄微忍不住伸出手，抚摸了一下自己眉间的那抹金色的光芒。这是十万年前留下的伤，那时天际一道惊雷落下，直直击中了他额间，造成了永远不能痊愈的伤口，不论再如何掩饰，也改变不了他是妖的事实。眉间这道金光出卖了他的身份，却从未有人识破。

　　但十万年以来，他对外人解释这道伤疤上的金光的时候，都说是当年他与伏伽比斗时，阴险的伏伽出手，将他额头击伤，由于这伤太重，其上妖气缭绕不散，所以才有了这抹金光。玄微比谁都清楚，这是他想尽办法都没能藏起来的妖气。

包括他失去的双腿，其实也是十万年前的玄微打伤的，当时他腿上那几道深可见骨的伤痕，对他的双腿造成了无法挽回的伤害，伏伽扮成的玄微没有办法治愈它，那腿骨上的妖纹又太过显眼，所以他只能不要这双腿，反正就算留着，也没有什么用。

这个时候，一直在太玄境的幽冥深海中的星瞳，不知何时已经浮到了水面上，金色的蛇尾在水面下摇曳，散发着细碎的金光。她将手中捧着的玛丽苏小说收好，抬起头去看坐在海边的玄微，金色蛇瞳之中依旧是闪着仇恨的光，绵绵不绝。

"你在这里干什么？"星瞳一甩头上的卷发，在玄微的身边游来游去，边游还边骂人，"我不想看到你，你快走开。"

玄微慵懒抬起眼睑，瞥了一眼星瞳，柔声说道："我就看看。"

"看看看，看什么看，太玄岛上没有镜子吗？都看了多少年了！你还在这边对着水面自己看自己，你这样搞得我很难受你知道吗？"星瞳继承了伏伽手下一脉骂骂咧咧的习惯，甩了一下金色的蛇尾，将海上的些许冰冷的海水拍到玄微的身上。

这飞溅的海水当然近不了玄微的身，水滴落在离他不远的海面上，溅起了些许水花。玄微没有再与星瞳搭话，他极其了解星瞳的性格，只要自己不搭理她，不多一会儿她就会离开。

星瞳探出海面，例行对玄微进行每日"问候"："你杀了伏伽，我就天天骂你，我就欺负你是个老好人，你下不了手杀我。"

骂得她自己口干舌燥，星瞳这才觉得无趣，又朝着玄微甩了一下蛇尾，潜入了深海之中。玄微抬眸，看到了平静海面上星瞳扬出海面的金色蛇尾，这蛇尾上半部分是绮丽炫目的金色，而下半部分则白骨嶙峋。

在十万年前，诸天七皇围剿伏伽一战中，最后活下来的荒墟十二妖只有星瞳与被关在山河图之中的柏羽。当时星瞳身受重伤，已经快要死了。玄微发现了她，未免她再受伤，只能假借关押的名义，将星瞳收入了太玄境之中，名为囚禁，实则是保护。若现在的玄微还是以前的伏伽，恐怕一个眼神都不会给这个昔日的手下。但他已经是玄微了，所以他救下了星瞳。

玄微伸出手，忍不住捂住自己的胸口。前几日与宁蘅对了几招，

223

看起来双方势均力敌，但只有玄微自己才知道，他看似没事，其实已经受了伤。宁蘅说得没有错，他太老了，已经是一块朽木了。

所以他才急着将傅绾体内的自己欲念击杀，不然若是他死了，这整个修仙界，可就没有别的人能够将这抹欲念抹除了。玄微轻轻叹了一口气，他实在是想不明白，即使他让傅绾与宁蘅回到十万年前重新做了一次选择，为什么当年死的依旧不是自己。

他静静等待着时光，他一向说到做到，说好三月之后再去睦洲，他便不会提早一天。就在玄微靠在轮椅上，几乎快要睡着的时候，两人的脚步声轻轻靠近。玄微被脚步声惊醒，睁开了双眼，看到在他面前站着的两人，正是傅绾与宁蘅。

玄微眯起眼，朝傅绾露出了一个淡淡的微笑："你们来了？"

傅绾看着此时的玄微，他靠在轮椅上，表情柔和平静，就像这日光一般安静。她看着玄微的神色很是复杂，一方面，她知道现在的玄微是伏伽假扮的，并且还曾经想将自己杀了，但另一方面，她又知道自己是玄微的弟子，就连自己修行的功法都是他传授的。

傅绾点了点头，还是嗫嚅着开口，极轻地唤了一声："师尊。"

"十万年前你还在背后骂我，现在便叫起了师尊？"玄微面上露出平和的微笑，调侃道。

傅绾扭过头去，看了一眼宁蘅，他的神色淡淡，他看着面前的玄微，没有流露出太多的情绪来。傅绾朝宁蘅伸出手，从他手中接过了那个菩提制成的小笼子，此时宁蘅施展的静音法术还在，内里那个伏伽欲念的半透明虚影还在破口大骂。

玄微歪着头，看了一下笼中的伏伽，神色有些惊讶："你们从哪里来的本命灵植？"

傅绾挠了挠头说道："是我的。"

玄微挑眉，眉间那抹金光随着他的动作闪烁了一下："当年你给我看的本命灵植，是你自己修炼出来的？"

傅绾点了点头，将手中的菩提囚笼递到了玄微面前："你的。"

玄微垂眸看着菩提囚笼中那个黑色的半透明虚影，启唇认真说道："是我。"

他承认了自己就是伏伽的事实，但现在的傅绾还是将他当成了真正的玄微。实在太像了，从神态到气质，每一分细节，他都与玄微一模一样。玄微注意到了这个关着伏伽欲念的菩提囚笼外施展的静音法术，几乎是下意识的，他抬手将这抹静音法术消去。

笼中伏伽欲念响亮的叫骂声传了出来。由于沉睡了十万年，他的脑内储存的词汇量实在是不够用，所以骂人的话不外乎就那两句。

伏伽的欲念在笼子里跳着脚破口大骂。

"抱歉。"玄微语速飞快地说了一句，然后亲自给这个菩提囚笼下了静音法术。

他唇畔露出一抹歉然的微笑，抬头看着脸颊有些微红的傅绾与宁蘅两人："我没想到……"

"无事。"宁蘅伸出手，揉了一下眉心，显然也对这个伏伽的欲念很是头疼。

"所以……"玄微歪着头，看着他们两人的目光柔和，"你们昨晚……"

宁蘅：你明明都猜出来了。

傅绾：为什么要再问一次？

"咳咳。"玄微见好就收，没有再打趣眼前两人，只将手中的菩提囚笼翻来覆去地看。

"这抹欲念，当年与我身体剥离开的时候，就已经完全独立了。"玄微唇角还是带着淡淡的微笑，"就算我死了，他也不会消失。"

"宁蘅，相信你也发觉了，这抹欲念的实力与日俱增的，他会强大到这个菩提囚笼关不住他为止。"玄微轻声说道，"我研究了多年，想出来的办法就只有这一个。"

他口中的"这一个"，指的就是将这抹欲念放入傅绾的肉身中，让欲念与肉身完全融合，欲念若是有了实体，才能够将他彻底消灭。不然这样一个无形物质，近乎意识的存在，又有什么办法能将他杀死呢？

宁蘅走上前两步，紧紧盯着玄微的双眸，声音冰冷："这是你的欲念，你想杀他，并没有必要牵扯其余的人。"

他的尾音留在了"人"这个字上，咬字咬得极重。玄微托腮，看

225

着宁蘅微笑着说道："天枢君呀，十几年之前你并不是这么说的。"宁蘅垂眸瞥了玄微一眼，让开了身子，让傅绾直视着自己的师尊。

"你与她说吧。"他的语气淡淡，带着一丝不易察觉的无奈。

玄微点了点头，看着傅绾柔声说道："那便说吧。"

十几年前的玄微与现在的他并没有太大差别。他日常的活动一向是到太玄岛旁的海边去走一遭，对着水面的倒影顾影自怜一番，然后再绕回太玄岛中央的菩提树旁睡觉。这样的日子很平常，他也习惯了每天的平静。

但一直有埋藏得很深的愁绪在困扰着玄微，他有一个秘密，他并不是玄微，而是伏伽假扮的。假扮多年，伏伽已经将自己完全当成了玄微。

他当年的那抹对于力量无穷渴望的欲念被剥离开去，这抹欲念成了一个单独存在的个体。玄微拿他没有办法，这欲念很是棘手，无形的物质，若是想要用法术或是兵器将之击杀，就仿佛提剑断水，造不成任何伤害。

若是要将他击杀，只能将之放入一个容器之中，引诱他与容器完全结合，等到这抹欲念拥有了实体之后才能够消灭。

玄微一直没有找到合适的容器，他并不想用一个活生生的人来当作关押这抹欲念的牺牲品。况且，这抹欲念也不是随便什么身体都能够关押的，玄微寻找了很久，能够对这抹欲念起到囚禁作用的只有菩提木。

效果最佳的，当然是通过《太一宝录》修炼而出的菩提木，但玄微并不想动用这块木头，所以暂且在太玄境之中栽种了一株普通的菩提树。太玄境中央那棵遮盖了整座岛屿的巨大菩提树，其实就是最开始的玄微种下用来囚禁伏伽欲念的牢笼。

但十万年过去了，这抹欲念没有被消灭，他一直在成长，直到太玄岛中央的那株菩提树再也关不住为止。玄微实在没有办法了，他虽然不想动用这最后的办法，但他也不能放任这抹欲念出逃，为祸修仙界。

所以，他取出了那块保存了十万年之久的菩提木，这块菩提木不大，看起来只是一株参天大树的一根小小分枝而已。但玄微比谁都明白，这菩提木究竟从何得来，这是由《太一宝录》修炼而成的本命灵

226

植上的一段。

玄微去了白日崖，找北斗神君借来了整个修仙界最负盛名的刻刀"琢世"。

当时北斗神君借给他这把琢世的时候，脸上的表情很是心痛："玄微真人，我知道您借走琢世，肯定有自己的用处，只是您要小心些用，这……这可是十万年的古董啊……"

玄微看着北斗神君，朝他柔和一笑说道："我自然会小心。"

在太玄境中，他手执琢世，面前是一块一人高的菩提木，该把这株菩提木雕琢成什么样子才好？玄微苦恼着，拿出琢世在菩提木上比画着样子。他的脑海中忽然闪过了十万年前那一抹难以忘怀的记忆，那是无尽海的中央，惊鸿一瞥的一张脸。不只海上的红莲记住了这张脸，彼时的伏伽也记住了这张脸。

他之所以会记得傅缩的长相，说来也好笑，也不过是因为她是玄微的徒弟，所以才牢牢记住了她的模样。玄微手中的琢世刻刀几乎是下意识地在菩提木上游走，逐渐出现了一个女子巧笑倩兮的面庞，是傅缩的样子。

玄微并不知道当年的傅缩到底去了哪里，但这么多年过去了，想来应该是死了吧？他在雕琢出这个人形的时候，手中琢世少输出了好几分的灵气，所以这具躯体也如同木头一般，很难与天地灵气沟通。

这个菩提木的身子，一开始就是给伏伽的欲念准备的，所以玄微不会让这个身体具有多么突出的天赋。菩提木是死的，早已经没有了灵魂，玄微的计划非常完美，他只需要将伏伽的这抹欲念埋入菩提木的身体中，等到他与菩提木的身体完全融合之后，再将这个身体杀死。

他本来打算将这个埋入了伏伽欲念的身体永远地关押在太玄境中，等待欲念与身体完全融合，根本没有打算让这个没有任何自我意识的雕像走出太玄境。但在玄微将伏伽的欲念藏进菩提木身体之后，意外发生了。

这个身体不知道什么时候，忽然有了自己的意识。即使这抹意识非常微弱，玄微还是发现了，他几乎是带着希望，去查探菩提木中出现的意识。不是真正的玄微的意识，而是一个……明显就是女子的意识。玄微面上出现了些许惊讶的表情，他不知道为何会出现这样的意外。

但他的计划还要进行下去，玄微带着这睡着的菩提木的身体，来到了太玄岛的幽冥深海之畔。他雕刻的手艺比起明羲来也毫不逊色，毕竟当年盘古骨剑就是他亲手雕制而成的。

卧倒在玄微身边沉睡着的傅绾双目紧闭，呼吸均匀，她的意识由于身体内伏伽欲念的挤压，变得格外弱小，因此就一直保持着沉睡的状态。玄微深吸了一口气，他准备将这个身体抛入幽冥深海的海底，让她在幽深的黑暗之中永远沉睡，让伏伽的欲念吞噬这抹意识，而后再将欲念与身体一起诛杀。

这个计划非常完美，唯一需要牺牲的只是从菩提木生出的灵魂，就在他下定了决心，一手运气，将傅绾的身体悬停至半空，准备将她送入幽冥深海海底的时候，意外却出现了。

这沉睡着的女子被玄微的法术托着，在他卸去了法力之后，她本应落入海中的，却有一人突然出现在了太玄境之中。太玄境里辽阔无边的幽冥深海，像极了睦洲的无尽海，来人一身红衣，神秘且不张扬，身形高挑，一闪身便将本该落入海中的女子揽入了怀中。

宁蘅抬眸看着坐在太玄岛畔的玄微，又低头看了一眼躺在他怀中的"傅绾"，神情平静，看不出太多的情绪来。

"天枢君。"玄微摇着身下轮椅的轮子，朝宁蘅靠近了两步。

十万年过去了，面对修炼了好几万年，才能够走出无尽海的宁蘅，他竟然也能如此平静。宁蘅没有认出玄微的真实身份来，他甚至都没有去搭理他。他只是看着怀里的傅绾，眸光幽深，眼波仿佛流淌了万年的河，她双目紧闭，长睫似蝴蝶轻落，面容与他记忆深处的那张脸一模一样。

玄微看着宁蘅，神色变得有些复杂，他柔声唤了一声道："天枢君。"

宁蘅低头看了怀里的傅绾很久，方才抬起了头，直视着玄微。

"玄微真人，也会在私底下将一个活生生的人抛入深海中吗？"他的言辞有些尖锐，看着玄微的目光冰冷。

玄微摇了摇头，有些无奈，他当然不可能自己暴露身份，对宁蘅解释现在藏在傅绾身体里的属于伏伽的欲念。但既然宁蘅亲自来到太玄境，并且展现了想要将他怀里的傅绾救下的意图，他也只能想办法说服宁蘅。

"天枢君，事情并不是你看到的那样。"玄微的声音柔缓并且冷静，"这是我以菩提木雕出的一个身体，用来关押当年伏伽留下的一抹残魂。"

宁蘅长眉一挑，面上似有疑惑："伏伽不是十万年前就已经死了吗？"

"并且还是死在你的手上。"宁蘅在十万年前，玄微与伏伽最终决战之前，就已经重新陷入了沉睡之中。

等他苏醒过来继续修炼之后，就听说了伏伽已经被玄微杀死。玄微眨了眨眼，没有说出真相："我当年确实是已经将他杀死，但他过于强大，就算他已经身死，却留下一抹残魂，我难以解决。"

"这抹残魂先前被我封印于太玄岛中央的菩提树中，但他日渐成长，我压制不住，只能想出这个办法来将他彻底消灭。"玄微冷静地说道，他将"伏伽欲念"说成是"伏伽残魂"，以免暴露自己的真实身份，"伏伽残魂是无形物质，以常规手段我无法将其消灭，只能以菩提木雕刻出一个身子来，将残魂埋入其中，待残魂与身体完全融合之后，才能够将残魂与肉身一起杀死。"

言及此，宁蘅轻轻哼了一声。他又垂眸去看怀里的傅绾，她的气息与十万年前他遇到的傅绾一模一样。宁蘅怀里的傅绾虽然在沉睡着，但呼吸均匀平静，一看就是一个有灵魂的躯体，怎么可能会是一块菩提木？

似乎看出了宁蘅的疑惑，玄微只能轻咳一声说道："之前她确实是没有意识的，但方才出了一点意外……"

玄微的声音也很是惋惜："伏伽残魂若是出逃，会对修仙界造成怎样的伤害，相信天枢君你也清楚。"

宁蘅抬起眼睑，瞥了一眼玄微，轻轻"嗯"了一声。

"菩提木身体里出现的这抹意识来得突然，但我已经将伏伽的残魂埋入她的身体之中了，天枢君若是不信，自可查看便是。"玄微除了隐瞒了所谓"伏伽残魂"其实是"伏伽欲念"的事实之外，几乎是将所有的实话说出来了。

宁蘅低头，以神念查探了一下傅绾的身体，发现玄微所言非虚。傅绾的身体深处，确实沉睡着一个意识，有着伏伽的气息。纵然知道了玄微并没有说假话，但宁蘅还是非常固执，他紧紧抱着傅绾，没有一点想要将她交还给玄微的意思。

"我欠她一份因果。"宁蘅的咬字非常清晰，"十万年前拥有这张脸的人曾经救过我一命。"

现在的玄微就是十万前差点将宁蘅杀了的罪魁祸首，他当然知道宁蘅所言的"因果"究竟是什么意思。他只能轻轻叹口气说道："不过是有张一模一样的脸罢了。"

说完，他的心里充满了懊悔，后悔自己为什么要将这个菩提木的躯体雕刻为当年那个玄微亲传弟子的模样。

"我自无尽海中走出之后，自然是在寻找她的踪迹。"宁蘅没有同意玄微的说法，"我卜算她的踪迹，就在此处。"

玄微察言观色的能力极强，他观察宁蘅的表情与语气，马上便确定了宁蘅今日就是准备将傅绾救下。无奈，他只能柔声问道："那么天枢君想要如何？"

"既然这菩提木的身体已经有了意识，那么你断然没有将她葬入深海的道理。"宁蘅表示自己的目的非常明确。

"天枢君想要她活着？"玄微闻言，看着宁蘅露出了柔和的微笑，"那么伏伽的残魂如何解决，放任他一直强大下去？"

宁蘅眯起了眼睛，他启唇冷声说道："伏伽若借这一抹残魂重生，再将他杀死便是。"既然十万年前，伏伽能死一次，那么十万年后，再将他杀死也不难。

玄微歪着头，眉间那一抹金光微微闪烁："天枢君，伏伽的残魂已经寄居在这身体之中了，虽然他现在还沉睡着，但谁也不知道他什么时候会醒过来，他若是醒过来，便会占据这个身体，你怀里的这个姑娘一样要死。"

宁蘅抬手，捏了一下自己的眉心："只有这一个办法能将伏伽残魂杀死吗？"

玄微点了点头说道："没有人比我更了解他。"宁蘅沉默了，他抿唇抱着傅绾，久久没有说话。

"这伏伽的脾气你也知道，就算它的这抹残魂还在身体之中沉睡，他也会持续不断地散发出恶念来，影响着身体里的这个弱小的意识。"玄微的声音带着些许无奈，"天枢君，在我将伏伽残魂种人这个身体的那一刻，她就是必须要死的。"

宁蘅伸舌，舔了一下自己有些干涩的唇："那便晚点死。"

玄微靠在轮椅上，托腮看着眼前的宁蘅，内心涌出了许多复杂的思绪，果然是他，就连做事都如此固执。

"她就算能活下来，也会是一个坏人。"玄微看着宁蘅怀里安静睡着的傅绾，轻声说道，"天枢君，你不怕伤及无辜吗？"

宁蘅轻轻一挑眉，似乎想起了什么。他抱着傅绾，走上前两步说道："那么让她将所有恶意，对着我便是。"

玄微本来还打算继续劝说宁蘅的，但当宁蘅将这句话说出来之后，他的呼吸一滞，竟没能说出话来。

"伏伽残魂会源源不绝地散发恶念，影响她？"宁蘅又重复了一遍，生怕玄微没有听清楚，"对着我来便是，她能多活一日，便是一日。"

玄微思考了很久，不知道该用什么方法来反驳宁蘅说的话。但他终究不是十万年前那个伏伽，他是玄微。所以，他只能低垂着头，妥协了，他轻声说道："既然天枢君执意如此，那便如此。"

玄微抬眸，紧盯着宁蘅的双眸，好心提醒他道："这抹伏伽的残魂，究竟会如何影响她的灵魂我尚且不得而知，但我会想办法将这些恶念降至最小。若她身体里的伏伽残魂醒过来，完全占据她的身体，我会亲手将她杀死。"

"若天枢君这些都能接受，我便应允你，让她活下来。"玄微的声音轻缓，将所有未来会发生的情况与宁蘅说了一遍。

宁蘅听完，没有丝毫犹豫，便点了点头："可以。"

玄微无奈地叹了口气，他万万没有想到，事情居然变得如此复杂，但宁蘅执意要保下傅绾，他也没有办法无视宁蘅的意见。

"天枢君莫急，我先想个办法。"玄微朝宁蘅伸出手，示意他先将傅绾给还回来，"伏伽残魂在身体里产生的恶念，需要一个渠道释放，不然这恶念无处疏导，迟早会侵蚀她的所有意识。"

"你要用什么办法？"宁蘅瞥了玄微一眼，目光淡然。

若现在的玄微还是十万年前的伏伽，看到宁蘅这副欠揍的表情，早就冲上去跟他打起来了，但他是玄微。所以，玄微只能保持完美的微笑说道："先前天枢君不是说好了吗，让她将所有的恶意对着你便是。"

宁蘅挑眉，点了点头，没有否认。

"是这样的。"玄微心想自己得想办法摆宁蘅一道，他伸出手，不知道从哪里掏出来了好几本书，"这是太玄境中关押的荒墟十二妖星瞳非常喜欢看的一些话本子……"

宁蘅低头，瞥了一眼玄微手中的《蚀骨宠溺：蛇后太嚣张》，忽然有了一种不太好的预感。

"是这样的，这话本子里的内容虽然比较……嗯……不堪入目，但里面总是有一个善良冰清玉洁的女主角，还有一个衬托女主角存在的恶毒女配角，这个女配角呢，一直在仇视、嫉妒着女主角，并且处处跟女主角作对。"

"让她当女主角吗？可以。"宁蘅尚且不知道玄微脑子已经冒出的大胆想法。

玄微摇了摇头，指了一下宁蘅自己说道："天枢君，女主角是你。"

"她是女配角，这样正好能将伏伽残魂带来的恶念慢慢释放。"玄微托腮，认真说道，他会有这样的想法，并不是灵机一动，虽想要摆宁蘅一道，但也是经过了认真的考虑。

"我会将这些小说里的一些剧情放入她的记忆之中，让她身为女配角慢慢释放伏伽残魂带来的恶念。"他继续说道，但宁蘅却没有搭话。

"天枢君，你怎么不说话？"

"天枢君，你犹豫了吗？"

"天枢君，你刚才可是说都对着你来的！"

玄微脸上带着和蔼可亲的微笑，一连声说道。宁蘅沉默了许久，他仔细思考了一下玄微提出的办法，惊讶地发现玄微说出的这个解决办法竟然是可行的。

他无奈，只能点了点头："可以。"

玄微那饶有兴味的目光打量了一下宁蘅，柔声说道："等我几日，我将这些话本子里的剧情整理好，你来爻山。"

"我以什么身份？"宁蘅抬眸问道。

玄微随手翻看了一下手中的玛丽苏小说道："一般来讲呢，这个女主角都是什么大师姐的身份……这样吧，你当爻山最新一年拜入山门的女弟子如何？"

他的咬字着重在"女"这个字身上。

宁蘅轻轻皱眉，似乎在做着非常纠结的心理斗争。

末了，他只能点了点头说道："可以。"

玄微看着宁蘅那略带些无奈的目光，心想十万年了，他总算是能真真正正将无尽海中央那株红莲坑一次了……那时的傅绾一直处于沉睡之中，当然不知道宁蘅与玄微究竟说了些什么。反正，等到她醒过来的时候，自己就成了在曜洲爻山附近修炼的小修士。

醒过来的傅绾，理所当然地准备拜入最负盛名的爻山。当她踏入爻山的宗门，在成千上万想要拜入爻山的普通修士中间挤来挤去时，在人海中央，傅绾只一眼就发现了那个身影。那人一身以云缎裁就的飘逸白衣，面容绝美出尘，气质高雅如莲，宛如天外上仙谪落凡间，是假扮为女子的宁蘅。

"你是同一批拜入爻山的弟子中修为最高的，我以后是不是要叫你师姐？"傅绾下意识走了过去，激动地搓搓手问道。

宁蘅冷着脸，尚且没有适应自己的身份，他应了一句道："生分。"

"若是叫师姐生分，那要叫什么好？"傅绾疑惑问道。

宁蘅心念一动，想到了十万年前她曾经唤自己的称呼，便回答道："我名唤宁蘅，你叫我阿蘅便好。"

傅绾点了点头，一拍掌心唤了他一声："阿蘅师姐。"

宁蘅美丽的长睫轻颤，扭过头看了满怀期待的傅绾一眼，眼中似有复杂的神色。

"嗯。"他应道，唇角有一抹不易察觉的微笑，似冰雪消融。

这便是傅绾记忆中，她与宁蘅的第一次相遇，而当晚她便做了那个预知未来的梦，在梦中看到了那本书。

第十七章

　　太玄境中，岛上菩提树下，傅绾听玄微将有关宁蘅与梦里那个话本的来龙去脉说了出来。她听完之后，沉默了许久，自己也不知道该说些什么。傅绾回忆起自己拜入爻山十几年来的点点滴滴，总感觉有一种难言的情绪涌上心头。

　　宁蘅终于开口了，他看着玄微冷着声说道："你当初并没有说将一整本书的剧情都放进了她的记忆中。"

　　"那个话本为何能将我们的经历完全预测出来？"宁蘅发现了其中的不对劲，说出了自己的疑问。

　　"你还记得，十万年前，你在无尽海中央消失之前，从随身锦囊里丢出的那些东西吗？"玄微将目光转向了傅绾，声音带着些颤抖。

　　傅绾忽然想起了什么，她瞪大眼，想起了自己当时被伏伽追杀，情急之下掏出了玄微给她的另一个锦囊，但由于手忙脚乱，还一并带出了许多东西。

　　本来她觉得将《太一宝录》还有伏伽的那枚利齿丢失是最严重的损失，但现在回想起来，她还丢了很多本……玛丽苏小说，还有自己为了探究话本的剧情，亲自写下的所有剧情点！

　　傅绾有些不敢相信，她咬了咬唇问道："我当时为了探究我梦中所

234

见的话本上的剧情究竟从哪里来，所以将所有关键的剧情点全部写在了纸上，以便回到十万年后再来问……问你。"

"但当时我情急之下，这些纸全部遗失在了无尽海的中央。"傅绾感觉到自己有些不能呼吸，"这些纸都被你收集起来了？"

玄微点了点头，他当时只是顺手而已，那些纸上究竟写了什么，他也没有细看。

"我与她被你传送到十万年之前，她将她所经历的故事写下。"宁蘅忽然开口，看着玄微说道，"后来，你得到了她记录自己故事的纸，因而将纸上的文字整理，写为一本书，放入她的记忆之中？"

玄微点了点头，傅绾听完宁蘅的话，才恍然大悟，她非常懊悔："早知道我当时就把我写成女主角了！"

玄微听她如此说，觉得有趣，这才轻笑出声道："你当时并不知道现在会发生什么。"

"你就不觉得奇怪吗？十万年前的人身上掉落的书页，刚刚好就预言了十万年后发生的事。"宁蘅此时的言辞有些冷冽，似乎正在质问玄微。

玄微抬眸，又伸手将菩提树下的清茶捧了起来，他喝了一口茶，柔声说道："我当时确实是感觉到奇怪。"

玄微又开始说起了自己的回忆，宁蘅与玄微达成了保住傅绾性命的协议，宁蘅先离开了。而此时的玄微陷入了苦恼之中，他的计划很简单，让傅绾当恶毒女配角，让宁蘅当女主角，然后让傅绾慢慢释放因为伏伽欲念带来的恶意。

要写个什么故事呢？这是玄微最苦恼的事情。他拿出了给星瞳买的玛丽苏小说，随笔在上面写写画画做笔记，找些灵感，玄微在思考该用什么方法才能优雅且不失尴尬地借这个机会好好坑宁蘅一下。他翻遍了手上所有的玛丽苏小说，看完之后感觉脑袋有点晕，这些小说里的情节都太老土，还不够，还需要多看几本，玄微如是想。

于是他想到了十万年前，从那个所谓的玄微亲传弟子身上掉下来的东西。当时的伏伽也很惊讶，这个女弟子的身上怎么会掉下自己偷偷扔到无尽海里的一枚乳牙，还有《太一宝录》与玄微给她的另一个锦囊。还有那些乌七八糟的玛丽苏小说，伏伽把它们当成这个女弟子的恶趣味，将地上的所有书一股脑儿收了起来，丢到一边，没有细看。

直到今日想起，玄微才灵光一闪，为何不从这批玛丽苏小说里找一些剧情呢？于是玄微将十万年前傅绡遗失的书统统找了出来，历经十万年的洗礼，这些书的纸张变得有些泛黄，但字迹还是清晰的。玄微注意到了在成本的小说之中，还掺杂了一些单张的纸，几乎是下意识地，他将这些纸给找了出来，仔细察看。

当看到纸上明晃晃的"女主角宁蘅"与"女配角傅绡"几个关键字的时候，玄微眯起了眼，眼眸之中露出难以置信的光芒。他觉得自己似乎是陷入了一个圈套，命运的圈套。

他将纸上记录下的剧情全部浏览了一遍，明明是十万年前遗失的纸，但上面有很多的人名，却是十万年后的人。

"厉鸿光……睢洲的那个魔修吧？"玄微执笔自言自语说道，"颜鳞……是北斗神君的亲传弟子吧，还有爻山长老们的名字，这……"

他越看越觉得恐惧，"女主角宁蘅于幽冥血池重伤，带伤逃入睦洲为温琅所救"后的剧情发生了变化，纸上的剧情在这之前还非常详细，仿佛亲身经历一般，但之后的剧情就简单了许多，几乎就像从其他几本玛丽苏小说上抄下来的一般。

玄微不知道为什么纸上会写下这些文字，他顺理成章地将傅绡当初散落的纸和书页上的文字剧情编成话本，放入了傅绡的记忆之中。他想过这也许只是一个巧合，但后来宁蘅亲自来了太玄境之中，说出的话更令他震惊。

"我差不多准备好了。"一位白衣的绝色女子来到了太玄境之中，白衣翩跹，似天仙谪落，正是宁蘅，他已经扮作女子。

玄微早已经将话本剧情放入了沉睡着的傅绡的记忆之中，让她慢慢适应这本书的剧情。他看到了宁蘅的样子，忍住了笑意，轻咳一声说道："天枢君变为女子，也如此好看。"

宁蘅轻轻哼了一声，他随口说道："我在来爻山之前，在爻山山门附近随手救下了一个还未开始修炼的普通人，他说他很想拜入爻山。"

他当然只是随口一说，但玄微上了心："嗯？有人还未修炼就想拜入爻山，叫什么名字？"

"记不太清，应当叫尹朔。"宁蘅随意说道。说完，他又自顾自开始说了起来，"伏伽欲念藏在她的身上，极其危险，为了保险，我去找了一位相熟之人前来帮助你我定下的计划顺利推进。"

他当真是很用心在准备了，但玄微愕然了，他在听到"尹朔"这两个字的时候，便想到了那纸上记载的剧情，竟然真的有这个人，宁蘅真的救过他，还是以女子的形象救的。

"那相熟之人是谁？"玄微犹豫着开口问道。

宁蘅挑眉，他并不知道此时的玄微脑海中已经掀起了惊涛骇浪，他只平静地说道："名唤郁珏，是隐元神君座下之徒，千年之前偶然相识。"

末了，他又补了一句说道："他做事稳妥，给钱什么都做，若我们的计划出了岔子，让他帮忙便可，多做一分准备便也更稳妥些。"

宁蘅一连串说了这么多，却看到玄微的目光中露出了困惑的神色。

"玄微真人？"宁蘅又唤了一声，试图让玄微回过神来。

玄微压下心中涌起的许多念头，这才挂起了微笑说道："天枢君远见，你叫的人必然也是稳妥的，我已将她是'女配角'，你是'女主角'的设定放入了她的记忆之中，这些设定并不会影响她自己平时的意识与行动，未来会如何，便看天枢君的了。"

待宁蘅走后，玄微独自一人，阅读着傅绾留下的纸和书页上的文字，陷入了久久的沉思之中。到底是为什么……为什么会发生这样的事情？十万年前的纸和书页，上面却写着十万年后将会发生的事情……如此荒谬。玄微伸出手，捏了一下自己的眉心，试图理清这件事。

他知道未来剧情的转折点出在傅绾与宁蘅前往睦洲的无尽海疗伤，再之后书页写下的剧情就非常简单了。十万年前，十万年后……他咀嚼着这几个字。玄微独自一人在太玄境中思考着十万年所有的细节，菩提叶随风轻轻摇动，发出沙沙的声响，终于，他总算是想明白了。

十万年前的玄微亲传弟子傅绾与十万年后他亲手雕刻下的菩提木，是同一个人。傅绾被传送回十万年前，结合自己的亲身经历，把剧情写下来，然后写着剧情的纸和书页辗转来到了他的手上，他又将这剧情放入了傅绾的记忆之中。

那么，将他们传送回十万年前的人是谁呢？玄微思及此，低下头，看着自己的手，沉默了，原来他已经不知不觉走入了命运的圈套之中。用菩提木雕刻出傅绾的模样，宁蘅来访保下傅绾性命，他将十万年前遗落的纸和书页上的剧情写成话本放入傅绾记忆之中……

如此一连串操作下来，他早已经不知不觉经历了命中注定的故事。不得不按原剧情走的不只是傅绾，还有他。玄微明白了，他必须要让剧情走下去，然后让宁蘅与傅绾来到无尽海的中央，然后将他们传送回十万年前。

玄微将自己的回忆说到这里，便停顿了下来，面对着傅绾愕然的目光，微微笑着。

"是你将我与宁蘅传送回了十万年前。"傅绾一字一顿说道，当我们失去意识之前，看到的是鲲鹏的虚影。

玄微点了点头，面容平和且冷静："是我。"

"为什么？"傅绾与宁蘅异口同声问道。

他们两人被传送回十万年前，才发生了这么多事情，但玄微早已经知道了来龙去脉，他又没被命运掐着脖子让他一定要这么做，他又有什么不得不将他们传送回十万年的理由？

"我不想让他死，即便只有那么微末渺茫的一丝希望，我也想要去争取。"玄微看着面前两人，伸出手抚上了自己眉间的金光，声音和缓平静。

他口中的"他"，自然指的就是当年的玄微。

"什么不想他……死？"傅绾不依不饶，继续问道。

她明白现在玄微口中的"他"，指的就是十万年前真正的玄微，但玄微与伏伽不是势如水火的吗，为什么他不想玄微死？

"你不知道为什么吗？"玄微忽然挑眉，面带疑惑地看向傅绾，"当年我盘古骨剑上的三个关键性符文，是你用我掉落的牙齿磨去的吧？"

"这三个关键性符文上有我不愿意想起而封存起来的记忆，你既然能够解开这符文上的防护法术，应该是猜出了那三句话……能猜出那三句话，你对我当年之事还不了解吗？"他继续说道。

傅绾挠了挠头，老实承认说道："我乱蒙的。"

玄微：还有这种操作？

他轻叹一口气说道："那我慢慢说与你听。"

"我跟你讲，你不要给脸不要脸！"一尾银白色的鱼尾猛地拍到另一条银色小鱼的身上，把他撞到水中的黑色礁石上，"你是我们族群里最弱小的，我们没有抛弃你就算看得起你了！走开！让我们先吃！"

那条小小的鱼儿比鱼群里别的鱼要更加瘦小，别的鱼都是银光闪闪熠熠生辉，只有他身上的鳞片有些许破损，看起来很可怜。这条小鱼被一旁的鱼拍到了礁石上，只觉得全身剧痛，但他无法反抗，也只能灰溜溜地游到一边。

从远处望去，在这宽阔的大河中央，有一整片的银色鳞光，仿佛日光照耀洒下了光辉。这是一个群居的鱼群，这些鱼儿受修仙界灵气的影响，有了灵智，所以能够自发形成一个小团体，共同狩猎谋生。就在方才，这群银鱼发现了一只试图涉水而过的灵兽，一窝蜂冲了上去。

这些银鱼看起来很是美丽，鳞片闪闪，但美丽之下隐藏着致命的危机。他们一拥而上，张开了嘴，嘴里是锋利的牙齿。这些尖利的牙齿直接撕扯开了那硕大灵兽的皮肉，鲜血如雾一般在水中散开，有的银鱼还贪婪地在血雾之中穿梭，试图将红色血液都吞入口中。

鱼群中最瘦小的那条小银鱼在簇拥的鱼群之中不知所措，他也想冲上去啃两口，但次次都被同伴们挤开。

"伏伽！你干吗！"其他鱼发现了伏伽试图靠近灵兽尸体，便叫住了他，然后一尾巴把他甩到了旁边的礁石上，便发生了方才的那一幕。

伏伽看到其他银鱼将这灵兽的尸体瓜分完毕，只余下一个白色的巨大骨架，这才慢悠悠地游了上去，啃噬着森森的白骨。白骨上当然没有什么血肉可食，所以伏伽也只能随便啃了两口，无助地在骨架之中穿梭着。

旁边的其他银鱼传来嘻嘻哈哈的声音，他们随便看了一眼伏伽无助的身影，就一甩尾巴，准备离开。这里的猎物吃完了，自然是要去寻觅下一个敢踏进水中的灵兽。伏伽是族群之中最弱小的银鱼，每次狩猎过后，能留给他的东西只有白森森的骨架。没有食物，他永远也成长不起来。

他的利齿无奈地在白骨之上啃了几下，什么也没有吃到，饿着肚子的他只能一摆尾巴跟上族群。在这条大河之中，弱肉强食，像他这般弱小的存在，只能跟着自己的族群，若是落了单，就会被其他更加强大的水中灵兽杀死。

这就是后来的睦洲之主伏伽目前的生活现状，苟延残喘而已。身为那银鱼族群中最弱小的一只，他未来的命运不是饿死，就是被族群抛弃。但在某一天，出现了意外。

那是一枚静静垂落到水中的鱼钩，或许可以暂且把它称之为"鱼钩"。作为一群在大河里生存的鱼类族群，他们对于人类垂钓的工具当然是非常熟悉的。他们是吃血肉的鱼，所以一般的鱼钩根本钓不上他们。但今天垂落到水中的鱼钩，非常奇特。

因为这鱼钩上没有钩着鱼饵，它的末端也不是弯曲的，而是直的。这玩意儿真的能钓到鱼吗？围观的银鱼们很是好奇，纷纷在旁边游来游去围观。一个小小的身影在远处看着这群银鱼对一个奇特的鱼钩产生兴趣，他不敢凑上前去，只能远远地偷看。

这个时候，一直热衷于欺负他的某个同伴大喊了起来："伏伽，伏伽，你怎么不过来看看？"

伏伽连忙往后退，他开始有一种不祥的预感。围在鱼钩旁的银鱼们冲了上来，将伏伽推了过去："跑什么啊，快过来看一下啊！"

伏伽在那直直的鱼钩旁游了一圈之后，正打算说些什么与同伴交流的时候，一旁却有一条强壮的银鱼用尾巴推了他一把。

"我们只见过那末端弯曲带着鱼饵的鱼钩钓上过鱼，也不知这直的鱼钩到底是何名堂……"有同伴说道。

"对对，我们也很好奇！"

"要不伏伽你上去试一下？"

这个时候，又有银鱼甩了一下尾巴，将伏伽给推到了鱼钩旁边。

"对对对，伏伽你就去试试！"

一旁的鱼群叫嚷着，竟然纷纷凑了上来，将那末端笔直的鱼钩上连着的鱼线叼过来，缠绕在伏伽的身上。伏伽被银鱼推搡着，总算是明白了这是怎么回事。他要被自己的族群抛弃了，其他同伴借着这个机会，开玩笑一般，想要让他消失。

伏伽没有办法反抗，只能任由着鱼线缠绕在自己身上。他被绑成了一个粽子，挣脱不开，只能呆呆地看着自己的同伴扬长而去。伏伽也没有再挣扎，就这么安静地等待自己被人钓上去，然后成为盘中之餐。

过了许久，那鱼线猛然绷直，伏伽就这么被提了上去。断龙河上的悬崖瀑布之上，有一人闲坐，托腮眯眼，看起来就要睡着了。这人黑发黑眸，眉目俊美温和，唇角永远挂着一抹熨帖的笑意。

他手中拿着一根钓竿，末端垂入瀑布之下的断龙河支流，许久方才握紧了手中钓竿，将鱼线提了起来。一点银光在明朗的日光下闪烁，阳光照在鳞片上，发出闪闪的光芒。玄微怀疑地看了一眼手中的钓竿，愣住了。这也能钓上来？

近日来，玄微修炼进入瓶颈，他实在是无聊得紧，便开始寻找放松心情的办法。相熟的修士向他推荐了一项非常修身养性的运动——钓鱼。

"玄微真人哪，你若是想要放松心情，这钓鱼就是最好的休闲方式啊！"旁人道。

玄微面带微笑地拒绝了，摇了摇头说道："我不食鱼，若是钓了上来，岂不是害了无辜之鱼的性命？"

"这钓鱼呢，重要的不是钓上来鱼，而是在钓鱼的时候那平静的心境……"旁人继续劝说，"若玄微真人担心害鱼性命，那鱼钩上不放任何鱼饵，便也不会有鱼儿上钩了。"

玄微想想也是，他实在是找不到其余放松心情的办法，便接受了这个建议。于是，他准备了齐全的钓具，来到了修仙界最宽广的一条河——断龙河的河畔。玄微放下鱼篓，在身下放了一个小小的板凳，就有模有样地坐了下来。友人说得对，钓不钓得上来鱼不重要，重要

241

的是仪式感。

于是，玄微伸出手，去将鱼钩末端的弯曲抹直了，以防真的有傻瓜鱼被钓上来。玄微满意地看着自己手中的钓竿，还有笔直的鱼钩，确定这样子不可能钓上来鱼之后，这才放心地一抛鱼钩，握紧了钓竿末端，开始发呆。

悬崖瀑布之上，是断龙河，悬崖瀑布之下，是断龙河的支流，这条支流宽阔平静，生活着许多不同的河中族群。生活在支流中的鱼儿们，终其一生也跨越不了这条垂直湍急的瀑布，游到断龙河里。玄微本来就是借着钓鱼，放松自己的心情，所以他坐在板凳上，做足了架势，只抛出了没有鱼饵的笔直鱼钩。

在河里的银鱼同伴们咬着鱼线，试图将它缠绕到伏伽的身上的时候，玄微就已经感觉到水里的动静了。玄微疑惑地看着自己手上的钓竿传来了隐隐的振动，心想不会吧，这么直的钩也能钓到鱼？他没有直接提起钓竿，反而是非常有耐心地等待了很久很久。

等到青竹钓竿传来的动静消失了很久之后，玄微想就算再傻的鱼应该也能挣脱了吧。他揉了一下一直保持着同个动作有些酸的手腕，这才慢条斯理地将钓竿提了起来。这不提不知道，一提吓一跳。玄微看着鱼线末端闪着的一点银光，心想完了，他居然真的钓上鱼来了。

无奈，玄微只能拈起手中鱼线，看看被钓上来的东西。这是一尾非常漂亮的银鱼，只是他的身上有些许鳞片脱落，看起来有些可怜的样子。细细的鱼线缠绕在他的身上，似乎捆了好几圈。伏伽现在还是条没有什么法力的小小鱼儿，所以没有看清楚把他钓起来的人究竟是谁。他扑腾了一下尾巴，心想自己都要死了，便恶向胆边生，开始破口大骂。

"你钓到鱼了！但是你也快没了，你开心吗？"伏伽的身体被渔线缠绕着，只能扑腾着说道。

这要换了别人，还真听不懂一条鱼说的话。但玄微能听懂，他识得百兽之语，就算是数量最少的种族的语言，他也学习过。所以玄微一听，便听清楚了这鱼到底在说什么，他当然不会介意这条鱼骂他。

玄微轻笑一声，没有说话，只伸出手将那缠绕在鱼儿身上的鱼线解了下来。说起来，这条鱼会这么狼狈，还是要怪他闲来没事垂钓，玄微带着些许歉意。伏伽当然不知道玄微到底想做什么，当他身上的鱼线被解开之后，他便甩了一下尾巴，恶狠狠地瞪着面前的人。

而玄微将身边的鱼线整理好之后，这才抓起了这尾阴错阳差钓上来的银鱼，顺手一抛，伏伽便被抛回了水中。只是玄微忘记了自己是从断龙河的支流将他钓上来的，却顺手将他扔到了断龙河的主河道中。用一个笔直的鱼钩，钓上来了一只会骂人的鱼，这对于玄微来说，只是一件比较奇特的日常琐事而已。他收了钓具，便又回到曜洲，继续认真修炼去了。

但对于伏伽而言，是他人生翻天覆地的变化。断龙河横穿了整个睦洲，它的源头就是无尽海。伏伽落入了断龙河的水中，被迅疾猛烈的河流推挤着往下游落去，他回眸看了一眼水流的方向，知道若是落入了这瀑布，就会回到自己最初生活的地方。

不，他不能再回去。于是伏伽铆足了一股劲儿，开始逆流而上，往断龙河的尽头而去。也不知道游了多久，伏伽只感觉到自己全身的力气都要用光了，终于，他感觉到自己周身那股强烈的湍急水流终于慢慢消失了。

他来到了一个平静的地方，这里是睦洲的无尽海。银白色的鱼儿在无尽海的水面上翻起了肚皮，他觉得自己很快就要死了，因为这里没有任何食物。伏伽在无尽海的海面上漂来漂去，他在意识模糊之间，看到了一株红莲，他神秘圣洁，周身散发着摄人心魄的力量。

仿佛是受了蛊惑一般，伏伽朝那里游了过去。他不是受红莲的美丽迷惑，而是被红莲周身散发的强大力量吸引，他那么弱小，所以他对强大的力量有着近乎狂热的追求。伏伽游了过去，发现红莲的根部一直在源源不断地汲取着来自无尽海的力量。

这丝力量散了些许到无尽海的海底，伏伽看着那纯净并且源源不绝的力量顺着红莲的根茎而上，忍不住凑了过去，但他没能接近无尽海的正中央，他被一股无形的力量挡住了。

伏伽在红莲的莲叶下游来游去，感觉有些绝望。他知道这株红莲就是这片无尽海乃至整个睦洲的主人，无尽海供给他成长的力量，他只需要分得亿万分之一，就能够活下来。伏伽贪婪地看着那源源不绝的力量，忍不住甩了一下鱼尾，无力地说道："可以放我进去吗？"

红莲没有说话，他还在修炼之中，对于外界只有一丝懵懵懂懂的感应。他听到了伏伽说的话，能够听出伏伽语言中的绝望之意。红莲静静伫立，美丽的花瓣随风摇动，他动摇了。伏伽感觉到自己身体里的力量马上就要流失光了，他只能用尽剩下的几分力气说道："求求了，我只需要你的力量的亿万分之一，我就可以活下来。"

"这是多么微不足道的力量……"伏伽无力地说道，"对于你来说是无关紧要，可是对于我来说是能救命的。"

红莲感知到了他身边这条小小鱼儿强烈的求生欲望，如同连绵的山岳一般，压得人喘不过气来。也对，他只需要分给这条小小鱼儿亿万分之一的力量，小鱼就能活下去。于是，懵懂的、尚且不知世事险恶的红莲轻轻摇了一下花瓣。

自无尽海传递给红莲的力量分出了丝丝缕缕来，伏伽竟然能够接近无尽海的中央。他贪婪地吸收着那几分力量，纯净的能量注入身体之中，他感觉到了前所未有的奇妙体验。难道，这就是拥有强大力量的感觉吗？伏伽感觉到自己瘦弱的鱼尾都变得有力了几分。

他甩了一下鱼尾，不知疲倦地吸收着无尽海传递给红莲的力量。伏伽想，他现在觉得亿万分之一的力量还不够，他想要更多，乃至全部。反正，无尽海中央的这株红莲不会说话也没有意识，也不知道什么时候才会苏醒过来，他借来用用又何妨？他本来就是食血肉之鱼，暴虐贪婪是他骨子里的天性。

伏伽将无尽海供给红莲的力量吸收完毕之后，绕着红莲游了一圈，他舔了一下利齿。这无尽海乃至整个睦洲都在为这株红莲提供力量，凭什么？凭什么红莲可以有，他就没有呢？凭什么在河里的那些同伴天生就身体强壮，唯有他弱小呢？凭什么那个把他钓上来的修士拥有如此强大的修为？

伏伽越想越不明白，他只能甩了一下尾巴，回身重重撞上了无尽海中央的那株红莲。红莲纤弱的身子轻轻摇了摇，不为所动，没有给伏伽答案。伏伽他抬起头，越看无尽海中央的这株红莲，就越觉得不顺眼。

　　他张大了嘴巴，直直朝着红莲的根茎咬了过去。食血肉之鱼，从来就没有记得别人恩情的道理，旁人给予他半口饭吃，他只会记得旁人没有将全部的饭都给他。他咬上了根茎，听到了咔嚓一声，感觉牙齿上传来一阵剧痛。

　　他引以为傲的利齿掉了一颗，但红莲毫发未伤。小小的锋利牙齿沉入了无尽海的海底，带着一丝丝的血迹，仿佛连绵的红线一般，连接到了伏伽的嘴边。

　　无尽海在保护这株红莲，他再也接近不了无尽海的中央了，只能无趣地游开。他去不了无尽海的中心，接近不了那株红莲又有什么关系？反正他已经将无尽海与睦洲供给红莲的力量全部夺了过来。

　　伏伽原本银白色的、瘦弱的鱼身忽然泛起了金色的光芒，耀眼的鳞片遍布了整个身体。他的身体开始以极快的速度长大，原本残破的银色鳞片变成包裹全身的铠甲，小小的利齿变长变锋利，仿佛嶙峋的怪山。这纵横了整个无尽海的巨大身体蕴含着恐怖的力量，这巨大的鱼身朝天一跃，便展开了遮天蔽日的双翼。

　　世上本来就没有鲲鹏这种妖兽，伏伽的原形是他从红莲处夺走了无尽海的力量之后杜撰出来的。他要一探入海，举手投足便能掀起惊涛骇浪。他要一跃飞天，直上云霄，再无人能压在他的头上。只是不论他的外表如何变化，身体的力量如何强大，他那妖骨上镌刻的古老妖纹却没有办法更改。

　　那妖纹质朴古老，仿佛儿童的简笔画一般，昭示了伏伽的真实身份。他不是什么鲲鹏，而是一条微不足道的小鱼而已。伏伽想，他要未来永远不会有暴露自己妖骨的机会。他如此强大，怎么可能会受伤呢？

　　百年过后，有一位俊美邪肆的青年从无尽海中走出。伏伽在睦洲遇到了许多妖类，他们都对他俯首称臣，他夺走了红莲的气脉，成了睦洲之主。再后来，他以无尽海中走出的唯一大妖的身份，认识了未来的诸天七皇。

　　在看到玄微的时候，伏伽就觉得自己看他不顺眼。这个人太善良，而且每次遇上玄微，伏伽就觉得有一种不安，他的过去只有两人知道。一人，便是从断龙河的瀑布之上将他钓起来又将他放走的无名修士，当时的伏伽只是一条小小的银鱼，根本没有看清楚那个修士是谁。另一人……严格来说也不能算是人，便是无尽海中央的那株红莲，那株红莲是伏伽最为惧怕的存在，但他一时半会儿还奈何不了他。

至于他当初所在的食人鱼族群，早已经被伏伽亲手消灭，连一条鱼苗苗都没有留下来。伏伽对于自己的过去讳莫如深，所以他搜寻、卜算过当年那个修士的踪迹，却一无所获。他舔着利齿想，能够躲过他搜寻卜算的人，除了修为在他之上的人，就只有死人了。

伏伽知道先神盘古开天辟地、定分阴阳之后，就要开坛讲道，他也想去听，想分得一份盘古血脉，到时候整个修仙界还有谁能奈何他？但盘古没有接受他，他对伏伽说他的血脉只分给真正应该从无尽海中走出的妖，盘古知道谁才是无尽海与睦洲真正的主人。

伏伽却不这么认为，从无尽海中走出的唯一的妖，就只有他，至于那株红莲，早就失去了无尽海供给他的力量，已经没有这个资格了。他不服盘古的决定，却无可奈何。直到盘古身死，他才寻了一丝机会，如同当初夺走红莲的气脉一般，直接将盘古的遗体吞噬，又把盘古的腿骨磨制成了盘古骨剑。

多年以来，他为了不断增强自己的力量，研究出了一种阵法，名曰祭天大阵。在伏伽的认知里，若想要让自己变得更加强大，那就只能掠夺，一直掠夺。这祭天大阵，便残忍地吸收他人的力量，以他们的灵魂为祭，产生巨大的力量用以吸收。

而祭天大阵需要的阵法基础极其坚固并且充满灵气，这样才能够支撑得起这样邪恶强大的阵法。以盘古遗骨制成的盘古骨剑，就是承载祭天大阵的绝佳阵法基础，伏伽在无尽海之畔的孤峰之上，认认真真在盘古骨剑上磨制出了成千上万个符文。

在这密密麻麻的众多符文之中，有三个符文是最关键的，影响着整个阵法的运转。伏伽决定在这三处符文之上布下防护法术，防止有人来破坏它。第一处符文该布下怎样的防护法术？伏伽闭上眼睛，脑海中忽然出现了宽阔水面上的粼粼银光，那是他曾经的族群。在每次捕食完毕之后，他的同伴们都会用言语排挤他，伏伽回忆着这些嘲讽的话语，他想，这是他最后一次回忆了。

伏伽的脑回路本来就异于常人，他在一番思考之后，将解开第一处符文的关键语句定为"我跟你讲，你不要给脸不要脸啊"——这是曾经的同伴嘲讽排挤他的话。随这句话一起，他将这段记忆封入了这个防护法术上。

第二处关键性符文，该用什么防护法术呢？伏伽伸舌，舔了一下自己一直空了一颗牙的牙床。他命运的转折点是从那个人开始的，那个用一根笔直的鱼钩将他钓上来的人，伏伽觉得他当时骂那个人的话更酷。所以，第二处关键性符文，伏伽以"你钓到鱼了！但是你也快没了，你开心吗？"作为解开防护的关键语句。

他觉得这是万无一失的防护，因为除了他自己，绝对没有人可以猜得出来这些话。第三处关键性符文……伏伽闭目，冷厉的面容上出现了些许纠结之色，他还是恐惧……那无尽海中央的红莲，曾经他为了活命对红莲说的那三个字，成了他心头永远解不开的结。

他曾说过："求求你。"

伏伽不愿意再回想起这句话，于是他将"求求你"这句话作为解开防护的关键语句，算是将这段记忆封存，这三处关键性符文上的防护法术，保存了伏伽的三段记忆。月色下，伏伽的眉目还是如此桀骜不驯，他伸出手，修长的手指抚摸过盘古骨剑上斑驳的符文。

第一处关键性符文，封存了他曾经屈辱弱小的过去。

第二处关键性符文，封存了他曾经怀有的善念感激。

第三处关键性符文，封存了他曾经低头哀求的回忆。

手指划过符文，伏伽提起了剑，他将不再回忆这些过往。他就是鲲鹏伏伽，是天生优越的大妖，是睦洲之主，未来也将统治整个修仙界。征服修仙界的第一步，从征服桃洲开始。

第十八章

　　睢洲与睦洲有断龙河之隔，唯有桃洲与睦洲接壤，再加上明羲与伏伽关系不好，所以伏伽选择先将桃洲覆灭。当祭天大阵落下，桃洲千千万人的性命在一瞬间陨灭，明羲疯狂地进攻伏伽。

　　怎么说也是诸天七皇之一，明羲以琢世剥开了伏伽的血肉，看到了他妖骨上的秘密。伏伽妖骨上的纹样非常简单，根本就不是一个大妖应该拥有的妖纹。明羲知道了真相，伏伽本想将他杀死，永绝后患，但明羲却被匆匆赶来的玄微救下。

　　伏伽惧怕自己的妖纹被玄微看到，只能一路匆匆往睦洲逃去。玄微穷追不舍，他知道伏伽是邪恶的象征，若是让他拥有了力量，能够带来的只有痛苦与灾厄，他铁了心要将伏伽击杀。

　　一路追到了睦洲，伏伽退无可退，他只能正面迎上，与玄微缠斗在一起。伏伽刚刚通过祭天大阵吸收了杀死整个桃洲带来的力量，气息尚且不稳，再加上被明羲以琢世击伤，受了点伤，所以这是击杀他的最好机会。

　　玄微当然明白这一点，山河图中蕴含的日月星辰与山川湖海一股脑儿朝着伏伽攻击了过去。本来那日就会是伏伽的死期，但意外发生了。玄微看到了伏伽手臂上为琢世所伤而露出的妖骨，其上有金色的妖纹。金色的、古老的、简陋的妖纹，根本匹配不上他所谓"鲲鹏"大妖的身份。

玄微见多识广，精通百兽之语，就连每种妖兽族群应该拥有的妖纹也了如指掌，他认出了伏伽的真实身份。这种银鱼只生活在断龙河的支流之中，他们的族群终其一生也不可能逆流而上，飞越过悬崖瀑布来到断龙河之中，而后一路来到无尽海。

只有一条例外，是他曾经百无聊赖之时，意外钓上来的那条鱼，那条很有脾气的鱼。玄微手下攻击伏伽的法术光芒暗淡了几分，伏伽寻得了机会，从他的手下逃了出去。玄微因为自己忽然生出的一抹同情之意，感到非常苦恼。他爱世间万物，就算是一条小小的银鱼，他也不忍心去伤害。

玄微曾以为伏伽天生便是带着邪恶而生，并没有将他视作修仙界的生物。但他在看到了伏伽手臂妖骨上的金色妖纹，明白了伏伽的真实身份之后，便因着一抹不知从何而起的同情之意，没有办法下手了。

玄微想，当时他钓上来的那尾银鱼，又瘦又小，可怜巴巴。他想到了缠绕在他身上的一条条半透明的鱼线，陷入鳞片之中，有些许淡淡的血液顺着鳞片的纹路而下。伏伽会变成这样，自己难道没有责任吗？玄微长长叹了一口气，他知道自己没有办法下手将伏伽击杀了。

直到玄微遇见了傅绾，在飞着萤火的夏日小巷之中，他随手救下了一个女修士。傅绾给玄微一种非常熟悉的感觉，他忍不住信任这个可爱的女孩子，甚至还将《太一宝录》给了她。玄微想，若是自己老了，或许会真的将她收为徒弟。

也不知为何，傅绾的口中一直吐出一些奇怪的词汇，例如"爻山""师父"等。玄微不知道什么爻山，他也不是傅绾的师父，但小姑娘如此说，他也只能一笑置之。玄微从这个小姑娘与她的师姐（兄）身上，得知了一个重要的信息，伏伽获取力量的来源是祭天大阵，就在他的盘古骨剑之上。

他一直苦恼没有完全将伏伽战胜的方法，在得知了这个消息之后，便与他们两人达成了合作。玄微知道宁蘼的身份奇特，他明明是无尽海中央的那株红莲，又怎么会是傅绾这么一个小姑娘的师兄呢？但他是个聪明人，从来不会去探究这些与眼下大事无关的事情。

在遇见傅绾，知道了宁蘅说出的能够打败伏伽的计划之后，玄微想出了一个办法。玄微将自己对伏伽的一抹善念与同情生生从自己的灵魂之中剥离了出来。其间遭受了多大的痛苦，只有他自己知道，但是为了修仙界不再受苦，他愿意如此做。

玄微善良博爱，这样的性格有的时候也是他最大的弱点，他太善良，不够果决。所以，他只能用出这样自损灵魂的方法来保证自己能够狠得下心。在送傅绾与宁蘅去睦洲的时候，玄微给了傅绾两个锦囊，让她在有生命危险的时候打开救命。傅绾接过了这个锦囊，并且对他说的话深信不疑。

但只有玄微自己知道，这两个锦囊里藏着的东西，虽然都能够抵挡下攻击，却是完全不同的东西。一个锦囊里，藏了他对伏伽的一抹善念同情，另一个锦囊里，藏了他凝聚了自己力量的一片菩提叶。

善良的玄微自己没有办法做出杀死伏伽的选择，所以他将选择权交到了傅绾的手上。如果她遇到生命危险，使出了那两个锦囊，那么便有二分之一的概率会将他对伏伽的一抹善念放出来，这抹善念也是他灵魂的分化，自然也能救下傅绾的性命。

善念归位，那么玄微就会在最终的决战上放过伏伽，想办法保下他一命。若傅绾打开的是装着菩提叶的那个锦囊，那么傅绾便会被菩提叶保护下来，剥离了对伏伽善念的玄微会残忍地出手将伏伽击杀。

这是玄微能够做出的最稳妥的选择了。在他眼中，众生平等。生命与生命是同一个天平的两端，永远平等。他不会为了拯救整个修仙界，而去放弃眼下鲜活的生命，这太残忍。

玄微看着傅绾与宁蘅离开，脸上的表情虽然还是微笑，却带上了一抹坚定的色彩。剥离了对伏伽善念的他，面对伏伽已经能够毫不犹豫地出手了。所以，在最终决战的那天，无尽海的高空之上，玄微出手才会如此果决残忍。

玄微与宁蘅的计划非常完美，伏伽的盘古骨剑上的三处关键性符文被伏伽自己的利齿磨去，盘古骨剑上的祭天大阵再也没有办法发挥出它的作用来。玄微出手便是一道惊雷，在伏伽的额头上劈开了一道伤口。他垂眸看着没有办法动用祭天大阵的伏伽在惊雷之下仓皇逃窜，眼中冷漠冰冷。其他五位诸天七皇联手布下的束缚大阵已成，伏伽与他都被关进了大阵之中。由于束缚大阵已成，那一瞬间的黑暗中，伏伽从玄微的手上逃了出来。

他在大阵之中，遇到了与宁蘅失散，如同无头苍蝇乱撞的傅绾。几乎是毫不犹豫地，伏伽利用了傅绾，想要用她来威胁玄微。傅绾当然是将计就计，一路跟着伏伽来到了无尽海的中央，想办法甩出了玄微给她的两个锦囊的其中一个用来保命。她打开了藏着玄微对伏伽一抹善念的那个锦囊。

到底是由玄微的灵魂之中分化出来的一抹善念，所以这善念幻化为玄微的虚影，帮傅绾推开了伏伽，并且顺手将伏伽身上的皮外伤治好了。之后的事，便是伏伽出手想要击杀红莲，傅绾挡下，情急之下散落了满地的东西，然后触发了无尽海正中央的法术，回到了十万年之后。

那个时候，曾经的宁蘅——红莲也由于伏伽重击的余波沉睡了过去，再没有看到之后的场景。被傅绾从锦囊里放出的那抹玄微对伏伽的善念，在治疗了伏伽之后，便化作点点光芒，飞回了正好赶来的玄微的身体里。

玄微伸出手，将那点点如星光一般的光芒接住了，他感觉到了自己的灵魂忽然变得充盈起来，看向伏伽的目光也变得有些犹豫。玄微的性格与奉行的行事法则就是如此。伏伽当然不知道其中到底发生了什么，他提起盘古骨剑，冷笑一声，又朝玄微冲了过来。

伏伽就是性格如此，就算身受重伤，也要不死不休。但玄微下手犹豫了好几分，就算伏伽不能使用祭天大阵，方才一直占上风的他现在竟然与已经受了伤的伏伽势均力敌。好几次，玄微都有机会抓住伏伽的破绽，将他一举击杀，但玄微没有，只是将伏伽击退了。

伏伽看出了玄微手下留情，他厌恶这样的同情。他冷笑一声，看着玄微厉声说道："玄微真人，我可不需要你的同情。"

"你我交手，谁心软了，便是谁死。"伏伽如是说道，他提起盘古骨剑便冲了上来，剑锋直指玄微。

但是，就在这个时候，他们所处的这个由诸天七皇布下的大阵中央，竟然出现了一道耀眼的光芒。玄微抬眸一看，便明白了在布阵的诸天七皇也没有闲着，合力使出一击，往阵中的伏伽冲了过来。若是平时还未受伤的伏伽，自然是不惧的，但他先前已经被玄微打成了重伤，虽然被善念化作的虚影治疗了些许，但还未好完全。

几乎是下意识的，玄微只凭借自己的本能，飞身而上，直接将那从大阵之中落下的攻击挡了下来，耀眼的金色光芒落在他的左手上，鲜血飞溅。玄微轻轻皱起眉头，面上的表情依旧是柔和的。他捂住自己左手的伤口，回过头看了伏伽一眼，目光如春风拂面。

"你以为你挡下了这道攻击，我就会感激你吗？"伏伽冷声说道，他的声音轻蔑，"玄微真人，我可不是什么好人。"

"你不是什么好人，我当然知道。"玄微伸出手去，手上有绿色的光芒闪烁，"你自断龙河溯流而上，来到无尽海，将海上红莲的气脉夺走，成了睦洲之主，后又截下盘古真人本应分给红莲的盘古血脉，获天枢君之位。"

玄微说出的话字字清晰，直接将伏伽的过往全部说了出来。伏伽皱眉，只感觉到有一抹完全纯净的力量侵入了自己的脑海之中，似乎正在剥离着什么。他当然不会让玄微如此做，他就是他，完整的他，少了什么都不行。伏伽使出了全身的力气，反抗玄微手上那抹绿色的光芒对他灵魂的侵入。

"你如何知道？"伏伽注意到玄微为了让他手上那抹清新的法术光芒剥离自己灵魂上的某种东西，玄微自身的力量和生命力竟然在急剧流失。伏伽本来想仰天大笑，自己的宿敌竟然傻到为了救自己不惜牺牲性命，还真是善良过了头。

但他只扭过头去看了一眼玄微伸出的手，蓦然间想到了断龙河边上的一根青竹钓竿，一个鱼篓，一个白衣人。

"你……"伏伽开口，正欲说话。

就在他晃神的瞬间，玄微手上的淡绿色光芒猛然间变亮，伏伽感觉到自己的灵魂之中有什么东西被抽离了。他原本意志坚定，一直在跟玄微做斗争，但就因为在认出玄微的那一瞬间心理防线松懈，便让玄微得了手。

"这是你的欲望。"玄微的声音忽然变得有些空灵，"曾经的你从未拥有过强大的力量，所以一旦接触，便没有办法控制渴望无穷无尽力量的欲望。"

"这欲望不断滋生成长，最终你会被他支配。"玄微忽然伸出手，绿色的光芒轻拂伏伽的额头，"世间众生，皆有欲望，不过有人可以控制他，有人不行。"

"你的欲望太过强烈，你被它支配。"玄微笑着看了伏伽一眼，"我替你将它剥离了出来。"

硬生生将一个人的欲望从灵魂之中剥离，甚至还能不伤害到这个灵魂本身，施术者的能力多强，或者，他该付出怎样的代价？伏伽瞪大了双眼，在欲望被剥离出灵魂的那一瞬间，他觉得自己意识一空，整个人轻飘飘的。但下一瞬间，他就看到面前的玄微已经颓然倒地。

伏伽站起身来，看着身形变得有些虚幻的玄微，冷着声说道："你要死了。"

玄微点了点头，将强大的伏伽的欲望强行从灵魂之中抽离出来，要耗费的法力实在是太多了，他出手的时候就已经做好了死亡的准备。这便是玄微，只要能救眼前之人，他便会奋不顾身前去相救。他爱世间万物，伏伽也是众生之一。

玄微慢慢闭上了眼睛，他已经将伏伽的欲望剥离出来，伏伽至少不会再被这欲望支配，为祸修仙界。这是他能够想到的最好的结局了，只是他自己需要付出生命的代价，但他愿意为此赴死。

伏伽忽然蹲下了身子，低头紧盯着玄微，他平静地问道："你救了我，你有什么遗愿，我可以帮你实现。"

玄微唇角轻轻翘起来，他道："我的愿望如此简单，不过就是众生平等，此界安宁罢了。"

说完，他便闭上了双眼，再也没能睁开，一抹淡绿色的光芒在玄微白色的衣袍上闪过，他的身影消失了，在黑暗幽深的大阵之中化为了点点光芒，而后慢慢消失不见。在原地，只剩下了一株青翠鲜活的菩提木，这是玄微的本命灵植。

伏伽仰起头，沉思了片刻，他终于鼓起勇气，将地上的那株菩提木捡了起来。那菩提木一入手，伏伽便觉得沉重。他轻轻皱起了眉头，他的面部表情都开始变得如同玄微一般轻柔和缓。

"好一个众生平等，此界安宁。"伏伽舔了一下自己的利齿，声音冷冽。

他伸出手，提起了盘古骨剑，锋利的剑锋刺入了自己的腿，鲜血流下。随着鲜红的血液顺着盘古骨剑上的符文漫延，盘古骨剑上祭天大阵符文开始慢慢消失。

"你还不如刚才就这么直接把我杀了，也好过让我这样活着。"伏伽抬起头，目光直视着在他面前不远处盘旋着的虚影。

这虚影没有实体，正围绕着伏伽在飞，脸上露出了残忍的微笑。这是他自己的欲望，连他自己也没有办法控制。伏伽伸出手，将自己的欲望收了起来，他开始收拾这里的残局。

伏伽一边收拾一边想，他若是知道玄微临死之前竟然许下这样的遗愿，肯定就不问了，就算要问也不会说帮他实现这样的鬼话，这是自己干的事吗？伏伽拖着受伤的双腿，将地上散落的东西收了起来。他伸出手，在自己的脸上一抹，一身黑衣变成了白袍，缥缈出尘，如仙高洁，金色的瞳仁变成了温润的黑眸。

唯有眉间伤口溢出了些许金光，伏伽没有办法将自己妖类的象征完全隐藏。他抚摸了一下黑发，手指掠过的地方，黑发变成了散落的纯白发丝。原本邪肆张扬的俊美面容变得柔和，如春风一般美好舒缓，伏伽变成了白发的玄微。

等到布阵的诸天七皇感应到阵中死了人，收了大阵赶来的时候，见到的便是白发的玄微……受了伤的玄微。

"玄微真人，如何了？"有人关心地问道。

伏伽，不……是玄微只微笑说道："伏伽已死，我为杀死他受了点小伤。"

他的笑容温和似春风，纯白色的发丝似乎象征他的心灵不染尘埃。邪恶的獠牙敛起，黑暗的利爪缩回，一只恶狼披上了羊皮。

骗过别人，假扮玄微，对于伏伽来说并不难。他一直将玄微视为宿敌，既然是将他当作真正的对手，他对于对手自然非常了解。既然他答应完成玄微的遗愿，他自然要做到的。被剥离了邪恶欲望的伏伽——现在的玄微，忽然开始变得有良心了起来。

他总感觉自己有些对不起睦洲为他生为他死为他哐哐砸大墙的众妖。所以，在看到无尽海的附近，诸天七皇围堵星瞳的时候，玄微看到星瞳受了伤，马上就要死去，便假借囚禁的名义将她收入了山河图之中。

此事罢了，玄微便到了曜洲，取出了怀里那株玄微本命灵植——菩提木，他折下菩提木上的一段树枝，将剩余的菩提木主干种到了曜洲中心的山脉之中。玄微有很长的时间，来等这株菩提木长大。

他在将玄微的本命灵植种到了曜洲中心之后，便开始思考另一个问题，自己的盘古骨剑上面的祭天大阵，为什么会失效？虽然这个问题的答案对于现在的他并没有多么重要，但他还是想要探究真相。这个问题，在玄微发现了在山河图之中关着的柏羽之后得到了解答，玄微知道了当初被派出寻找红莲，归来之后的柏羽已经不是原来的柏羽了，只是他自己没有发现。

能够强行借走大妖柏羽的妖身，拥有这种能力的，除了他自己之外，恐怕只有无尽海中央的那株红莲了。玄微仔细一想，应该是那假扮柏羽的红莲、玄微的徒弟与真正的玄微达成了合作，暗中将自己盘古骨剑上的符文抹去，削弱自己的实力。

至于为什么他们能够接近盘古骨剑，为什么会知道自己在无尽海底遗落了利齿，他们如何知道祭天大阵就在盘古骨剑上，三处关键性符文上的防护法术又是如何解开的……玄微已经懒得探究这些问题了，毕竟当事人死的死，睡的睡，消失的消失，怎么着也找不出答案来。

现在的玄微就这么带着一些无关紧要的困惑，开始完成当初玄微的遗愿。当时的玄微说得倒是轻巧，真正实行起来有多难，只有现在的玄微自己才知道。在这十万年间，他做了很多事，他不止一次想过自己当初还不如死了算了，也不用受这鸟气。

他创爻山，以当年种下的那株菩提木为基础建了天泽仙堂，成万法之师。玄微本命灵植所化的菩提木被种下之后，生长的速度不紧不慢，但安稳平静，慢慢长成了千百丈高的参天大树，泽被万物，绵延千里，荫及万年。初代的诸天七皇由于当初一战受了伤，所以相继死去，也有新的继任者顶了上来。玄微与他们沟通，用属于玄微的人格魅力征服了他们，立下了一千年一聚，共襄修仙界大事的规矩。

修仙界哪里出了事，他就像救火队员一般冲过去解决问题。当一个好人就是这么难。他将玄微当初使用的山河图化作太玄境，借爻山的地脉为太玄境源源不断地提供能量。玄微真的不想使用这件法宝，所以便将它当成了名义上关押荒墟十二妖的囚笼。

柏羽身为青冥兽，相较于星瞳，他的寿命本来就要短些。后来他老死了，玄微入了太玄境中，将柏羽的妖骨捡了出来。反正是他曾经的部下，这妖骨不用白不用。这是已经成了玄微的伏伽第一次重新踏入睦洲的土地。无尽海中央的那株红莲还未苏醒，玄微坐在无尽海的旁边，又操起了老本行。

他将柏羽的妖骨上的妖纹雕刻得更加繁复华丽了一点，然后东拼西凑勉强凑成了一条大鱼的形状。玄微满意地看着自己的"艺术品"，他还原度极高地让青冥兽妖骨组成的鲲鹏遗骨少了一颗牙。他将伪造的遗骨投入了无尽海，顺便还把那颗辗转又回到了自己手上的小小利齿也丢了进去。

玄微拍拍手，他现在算是与睦洲再无瓜葛了。他还有别的事要做，那就是桃洲。当初明義用尽自己的生命力，将白日崖上的两枚桃核雕刻成了桃洲的阴阳两界。但他当时人已经死了，尸体还是当初的玄微去收的。

后来玄微死了，变成他的伏伽自然全盘接管了玄微的遗物，这遗物之中就有琢世与组成桃洲阴阳两界的两枚桃核。现在的玄微想要藏一些东西，有些属于伏伽的东西是不能放在太玄境中的，若是被人偶然看到就不好了。

于是玄微将白日崖下的深渊与桃洲相连接，作为桃洲的入口，然后自己收敛了修为，潜入桃洲之中。他来到桃洲的阴间，看到无数熙熙攘攘着的残破灵魂，玄微垂眸不语，他看到了横亘桃洲阴间的冰冷三途河，三途河的两岸，是光秃秃黑乎乎的荒芜大地。

他伸出手一指，那黑暗荒芜的土地之上，便绽放了千千万朵鲜红色的彼岸花。一朵花，便代表着他祭奠着一个灵魂，向他表达歉意。无数朵鲜红色的彼岸花在三途河的两岸，随着玄微飞过的轨迹渐次开放，将这晦暗的阴间装点得有了些许颜色。

玄微潜入了三途河的河底，将自己亲手用琢世雕刻好的东西取了出来，他将当年诸天七皇的形象雕刻成了浮雕。除了他自己——伏伽之外，剩下的诸天七皇包括真正的玄微都已经死了。玄微低头看着在自己手上旋转着的七块巨大的浮雕，除了那露出肆意张扬笑意的伏伽是睁着眼睛之外，其余诸天七皇，皆是闭目，暗示了只有他一人活了下来。

他将那浮雕填入了三途河的底部，而后在浮雕上每一个人手执的法宝之上，布下了传送至七个不同小空间的法术。一共七个空间，相互连接，若是没能破解七个小空间之中的机关，就没办法走到下一个空间中去，除非用暴力摧毁。玄微将没有任何祭天大阵符文的盘古骨剑放入了属于自己的小空间之中，他将不再使用这把剑。

而属于玄微的小空间之中，他放入了一片菩提叶，这片菩提叶，是在那个消失的玄微的弟子遗落的东西中发现的，它被放在了一个锦囊之中，而一模一样的另一个锦囊里，则放入了玄微对伏伽的一抹善念。玄微不太想看到这片菩提叶，便随手塞到了玄微的小空间之中。

然后，他将明羲回忆放入了明羲的小空间里，还贴心地在里面放了一株桃花树，跟白日崖的一模一样。属于其余诸天七皇的小空间里，玄微也做了相应的布置，事无巨细，面面俱到。他似乎已经完全就是玄微了，就连行事都变得贴心。

布置好这一切之后，玄微才离开，又投入了修仙界和平大业之中。再之后，唯一困扰玄微的便只有自己当初被剥离出来的这抹欲念，他无法解决，只能将其囚禁。又过了许久，宁蘅总算是从红莲修炼成了人身，从无尽海中走出，正式成为睦洲之主。睦洲等待他们真正的主人，等待了十万余年，总算是等来了。

日子就这么平静地过，他就用这玄微的身份慢慢地过，直到被他自己关押的欲念再也关不住了。于是，便有了傅绾的存在。

他紧接着便发现了当年傅绾留下的笔记，便将来龙去脉给理清楚了。

傅绾确实是自己用菩提木雕刻出的女子，她将会陪着宁薇前往睦洲的无尽海中央疗伤，然后由于意外，在无尽海的中央与宁薇一道被传送回了十万年前。

　　当年围绕着盘古骨剑上祭天大阵失效的所有谜题，也就因为他的这个发现而解开。应该是傅绾与宁薇掌握了后世的信息，回到了十万年之前，这才碰见了玄微，与他一起共同商讨出了对付自己的办法。

　　那么问题来了，究竟是谁将他们传送回了十万年前呢？玄微坐在太玄境之中，陷入了沉思，他伸出手，抚摸了一下自己眉间的金色伤疤，叹了一口气。从一开始，他就知道，是自己。他并非没有掌握让人穿越回十万年前的办法，在古籍上，他偶然学会了这个法术，只是这法术耗费的法力巨大，他若是真的用出来，恐怕自己也活不了多久，所以他从未动用。

　　但在注意到了傅绾留下的笔记，并且她笔记中的所有剧情都一一发生之后，玄微知道自己不得不用了，他知道当年真正的玄微会死去的原因是傅绾使用了玄微的锦囊之一。

　　两个锦囊，里面装着不同的东西，一个是真正的能够救命的菩提叶，一个是被玄微自己剥离出来的对伏伽的善念同情。如果傅绾打开的是装着菩提叶的锦囊，那么自己被杀死，玄微活下来。如果傅绾打开的是装着玄微对伏伽善念的锦囊，那么按他的性格，必定会牺牲自己保下伏伽。

　　看似是二分之一的概率，但在现在的玄微看来，当初毫不知情的傅绾在随手抛出那个锦囊的时候，就已经写下了命运的答案。她被传送到十万年前，经历了一系列事情之后，被伏伽追上，扔出的一定会是装着玄微对伏伽善念的锦囊。

　　不甘心啊……伏伽知道这是已经注定的事情，但他还是存着一丝侥幸的希望，尽管只有渺茫的一丝希望，他都一定会去试一试。

　　把傅绾与宁薇传送回十万年前，让当年的事情重演一遍。万一呢？万一傅绾抛出的锦囊是真正能够救命的菩提叶呢？玄微觉得自己落入了命运的大网之中，连思维都不受控制地跟着命运的节奏在走。

　　作为伏伽，他确实是想在当年就直接死去的，玄微没有必要用自己的性命将他救下，将欲念从他的灵魂之中剥离出来，然后将整个修仙界托付给他。十万年来，伏伽假扮玄微，每时每刻都在想着为什么当初死的不是自己。他后悔万分，想要改变过去，他想让傅绾抛出的是那个有菩提叶的锦囊。

所以若是傅绾与宁蘅顺着剧情，来到了无尽海的中央，他一定会选择将他们传送回十万年前，这是他所能做出的唯一选择。所以，不只是傅绾一个人受影响，不得不按原剧情走。被拖入了无法改变的剧情中的，还有假扮成玄微的伏伽。

他知道傅绾会参加爻山筑基期弟子的首席比试，所以为了让她顺利走进第三轮，还亲自查了一下她将会面对的对手，提前以青鸟带信，通知傅绾。他还收了傅绾为徒，传她自己修炼不了的《太一宝录》，还在临行之前赠她原本就遗落在自己这里的骨币。

玄微也按着话本的节奏一直在走，他需要保证原剧情不偏离，让傅绾与宁蘅两人走入睦洲，来到无尽海疗伤。而后，他便能借助无尽海的力量，施展法术，亲手将两人送回十万年前，去完成当年应该发生的一切。

玄微全力出手，不得不暴露自己鲲鹏的金色虚影，他也管不了那么多了。他想要傅绾与宁蘅回到过去，与玄微商议暗算自己的办法，然后想办法让他——伏伽真的死在十万年前。

回到十万年前，杀了我，让玄微活下来。这是现在的玄微怀着的渺茫的希望，他愿意为了这一丝希望奋不顾身。玄微知道，既然他现在还活着，那么过去的事实就不会改变。

就算玄微当年给了傅绾一百个、一千个、一万个锦囊，打开装有他善念的那一个锦囊的概率是百分之一、千分之一、万分之一，但她也一定会打开装有善念的那个，这是命中注定，这是纠缠的命理线唯一的解。

玄微终于说完了，他言及此，轻轻叹了一口气，如春风般柔和温暖的微笑挂在他的脸上，似乎有些释然。

"所有的事情经过，便是如此。"玄微轻笑着说道，似乎讲述了一个非常简单的故事。

　　他给面前的宁萦与傅绾两人倒了茶，清澈的茶水发出醇厚的香味。傅绾听完之后，神色还是有些迷茫，她觉得这个故事很长，她甚至还没来得及从故事中走出来，这故事便戛然而止。

　　她忍不住扭过头去看宁萦，只见宁萦神色平静，他在被传送回十万年前的时候，就已经发现了这个问题，听完玄微的叙述之后，他马上理解了玄微的意思。

　　宁萦伸出手去，将青瓷茶杯拿起来，递给傅绾，轻声说道："喝口茶冷静一下。"傅绾马上喝了一口茶，将自己心头纷乱的思绪压下，她似乎也理清楚了玄微所说的故事。

　　玄微朝傅绾眨了眨眼睛，有些歉然说道："我并不知道你的本命灵植是靠自己修炼出来的，所以在盘古骨剑现世，我发现我曾经的佩剑与你结了契约之后，还以为伏伽的欲念已经将你的身体占据，才准备直接将你杀死的。"

　　宁萦闻言，轻轻哼了一声，似乎在表示反驳。玄微又笑了一下说道："不过后来幸好你们解了契，我便没有越过断龙河，前去睦洲。"

　　他屈起手指，轻轻敲了一下桌面，柔声说道："既然事情已经是现在这个局面了，不如现在来想想……"

　　玄微的话语一顿，目光转向了一旁小巧的菩提囚笼，里面装着的伏伽欲念还在跳着脚破口大骂，宁萦与傅绾的目光马上也跟着投了过去，看着菩提囚笼若有所思。

　　"昨日之事不可挽回，便也不去想了，不如还是现在思考一下……这玩意儿怎么解决吧。"他平静地说道。

第十九章

　　玄微伸出手去，指尖轻轻一弹，便弹出了一点微弱的白色光芒，原本在菩提囚笼之中无声地上蹿下跳的伏伽欲念总算是能再次发出声音。

　　"你那点破事谁爱听？"半透明的伏伽欲念大声说道，"你奈何不了我，你就算死了，我也还是活着……终有一天我会冲破这个囚笼……"

　　玄微只轻笑着看了菩提囚笼中的伏伽欲念一眼，便又抬起头直视着傅绾与宁蘅说道："你们有什么想法吗？"

　　宁蘅抬眸，轻轻瞥了一眼玄微，说道："这既然是你的欲念，就应该由你自己解决。"他的言下之意，就是不要再将傅绾牵扯进来。

　　玄微闻言，只能抬手，轻轻捏了一下眉心，面上出现了些许苦恼之色。他忽然想起了什么，只能启唇问道："天枢君，你恨我吗？"

　　宁蘅听到了玄微的问题，轻轻一挑眉，思考了片刻之后，他缓声说道："在我的记忆中，你曾是一条很小的鱼。"

　　"你快死了，你说你想活下来。"宁蘅的声音有些冰冷，"我若是知道你会夺走我的气脉，做出那样的事，我断然不会放你接近无尽海的中央。"

　　玄微垂眸，看了自己的掌心一眼，虽然从外表上看，他的身体尚

261

且年轻，只有玄微自己才知道，他已然老去。将傅绾与宁蘅送回十万年之前，几乎耗尽了他全部的力量。

玄微早就想死了，他扮演着与自己截然相反的人，做着自己曾经最嗤之以鼻的事，但他不得不背负着曾经玄微的遗愿活下去，履行着他曾经答应玄微的事情。

只愿众生平等，此界安宁？当年的玄微，还是太天真了。他为了实现玄微的遗愿，这十万年间，做了很多事，一桩桩一件件如恒河劫沙难以数清。当初白秋烨介绍玄微时的那一长串头衔，除却"杀死妖皇鲲鹏"，其余的功绩都是他扮演的玄微做的。

修仙界第一大正道门派爻山的祖师是他，以自然治愈法术而成为爻山双璧之一的天泽仙堂也是他创立的。他指导后世教化，成万法之师，几乎所有的修仙界修士见到他，都要称一声师尊，因为他们或间接或直接地都受过玄微的指导。

玄微联合诸天七皇，创史无前例的七皇会晤，千年一会相互探讨修仙界大事，维护修仙界和平秩序，由于过于和平导致近几千年的七皇会晤越来越水，只能讨论一些鸡毛蒜皮的小事。

所有作乱为祸的苗头都被玄微掐死在了萌芽期。白天，他是慈悲温和的爻山祖师，而夜里他提刀冲到妄图搞事的反派们面前一刀砍下狗头。真的是开玩笑，他称霸睦洲，吞噬桃洲，四处作恶的时候，这些反派恐怕还没出生，还敢在他面前跳？属于爻山祖师玄微的所有光环，都是伏伽扮演的他，一一点亮的。

兢兢业业当了十万年的劳模，从未被抹去的属于伏伽的意识一直在叫嚣着："你看看，这是你该做的事吗？"

他宁愿就那么死在十万年前，当一个好人真的很累。玄微低头看着自己掌心下的血管经络，血管里流淌的血液早已变得不再沸腾。他是一片历经十万年时光逐渐干枯的树叶，他老了，有点想死了。

"你在想什么？"傅绾注意到了玄微眼中露出的些许晦暗，连忙开口问道，她的声音清脆悦耳，成功将玄微从沉思冥想之中拉回了现实。

傅绾犹犹豫豫地开口，又唤了一声："师尊。"她竟然还是如此叫玄微。

但下一刻，傅绾便马上说道："这声师尊，不是在唤玄微，而是在叫你，当然也是最后一次叫了。"

在知道了玄微就是伏伽假扮的之后，傅绾的心情无比复杂，她一方面痛恨伏伽，而另一方面她又不得不承认，教导自己，传授自己《太一宝录》，与自己有师徒缘分的人实际上是伏伽。所以，现在她的语气才如此纠结。

傅绾往后退了两步，直接退到了宁蘅的身后，扯了一下他的袖子，小声问道："阿蘅，现在该怎么办？"

现在的情况似乎是陷入了一个僵局，在座的每一个人好像都拿这个伏伽的欲念没有办法。宁蘅听见傅绾说的话之后，便抬眼瞥了一眼玄微道："我方才便已经说了，既然这欲念是他自己的欲念，那便由他自己解决。"

玄微轻叹口气说道："可世界上再找不出第二棵菩提木来。"

"当初玄微死后留下的本命灵植，一段已成了傅绾的身体，而另外一部分已经被我栽种在了曜洲正中心，也就是现在的天泽仙堂。"玄微眉头微皱，"长大成为天泽仙堂的那株菩提木，体型太过巨大，灵气淡薄，关不住现在的欲念。"

玄微的言下之意，就是唯一的突破口还是在傅绾身上，宁蘅忽然眯起眼，扭过头看了傅绾一眼。

"绾绾的身体是菩提木所雕刻而出，但菩提木玄妙，她现在已不是草木之躯，又怎能随你处置？"宁蘅反问道，"你当了玄微十万年，还不明白这个道理吗？"

"她亦修炼出了本命灵植，既然玄微的本命灵植能困住她，为何不用她的本命灵植？"宁蘅的声音非常平静，他在劝说玄微。

"她……"玄微皱眉，他的声音变得有些无奈，"她的本命灵植还太弱小。"

"金丹期修为的本命灵植，不过巴掌大小，又怎能一直困住现在的伏伽欲念……"玄微看了一眼傅绾说道，"现存的菩提木，仅此一块。"

宁蘅闻言，目光放在了玄微的身上，似乎有些深沉。傅绾低下头，看了自己的掌心一眼，她当然知道自己现在的修为不是金丹后期。被

263

传送到十万年前之后，她为了救下小红莲，所以使用了当时伏伽给她的那颗蕴含着他力量的金色珠子。金色珠子被使用之后，虽然将沉睡在她身体之中的伏伽欲念彻底唤醒，但同时也让她的修为突飞猛进，达到了不弱于荒墟十二妖的水平。

同样的，她的本命灵植——那株菩提木，也因为修为的增长而飞速成长，当时在她的内府之中，伏伽的欲念甚至都能靠在这高大的菩提树下啃桃子吃。

"你忘了一件事吗？"许久之后，宁蘅方才启唇说道，"十万年前，她使用了你曾经给她的金色珠子。"

"那珠子上蕴含了属于你的力量。"宁蘅的言辞变得有些尖锐，"但其中的力量，来自无尽海、盘古血脉与桃州千千万人的性命，没有一分是你自己修炼得来。"

"缩缩使用了这颗珠子之后，修为已经突飞猛进，至少不弱于当年的荒墟十二妖。"他忽然走上前去，牵起了傅缩的手。

傅缩的手上有淡绿色的光芒亮起，虽然这光芒不大，却非常明亮，一株高大的菩提树出现在了她的身后，树影摇晃，柔和舒缓的气息袭来。玄微坐在轮椅上，仰头去看那投下一大片阴影的菩提树，他鼻息微动，闻到了些许草木的芬芳。

"你……"玄微看着傅缩，忽然唤了一声。

他的语气变得有些难以置信，确实，他自始至终都忘记了一件事，那就是十万年前傅缩在被传送回来之前，已经使用了自己曾经给她的那颗金色珠子。原本需要上千年修炼才能够积累下来的修为，她已经通过这颗金色珠子得到了，所以现存的本命灵植化作的菩提木，不是只有傅缩的身体这一块儿。

"用菩提木再造出一个关押伏伽欲念的身体来。"宁蘅伸出手，轻轻抚摸了一下傅缩本命灵植的菩提树叶，说出了自己的想法，"彻底消灭伏伽欲念的方法，十几年前你已经想出来了。"

没有谁比现在的玄微更加了解伏伽欲念，所以他能够想出来的办法，便是唯一的办法，玄微抬眸，看着宁蘅，沉默不语。

此时，一直在一旁默不作声的伏伽欲念忽然开口说话了："你以为你们让我去，我就会去吗？"

"十万年，我刚被玄微那家伙从伏伽原本的灵魂上剥离下来，意识模糊，尚且还非常弱小，所以一直处于沉睡之中，现在我醒了，你以为我还会任你们宰割吗？"伏伽欲念急得在菩提囚笼里跳脚，大声说道。

"我既然已经知道菩提木可以将我关起来，我又怎会任由你们把我关到你们制作好的身体之中？"伏伽欲念在菩提囚笼之中，抱着胸理直气壮地说道。

宁蘅闻言，忽然轻笑一声，他看向那个伏伽欲念的目光很是轻蔑。玄微了解该如何消灭这个伏伽欲念，但宁蘅身为当年被尚且还是一尾银鱼的伏伽夺走无尽海气脉的受害者，他更加了解这个欲念的本性。

这欲念因伏伽对无穷无尽力量的病态渴望而生，当它无法被伏伽理性控制的时候，就会变成这样可怕的东西，但追根究底，他还是贪婪的，这是深植在灵魂之中无法被抹去的天性。

所以宁蘅伸出了一只手，指尖上忽然出现了一抹殷红，是指尖上的一点鲜血。强大且纯粹的力量从那滴鲜血之中流淌而下，就算有菩提囚笼的抵挡，这迫人的气息还是传到了囚笼之中伏伽欲念的眼前。

被关在菩提囚笼之中的伏伽欲念瞪大了眼，他眼中忽然出现了贪婪的目光。这贪婪的目光牢牢锁定宁蘅指尖的这滴鲜血，根本没有办法移开。十万年前，他就渴望这样的力量，十万年后，这欲望越发浓烈，如火一般烧灼自身。这是他罪恶的开端，所以现在的他根本没办法拒绝这滴鲜血。纵然知道面前就是深渊，但他也会义无反顾地跳下去，这就是伏伽欲念贪婪的本性。

"到时以我的力量为引，放入那个菩提木制成的身体之中，他自然没有办法拒绝，就算明知道进入菩提木身体之中，他就会被关起来，再也没有办法逃脱，他还是会进去。"宁蘅的声音淡淡。

玄微颤抖着双唇，看到了整个趴在菩提囚笼边缘的伏伽欲念，他一直在试图挣脱，然后去触碰宁蘅的那滴鲜血，他贪婪的表情多么丑陋扭曲。

"这是曾经的我？"玄微的声音怅然，似乎带着些难以置信。

他已经成为"玄微"有十万年之久，在他的记忆中，自己原本的

265

模样究竟是什么样子的，已经变得模糊。

"是你。"宁蘅将手合上，强大如水一般的力量在一瞬间收束，他的声音淡淡，他转过身，来到傅绾身边。

"折一枝，没有关系吧？"他低声问道。

傅绾心想只折下一根树枝，应该是没有大碍的，再长回来便是，于是她点了点头。宁蘅伸手，折下一根新鲜的菩提树枝，其上还有青翠欲滴的菩提叶，看起来分外可爱。原本只是细细软软的一段树枝到了他的手中，便开始有了变化，变成了一段一人高的树木，灵气四溢。

他指尖那抹鲜血滴落在菩提木上，血中是伏伽灵魂之中的欲望之源——无尽海中央那株红莲的力量。

"玄微真人，菩提木已有。"宁蘅凝眸看着玄微，语气平静。

玄微抬起头来，他看着宁蘅，脸上忽然出现了一抹如春风般柔和的笑容。

"好。"他紧盯着宁蘅的双眸，目光中透露出一丝欲言又止。

两人在交接这段菩提木的时候，四目相交之间传递了很多信息。玄微看向宁蘅的眼中，有着些许疑惑，似乎是有问题要问，但是他没有在傅绾的面前将这个问题问出来。

玄微想要问的是："菩提木有灵，若将之雕刻成为人形，引诱伏伽欲念进去之后，其中再凭空生出一个灵魂来如何解决？"

宁蘅长眉微挑，目光锁定玄微，算是在回答玄微的疑问。

"若担心这躯体之中，还会凭空生出一个意识来，那么你自己占据这个躯体，这躯体便不会再产生意识。"宁蘅的答案非常明确。

他就这么默默看着玄微，长睫掀起又落下，宛如蝴蝶轻扇。如此轻的动作之下，幽深的黑眸之中，倒映出玄微的身影。他坐在轮椅之上，纯白色的发丝安静垂落，眉间一抹金光如晨间初阳一般柔和。

"好，我知道了。"玄微只应了这么一句。

他伸出手，接过了宁蘅手中的菩提木。傅绾站在一旁，没有看懂宁蘅与玄微两人之间的眼神交流。她只看到宁蘅将菩提木交给玄微之后，自己便走了过来，伸出手去握住她的手腕说道："走吧。"

傅绾尚且还在状况外，她跟上宁蘅的步伐，回过头去看了玄微一眼。玄微一人坐在轮椅上，身后是太玄岛中央他栽种的那株菩提树，白色的发丝被风扬起，朝她露出了一个温柔的微笑。

宁蘅与傅绾两人离开了太玄境，玄微一人坐在原地，低头看了一眼手中的那段菩提木。在宁蘅将它交给自己的时候，他在宁蘅幽深美丽的黑眸之中看到了自己的身影，这是玄微的模样，但内里的灵魂自始至终都是伏伽。他花了十万年来成为玄微，却还是没有成功。

宁蘅在那一眼之中，已经告诉了他这个答案。十万年前，玄微为了自己的一抹善念，能够付出生命来强行将他灵魂之中的欲念剥离出来。但十万年后，宁蘅告诉他，只要他让自己的灵魂进入菩提木的身躯之中，亲自将伏伽欲念镇压在其中，便可以将他与自己的欲念一同杀死，也不用担心牵连无辜。

他的手有些颤抖。纵然已经被拔除了欲念，他花了十万年，想方设法变成玄微，但他还是没有办法做到像玄微一般无私善良。属于玄微的那张柔和的俊美的脸在慢慢变化，棱角逐渐变得冷硬，一张十万年都没有出现过的面庞出现了。

坐在轮椅上的人从玄微变成了伏伽。其实，伏伽实在懒得变回去的，他习惯这个样貌已经很久了。他现在要做的事，是要将手中这段由傅绾本命灵植化成的菩提木雕刻成自己的样子，紧接着就将自己的欲念关进去，然后自己的灵魂再进入这个躯体之中，亲自镇压自己的欲念。

伏伽要埋葬自己与自己的欲念，共同沉沦进无尽的黑暗之中。但现在的问题就是……他十万年都没有变回自己的样子，这导致他甚至忘记了自己原来到底是什么模样。在修仙界外面的传闻中，伏伽都是拥有三头六臂，一会儿是鸟，一会儿是鱼的可怕模样，所以他也找不出参照物来。

再加上现在被关在菩提囚笼之中的伏伽欲念实在太小了，看不清样貌，所以若是想要雕刻出自己的模样，还得再变回去看看才知道。于是，变回原本模样的伏伽怀里抱着菩提木，摇动了身下的轮椅，一步一步朝着太玄岛的岛边走去。

他要借助这幽冥深海之中的倒影，看看自己到底长什么模样。不多一会儿，伏伽便来到了太玄岛的海滩上。今天的阳光很好，日光洒落海上，把这深不见底的幽冥深海也照得美丽了几分。

伏伽垂眸望去，看着清澈水面上自己的倒影，张扬恣肆的面庞，带着一丝不羁的潇洒，眉眼凌厉，带着极强烈的攻击性。伏伽看着水中的自己，忽然感觉到有些陌生。他手中变幻出一把刻刀，极为果断地开始在菩提木上雕刻起来。第一次做这件事的时候，他还要借助琢世的力量，才能够将手中的菩提木雕刻得栩栩如生。

一回生二回熟，他这次甚至不需要借助琢世的力量，便能够轻而易举地雕刻出自己的模样。伏伽垂眸认真雕刻着，入了神，甚至都没有发现幽冥深海的海面上荡起的串串涟漪，色彩斑斓的蛇尾在海面上划过，映着日光显得很是美丽。

星瞳不知何时，已经从海底游了上来。远远地，她看着海边上的那个熟悉的身影，还以为是玄微，她撸起袖子，一甩漂亮的蛇尾，冲了上去，开始她例行的"辱骂玄微"仪式。

"你在干吗？你在我幽冥深海的海边干吗！"星瞳骂骂咧咧地游了过来，"你是不是嫌活太久了没事情做，所以整天雕这些有的没的？没有这个手艺就不要出来献丑好不好？"

星瞳正在骂着，那坐在岸边的人却抬起头来，他的表情依旧是玄微惯常带着的温柔表情，但面容已经不是玄微的了，他是伏伽。

星瞳半个身子探出了海面，看着坐在岸边上的那个人，呆住了。她说到一半的话戛然而止，她只紧紧盯着眼前的人，嘴唇张了又张，没有办法说出话来。

"星瞳。"伏伽只这么唤了一句，他抬起头来看了一眼海上的蛇尾美人，便又低头去认真雕刻手中的菩提木。

"我拜托你一件事，可以吗？"他的语气与十万年前有很大的不同，还带着一丝玄微的影子。

但这句话，带着不容抗拒的意味。星瞳早已习惯听从伏伽的命令，所以伏伽只说了一句话，她便下意识地点头应道："好。"

她抬头，又凑近过来，脸上带着复杂的神色，明显还想再说些什么，但伏伽朝她伸出了一只手，示意她不要说。

"不用问。"他看了一眼星瞳，根本没有打算向她解释什么。

他认真雕刻着手中自己的雕像，表情认真。伏伽说不用问，那么星瞳即使心中有千万疑问，她也不会去问。她只是静静地趴在海边的黑色礁石上，看他雕刻手中的作品。

不知道过了多久，伏伽总算将手中的这个作品完成了。他看着自己手中与自己长得一模一样的雕塑，直接提起了身边菩提囚笼，干脆利落地将伏伽欲念放了进去。伏伽垂眸，看到宁蘅留在菩提木上的那一抹鲜血越发鲜艳。他抬手，朝星瞳抛出了手中的刻刀。星瞳的速度很快，她抬手接住。

"等会儿我的灵魂会进入这个菩提木身影之中，你看我的灵魂，还有我方才放进去的欲念与这个身体完全融合之后，便出手吧。"伏伽的声音淡淡，却带着命令的意味，他没有给星瞳拒绝的机会。

星瞳瞪大她美丽的金色蛇瞳，就这么看着伏伽。

"好。"她又应了一声，对于伏伽的命令，她永远是执行到底，从来不会生出半分拒绝。

星瞳低下头，抚摸着自己手中的刻刀，看不清脸上的表情。听到星瞳肯定的答案之后，伏伽紧紧盯着手中菩提木雕塑的双眼，陷入了冥想之中。过了片刻，伏伽原本带着些许光彩的双眸忽然黯淡空洞了下去，原本挺直了背坐在轮椅之上的身影颓然倒下。此时，放在伏伽面前的那个雕塑的眼睛却动了起来，有些灵动的色彩。

"为什么？"星瞳浮在他身后的幽冥深海之中，问出了自己的第一个疑问，"你为什么要这么做？"

伏伽回头看了颓然倒在轮椅上的自己一眼，开口说道："我活了十万年，够久了。"

"我也活了十万年。"星瞳的声音很是清脆悦耳，"我抱着为你复仇的一丝念想，因此没有死去。"

"十万年够久了。"伏伽的声音变得有些沧桑。

"所以为什么呢？"星瞳不依不饶，还是提出了自己的问题。

"这比较难解释。"伏伽看了星瞳一眼，目光深沉，这眼神之中蕴含着千言万语，也不知星瞳领会了几分。

他看到轮椅上的自己忽然变成了一抹跃动的银光，是一尾银色的

269

小鱼，牙齿锋利如刀，这才是他原本的样子。这小鱼失了灵魂，只能掉到沙滩上，看起来像是一条搁浅的鱼。伏伽没有管它，自顾自地迈步走进了幽冥深海之中。

星瞳甩了一下优雅的蛇尾，跟在伏伽的身后，她抿着水润的唇，没有说话。

"尊上，你这样很残忍，为什么要让我来？"很久过后，星瞳的声音才在他身后响起，轻软的声线中带着一丝不易察觉的颤抖。

"这里只有你了。"伏伽回头看她一眼，目光平静，仿佛在说一个很简单的答案。

说完，在星瞳的面前，他闭上眼，背着身子任由自己沉入了深海之中。在幽蓝的海水里，他原本俊朗的面容变得有些模糊扭曲，但脸上的坚定表情不容许星瞳拒绝。他一向知道星瞳从来不会违背他的命令，这次也一样。

墨黑色的衣袖在海水之中荡开，仿佛墨汁散在水中。金色的蛇尾温柔地包裹住伏伽墨黑色的衣袖，闪着暗金色的光芒，暗的色与金的光交相辉映，竟好看得如同一幅画一般。星瞳伸出手去，轻柔地抚上了伏伽的面庞，指尖划过他凌厉的眉眼。

"现在是时候了吗？"她问道，尾音带着一丝上挑。

在深不见底的冰冷海底，伏伽点了点头。锋利的刀锋划开皮肉，伏伽的黑色衣袖在海水中本如浓墨散开，但此时此刻，这浓烈的墨色之中渗入了一抹如丝如雾的血色。这血色仿佛连绵的雾气一般逐渐消失，而那由衣袖而生的墨色却凝聚不散，逐渐沉入了无穷无尽的黑暗海底之中里。

星瞳握紧了手中的刻刀，看到刀锋上的血液被海水洗刷得一干二净。她低头，看到了沉入海中的那段菩提木，它已经断成了两截，沉重得不像一块木头，仿佛被抛入水中的船锚一般，坠入深海。

星瞳金色的蛇尾一扬，在水中曼妙的身姿如水流一般往下探去，她连同伏伽附身的菩提木一起，坠入了幽冥深海的海底之中。

第 二 十 章

　　而此时的傅绡，早已经跟着宁蘅一道出了太玄境，她与宁蘅携手走在爻山中，许多回忆涌上心头。

　　"我跟你讲，爻山可多男弟子暗恋你了……"傅绡用回忆似的语气说道，"他们还成立了一个后援会，专门售卖有关你的小物件什么的，我之前还拿你的生辰去卖给后援会，赚了好多灵石……"

　　宁蘅本来在非常用心听着傅绡说话，没想到她居然一不小心说漏嘴了。

　　"你拿我生辰……"宁蘅唇角微微挑起，回眸看着傅绡，幽深黑眸之中满是认真的光芒，"我告诉你生辰可不是为了这个的。"

　　傅绡一不小心将自己把宁蘅生辰卖给"爻山宁蘅仙子后援会"赚取灵石的事情说了出来，非常心虚。于是，她只能将两手背在身后，支支吾吾说道："修炼嘛……总是要灵石的，这个也是……生活所迫。"

　　宁蘅闻言，忽然停下了脚步，朝傅绡走了过来，他漂亮的脸庞上带着似笑非笑的表情："你还记得我生辰到底是什么时候吗？"

　　傅绡直视着宁蘅的双眸，思考了一会儿，迟疑说道："嗯……应当是十月廿三？"

　　宁蘅点了点头："我本体乃是一株红莲，在尚未生出灵智之时，对于外界的认知是模糊的，所以要真论生辰，我自己也是不知道的。"

傅绾挑眉，有些惊讶："你难道不是将你脱去妖身，化形为人的那天作为自己的生辰吗？"

宁蘅手指轻轻抚摸过傅绾的脸颊，他俊美的脸庞靠近傅绾，在她的耳边轻声说道："当然不是。"

傅绾勉勉强强配合他露出疑惑的表情来："那是哪时候？"

"你忘了吗？"宁蘅反问道，他的长睫轻颤，看着傅绾说道。

傅绾心想这难道还跟自己有关，她老老实实地点了点头说道："我忘了。"

"十万年前，你将我放回无尽海中央的那一天，就是十月廿三。"宁蘅缓声说道。

由于他现在离傅绾极近，所以唇瓣是擦着傅绾的耳边的，音量也近乎耳语。傅绾只感觉到有温热的气息洒在自己的耳后，她忍不住往后退了两步。

"那……那天匆忙，谁还能记得日子呢？"傅绾连忙说道，解释自己为什么会忘记。

"我记得就行。"宁蘅一字一顿地说道。

他看向傅绾的眼神非常认真且专注，幽深的黑色眼瞳之中，仿佛只有她。傅绾被他这灼热的目光盯着看，脸顿时红了起来，她伸出手去拍了拍自己发烫的脸颊。

就在两人对视间，爻山的天空之上忽然传来了异变，离天泽仙堂不远的明镜台上，忽然出现了一个巨大的黑色旋涡，仿佛是有什么东西，凭空消失了一般。

宁蘅早已经料到了现在的场景，所以表情平静，只略微抬起头去看天空之中出现的情况。

但傅绾就不一样了，她知道明镜台之上出现的黑色旋涡可能跟人玄境有关，所以她连忙拽住了宁蘅的袖子说道："阿蘅，是不是出现了意外，伏伽的欲念逃出来了？"

她还是不知道伏伽在太玄境之中真正发生的事，宁蘅与伏伽两个人都极为默契地将这件事隐瞒了下来。但伏伽是要死的，太玄境依托山河图而造，维持它运转的就是伏伽的力量。既然伏伽已经死了，那么太玄境自然而然地就会崩塌，然后变回它原本的样子——山河图。伏伽与星瞳的灵魂，永远埋葬在了这本书之中。

宁蘅见那明镜台上出现了黑色的旋涡，象征着太玄境正在崩塌，便只能摇了摇头说道："伏伽死了，连同他的欲念一起。"

傅绾抿唇不语，这个结果对于她来说，并不觉得意外。因为她早就看出来一直以来扮演着玄微的伏伽已经厌恶了活着，如果有一个机会让他死去，他一定会去做。但她没想到，居然会这么快。

她仰头看着明镜台之上的黑色旋涡变得越来越大，太玄境就在这黑色的旋涡之中逐渐消失。这异变引起了整个爻山的注意，本来，许多爻山的长老已经准备飞过去查探到底发生了什么，却被掌门制止了。

白秋烨站定在爻山的制高点明镜台之上，仰头看着头顶上出现的黑色旋涡，制止了躁动的爻山长老还有弟子们。

"不用去了。"白秋烨当然知道太玄境是通过玄微的法力一直维持着运转，现在明镜台之上出现了这样的异变，太玄境崩塌，这只能说明维持太玄境运转的那个人已经不在了。

其实在很多很多年以前，身为爻山的掌门，白秋烨早已经为这一天做好了准备。在所有人的眼中，玄微真的太老了，老到就算他下一刻去世，众人都不会觉得惊讶，甚至还要恭喜一声"爻山祖师高寿"。

但在真正面对这件事的时候，白秋烨虽然表面上稳住了局势，但他还是没能控制住自己的心情。他仰起头紧紧盯着天空之上的变化，因为只有保持这个姿势，才能够让眼眶里的泪水不流下来。活了十万年的爻山祖师玄微，在这一天终于死去。

直到死，伏伽都是以玄微的身份死去，真正的他在十万年前就已经不在这个世界上了。不知道真实情况的所有人，即使对这一天的到来早就做好了准备，但真正面对它的时候，还是觉得怅然若失。

整个爻山的气氛变得异常低落，但在白秋烨的稳定下，没有因为这突如其来的异变而陷入混乱。傅绾与宁蘅站在天泽仙堂一处不起眼的树枝上，看着原本一直在扩大的黑色旋涡逐渐缩小，直至消失不见。

太玄境崩塌导致明镜台上方空了一块儿，方才那个黑色的旋涡就是为了补齐损失的空间而产生的灵气旋涡。等到因太玄境消失的空间被修补完毕，黑色旋涡先扩大再消失，太玄境这才算是彻底不存在了。

到最后，只会剩下构建出太玄境的那样法宝——山河图。当年这先天灵宝在真正的玄微手上，它虽然是天地间最厉害的几样法宝之一，却从未沾染过一丝一毫的鲜血。太玄境消失之后，剩下的小小的山河图根本没有引起旁人的注意，便自己晃晃悠悠地朝傅绾飞了过来。

现在的山河图是没有主人的，当它的两任主人相继死去之后，它除了沉睡之外，还会下意识地寻找自己的下一任主人。修习了《太一宝录》的傅绾有着与玄微相似的气息，所以山河图自然而然地找上了她。

傅绾抬起头，眯起眼看着太玄境慢慢消失，而后变成一本古老的山河图。她总觉得胸腔之中闷着一口气，无法抒发，晦涩凝结，直到那本山河图落在了她的掌心，傅绾才感觉到自己仿佛找到了宣泄口，泪水瞬间决堤而出。

傅绾握紧了手中的山河图，也不知道自己在哭些什么。伏伽杀了那么多人，他理应偿命，而真正的玄微跟她没有任何师徒之缘，她在为谁而落泪呢？宁蘅垂眸看了一眼傅绾，伸出手去摸了一下她的脑袋。

"之前就说过了，我不会哄人。"宁蘅的声音低沉好听，带着一股安定人心的力量。

"桃洲的千千万万人灵魂受损，尚且能不断前行，你不过死了一个师父罢了……"宁蘅正打算再说些什么的时候，傅绾就抬起头来看他，眼泪汪汪的，看起来很是可怜的样子。

"算了，哭吧。"宁蘅无奈地轻叹一口气，将她揽入怀里。

他一手拍着傅绾的背，抬眸看着明镜台上熙熙攘攘的人，身形一闪，两人便消失在了原地。傅绾与玄微——或者说是伏伽的因果到此为止，她现在已经是一个完全自由的灵魂。

宁蘅带着傅绾回到了睦洲，傅绾在玄微死去的悲伤情绪里沉浸了很久，幸好还有小白泽天天围在她脚边躺平任撸。每天摸着小白泽，傅绾忽然想起了一件事，似乎在某天晚上，她摸着的那只小白泽有些不对劲，反而更像宁蘅。

于是，傅绾与宁蘅见了面，她伸出手去，揽住宁蘅的脖颈，在他耳边轻声问道："阿蘅，问你一件事。"

"你问。"宁蘅下意识地点了点头。

"上次在温琅的洞府里，我半夜醒过来发现小白泽跑来我床头……"傅绾眯起眼，回忆那件事，"我那时候总感觉小白泽有点奇怪，特别像你。"

宁蘅长眉一挑，脸上罕见地出现了心虚的神色，他轻咳一声说道："没有。"

"我还没问你是不是你，你就说没有了，那肯定就是了。"傅绾抱着胸，马上看穿了宁蘅试图掩饰的真相。

无奈，宁蘅只能点了点头："是我。"

傅绾警觉地扭过头，紧盯着宁蘅，狐疑说道："那你半夜跑来我房间做什么？"

宁蘅回想起自己那时候确实就鬼使神差一般的，低头轻轻吻了一下傅绾，当然……直到现在傅绾也不知道宁蘅那天晚上做了什么。宁蘅觉得没有什么事比他变成一只白泽幼崽来得更加丢脸了，如果真要有，那也只能是他男扮女装拜入爻山，还惨被爻山男弟子表白这件事了。

于是，宁蘅极其理直气壮地缓声说道："想亲你。"

傅绾很少听到如此直白的话从宁蘅口中说出，所以她忍不住歪了歪头，难以置信地反问了一句："你说什么？你想做什么？"

她的话音刚落，最后一个字的尾音已经被宁蘅含入了唇中。他低头轻轻吻了一下傅绾的唇瓣，垂眸认真看着她，漂亮的长睫上盈满情动之色："想这样。"

宁蘅身体力行地表示了他那晚到底想要做什么，傅绾注意到宁蘅含着情的吻从唇角连绵到耳侧，而后往颈边落下。

她忍不住伸出手来，轻轻撩起宁蘅的墨色长发，开口问道："你……你什么时候……"

傅绾本来是想问宁蘅到底是什么时候喜欢自己的，但这话从她口中说出着实有点害羞，所以她只能支支吾吾问道，好在宁蘅马上领会了她的意思。

宁蘅曲起手肘，撑着脑袋，看着傅绾慵懒地说了三个字："不知道。"

确实，他自己也不知道到底是什么时候爱上她的，等到他自己发现的时候，这爱意已经深入骨髓。

傅绾伸出手，指尖轻轻碰了一下宁蘅的手腕说道："我就不一样了。"

她清了清嗓子，非常理直气壮地说道："我从一开始就觉得你是一个好女孩……"

傅绾没有注意到宁蘅神色的变化，还在自顾自地说下去："如果不是梦里那个话本的缘故，我肯定会把你当成好姐妹的……"

她絮絮叨叨地说着，却没发现宁蘅已经倾身而上，一手撑在她的耳边了。

"绾绾。"宁蘅伸出一根修长的手指来，指腹按在她的唇上，阻止她继续说下去。

傅绾还在继续说，她回忆起之前她在爻山修炼十余年与宁蘅的相处细节："你确实是我好姐妹，借给我五块灵石，到现在都还没有要我还。"

宁蘅挑眉问道："是借给你买朱云仙果那次？"

傅绾闻言，点了点头，已经陷入了回忆之中。

七月的曜洲进入了夏季，所以在曜洲中心的爻山，也特别闷热，整个爻山之中，最凉爽的要数无论在哪里都有浓密菩提树荫的天泽仙堂。傅绾在天泽仙堂的一处小角落里，发现了一只……热得已经晕倒的兔子。

这小兔子看起来像是别的同门弟子从其他较为寒冷的洲域带过来的灵宠，由于长着长长的毛，所以看起来憨态可掬，但它习惯严寒的体质受不了七月的曜洲这般炎热的天气，所以晕了过去。

它的主人看起来也是个不太负责任的，看到这兔子灵宠晕过去之后，以为救不活，就直接将它丢了出去，让它自生自灭。这被热晕的小兔子被傅绾在天泽仙堂的小角落发现了，她发现了在菩提树阴影下的小小身影，一看到这只兔子灵宠的状态，傅绾马上便推断出了它的遭遇。

于是，她思考了片刻之后，左顾右盼了一番，确认自己身边真的没有别人了，自己的动作不会被发现。傅绾这才一个箭步冲上去，一把捞起兔子，塞进怀里，然后逃也似地冲进自己居住的小院之中。

救一只兔子都要这样鬼鬼祟祟，傅绾当然是有自己的理由，她居然去救路边的一只快要死了的灵宠，而不是走上去踹一脚，这简直就是笑话。所以她只能趁人不注意，偷偷将它救下来，还得小心着不能被别人发现。但傅绾带回这只兔子灵宠之后，却发现想要救这只兔子灵宠，并不是一件容易的事情。

它来了爻山之后，因为天气太热受不了晕了过去，想要让它苏醒过来，可不简单。一来，这兔子只吃灵果一类的食物；二来，它现在由于受不了曜洲的炎热天气，所以急需降温来缓解体内的炎热之气。那时候的傅绾法术都没学几个，只是会御风飞行这些最基本的，什么降温法术她肯定是不会的。

所以她只能尝试物理降温，一面将这只小兔子藏在自己小院里的阴凉处，一面出了门，想要为这兔子灵宠买一些灵果吃。

天泽仙堂的市集之中别的不多，就是灵果啊灵植这类的花花草草特别多，所以傅绾便在市集之中随意挑拣起来。她注意到了市集上有售卖朱云仙果，这玩意儿内蕴寒凉之气，一口咬下去简直就是透心凉，大概跟大夏天吃冰西瓜是一个道理。

在七月的爻山里，这朱云仙果由于其独特的属性，得到了许多天泽仙堂弟子的青睐，价格也是水涨船高。一块下品灵石在天泽仙堂的大市集之中可以买到很多东西，却只能买到一颗朱云仙果。

更何况现在的傅绾连一块下品灵石都掏不出来，囊中羞涩的她本来是想来碰碰运气，看看能不能用半块灵石买点什么，像朱云仙果这般贵的东西，她肯定买不起。就在傅绾握紧了手中的半块灵石，想要去找店家交涉一下买半个行不行的时候，一个白色的身影出现在了熙熙攘攘的人群之中。

傅绾只一眼，便认出了这穿着白色云缎衣袍的就是宁蘅。她其实不太愿意去找宁蘅借钱，但被她救下的那只兔子灵宠，好歹算得上是一条生命，所以傅绾不情不愿地走过去，假装与宁蘅偶遇。

傅绾大摇大摆地走过去，与宁蘅擦肩而过，她浮夸地假装与宁蘅偶遇："哎呀！阿蘅师姐！好巧！"

表面上看是来天泽仙堂闲逛，其实是来与傅绾偶遇的宁蘅朝傅绾点了点头，他大老远就看到傅绾捏着手中的半块灵石，看着市集上的朱云仙果流口水，看起来很想要的样子。

宁蘅瞥了傅绾一眼，启唇问道："想吃？"

傅绾咽了一下口水，她其实不太重口腹之欲，但兔命关天，她只能承认道："想吃。"

宁蘅嘴角带着一丝不易察觉的笑容，伸出手牵住傅绾的手腕，领着她来到摊位前说道："要吃几个？"

傅绾心想一只小小的兔子，也吃不了多少，随便吃几个就行了。于是她说道："五个吧。"

宁蘅花了五块灵石给傅绾买了朱云仙果，他没记在心上，反而是傅绾自己非常在意，还在日记本中将这件事写了下来，说自己欠宁蘅五块灵石。

将那朱云仙果用来给路边救的兔子灵宠吃的事情，傅绾没有写在日记里。后来到了冬天，这兔子灵宠被养得膘肥体壮乃至于傅绾的小院子里都要关不住它了。傅绾只能含泪将这只习惯在寒冷洲域生存的兔子灵宠送走，并且告诉它往北走，不然等到来年的夏天，她真的没钱给它买朱云仙果吃了。

宁蘅听她说完，指尖一顿，伸出手挑起傅绾的下巴问道："绾绾，我那时候给你买的朱云仙果，你都拿去喂兔子了？"

傅绾：我不是，我没有，你不要乱讲啊！

她心虚地看了宁蘅一眼，便听到宁蘅理直气壮说道："不行，你要赔我。"说完，宁蘅便低下头，轻轻吻上了她的唇。

傅绾冷不防被宁蘅吻住了双唇，忍不住眯起眼去看他，她声音细若蚊蚋，带着一丝撒娇的意味："阿蘅……"

宁蘅拂了一下她额边的碎发问道："怎么了？"

傅绾试图解释当年她借了宁蘅五块灵石买朱云仙果却不是自己吃这件事。

"这……兔命关天，我也没有办法，是不是，更何况那朱云仙果那么贵，一块灵石一个欸，要我自己吃，肯定舍不得。"傅绾理直气壮地解释。

宁蘅瞥了她一眼说道："怎么就舍得给兔子吃了？"

"这……这兔子不是快死了，我这不是为了救它吗。"傅绾还是觉得自己当年的行为没有问题。

宁蘅伸出手去，撩起她落在肩膀上的碎发问道："若我要死了，你救还是不救？"

傅绾一听，竟然相信了宁蘅的话，不疑有假，连忙倾身凑到宁蘅面前去问道："你受伤了？什么时候的事？"

她两只手按在宁蘅的肩膀上，神情关切。宁蘅见她如此，竟忍不住笑了出来，他嘴角噙着一抹淡淡的笑意，哑着声说道："我觉得……"

宁蘅的声音欲言又止，差点没把傅绾给急坏了，她连忙接着宁蘅的话问道："你觉得什……"什么？

傅绾话音未落，便被宁蘅反身抱着，轻轻将她拥入臂弯里。宁蘅低垂着头，漂亮的黑眸专注地看着傅绾，他一字一顿无比认真地说道："我觉得情毒又犯了。"

傅绾略微仰起头看他，非常认真地说道："情毒上次已经解了，不可能再犯。"

宁蘅轻轻捏了她的脸颊一下，他因为被拆穿所以面颊泛起微微的绯色："我知道。"

傅绾抬手，将宁蘅的脖子揽住，继续说道："所以你现在是喜……喜欢我，才不是什么情毒……"

"嗯……找个借口而已。"宁蘅闷闷的声音从傅绾的颈窝传来，沙哑而低沉。

日子一天天过去，玄微死去的消息传遍了整个修仙界，傅绾对于玄微——或者说是伏伽之死的悲伤情绪也随着时间的推移逐渐淡去。除了爻山之外，最不习惯玄微离开的当属现任的诸天七皇。

要知道，在很多年前诸天七皇都是各自为政，自己管理着自己的洲域，根本没有想过要为了推动修仙界和平稳定发展而共商大事。当初玄微为了劝说诸天七皇来参加七皇会晤，可是花了好大一番力气，甚至还主动担下主持七皇会晤的任务。

诸天七皇性格各不相同，都独具个性，有的人甚至连话都懒得说一句，还有的人简直就是个麻烦精，啥提议都说不行。玄微在其中起到了主持事务、增进交流的作用。所以，玄微一死，诸天七皇都有些忧虑，甚至在担心这七皇会晤是否还能进行下去。

特别是上一次的七皇会晤中，某人就已经缺席了，他们趁着他不在，偷偷商讨了很多决议，只是不知道今年这一次七皇会晤，他到底会不会来，还有，其中有一个更关键的问题，那就是——

"玄微真人已经仙去。"戴着白色斗笠、神秘至极的玄冥神君的声音带着丝惋惜与疑惑，"那么谁来继任太一神君的位置？"

北斗神君丹元真人摩挲了一下手中的琢世刻刀，缓声说道："玄微真人有一弟子，将毕生所学尽传给了她。"

"玄微真人是否已经预见到了自己仙去的日子，这才找了一个接班人？"玄冥神君不知道事情的真相，便推测道。

这是最合理的推测，所以此言一出，其余人皆是点头，赞同了玄冥神君的说法。解决了太一神君之位会由谁继承的问题之后，他们这才考虑另一个问题，在曜洲中心的孤峰之上，大大小小的议论声响起。

"你说，今年天枢君还来吗？上一次七皇会晤他就没来了！"在孤峰的圆桌旁，玄冥神君开口问道。

旁边一位绝色美人玩着自己的手指，慵懒说道："上次没来，这次也别来了，上次还有好多决议没有讨论通过呢。"

"也是。"一旁握着巨大铁剑的冷面修士罕见地开口附和道。

"对，还是别来了，咱们今年加快点速度，赶紧把剩下的决议通过了。"

"嗯，那现在就开始，不如先来看一下我的《论猫类灵兽的合法饲养》？"

"你这个先往后，这几年里我又想到了一项非常有益身心的运动叫广场舞，不如我们试着推广一下？"

就在五人激烈讨论的时候，脚步声忽然从他们的身后响起，激烈讨论着的五位诸天七皇的说话声戛然而止，他们齐齐回头，看到了一个最不想看到的人，还有一个不认识的人，正是宁蘅与傅缩。

宁蘅抬眸看了五人一眼，缓声开口说道："上次有事，没来。"

他从容地走到了圆桌之前，姿态优雅，一来便直接代替了玄微主持的位置。

"这……这是太一神君的位置。"玄冥神君指了一下宁蘅身下的位置。她心想完了，玄微一死，现在还有谁能拦他，这辈子看来她是没有办法在睢洲光明正大吃上烧烤了。

宁蘅轻咳一声，指了一下在他身边站着的傅缩说道："太一神君亲自授权。"

五人这才注意到站在宁蘅身边的傅缩，一个非常可爱的小姑娘，正在用着一种看大人物的目光看着他们。

"你就是玄微的亲传弟子？"有人迟疑问道。

傅缩想，玄微死了，自己是他弟子，既然修行了《太一宝录》，那么便也要负起些责任来。于是，她点了点头，白皙掌心之上忽然出现了一本安静旋转着的山河图，带着安静强大的力量，在她的身后也出现了本命灵植菩提树的淡淡虚影，不需要任何言语，她便证明了自己的身份。

不论修为如何，既然玄微已死，她是玄微唯一的弟子，也只有她能坐上太一神君的位置。毕竟她修炼的时间还不长，对于世事没有他们这些修行已久的人看得透彻，所以将主持七皇会晤的权力交给宁蘅的举动也情有可原。

只是……若是放宁蘅来主持七皇会晤，他们的决议是不是要彻底通过不了？

但后来发生的事出乎诸天七皇们的预料，在许久的沉默之后，还是握着巨大铁剑的隐元神君率先开口："我这里有一本上次会晤还未完

281

全商议通过的《论猫类灵兽的合法饲养》决议，诸位可以看一下。"他俯身搬出了一大撂资料与草案。

宁蘅懒懒地靠在圆桌旁，想要如往常一般拒绝，他冷着声开口："不——"不行，不可以，我不同意。

但没想到，他话还未说完，傅绻便开口了："不什么不？为什么不？我觉得可以。"

她一听到这决议的名字，就双眼发亮，马上看向了隐元神君说道："隐元神君，展开说说。"

隐元神君瞥了一眼神情淡然的宁蘅道："天枢君如何看？"

他原以为宁蘅会断然拒绝的，但宁蘅抬眼瞥了一眼傅绻，思考了片刻便点点头说道："可以。"

隐元神君："你刚刚不是这么说的。"

傅绻："你不要管他，快点把你的决议展开说说。"

所以，接下来的七皇会晤变得与往年都大不相同，甚至让其余五人觉得今天前来参加七皇会晤的宁蘅可能是假的。

"《推动广场舞在七大洲域的广泛传播》，这个决议如何？"

"不……"宁蘅才说了一个字。

"我觉得可以！"傅绻根本没有注意到宁蘅在说什么，马上轻轻拍了一下桌子，激动地说道。

宁蘅沉默了片刻："可以。"

诸天七皇："那个……《烧烤摊位的合法运营》……"

宁蘅："不……"

傅绻："哦，我的老天啊，这是一个多么棒的决议。"

宁蘅："好……"

七皇会晤就在这种莫名其妙的气氛之中结束了。

看着宁蘅与傅绻两人离开，北斗神君感慨道："不愧是可以继任太一神君位置的人啊，连天枢君都被她治得服服帖帖的。"

有人松了一口气说道："看来，以后每次的七皇会晤肯定比以前快乐了。"

当然，与宁蘅一道离开的傅绻没有听到他们说了些什么，她一手拉着宁蘅的袖子，扭过头去问他："你刚才干吗啥决议都说不？"

宁蘅挑眉，随口说道："习惯了。"

"你是不高兴吗，就这还能习惯？"傅绾简直没能相信自己的小耳朵。

宁蘅点了点头说道："以前觉得他们那些提议太过……麻烦。"

"那怎么今日又说可以了？"傅绾与他并肩在云海之下飞着，忍不住扭头问他。

宁蘅忽然停了下来，反手握紧了傅绾的手说道："你觉得行，便可以。"

傅绾轻轻哼了一声，像在撒娇，她放目看着自己脚下的曜洲，开口问道："现在回睦洲吗？"

宁蘅挑眉注意到了傅绾在看曜洲的目光，便摇了摇头说道："不用，你若是想去曜洲看看，也是可以的。"

傅绾闻言，笑了起来："我其实……无所谓去哪里的。"

她忽然飞了过去，紧紧抱住了宁蘅，在他怀里非常非常小声地说道："阿蘅，我真的……很爱很爱你。"

宁蘅揉了一下她的脑袋，带着笑意说道："我亦如此。"他低下头，眉目认真专注，轻轻吻了一下她的额头。

渺渺孤峰下，绵绵远山间，两人的身影逐渐远去，直至消失不见。不论是她的爻山十年，还是他的无尽海十万年，挣扎与寂寞，都在此时此刻尘埃落定。他们二人携手，一道走向了广阔天地间，未来的故事，由他们写下。